지성인을 위한 글쓰기

지성인을 위한 글쓰기

초판 1쇄 발행 2012년 3월 16일 | **초판 2쇄 발행** 2012년 11월 28일

지은이 정기철

펴낸이 이대현 | **편집** 이소희

펴낸곳 도서출판 역락 | **등록** 제303-2002-000014호(등록일 1999년 4월 19일)

주소 서울 서초구 반포4동 577-25 문창빌딩 2층

전화 02-3409-2058(영업부), 2060(편집부) | **FAX** 02-3409-2059 | **이메일** youkrack@hanmail.net

ISBN 978-89-5556-985-8 03800

정가 15,000원

지성인을 위한 글쓰기

정 기 철

역락

머리말

'어떻게 하면 글을 잘 쓸 수 있나요?'
'요새는 글 잘 쓰는 사람 보면 부럽더라.'
'요즘 우리 최대 고민이 글쓰기랍니다.'

요즘 자주 듣는 말이다. 그리고 각종 매체에서도 국제 시대에 제일 중요한 능력은 글쓰기 능력이라는 말을 심심치 않게 한다. '글로벌 리더가 갖추어야 할 최고의 능력은 글쓰기 능력이다!'라는 말은 이제는 별로 울림도 없는 말이다.

한국 유학생들 중 48%가 중도에 돌아온다고 하는데 그 이유를 아시려나 모르겠다. 그 이유는 외국 교수들이 끊임없이 "네 생각이 뭐야"라고 묻기 때문이다. 수업 시간에도 그렇고 글쓰기 과제를 검사하면서 지겹게 묻는 말이다. 그래서 유학 중에 되돌아온다고 한다.

참 슬픈 일이고 가슴 아픈 일이다. 우리 교육 현실이 원망스럽기도 하고 심히 걱정되기도 한다.

우리 교육 여건에서는 글 한 편 제대로 쓸 여유가 있다. 매일 토막글을 읽고 답 맞추기에 정신이 없다. '나'를 표현할 시간도, 곰곰이 앉아 사유하고, 서로의 생각을 날카롭게 비판하고 공유할 기회도 없다.

하지만 시대는 빠르게 변하고 있다. 우리 교육은 몰라도 우리나라 사람들은 안다. 글쓰기가 얼마나 중요한지. 생각하고 표현하고 서로 공감하고 교류하는 일이 얼마나 행복한 일이고 중요한 일인지. 그래서 나만 보면 어떻게 하면 글을 잘 쓸 수 있는지에 대해 묻는 사람들이 점점 많아지고 있다.

그래서 이 책을 낸다. 점점 어떻게 해야 글을 잘 쓸 수 있는지 묻는 사람도 많아지고, 질문의 내용도 많아지고 질문 내용의 수준도 나날이 높아지고 있는데 내가 그것을 다 감당할 수가 없어서 이 책을 낸다.

그동안 발간했던 글쓰기에 관한 책들, 『문장의 기초』·『논술교육과 토론』·『논술지도방법』을 다시 총망라하기도 하고 재미있게 생각하는 힘을 기르고, 놀이를 통해 어휘력을 기르고, 부담 없이 문장력을 기를 수 있는 방법도 찾아 넣었다.

소원이 있다. 글쓰기를 통해 상상하고 생각하고 느끼고 표현하는 즐거움을 되찾기 바란다. 원래 글쓰기는 재미있는 놀이였다. 그리고 '나'를 치료하는 행위였고 다른 사람을, 나아가 세계를 이해하는 최고의 행동이었다. 그리고 그 안에서 행복을 구가할 수 있는 지혜를 터득하게 하는 것이 글쓰기였다. 소원한다. 모두가 글쓰기의 재미를 다시 느낄 수 있기를.

부탁하는 것은 이것저것 따지지 말고 무조건 쓰라는 것이다. 글쓰기는 일상이다. 글쓰기는 밥 먹는 일처럼 습관적이고, 본능적인 행위이다. 지금 글쓰기가 일상이 되지 않았다면, 습관이 되지 않았다면 무엇인가 떠오른 것이 있으면 무조건 쓰는 습관을 가지라고 부탁한다.

급하게 쓰느라 난삽한 글들을 잘 정리하고 편집해주신 역락 출판사 이소희 님과 직원 모두에게 감사드린다. 아울러 눈 딱 감고 책을 출간해주신 이대현 사장님께도 인사드린다.

2012. 3. 20. 저자 씀

차 례

머리말 __ 5

제1장 현대인과 글쓰기 ▮ 11

1.1. 현대인의 생활과 글쓰기 ____ 11

1.2. 현대인의 글쓰기와 '나' ____ 13

1.3. 자기표현과 글쓰기, 그리고 '나' ____ 18

1.4. 자기표현 글쓰기와 자아존중감 ____ 28

1.5. 글쓰기와 행복한 삶 ____ 31

1.6. 문제는 상상력이다 ____ 36

제2장 오감 깨우기 ▮ 43

2.1. '나'의 감각 확인하기 ____ 45

2.2. 오감으로 받아들이기 ____ 47

2.3. 오감 확장하기 ____ 51

2.4. 마음의 눈으로 받아들이기 ____ 58

2.5. 생명 불어넣기 ____ 68

2.6. 나와 관계 맺기 ____ 69

제3장 어휘와 표현 ▌ 77

3.1. 단어의 범주 ____ 79

3.2. 단어로 놀자 ____ 81

   3.2.1. 스무고개 놀이 81   3.2.2. 수수께끼 만들기 85

   3.2.3. 단어 퍼즐 만들기 88   3.2.4. 공통어 찾기 90

   3.2.5. 연상단어 찾기 92

3.3. 핵심어 찾기 ____ 93

3.4. 상위어와 하위어 찾기 ____ 95

3.5. 단어의 정의 ____ 99

3.6. 고유어에 대응하는 한자어 ____ 107

3.7. 정확한 표기 ____ 119

3.8. 순우리말 ____ 123

제4장 문장과 표현 ▌ 133

4.1. 표현력 기르기 ____ 141

   4.1.1. 표현 묘미 살리기 141   4.1.2. 의성어·의태어 풀어 쓰기 147

   4.1.3. 상황에 맞게 표현하기 149   4.1.4. 자주 쓰는 표현 익히기 150

   4.1.5. 낯설게 하기 152   4.1.6. 사이비진술(似而非陳述) 154

4.2. 올바른 문장 쓰기 ____ 156

    4.2.1. 국어의 기본 문형 158   4.2.2. 비문법적인 문장 160

4.3. 외국어 번역투 문장 고치기 ____ 176

    4.3.1. 영어 직역투 문장 고치기 176   4.3.2. 일어 직역투 문장 고치기 178

4.4. 효과적인 문장 쓰기 ____ 182

    4.4.1. 주어 바꾸기 182   4.4.2. 문장 결합 184
    4.4.3. 문장 연결 190

제5장 글을 잘 쓰려면 ▌205

5.1. 글쓰기 기본 능력 확인하기 ____ 205

5.2. 글쓰기 핵심 능력 기르기 ____ 211

    5.2.1. 생각하는 힘(사고력) 기르기 211   5.2.2. 문단 잘 펼치기 266
    5.2.3. 글 구성하기 290

참고문헌 __ 302

제1장 현대인과 글쓰기

1.1. 현대인의 생활과 글쓰기

초고속 인터넷의 확산과 디지털 기술의 발달, 다양한 소프트웨어 개발로 현대인의 일상이 빠르게 변화하고 있다. 특히, 스마트폰의 대중화는 말 그대로 '언제 어디서든 원하는 것을 모두' 실현할 수 있게 하였다. 이러한 환경은 정치·경제·문화·교육·여가생활 등 현대인의 모든 삶을 바꾸어 놓고 있다. 그리고 이러한 환경을 잘 활용하는 젊은 세대들이 사회 변화를 주도하고 있다. 정치 변혁도 이들의 손에 의해 이루어지며, 생산·유통·소비 등 경제 활동의 주도 세력도 역시 이들이다. 이들은 사회 여론을 형성하고 형성한 여론을 확산시키며 자신들의 주장을 관철시키기 위해 노력한다.

이러한 모든 행동을 꼼꼼히 들여다보면 그러한 행동의 근간에는 '글쓰기'가 자리 잡고 있음을 알 수 있다. 조금 강조해서 말하면, 현대인들의 하루는 글쓰기로 시작하여 글쓰기로 끝난다 해도 지나친 말이 아니다.

우선, 직장에 출근하면 컴퓨터부터 켠다. 이메일을 확인하고 선택적으로 답장을 보낸다. 그리고 보고서를 작성하고 기획서·협조 공문·설명서 등을 작성한다. 회의 시간에 발표할 자료들을 정리하여 간단한 메모를 하거나 중요한 회의 자료라면 문건을 작성하고 PPT를 작성한다. 예상 질문을 써보고 그에 대한 적절한 답변도 쓰고 숙지한다. 또는 이러한 일들을 위해 자료를 검색하여 필요한 내용을 정리하고 사용하기 적절하게 기워 쓰기를 하고 덧붙여 쓰기를 한다.

어느 통계에 의하면, 직장인들은 하루 일과 중 63%를 글쓰기에 할애한다고 한다. 관리직으로 올라갈수록 글쓰기에 할애하는 시간은 더욱 늘어난다. 이러한 경향은 전공계열과 관계없다. 인문·사회 과학 계열의 전공자들은 어떤 직업을 갖든 평생 글쓰기를 업으로 살아간다. 이공계열 전공자들에게도 글쓰기 능력은 매우 중요하다. 이공계열 전공자들도 제안서·사업 설명서·보고서뿐만 아니라 프로젝트와 관련한 글쓰기 능력이 크나큰 경쟁력이며 동시에 고민거리이기도 하다.

다음 표는 미국에서 성공한 엔지니어 4,000여 명을 대상으로 직장에서 필요한 학과목을 조사하여 10위까지 소개한 것이다.[1]

순위	학 과 목
1	경 영 학
2	Technical writing
3	확률과 통계
4	발 표
5	창 의
6	개인 간 인화
7	그룹 간 인화
8	속 독
9	대 화
10	영 업

---

1) 임재춘, 『한국의 이공계는 글쓰기가 두렵다』, 도서출판 마이넌, 2003.

전공과목이 필요한 학과목일 것이라는 일반적인 예상과는 달리 글쓰기·발표·창의·인화·속독·대화 등 의사소통능력과 개인·그룹 간의 인화를 매우 중요한 학과목이라고 선택하였다.

이를 다시 정리하면, 상대방의 마음을 잘 읽어 사람과 사람 사이의 관계를 좋게 하는 표현과 이해 능력이 매우 중요하다고 할 수 있다. 특히 글쓰기 능력이 2위, 발표 능력이 4위, 대화 능력이 9위를 차지한 것을 보면 전공 계열과 관계없이 현대인에게 표현 능력이 매우 중요하다는 것을 알 수 있다. 그리고 표현 능력 중에서도 글쓰기 능력이 더욱 중요하다는 것도 알 수 있다.

이러한 이유로 세계 석학들이나 미래 학자들, 대학 총장들이 '글로벌 리더'가 갖추어야 할 덕목(능력)을 이야기 할 때 글쓰기 능력을 빼놓지 않는 것이고 '자기 계발'과 관련한 책이나 '높은 연봉을 받는 법'과 관련한 책들 거의 모두 글쓰기 능력을 쌓을 것을 권유하고 있는 것이다. 뿐만 아니라 선진국에서는 전통적으로 글쓰기와 독서 능력 배양을 위한 교육 방법과 교육 과정 개발에 힘을 쏟고 있다. 미국의 경우 지난 20년 동안 미국 대학의 교과과정에 글쓰기 강좌를 확대 개설하고 있다. 논리적이고 학술적인 글쓰기를 교육하는 과목들을 필수 과목으로 확대 배정하였고 문예창작 강좌에도 수강생들이 몰려 관련 과목을 확대하고 있다.

1.2. 현대인의 글쓰기와 '나'

이제까지의 논의를 글쓰기의 차원에서 다시 정리하면, 현대인에게 '다른 사람의 마음을 움직일 수 있는, 설득의 힘을 가진 글쓰기 능력'이 매우 중요하다고 말할 수 있다. 그런데 다른 사람의 마음을 움직이고 설득하는 글쓰기 능력은 미사여구나 손끝의 기교에서 나오는 것이 아니다. 그러한 능력은 '진솔하게 나를 표현하는 과정'에서 생겨나는 것이다.

진솔하게 나를 표현하기 위해서는 '나'의 감정과 생각을 있는 그대로 드러낼 수 있어야 한다. 그러나 민족적 특성, 유교 문화, 학교의 글쓰기 교육 방법 등이 이를 어렵게 한다. 그래서 '남이 옳다고 생각하는 것', '남이 가치 있다고 생각하는 것', '남이 그럴듯하다고 여기는 것'을 쓰려고 한다. 오랫동안 '나'의 감정과 생각을 그대로 드러내는 일은 도덕적으로나 인격적으로 옳지 않은 일이었다. '나'를 드러내지 않고 절제하는 것이 덕목이고 인격이 되었던 문화는 좋은 글쓰기를 방해하였다.

특히 글쓰기를 시작하는 초등학교 시절에 글쓰기를 강요당하고 평가받았던 기억들이 잘못된 글쓰기를 조장하였다. 초등학교 시절 일기 쓰기 숙제는 알게 모르게 우리 글쓰기에 많은 영향을 미쳤다. 쓸 내용도 없는데 매일 써야 하고, 선생님의 평가를 받아야 하고, 일정한 일기 형식에 맞춰 쓰기를 강요받았던 기억들이 우리의 잠재의식 속에서 '진솔하게 나를 표현하는 글쓰기'를 방해하고 있다.

이렇게 글쓰기는 내 삶에 영향을 받기도 하지만 내 삶을 가꾸어 나아가기도 한다. 달리 말하면, 글쓰기는 '나'를 표현하는 일이기도 하지만 '나'를 만들어가는 일이기도 하다.

글쓰기의 이러한 힘은 우선 글쓰기가 재정리의 기능을 갖는 데 있다. 글을 쓰는 과정에서 '나'의 감정과 생각이 재정리된다. 우리의 감정과 생각은 재정리 되는 과정에서 더욱 선명해지고 풍부해진다. 그러면서 동시에 새로운 것을 창조하는 힘을 얻는다.

'쓰기'는 체험, 상상, 사유한 바를 주제에 맞추어 논리적인 문장으로 질서화 하는 행위이다(최현섭 외, 1994 : 338). 그러나 이때의 쓰기는 단어를 연결하여 문장을 엮어 나가는 단순한 행위가 아니다. 필자는 글을 써나가는 과정에서 생각을 바꾸기도 하고, 정교하게 다듬기도 하며, 새로운 생각을 떠올리기도 한다. 뿐만 아니라 필자는 글쓰기를 통하여 의미를 새롭게 깨닫기도 하고 명확하게 정리하기도 한다. 말을 함으로써 새롭게 의미가 부각되거나 확연해짐을 느끼는 경우와 같은 것이다. 그러나 말하기를 통하여 얻는 것보다 글을 쓰는 과정에서 얻는 깨달음이 더 정교하다. 이를 생각해 볼 때 쓰기가 생각과 느낌을 단순히 글로 나타내는 행위가 아니고 고등정신 능력을 세련시키는 것임을 알 수 있다.[2]

우리가 경험한 것, 우리가 공부한 내용들은 우리가 잠 자는 동안 장기 기억 장치에 저장된다. 그러나 이러한 기억은 단편적이거나 경험과 지식을 획득했던 상황 안에서만 단선적으로 존재한다. 그러나 글을 쓰는 과정에서 다른 경험, 다른 지식과 연관을 맺게 되고 새롭게 재정리된다. 이러한 과정에서 의식하지 못했던 경험이나 지식이 전혀 새로운 경험이나 지식인 것처럼 표출되기도 한다. 우리가 말을 하거나 글을 쓰다가 가끔 '내가 이런 것도 알고 있었나'하는 느낌을 받을 때가 있는데 이는 글쓰기가 지닌 재정리 기능에 의한 것이다.

재정리된 경험과 지식은 주제와 상황에 따라 다른 것과 쉽게 결합하고 창조적인 변화를 일으킨다. 이 때 '결합'은 사고의 깊이를 의미하는 것이고 '창조적인 변화'는 창의, 창조를 의미한다. 결국, 글쓰기는 재정리를 통해 깊은 사고와 통찰에 이르게 하고 새로운 것을 창조하는 창의성에까지 나아가게 하는 것이다.

이러한 이유로 컴퓨터와 인터넷 기술이 더욱 발전하고, 인간의 삶이 컴퓨터와 인터넷에 대한 의존도가 더 높아진다 하더라도 글쓰기는 더욱더 중요해질 것이다. 뿐만 아니라 글쓰기는 나 자신의 신념과 아울러

---

2) 최현섭 외, 『국어교육학개론』, 삼지원, 2006, 363쪽.

내 행동을 계획하고 지배하는 힘을 가지고 있다. 우리는 흔히 '말이 바뀌면 생각이 바뀌고, 생각이 바뀌면 행동이 바뀌고, 행동이 바뀌면 삶이 바뀐다'는 말을 듣는다. 적어도 이 말은, 글쓰기 차원에서 이해하면 가능성이 매우 높다.

다음 글을 읽어 보자.

> 1953년, 미국의 한 대학에서 졸업반 학생들을 대상으로 한 특별한 조사가 있었습니다. 그 조사는 학교를 졸업하기에 앞서 학생들이 얼마나 확고한 삶의 목표를 가지고 있는지 알아보기 위한 것이었지요.
>
> 조사 결과, 67%의 학생들은 아무런 목표도 설정한 적이 없다고 대답했습니다. 30%의 학생들은 목표가 있기는 하지만 그것을 글로 적어 두지는 않았다고 대답했습니다. 오직 3%의 학생들만이 자신의 목표를 글로 적어 두었다고 대답했습니다.
>
> 20년 후에 확인한 결과, 학생시절 자신의 목표를 글로 썼던 3%의 졸업생이 축적해 놓은 재산은, 나머지 97%의 졸업생 전부가 축적한 것보다 훨씬 많았다고 합니다.[3]

『My LIfe』라는 책의 프롤로그 첫 번째 글이다. 자신의 목표를 종이에 적은 3%의 사람들의 삶은, 그렇지 않은 사람들의 삶과는 전혀 다른 삶이 되었다. 단지 자신의 목표를 종이 위에 적은 것뿐인데도 삶은 전혀 다른 모습이 되었다. 그렇다면 도대체 그 힘은 어디서 나오는 것일까?

그것은 글쓰기가 지니고 있는 마력과도 같은 힘 때문이다.

> 짐캐리는 영화배우가 되겠다는 청운의 꿈을 품고 미국으로 건너왔지만, 무명시절 너무나 가난했기 때문에 한동안 집도 없이 지내야 했다. 그러던 어느 날, 그는 '이렇게 살아갈 순 없다'는 생각에, 무작정 할리우드

---

3) 강헌구, 『My Life』, 한언, 2004. 6쪽.

에서 가장 높은 언덕으로 올라갔다. 그러고는 그곳에서 수표책을 꺼내어 적요란에 '출연료'라고 적고 스스로에게 천만 달러를 지급했다. 그는 이 것을 5년 동안 지갑에 넣고 다녔다.

　놀랍게도 정확히 5년 후에 짐캐리는 '덤 앤 더머'와 '배트맨'의 출연료 로 자신이 예전에 스스로에게 지급했던 금액보다 훨씬 더 많은 1700달러 를 받았다. 대포 수표가 실제로 이루어진 것이다. 그 것을 기점으로 그의 명성은 나날이 높아졌고, 곧 세계적으로 유명한 영화배우가 되었다. 이제 그는 영화 한 편당 2천만 달러의 출연료를 받는다. 가장 비싼 출연료를 받는 배우 중의 한명이 된 것이다.[4]

　　우리나라에도 많이 알려진 영화배우 짐캐리에 대한 일화이다. 짐캐리 는 '덤 앤 더머', '배트맨' 이외에 '마스크', '트루먼쇼', '에이스 밴츄 라', '라이어 라이어', '브루스 올마이티' 등 수많은 영화에 출연한 특급 영화배우이다. 그러나 짐캐리에게도 무명의 어려운 시절이 있었다. 하루 에 햄버거 하나 밖에 먹지 못하고, 잠은 50달러짜리 중고차에서 자고, 세수는 공원이나 공공건물의 화장실에서 해야만 했다. 그러나 짐캐리는 수표책을 꺼내 '출연료, 천만 달러'를 써넣음으로 해서 그의 꿈 이상을 이루게 되었다.

　　『My Life』와 『종이 위의 기적 쓰면 이루어진다』에는 짐 캐리 외에도 만화 '딜버트Dilbert'로 일약 세계적인 만화가가 된 스콧 애덤스(Scott Adams), 금융가의 귀재인 수지 울만, 계획보다 11년이나 빨리 대학교 총 장이 된 이원설, 전문 경영 컨설턴트인 아이비 리(Ivy Lee), 저명한 풋볼 코치 루 홀츠(Lou Holts), 『최고 경영자 예수』의 저자 로리 베스 존스 (Laurie Beth Jones), 할리우드의 유명한 스타 브루스 리(Bruce Lee) 등등 어

---

4) 헨리에트 앤 클라우어 지음, 안기순 옮김, 『종이 위의 기적 쓰면 이루어진다』, 한언, 2004, 9쪽.

려운 환경이나 절망적인 삶을 극복하여 유명한 인물이 된 사람들에 대한 이야기를 소개하고 있다. 이러한 인물들의 공통점은 자신의 목표와 원하는 자신의 미래 모습을 종이 위에 글로 적어놓았다는 것이다.

이처럼 글쓰기는 자신의 생각이나 신념을 넘어 자신의 행동과 삶까지도 바꾸는 마력을 가지고 있다. 그러나 글쓰기만으로는 이러한 마력을 발휘할 수 없다. 다양한 경험과 풍부한 독서와 함께 이루어질 때 마력을 발휘할 수 있다. 독서와 글쓰기는 이해와 표현이라는 상반된 모습을 갖지만 통합된 하나의 행위이고 행위이어야 한다. 독서를 통해 새로운 다양한 지식과 삶에 대한 경험을 축적하고 글쓰기를 통해 재정리하고 새로운 가치를 탐색하는 행위가 동시에, 반복적으로 이루어져야 창조와 창의, 삶의 변화와 같은 마력을 발휘할 수 있는 것이다.

1.3. 자기표현과 글쓰기, 그리고 '나'

하지만, 글쓰기가 자신의 생각이나 신념, 자신의 행동과 삶까지도 바꾸는 행위가 되기 위해서는 자기노출(Self-disclosure)[5]과 자기표현(Self-expression) 글쓰기[6]에 익숙해야 한다.

실제로, 오랜 동안 대학에서 글쓰기 교육을 담당하다보면 자연스럽게

---

5) 자기노출이란 상대방이 그 어디에서도 발견할 수 없는 자기 자신에 관한 일이나 경험, 자신의 감정과 느낌 뿐만 아니라 관심사와 욕구, 상상의 세계까지를 있는 그대로 드러내는 것을 의미한다. 자기노출을 통해 자기 자신을 보다 깊게 이해할 수 있다.

6) 자기표현(Self-expression) 글쓰기란 자신의 내면적인 감정·생각·의견·성격이나 생활을 글로 표현하는 것을 의미한다. 일반적으로 자아(Ego)와 자기(Self)를 구분하지 않고 쓰기도 하지만, 자아는 나의 내부 세계를 조절하고 외부 세계의 어느 것을 받아들여 내부 세계와 외부 세계를 조절하는 '나'이고 자기는 아직 출현하지 않았거나 나 스스로도 알 수 없는 나를 포함한 '전체로서의 나' 혹은 '본래의 나'를 의미한다.

네 단계를 거치게 된다. 첫 번째 단계에서는 학생들이 단 한 줄의 문장도 제대로 쓰지 못한다는 사실에 놀라게 된다. 그래서 한글 맞춤법·표준어를 가르치고 어휘력과 문장력 향상을 위해 다양한 교수·학습방법을 개발하고 교육하게 된다. 두 번째 단계에서는 학생들이 독서력이 없어 글의 내용이 빈약하다는 것을 깨닫게 된다. 그래서 학생들의 독서력을 향상시키기 위해 도서 목록을 만들고 독서인증제를 실시하는 한편 다양하고 깊이 있는 독서를 통해 생각을 넓히고 그것을 글쓰기로 연결하는 프로그램과 교수·학습방법을 적용하게 된다. 세 번째 단계에서는 학생들의 추론능력·논리력을 비롯하여 자신의 정보와 지식을 정리하고 표현하는 능력이 부족하다는 것을 알게 된다. 그래서 효율적인 토론 수업 모형을 개발하여 수업하고 연역적·귀납적인 글쓰기 교육을 실시하게 된다. 토론을 통해 시사적인 글을 읽히고 논거를 마련하고 상대방의 논거를 비판하고 새로운 관점을 세우고 점검하는 훈련과 함께 연역적·귀납적 글쓰기를 문단 차원과 한 편의 글 차원에서 완성하는 훈련을 집중적으로 실시하게 된다.

하지만, 그럼에도 불구하고 학생들의 글쓰기 능력이 목표하는 만큼 향상되지 않아 다시 고민에 빠지게 된다. 네 번째 단계에서는 이러한 고민을 해결하기 위해 학생들의 글을 다시 분석하고 학생들과 면담을 통해 학생들이 자신의 생각과 이야기를 솔직하고 자연스럽게 표현하지 못한다는 것을 알게 된다. 학생들은 '있는 그대로의 나'를 글로 표현하지 못하고 다른 사람이 읽었을 때 그럴듯하다고 생각할 수 있는 글, 또는 쓸만한 가치를 외부 요인에서 찾는 글을 쓰고 있다는 사실을 알게 된다. 학생들은 자신의 내면세계를 드러내거나 미묘한 입장에 설 수 밖에 없는 것들을 글로 표현하지 않으려는 경향을 지니고 있다. 뿐만 아니라, 기존의 도덕적·문화적·관습적인 테두리에서 벗어나는 자신의 생각이나 관점에 대해 글로 표현하지 않으려는 성향도 가지고 있다.

글은 '나'를 표현하는 행위이다. 따라서 '나'의 감정·생각·의견·주장 등을 진솔하고 구체적으로 표현하지 않으면 글쓰기 능력은 향상될 수 없다.

글쓰기에 대한 정의는 다양하다. 그러나 글쓰기는 '나'에서 출발하여 종국에는 '나'에게로 돌아오는 과정이고 행위이다. 하이데거가 글쓰기를 "존재의 개명(開明)"이라고 하였듯이 글쓰기는 '나'의 존재를 확인하는 행위이고 동시에 '나'의 존재를 확인해가는 과정이다.

글쓰기가 '나'의 존재를 확인하는 행위이며 동시에 과정이 되기 위해서는 우선, 글쓰기가 '나'를 표현하는 행위이어야 한다. 진솔하게 '나'를 표현하고, 진솔한 '나'를 표현하는 데 익숙해져야 '나'를 확인하고 이해할 수 있다. 이 때 '나'는 프로이트가 말하는 '자아(Ego)·초자아(Super-Ego)·원초아(Id)'와는 다른 '자아가치(Self-Worth)'를 의미한다. 자아가치란 모든 사람이 어머니 배 속에서부터 부여 받은 절대 가치를 의미하며 동시에 그러한 존재를 의미한다. 따라서 여기에서 '나'란, 이 세상에 단 하나밖에 없는 고유하고 개별적인 존재이며, 무한한 잠재력과 능력을 지니고 있는 존재이고, 다른 사람들과 건전한 관계를 통해 사랑 받고 사랑을 베풀면서 행복을 느끼는 소중한 존재이다.

이러한 의미에서 자아 가치는 내적 본성과 관련이 있다. 내적 본성은 근본적으로 생물학적 특성에 기초하므로 자연적이고, 내재적이며, 변화하기 어려운 것이다. 그러나 인간의 내적 본성은 동물의 본성과는 다르다. 인간은 생명 유지와 같은 본능을 뛰어넘어 안전과 안심·소속감과 애정·존중과 자기존중·자기실현·자기창조와 같은 상위 욕구를 갖는다. 뿐만 아니라, 나와는 다른 것(다른 사람, 사물, 세계 등)들과의 관계를 지향하고 그러한 관계 속에서 행복을 느끼고 추구하며, 다른 것들을 위해 나누고 베푸는 희생을 통해 행복을 느끼는 영적(靈的) 본성까지 나아 갈 수 있는 가능성을 포함하고 있다.

그러나 인간의 내적 본성은 약하고, 여리고, 미묘하여 부정적인 경험·공포·억압·비난·습관·문화적 관념, 또는 기대에 의해서도 압도된다. 특히, 우리나라는 '나'의 내적 본성을 적극적으로 표현하는 데 매우 어려운 상황에 처해있다. 내적 본성을 표현하는 것을 어렵게 하는 요인은 아주 다양하지만 크게 다음 세 가지를 핵심 요인으로 생각할 수 있다.

첫째는, '있는 그대로의 나'를 드러내는 것을 두려워하기 때문이다. 포웰(J. Powell)의 이론에 의하면 사람은 모두 정도의 차이는 있지만, 미지의 대상에 대한 두려움 때문에 갖게 되는 '불안감', 윤리 도덕적인 측면에서 악이나 죄에 대한 지속적인 의식으로서의 '죄책감', 그리고 스스로를 인간으로서 부적절 하다고 느끼는 '열등감'의 세 가지 기본 정서를 가지고 있다고 한다. 따라서 잘 알지 못하는 상대방에게 '있는 그대로의 나'를 드러내지 못하고 숨기거나 방어하려고 한다.[7] 즉 다른 사람에게 '있는 그대로의 나'를 그대로 드러내면 다른 사람이 나를 좋아하지 않을 것이고 또 나를 배척할 것이라는 두려움 때문에 '나'를 표현하지 못한다.

둘째는, 아직도 우리 생활에 자리 잡고 있는 유교 문화적 요소 때문이다. 특히, 개인보다는 집단과 사회를 중시하는 유교적 분위기와 나의 독립적인 생각이나 정서, 감정보다는 주변 사람과의 관계 속에서 생성되는 생각이나 정서, 감정을 중시하는 유교적 관습이 '나'의 내적 본성을 있는 그대로 표현하지 못하게 하는 요소로 작동한다. 게다가 말을

---

7) 포웰(J. Powell)의 세 가지 기본 정서에 대하여는 정종진, 『나를 찾아 떠나는 심리여행』(시그마북스, 2009), 29~34쪽 참고.

많이 하는 사람에 대한 부정적인 인식과 나에 대해 다른 사람에게 이야기하고 난 후에 일어나는 불안감과 허전함이 '나'에 대해 표현하지 못하게 하는 요인으로 작동하기도 한다.

셋째는, 나에 대해 표현할 기회를 주지 않는 우리 교육의 구조와 체제 때문이다. 교육할 양에만 집중하여 과도한 과목 편제, 주입 위주의 교과 과정, 교사·결과 중심의 수업과 활동 등이 '나'에 대해서 이야기하고 표현할 기회를 박탈하고 있다. 더욱이 초·중·고등학교 교육이 대학 입시를 위한 교육으로 전락하면서[8] 제시한 다섯 개의 답 중에서 하나의 정답을 고르는 문제 풀이 능력, 또는 문제 해결 능력을 중점적으로 평가함으로써 '나'의 감정·생각·의견·주장 등을 적극적으로 표현할 기회를 갖지 못하고 있다.

이러한 세 가지 요인은 간혹 독립적으로 작용하기도 하지만 일반적으로 서로 상호적으로, 또한 다른 요인들과 통합적으로 작용하여 '나'를 드러내고 표현하는 행위를 어렵게 한다. 따라서 글쓰기에서도 '나'를 표현하는 일을 기대하기 어렵다. 글쓰기는 '나'를 표현하고 그를 통해 더 나은 '나'로 발전시키는 계기가 되지 못하고 '다른 사람이 읽었을 때 그럴듯한 글'쓰기가 되거나 '되도록 피하고 싶은 일'이 되고 말았다.

하지만, '나'를 표현하는 글쓰기는 매우 중요하다. 그 이유는 '나'를 표현하는 글쓰기가 좋은 글쓰기의 필요 성분이기 때문이기도 하지만, 보다 나은 '나'의 삶을 위해서도 매우 중요한 요소이기 때문이다.

일반적으로 '나'는 "자기표현 → 자기이해 → 자기실현 → 자기창조"의 단계를 거쳐 발전하며, 보다 나은 단계로 나아가게 된다. 이러한 단계는

---

8) 몇 년 전부터 다양한 대학 입시 제도가 시행되고 있다. 논술, 면접, 토론, 입학사정관제 등 다양한 입시 제도를 실시하고 있거나 기획하고 있지만 아직도 이른바 '모범답안'이 존재하고 있어 수험생의 '나'를 깊이 있게 들여다보는 입시 제도라고 보기에 어렵다.

어느 하나를 생략하거나 건너뛰어서는 완성되지 않는다. 전(前) 단계를 충실하게 완수하였을 때에야 비로소 다음 단계로 넘어갈 수 있고 다음 단계를 완성할 수 있다.

특히 자기표현 단계를 거치지 않거나 완수하지 못했을 때에는 절대 다음 단계로 발전하거나 다음 단계를 완성할 수 없다. 그 이유는 자기를 표현하지 않으면 절대 자기를 이해할 수 없기 때문이다.

인간은 나 아닌 다른 대상과 다른 사람을 통해서만이 자기를 이해할 수 있다. 나를 나 아닌 다른 대상이나 다른 사람에게 표현했을 때 되돌아오는 반응과 울림 속에서 나를 더욱 구체적이고 정확하게 이해할 수 있다. 나를 있는 그대로 표현하였을 때 인간은 정확한 '나'의 모습을 바라볼 수 있다. 적어도 '있는 그대로의 나'를 표현할 수 있어야만 앞에서 이야기한 포웰(J. Powell)의 세 가지 기본 정서에서 벗어날 수 있고 그래야만 '나'를 정확하게 바라 볼 수 있다. 뿐만 아니라 '나' 외부에 존재하는 모든 것들도 있는 그대로 지각(知覺, Perception)할 수 있다.

'나'를 표현하는 일을 완수하였을 때 인위적인 관념·추상·이론·신념·문화적 관점 등과 다른 사람이 나에게 요구하는 기대, 또는 내가 나 스스로에게 거는 주문(呪文)에서 자유로울 수 있고 모든 것을 있는 그대로 바라볼 수 있다. 모든 사물을 있는 그대로 바라볼 수 있는 지각을 '투명한 지각'이라 할 수 있는데 이러한 투명한 지각은 예술 영역이나 과학 영역, 사적인 영역이나 공적인 영역 모두에서 작동된다.

'나'를 표현하는 일이 글쓰기에서만 중요한 것이 아니라 보다 나은 '삶'을 위해서도 중요하다는 이유가 바로 여기에 있다. 자기표현을 완수하여 얻은 투명한 지각은 삶의 모든 영역에서 작동하여 삶의 모든 것을 있는 그대로 받아들일 수 있고 그 과정에서 '나' 역시도 있는 그대로 이해할 수 있다. 그리고 자기 이해를 거쳐야만 '자기실현'을 이룰 수 있다. 이러한 이유에서 '글쓰기는 곧 삶'이라는 등식이 성립될 수 있다.

에이브러햄 매슬로는 '자기 실현'을 이룬 사람들의 가장 중요한 특성으로 현실을 더욱 효율적으로 지각하고 현실과 더욱 편안한 관계를 맺는 점을 들었으며 이러한 능력은 삶의 다른 영역들로 확장된다는 것을 입증하였다.9) 에이브러햄 매슬로는 자아 실현자와 같은 의미로 '건강한 사람들'이라는 용어를 사용하였는데 이들이 현실을 효율적으로 지각할 수 있는 이유를 개인적인 바람, 소망, 불안, 두려움, 개인의 성격에 따라 일반화되어 있는 낙관주의나 비관주의에 덜 의존하기 때문이라고 하였다.

즉, 자아를 실현한 사람들(=건강한 사람들)은 나의 입장에서 사물을 바라보지 않고 사물을 있는 그대로 바라보며, 나 중심적 사고가 아닌 문제 중심적 사고를 하려는 경향 때문에 삶을 더 효율적으로 영위할 수 있다는 것이다. 그러나 자아를 실현하지 못한 사람들(=건강하지 못한 사람들)은 내 입장에서만 사물을 바라보고 또 상대적인 지각을 가졌기 때문에 사물과 현실을 정확하게 지각할 수 없을 뿐 아니라 효율적인 삶을 영위할 수 없는 것이다.

자아를 실현한 사람들은 보통 사람들과는 달리 미지의 대상을 접하면서 위협을 느끼거나 두려워하지 않는다. 그들은 미지의 대상을 있는 그대로 받아들이고 편안해 하며, 이미 알고 있는 것보다 오히려 미지의 대상에 매료되는 특성을 나타낸다. 자아를 실현한 사람들은 익숙한 것에만 매달리지 않고 때로는 무질서·혼란·모호함·불확실·불명확·부정확·부정밀 등과 같은 것에서 편안하게 머물면서 그 사이에서 근접성이나 유사성을 발견하는 '자기 창조'의 경험을 하게 된다.

---

9) 에이브러햄 매슬로 지음, 오혜경 옮김, 『동기와 성격』, 21세기북스, 2009, 275~280쪽. 'Abraham H. Maslows'는 '아브라함 H. 매슬로', '에이브리어햄 H. 매슬로' 등 다양하게 표기되었다. 본고에서는 참고한 문헌의 이름 표기를 그대로 사용하여 '에이브러햄 매슬로'로 표기하였다.

그러나 현대사회는 점점 더 자기표현의 기회를 앗아가고 있다. 혼자서도 의·식·주를 해결하는 시대는 이미 오래전에 이루어졌다. 혼자 사는 사람들을 위한 산업과 상업은 더욱 더 발달하여 그 누구의 힘을 빌리지 않고 혼자서도 일상을 영위할 수 있다. 무엇보다도 혼자서도 놀 수 있게 되었다. 게임기, 노트북, 핸드폰, MP3, DMB 등 혼자서도 즐길 수 있는 문명의 이기들을 손쉽게 구할 수 있다. 특히 핸드폰의 진화는 간단한 정보적 소통까지도 필요 없는 것으로 만들었다.

자기표현의 기회를 잃은 현대인은 자신이 누구인지 알아갈 수 있는 자기 이해의 기회를 잃은 채 부정적인 나, 비관적인 나, 불만투성이인 나, 미래가 없는 나, 언제나 외톨이인 나를 거듭 낳는다. 그 결과 자기 자신을 올바르게 표현하는 방법을 터득하지 못하고 자기표현에 무관심 하거나 자기표현을 회피하고, 고성·폭력·강압·자해·살인 등과 같은 극단적인 방법으로 자신을 표현한다.

그렇다면 왜 자기표현에 무관심하거나 자기표현을 외면하고, 극단적 인 방법으로 자신을 표현하게 되는가?.

심리학자들은 이를 '결핍동기(Deficiency-Motivation)'에서 찾는다. 인간은 기본적으로 의·식·주와 같은 본능적인 것과 사랑·자아존중감 같은 상위동기(Metamotivation)를 지닌다. 특히, 다른 사람·세상과 상호 교류하 고, 사랑하고, 이해하고 이해받고, 세상을 더 행복하게 살고 싶어하는 상위동기는 인간만이 지니고 있는 본성이다. 그래서 거의 모든 인간은 이들을 획득하고자 노력하고 투쟁하게 된다. 그러나 이러한 본성을 충 족하지 못하면 인간은 자신을 철저히 고립시키거나 극단적인 방법을 선 택하게 된다. 이 과정에 영향을 미치는 것이 바로 결핍동기다.

이러한 결핍동기는 외부의 힘에 의해 해결되거나 충족되지 않는다. 다른 사람이 동기를 부여할 수는 있지만 종국에는 자신의 노력과 수준

높은 경험에 의해 해결하거나 충족할 수 있다. 이러한 노력과 수준 높은 경험의 핵심에 바로 자기표현이 자리한다.

즉, 자기표현을 통해 '나'의 기본 욕망과 본성을 확인하고 결핍동기를 스스로 조절할 수 있으며, 다른 사람들의 반응과 관계 속에서 '나'를 확인하고 '나'를 정확하게 이해할 수 있으며 결핍동기를 조정해나갈 수가 있다. 그래서 결국 결핍동기를 해결하고 충족해나가면 세상의 모든 사물을 있는 그대로 바라볼 수 있는 '투명한 지각'을 갖게 되는 것이다.

그러나 자기표현을 거치지 않으면 결핍동기들에 의해 모든 사물을 왜곡하여 받아들이고 스스로를 부정하고, 부도덕적이고, 무능력하고, 몰염치하고, 사랑 받을 자격이 없는 존재로 파악하게 된다. 이렇게 결핍동기에 의해 생기는 지각 및 여러 정신적 과정을 '결핍인지(Deficiency- Cognition)'라고 하는데, 결핍인지로 인해 모든 사물을 있는 그대로 받아들이지 않고 자신을 부정하게 되는 것이다.

자기를 표현하는 것만으로도 '나'에게 커다란 긍정적인 변화를 일으킨다는 연구는 다양한 분야에서 입증되었다. 생리학 · 생물학 · 신경학 · 정신건강학 · 심리학뿐만 아니라 행동양식학 · 인간관계학에서도 자기표현의 긍정적인 효과를 입증하고 있다. 즉, 자기를 표현하는 것 자체만으로도 '나'의 몸과 정신을 건강하게 할 뿐 아니라 나의 행동양식, 다른 사람과의 관계의 양과 질에서도 긍정적인 효과를 볼 수 있다는 것이다.10)

자기를 표현하는 방식은 다양하다. 그림 그리기, 음악 연주나 노래,

---

10) 대표적인 학자로 제임스 베이커(James W. Pennebaker) 박사가 있다. 그는 자신의 비밀을 누군가에게 털어놓는 것이 얼마나 놀라운 효과가 있는지에 대해 집중적으로 연구하였다. 그에 의하면 모든 인간이 지니고 있는 결핍동기 그 자체보다는 그것을 표현하지 못했을 때 스트레스를 받으며 육체적 건강뿐만 아니라 심리적 · 정신적 건강을 해친다는 것을 밝혀냈다. 특히 다른 표현 방식보다 언어를 통한 글쓰기가 정신적 건강뿐 아니라 면역체계에도 가장 긍정적인 영향을 미친다는 것을 발견하였다.

율동이나 춤, 만들기 등도 자기를 표현하는 방식들이다. 그러나 글쓰기는 이러한 표현 양식들보다 훨씬 직접적이고 구체적인 효과를 달성할 수 있다. 이는 글쓰기가 지닌 고백·직면·동화의 원리에서 기인한 것이다.[11]

고백(Confession)은 자신의 감정을 인식하는 것뿐만이 아니라 자신의 감정과 결핍동기, 그리고 경험과 사건 등을 적극적으로 생각하고 말이나 글로 표현하는 것을 말한다. 고백의 효과는 동서양 대부분의 종교에서 이루어지고 있는 정교한 고백 의식에서 찾을 수 있다. 인간은 고백을 통해서 자신의 감정과 결핍동기를 해소하거나, 육체와 정신의 연결을 경험함으로써 구체적으로 자기 이해(Self-understanding)를 이루게 된다.

직면(Confront)은 억제·무관심·회피·변환과 반대되는 개념이다. 인간은 부정적인 경험이나 슬픈 감정을 표현하지 않고 참아(억제)내거나, 그것에 대해 관심이 없는 척하고 중요하지 않은 것으로 치부(무관심)해버린다. 또 그것을 일부러 피하거나 딴청을 부리(회피)고 다른 것으로 생각을 돌린(변환)다. 그러나 글쓰기는 그것들과 정면으로 맞서게(직면)하게 하는 힘이 강하다. 직면하게 되면 그것들을 이해하는 힘이 생기고 궁극적으로 그것들을 극복할 수 있는 힘을 갖는다.

동화(Assimilation)는 어느 개인이나 집단이 다른 개인이나 집단의 태도나 감정을 취득하여 경험이나 사건, 전통 등을 공유하게 되는 사회 과정, 또는 사회 과정에서 발생하는 사회관계의 균형 상태를 의미한다. 따라서 글쓰기를 통해 '나'를 고백하고 직면하게 되면 진정한 '나'를 이해

---

11) 글쓰기가 다른 표현 양식에 비해 절대적 효과를 얻을 수 있다는 논의와 연구 결과는 James W. Pennebaker, Ph.D 저, 이봉희 역, 『글쓰기치료』(학지사, 2007)와 Kathleen Adams 저, 강은주·이봉희 역, 『저널치료—자아를 찾아가는 나만의 저널쓰기』(학지사, 2007), Kathleen Adams 저, 강은주·이봉희·이영식 공역, 『저널치료의 실제』(학지사, 2006) 등을 참고할 수 있다.

하게 되고 다른 사람과의 관계, 혹은 상황과 문화적 · 사회적 맥락 안에서 폭넓은 균형 감각을 터득함으로써 '나'의 문제들을 극복할 수 있다.

이처럼 글쓰기는 다른 표현 양식에 비해 '나'를 적극적이고 구체적으로 바라보고 이해할 수 있는 아주 효과적인 표현 방식이다. 그 이유는 글쓰기가 지닌 고백 · 직면 · 동화의 원리에 기인한 것이다. 결국 글쓰기가 지닌 고백과 직면의 힘이 '나'와 나의 경험, 사건12)들을 정확하게 이해하게 하고 동화하게 함으로써 '나'의 경험과 사건에서 발생한 부정적인 감정과 결핍동기를 극복하게 하는 것이다.

1.4. 자기표현 글쓰기와 자아존중감

자기표현 글쓰기는 글쓰기의 궁극적인 목적이 될 수는 없다. 그러나 자기표현 글쓰기를 통해 '나'를 포함한 모든 사물을 있는 그대로 바라볼 수 있는 '투명한 지각'이 형성되어야 나를 이해하고, 실현하고 창조할 수 있다. 그리고 그것을 기저로 더 좋은 글쓰기를 이룰 수 있다.

더 좋은 글을 쓰기 위해, 더 좋은 글을 쓰기 위한 글쓰기 교육을 위해서는 '나'의 의미가 '자기(Self)'에서 '자아(Ego)'로 발전해야 한다. 자기를 스스로도 알 수 없는 나를 포함한 '전체로서의 나' 혹은 '본래의 나'로 이해할 수 있다면, '자아'는 나의 내부 세계를 조절하고 외부 세계의 어느 것을 받아들여 '내부 세계와 외부 세계를 조절하는 나'로 이해할

---

12) 경험과 사건은 지각(知覺)되었느냐 지각되지 않았느냐의 차이가 있다. 경험은 지각된 것이고 사건은 아직 지각되지 않은 것이다. 예를 들어 가족을 잃은 사람들은 2~3주 사이에 가족을 잃었다는 사실을 지각하기 시작한다고 한다. 다시 말하면, 1주 정도는 가족을 잃었다는 사실을 지각하지 못한다는 것이다. 이 때 가족을 잃었다는 것은 사건이지만 아직 경험은 아니다.

수 있다. 따라서 자아를 '나를 알고자 하는 과정에서 확인하는 자신의 모습' 또는 '나 자신이 나다운 모습으로 스스로 인정한 나'로 해석한다. 따라서 자아는 자기를 표현하고 이해하는 과정에서, 또는 다음 단계로 발전하는 과정에서 생성되는 것이다.

자기를 표현하고 이해하는 과정에서 자아가치(Ego-worth)를 발견할 수 있고 자아가치 발견을 통해, 또는 그 과정에서 자아정체성(Ego-identity)을 획득하게 되고 자아 정체성을 획득하면 자아존중감(Ego-esteem)[13]을 가질 수 있다. 이 셋의 차이를 아주 간단하게 정리하면 자아가치는 '발견'하는 것이고 자아정체성은 '획득'하는 것이며 자아존중감은 '추구'하는 것이라고 할 수 있다.

자아가치는 어머니 배 속에서부터 부여 받은 절대적인 가치로 자기표현과 이해를 통해 발견하는 것이다. 자아가치 발견을 통해 '나'란 이 세상에서 단 하나밖에 없는, 무한한 잠재력과 능력을 갖추고 있으며 충분히 사랑받고 행복한 삶을 영위할 수 있는 존재임을 깨닫게 되는 것이다.

자아정체성을 확립하기 위해서는 '생명에 대한 정체성'과 '시간과 공간에 대한 정체성', '개인 차이에 대한 정체성'이 형성되어야 한다.[14]

생명에 대한 정체성은 '나는 생명을 가지고 있다', '생명은 그 무엇보다도 존귀하다'는 존재에 대한 확신과 생명의 존귀함을 인식하는 데에

---

13) 자아존중감을 'Ego-worth'로 해석하는 경우가 있다. 그러나 'Worth'는 '가치'의 뜻이 핵심이므로 'Ego-worth'는 '자아가치'로 해석하여야 한다. 자아가치는 변화하지 않지만 자아존중감은 경험의 차이에 따라 변화할 수 있다. 그래서 자아존중감은 높다(High), 낮다(Low)라는 표현을 사용할 수 있다. 따라서 자아존중감은 'Ego-esteem'으로 표기해야 한다. 자아존중감을 'Self-esteem'으로 표기하기도 하는데 'Self'는 본질적인 나를 지칭하는 개념이므로 경험이나 교육 등을 통해 변화시킬 수 없는 것이다. 반면 'Ego'는 외부 세계와의 관계 속에서 형성되는 것이므로 경험이나 교육 등을 통해 변화시킬 수 있다. 따라서 본고에서는 '경험과 교육을 통해 변화하는 나'를 목적으로 하기 때문에 자아존중감을 'Ego-esteem'으로 표기한다.

14) 자아 정체성에 대한 구체적인 논의는, 졸고, 「21세기 대학 글쓰기 교육의 문제점과 대안」(『한남어문학』 제33집, 한남어문학회, 2009. 7), 28~30쪽을 참고할 수 있다.

서 생겨난다. 세상이 존재하는 이유는 바로 내가 살아있기 때문이라는 내 생명에 대한 애착과 신념이 정체감의 가장 중요한 요소이다. 그러나 '내 생명'에만 집착하는 것은 올바른 태도가 아니다. '내 생명'은 다른 사람의 생명뿐만 아니라 세상 모든 만물의 생명을 소중하게 여길 때 비로소 소중해진다는 인식을 가져야 한다. 세상 모든 만물의 생명을 소중하게 여긴다면, 나는 '만물의 영장'으로서의 윤리와 도덕성을 갖추게 되고 그럼으로써 자아정체성을 확립하게 되는 것이다.

시간과 공간에 대한 정체성은 내가 지금 처해있는 공간과 상황에 대한 긍정적인 인식에서 출발한다(Here and Now). 과거에 대한 후회나 집착, 미래에 대한 불안과 우울보다 내가 살고 있는 '현재'를 긍정적으로 받아들이고 지금 나에게 주어진 과제를 해결하는 데 충실하고 현재를 즐길 줄 알아야한다. 뿐만 아니라, 내가 처해 있는 공간과 상황에 대해서도 자부심을 가지고 떳떳하게 더 나은 공간과 상황을 창출하기 위해 노력할 수 있어야 한다.

개인 차이에 대한 정체성은 '나와 다른 사람', '나와 다른 생각'이 존재한다는 것을 인식하는 데에서 출발한다. 사람들은 각기 다 다른 환경과 생각, 능력을 가지고 살아가고 있다는 인식과 나 역시 그 중 한 사람이라는 자각 속에서 다른 사람을 존중하고 다른 사람들과 조화롭게 살아가는 방법을 터득하기 위해 노력하는 자세가 필요하다. 즉, 나는 나 홀로 존재하거나 삶을 영위하는 것이 아니라 다른 사람들과의 관계 속에서 존재하고 삶을 영위해 나간다는 것을 인지할 수 있어야 한다. 사람마다 환경, 성격, 적성, 인지능력이 다 다르다는 것을 인식하고 사람들과 원활한 관계를 형성할 수 있도록 한다.

자아정체성이 확립되면 건전한 가치관을 형성하게 되고 자아존중감을 추구하는 단계로 발전하게 된다. 자아존중감이란 내가 나를 좋아하고 사랑하는 마음이며, 내가 나를 가치 있고 소중하며 능력이 있고 용서할 수 있고 스스로를 수용할 수 있는 존재로 느끼는 마음이다. 동시에 나 스스로 원하는 것을 성취하는 과정에서 겪을 수 있는 어려움을 알고 있으며, 그것을 이겨내는 능력 역시 나는 갖추고 있다는 믿음 체계이기도 하다.

> 자존감이란 남들에게 보여주기 위해 스스로 '걸러낸 자아'이다. 우리는 자신이 속한 사회체제나 어떤 관계 속에서 살아남기 위해 진짜 자아를 가릴 수 있게끔 스스로 딱딱한 갑옷을 만들어 입는다. 이러한 갑옷 사이로 사람들에게 드러내 보여주는 진짜 자아의 크기가 바로 자존감이다. 따라서 자아가치를 드러내지 못하도록 하는 위협이 클수록 자존감은 약해지고 방어행동은 커진다. 이러한 의미에서 자존감은 남들에게 드러냈을 때 위협받는 진짜 자아, 즉 자아가치를 숨기고 가려주는 역할을 한다.[15]

자아존중감은 다른 사람에게 보여주기 위해 스스로 걸러낸 자아이기 때문에 다른 사람, 다른 사람과의 관계와 경험에 영향을 받는다. 자아존중감의 이러한 특성 때문에 자아 존중감은 외부적 경험을 조작하고, 지각(知覺)의 체계를 바꾸는 방법으로 향상시킬 수 있다. 따라서 자기노출과 가지표현 글쓰기에 익숙해진다면 자아존중감을 높일 수 있다.

1.5. 글쓰기와 행복한 삶

모든 인간의 행위가 그렇듯이 글쓰기 행위 역시 행복한 삶을 위한 것

---

15) 토니 험프리스 지음, 윤영삼 옮김, 『8살 이전의 자존감이 평생 행복을 결정한다』, 다산에듀, 2009, 18쪽.

이어야 한다. 적어도 행복한 삶에 도달하기 위한, 행복한 삶을 완성하기 위한 과정이고 결과이어야 한다.

글쓰기는 인간의 삶을 행복하게 한다.

첫째, 글쓰기는 자기표현, 자기 노출(Self-disclosure)의 즐거움을 갖게 한다. '인간은 표현의 욕구를 갖는다'는 말을 인용하지 않더라도 자기표현, 자기 노출이 인간의 정신적·정서적·육체적 건강을 가져다준다는 연구는 수도 없이 많다. 반대로 자신의 생각·감정·행동을 억제하는 것이 정신적·정서적·육체적 연구 또한 수도 없이 많다. 자신을 억제하려는 노력은 자신의 방어 능력을 크게 떨어트려 면역 체계와 심장과 내장계의 활동, 심지어 뇌와 신경계에도 나쁜 영향을 미친다는 것은 이미 정설이 되었다.

자기표현, 자기 노출이 인간을 건강하게 하고 행복하게 한다는 사실은 '고백의 효과'에서도 증명된다. 이미 오래전부터 종교계에서는 다양한 고백의 형태를 믿음을 강화시키는 방법으로 활용하고 있다. 천주교의 고백성사, 기독교의 통성기도 등 다양한 고백의 형태는 인간의 가장 깊은 생각과 감정을 직면하게 하여 믿음을 강화하고 자신의 문제를 해결하도록 하고 있다.

일상생활에서도 자신을 잘 표현하는 사람들이 더 건강하고 행복한 삶을 산다. 인간은 남의 말을 듣기보다는 남에게 나의 말을 하고 싶어 하는 경향이 강하다. 그래서 내 말을 잘 들어주는 사람을 좋아하고 말이 통하는 사람과 사귀기를 즐겨한다. 내가 말을 많이 할 수 있는 모임에 참석하길 좋아하며 대화를 주도하면 그 모임은 건전하고 내가 배울 것이 많은 모임이라고 생각하는 경향이 짙으며, 모임 후에는 행복한 시간이었다고 느낀다.

글쓰기는 말하기보다 더 큰 행복을 느끼게 한다. 인간이 자기를 표현하는 행위는 글쓰기와 말하기뿐만 아니라, 노래·악기연주·그림그리기·만들기·무용·연극·무언극 등 다양하다. 하지만 글쓰기를 통한 자기표현이 가장 행복하고 가장 건강한 표현행위이다. 그리고 모든 표현 행위들은 글쓰기와 같이 이루어졌을 때, 더 행복하고 더 건강해 진다.16)

둘째, 글쓰기는 나를 이해하는 능력을 향상시켜 '나' 주도적인 삶의 행복을 느끼게 한다. 인간은 자기 주도적인 삶을 영위하고 싶어 한다. 정서적으로나 감정적으로 독립적인 삶을 살고 싶어 하며, 내 마음 가는 대로 행동하고픈 욕구를 가지고 있으며, 나에게 주어진 과업을 내가 주도하여 이룩하고, 삶에서 부딪히는 여러 가지 문제들을 역시 '나'가 주도하여 해결하고자 한다.

그러나 삶을 살아가는 동안 여러 가지 이유로 진정한 '나'를 이해할 기회를 박탈당하거나 '나' 주도적인 삶을 살지 못한다. 이러한 때마다 인간은 자신을 숨기고 방어 기제를 사용한다. 프로이트는 사람들이 자신을 방어하기 위해 부인·분노·회피를 비롯해 강박적인 행동·불안·저주 등 다양한 심리적·생리적 증상들을 보인다고 하였다. 이러한 방어 기제들은 '나'를 이해하는 것을 방해하고 따라서 '나' 주도적인 삶의 기회를 박탈하고 만다.

모든 경험과 사건은, 심지어 정서적인 것과 감정까지도 언어로 전환하지 않으면 이해와 동화(assimilation)에 이르지 못한다. 다시 말해 인간의 모든 것은 언어로 전환하였을 때 이해할 수 있고 또 극복할 수 있으며

---

16) 이러한 사실은 Anne Krantz에 의해 연구되었다. 심리학 박사인 Anne Krantz는 샌프란시스코에서 '춤 심리 치료사(dance therapist)'로 일하며 춤 심리 치료와 글쓰기의 상관관계를 연구하였다. 춤 심리 치료만 받은 그룹과 춤과 글쓰기를 병행한 그룹은 유의미한 차이를 보였는데 몸을 움직여서 표현하고 나서 글로 표현을 했던 그룹만이 행복감이 최고치에 달하였으며, 육체적 건강과 학점이 나아졌다고 보고 하였다.

새롭게 창조할 수 있다.

> 쓰기가 가치 있는 이유는 무엇인가? 이 연구 여행의 초기에, 나는 쓰기
> 의 으뜸가는 가치는 억제의 노력을 줄이는 데 있다고 생각했다. 그러나
> 경험에 비추어 볼 때, 쓰기에는 그 이상의 가치가 있다는 것이 분명했다.
> 예를 들어, 절망한 사건에 대해 쓸 때, 나는 흔히 그 사건에 대한 새로운
> 이해에 도달하게 되었다. 감당하기 힘든 것으로 보였던 문제들을 종이 위
> 에 쓰고 나면 그 문제들의 한계를 더 잘 정할 수 있고 다룰 수 있게 되었
> 다. 어떤 의미에서 나를 계속 따라다니던 경험에 대해 쓰는 것이, 그 경
> 험을 해결하는 데 도움이 되었다.[17]

글쓰기가 우리의 삶을 행복하게 하는 이유는, 이미 앞에서 살핀 바
있는 '정리의 효과' 때문이다. 생각이나 감정, 경험이나 사건들을 글로
쓰다 보면 그것들은 자연스럽게 정리되고 그것들을 좀 더 깊게 이해하
게 된다. 즉, '나'에 대해서뿐만 아니라 '나'가 겪은 경험이나 사건들을
이해하게 되는 것이다.

우리는 모두 해결되지 않은 것들이나 완성되지 않은 것들에 대해 걱
정하게 된다. 따라서 심리적인 갈등이나 고통을 겪게 되고 어떤 경우에
는 이상한 꿈에 시달리기도 한다. 그리고 이러한 것들은 삶의 전 과업
을 혼란스럽게 하거나 '나'를 이해하는 것을 방해한다. 해결되지 않은
것들, 해결하지 못한 일들은 우리가 이해하지 못한 일들이다. 그러나 글
쓰기는 이러한 것들을 정리하고 이해하게 만들어 결국에는 '나'를 이해
하게 만든다.

'나'에 대한 이해는 세계를 이해하고 과업을 완성하는 쪽으로 움직이
게 한다. 결과적으로 글쓰기는 '나'에 대한 이해를 통해 세계를 이해하

---

17) 페니베이커 J.W. 저, 김종한 · 박광배 공역, 『털어놓기와 건강』, 학지사, 2007, 129~130쪽.

고 삶의 과업을 완성하게 함으로써 인간을 행복하게 한다.

셋째, 글쓰기는 정서적인 '나'를 발견하게 함으로써 인간을 행복하게 한다. 이는 인간이 사용하는 언어가 근본적으로 정서적이기 때문이다. 뇌과학의 도움을 받아 밝혀진 사실들에 의하면 언어는 인지적인 좌뇌의 활성화에 의해 이루어지는 것이 아니라, 정서적인 우뇌의 활성화에 의해 이루어진다. 그리고 인간이 사물을 받아들이거나 경험을 조직하기 위해서는 좌뇌와 우뇌가 결합하여야 하는데 이 때 주도적인 역할을 하는 것은 우뇌이다. 결국 인간은 사물을 받아들이거나 경험을 조직할 때 정서적인 태도를 취한다는 것이다.

이러한 사실은 미술치료·음악치료·놀이치료·무용치료 등이 반증한다. 미술치료·음악치료·놀이치료·무용치료 등이 가능한 이유는 인간이 세계와 경험을 받아들일 때 인지적이기보다는 정서적이기 때문에 가능한 것이다. 최근에 웃음치료가 일반 대중에게 설득력을 갖는 이유도 이와 마찬가지이다.

그러나 우리는 세계와 경험들을 인지적으로 받아들이려 하기 때문에 삶과 인간 관계가 건조해지고 오히려 더 비이성적인 반응을 보이는 때가 허다하다. 이성은 복잡한 것을 이해하지 못한다. 복잡한 문제를 이해하려고만 하면, 이성적으로 해결하려고만 하면 오히려 문제는 더욱 복잡해지고 해결의 실마리를 찾지 못하며 정신적·심리적 공황 상태를 겪게 된다. 복잡한 문제는 정서적으로 접근할 때 쉽게 해결할 수 있다. '머리로 해결하려 하지 말고, 가슴으로 해결하려 하라'라는 말이나 '눈으로 보려하지 말고 마음으로 봐라'라는 말은 바로 이성적인 해결보다는 정서적인 해결이 우리 인생에서 더욱 효과적일 때가 많기 때문이다.

1.6. 문제는 상상력이다

그렇다면, 인간의 이성과 감정은 어디에서 발현되는 것일까. 인간이 사용하는 언어의 본질은 무엇이며, 세계는 무엇으로 존재하는가. 그리고 21세기의 화두 중의 하나인 창조의 힘은 어디에서 오는 것일까.

단언하건데, 이 질문들에 답은 '상상(想像, Imagination)'이다.

'상상'은 시대에 따라 다양한 의미를 가졌다. 그리고 사람에 따라, 문화의 형태나 학문의 종류, 장르에 따라 그 의미가 다르기는 하다. 우선, '상상'의 사전적인 의미를 살펴보면 다음과 같다.

想 : ① 생각할 상 ; ㉠ 바람. 사모함 ㉡ 추측함 ㉢ 추억함
② 생각 상 ; 생각하는 바.
③ 생각하건대 상 ; 생각하기를
像 : ① 꼴 상 ; 모양. 모습
② 상 상 ; 부처・사람・짐승 같은 것의 형체를 만들거나 그린 것.
③ 법 상 ; 법식(法式)
④ 닮을 상 ; 비슷함
⑤ 모뜰 상 ; 본뜸18)

상상(想像) [명사]
1. 실제로 경험하지 않은 현상이나 사물에 대하여 마음속으로 그려 봄.
2.『심리』외부 자극에 의하지 않고 기억된 생각이나 새로운 심상을 떠올리는 일. 재생적 상상과 창조적 상상이 있다.19)

한자 자전의 상(想)과 상(像)의 의미를 엮어보면 '사물의 모양이나 형

---

18) 李相殷 監修,『漢韓大字典』, 民衆書林, 1991.
19) 국립국어원 표준국어대사전.

체를 미루어 추측함' 정도로 요약할 수 있을 것이다. 한자 자전에서는 상상의 뜻을 "① 마음속으로 그리며 미루어 생각함 ② 기지(旣知)의 사실 또는 관념에 의거하여 새 사실 또는 관념을 구성하는 마음의 작용"이라고 풀어놓았다. 국립국어원 표준국어대사전에도 비슷하게 상상의 뜻을 풀어놓았다.

그러나 상상의 의미는 시대에 따라 다양하게 풀이되고 사용되었다. 상당히 오랫동안 상상은 환상과 같은 뜻으로 쓰였다. 플라톤은 상상은 비합리적인 체계를 가지고 있어서 진리를 발견하고 실재를 파악하는 것을 방해한다고 하였다. 상상은 이성과는 정반대되거나 이성보다는 아주 낮은 정신 행위쯤으로 간주되었다.

> 상상(想像, Imagination) : 상상, 상상력, 상상적 등등의 낱말들은 현재 문학론에서 쓰여질 때, 최고의 가치를 뜻하는 말이지만, 르네상스 이전까지는 대체로 인간의 합리적인 사고를 방해하는 이상심리(異常心理)의 하나로 간주되었다. (중략) 상상은 감각적 체험을 심상으로 파악하는 능력일 뿐 아니라, 감각의 대상이 없을 때에도 머리 속에 심상을 만들어 보고, 또한 여러 심상들을 융합하여 전혀 새로운 심상을 형성할 수 있는 능력이다. 즉 상상은 사실이나 실재의 부족한 것을 완전하게 꾸밀 수 있는 일종의 창조적 능력이다. (중략) 그는 상상력을 감각적 지각의 자료들을 능동적으로 종합하는 능력이라고 규정하고, 이 능력이 없는한 세상에 대한 인식은 불가능하든가 부족하다고 하였다. 상상은 외계의 사물을 한 주체가 받아들일 때 거칠 수 밖에 없는 정신영역이며, 그렇지 않는 한 이해력(이른바 오성, 悟性)은 전혀 무력하다. 더욱이 상상은 오성에 대해 필수적인 동조자의 역할을 할 뿐 아니라 그 자체로서 자유롭게 활동하는 능력으로, 외계의 사물에 매이지 않고 스스로 창조한다. (중략) 다양한 통일로 이끄는 이 힘은 서로 반대되는 것, 구체와 추상, 개체와 일반, 새로운 것과 낯익은 것의 화합에서 나타난다. 다양 또는 불일치의 통일이란 결국 무질서를 질서로, 무형을 형상으로 창조하는 것을 말하고 예술이란 바로

이런 일을 하는 것이니 상상과 예술은 동일한 것이다.(하략)[20]

상상이 중요한 정신세계이며 동시에 창조적 기능을 한다고 생각하기 시작한 것은 르네상스 시대에 들어와서부터이다. 르네상스 시대에 상상은 창조주가 상상력으로 우주만물을 창조한 것과 비유되었다. 즉, 아무 것도 없는 무의 상태에서 창조주가 상상력을 발휘하여 우주만물을 창조하였듯이 시인도 세상에 없던 형상을 상상으로 만들어낸다고 생각한 것이다. 그러나 이러한 주장 역시 상상의 뜻을 자연의 모방이라는 범주 안에서 이루어진 것이기 때문에 신고전주의의 모방론에서 벗어나지 못한 것이다.

베이컨은 상상이 이성과 동등하거나 더 높은 차원의 능력은 아니지만, 사실의 세계에 얽매이지 않고 사실을 자유롭게 변형시켜 사실보다 더 아름답고 다양하고 가치 있게 만드는 것이라고 하여 인간의 또 한 부분을 채워주는 능력이라고 하였다. 이와 유사하게 경험주의 철학자들은 상상은 체험의 잔재들을 가지고 새로운 심상을 만들어내는 능력이라고 하였다. 이렇듯 상상이 기존의 지식, 이미 체험한 경험을 바탕으로 새로운 심상을 만들어낸다는, 상상의 기본적인 의미를 파악한 것은 17세기 말이다.

18세기 초에 들어서야 상상의 창조 능력을 간파하게 된다. 죠지프 애디슨은 '상상은 사실이나 실재의 부족한 것을 완전하게 꾸밀 수 있는 일종의 창조능력이다'라고 하여 자연의 모방을 강조하던 당시의 문학관에 정면으로 도전하였다. 상상의 중요성을 간파하고 역설한 사람은 칸트이다. 칸트는 상상을 '감각적 지각의 자료들을 능동적으로 종합하는 능력'이라고 하여 상상력이 없는 한 세상에 대한 인식은 불가능하거나

---

20) 이상섭 저, 『문학비평용어사전』, 민음사, 1984, 126~129쪽.

부족하다고 하였다. 시인 블레이크는 상상만이 본질적 실재, 즉 진리에 도달하게 할 수 있다고 하였다.

> 그러니까 상상으로 파악한 내용은 철학자들이 말하듯 허구가 아니라 진리 그 자체인 것이다. 코울리지나 워즈워드 같은 낭만주의 선구자들은 이성을 거부한다기보다는 순수한 상태의 이성이란 결국 상상이라는 견해를 내세워 이성을 상상 속에 내포시켜 이성의 존재를 결과적으로 부인한 셈이 되었다. 어쨌든 예술적 창조는 물론이고, 진정으로 충만한 윤리적 인생, 플라톤 이래의 관념철학의 목표인 절대적 실재의 발견과 그 향유 등 일체는 상상에 달려 있다고 주장하였다. 진리는 상상의 내용인데, <시는 상상의 표현>(셸리)이니까 결국 시는 진리 중의 진리인 셈이다.[21]

이렇듯 '상상'의 의미가 변한 것은 인간의 삶이 신(神) 중심 세계에서 인간 중심 세계로 변화하였음을 의미하며, 인간의 본질을 파악하기 위해 언어의 본질에 더욱 집중하였음을 의미하며, 언어의 본질을 가장 잘 드러내는 문학에 대한 관심이 커졌다는 것을 의미한다.

대체로 르네상스 이전까지 인간의 삶은 신 중심의 세계에 갇혀있었다. 그래서 모든 예술은 하나님과 하나님 말씀의 거룩함을 찬양하였으며 하나님이 창조하는 사물을 그대로 모방하는 것을 최고의 경지로 인식하였다. 그러나 르네상스 시대를 즈음하여 인간의 삶이 인간 중심의 세계로 열리면서 인간의 본질에 대해 더욱 관심을 갖게 되었다. 인간의 본질에 관심을 가지면서 인간의 본질은 언어의 본질과 맞닿아있음을 간파하였는데, 언어의 본질은 무한한 상상에 의해 구성된다는 것을 알아챈 것이다. 즉, 언어를 구성하고 있는 기표와 기의는 필연이 아닌 수의적이어서 그 사이에 무한한 상상이 가득하고 그것이 바로 언어와 인간

---

21) 앞의 책, 128쪽.

의 본질임을 깨닫게 된 것이다.

역으로 설명하자면, '배'라는 언어에 대한 의미는 모든 사람들에게 다 다르다. 우선 한국어로는 먹는 배와 타는 배가 있지만, 타는 배라고 지정해준다 하여도 사람마다 다 각기 다른 타는 배를 떠올릴 뿐만 아니라 타는 배에 대한 경험과 감정들은 각기 다 다르다. 하나님 중심 세계에서는 표준이 있고 그 표준에서 벗어난 배는 배가 아니라고 하겠지만 인간 중심의 세계에서는 각기 다른 모든 배들이 다 나름의 가치를 지닌 배이고 모두 다 다른 배를 떠올리기 때문에 인간의 삶이 풍족해진다고 생각하는 것이다.

그리고 이러한 언어의 본질을 가장 잘 드러내는 것이 문학이다. 은유와 상징은 문학의 본령이라 할 수 있는데, 이 은유와 상징이 바로 언어의 본질이다. 따라서 인간의 본질을 잘 드러내는 것은 문학이고, 문학의 본령은 은유와 상징이며, 은유와 상징은 언어의 근원적 본질이라 할 수 있다.

이제까지의 논의를 바탕으로 '상상'을 풀이하면, '상상이란 인간이 오감(또는 오성悟性이라 해도 관계없다)으로 받아들인 사물과 현상, 또는 경험과 지식을 능동적으로 종합하여 새로운 것을 창조하는 능력'이라 할 수 있을 것이다. 상상은 다양한 것들을 인정하고 그 다양한 것들을 통일로 이끄는 힘을 가지고 있다. 상상이 이러한 힘을 갖기 위해서는 서로 반대되거나 서로 다른 것들 사이에서 균형을 이루려고 하거나 화합할 때 생긴다. 좀 더 구체적으로 말하자면 상상이란 '눈에 보이는 것과 보이지 않는 것, 개체와 집단, 일반적인 것과 특수한 것, 같은 것과 다른 것, 새로운 것과 익숙한 것이 균형을 이루거나 화합할 때 생기는 능력'이라고 할 수 있다.

요즘에는 상상을 더욱 넓은 개념으로 파악하고 있다. 가령, 범죄자들이 범죄를 범화는 이유 중에 하나가 상상력이 부족하기 때문이라고 이해한다. 범죄자들은 피해자들이 당하는 고통과 범죄가 어떤 결과로 이어질지에 대한 상상력이 부족하기 때문에 범죄를 저지른다고 이해하는 것이다.

이제까지 논의한 상상의 의미가 마음에 들지 않더라도, 중요한 것은 현대 사회는 상상이 가져오는 창조능력이 중요하고 상상력이 인간의 삶에 미치는 영향이 크다는 것은 잊지 말아야 한다. 그리고 상상은 인간의 오감에서 시작된다는 것도 잊지 말아야 한다.

다음 시들도 오감으로 사물을 받아들이면서 상상의 나래를 펼친 것들이다. 다음 시들이 무엇을 형상화했는지 상상해 보자.22)

> (가) 우리가 저문 여름 뜨락에
> 엷은 꽃잎으로 만났다가
> 네가 내 살 속에 내가 네 꽃잎 속에
> 서로 붉게 몸을 섞었다는 이유만으로
> 열에 열 손가락 핏물이 들어
> 네가 만지고 간 가슴마다
> 열에 열 손가락 핏물자국이 박혀
> 사랑아 너는 이리 오래 지워지지 않는 것이냐
> 그리움도 손끝마다 핏물이 배어
> 사랑아 너는 아리고 아린 상처로 남아 있는 것이냐

> (나) 그대 그리움이
> 고요히 외로움도
> 보밴 양 오붓하고
> 실실이 푸는 그 사연

---

22) 목적상 시의 제목과 작가를 밝히지 못한다.

장지 밖에 듣는다.

(다) 바람은 지날 때마다
구멍 하나씩을 남기고 갔다.
온몸에 뚫린 구멍
오늘밤은
울음으로 밖에 채울 수 없구나
바람소리에 묻히는 울음,
내 울음은 어둠 속에서
앞산의 머리채를 흔든다.
그 때마다 산의 발등을 적시는 냇물은
조금씩 숨이 가빠진다.
어둠보다 또렷한 그리움으로
낮게 흐르면
언젠가 닿기는 닿으리라
닿아서 부서지리라
그러다가 또 밀물로 거슬러 올라
더 큰 구멍이 되어
울게 하리라.

(라) 가갸거겨고교구규그기가
라랴러려로료루류르리라

제2장 오감 깨우기

글쓰기의 중요한 자질의 하나인 상상은 인간의 오감에서 비롯된다. 다른 말로하면, 인간은 세계를 오감으로 받아들이며 그 과정에서 상상을 발동한다. 따라서 좋은 글을 쓰기 위해서는 상상력을 길러야 하고, 상상력을 기르기 위해서는 우리의 오감을 깨워야 한다.

다양한 학설이 있지만, 인간은 오감을 통해 세계를 받아들이고 분석하고 이해한다. 오감에는 시각·청작·후각·미각·촉각이 있는데, 인간은 70~80%를 시각으로 받아들이고 10% 정도를 청각으로 그 밖에는 후각·미각·촉각 순으로 받아들인다고 한다. 오감으로 받아들인 세계가 규칙적으로 반복되고 그와 유사한 경험들이 결합하면서 생각을 형성한다. 이 과정에서 개인마다 다른 상상력이 작동하여 독자적인 인식 방법이 생기고 그 결과도 개인마다 다 달라 서로 다른 생각들이 탄생하는 것이다.

현대인들이 '상상력이 빈곤하다'든지 '생각이 짧다', 또는 '사고력이 부족하다'라고 하는데 이는 현대인들의 생활환경이 오감을 활성화하는

데 매우 불리하기 때문이다. 집에서는 아파트 앞 동 뒷면만 보고, 버스나 지하철에서는 앞 사람 뒤꼭지만 보고, TV나 컴퓨터 화면만 보고, 책과 문제집만 보고, 간판만 볼 뿐이다. 하늘을 올려다볼 짬도 없고 밤하늘의 별을 찾을 겨를도 없다. 더군다나 걸음을 멈추고 눈을 감고 햇볕을 느끼거나 볼을 만지고 가는 바람을 느껴본 적은 언제인지 기억에도 없다.

인간이 가장 많이 세계를 받아들이는 시각은 매우 이기적이다. 인간이 하루에 처리할 수 있는 정보의 양은 최대 40만 비트 정도이지만 시각으로 받아들이는 정보는 1000만 비트가 넘는다. 따라서 인간은 자기에게 필요한 것, 자기에게 유리한 것, 자기가 좋아하는 것만 받아들인다. 시각은 즉물적이다. 시각은 보이는 대로만 받아들이며 보이는 것이 사실이라고 믿어버린다. 이처럼 시각은 이기적이고 즉물적이어서 인간의 욕망을 끊임없이 일으킨다.

시각만큼은 아니지만 청각도 이기적이고 즉물적인 성향을 띤다. '칵테일 효과'[1]는 인간의 청각이 매우 이기적임을 증명한다. 즉, 인간은 여러 가지 소리 중에서도 자신이 듣고 싶은 것만 듣는다는 것이다. 따라서 청각도 자기에게 필요한 것, 자기에게 유리한 것, 자기가 좋아하는 것만 받아들이는 경향이 강하다.

하지만, 후각·미각·촉각은 이기적이거나 즉물적인 성향이 약하다. 특히 미각과 촉각은 이러한 경향이 더욱 약하다. '혀로 느껴라' 또는 '맛을 느껴라'라는 표현을 흔히 쓴다. 또한 '피부로 느껴라'하는 말도 어색하지 않게 사용한다. 하지만, '눈으로 느껴라', '귀로 느껴라'라는 표현은 잘 쓰지 않는다. 쓴다 하더라도 은유나 역설적인 의미로 사용하

---

[1] '칵테일 효과'란 아주 시끄러운 칵테일 파티장에서도 자신에 관한 소리는 매우 뚜렷하게 들리는 효과를 말한다.

지 일상적인 표현은 아니다. '눈으로 보고 느껴라', '귀로 듣고 느껴라'는 표현을 쓴다. 보고 듣는 것은 느끼는 것과 다르다.

현대인은 '보고', '듣고' 할 뿐이지 느끼지 못한다. 보고 들어서 느껴야 하는데 보고 들을 뿐 느끼는 단계까지는 나아가지 못한다. 그래서 자신의 세계에만 갇히게 되고 자신의 욕망만 키워나가는 것이다.

느껴야 한다. 인간은 느낄 때 행복하고 안정감을 느낀다. 인간과 같은 영장류들이 서로 피부로 접촉하는 이유는 다른 데 있지 않다. 인간이 사랑을 느낄 때 접촉(스킨십)하는 이유나 반대로 접촉을 자주하면 사랑의 감정이 싹 트는 이유는 다른 데 있지 않다. 그것은 바로 느끼는 감각이 인간에게 믿음과 안정, 사랑의 감정을 북돋아 주기 때문이다.

따라서 오감을 깨우는 일도 중요하고, 동시에 느끼는 감각을 깨우는 일도 중요하다. 시각이나 청각, 후각·미각·촉각으로 받아들인 세계에 대해서도 느낌을 키우기 위해 노력해야 한다.

2.1. '나'의 감각 확인하기

인간은 모두 오감을 가지고 있다. 오감에 장애를 가지고 있는 사람도 있으나 특별한 장애가 없다면 오감을 통해 사물을 받아들이고 세계를 이해한다. 그리고 대부분 시각을 통해 사물을 받아들이고 세계를 이해한다. 그러나 다른 사람과 달리 발달한 감각이 있다. 사물을 먼저 받아들이는 감각이 있고 그 감각으로 사물을 받아들일 때 편안함을 느낀다.

우선, 자신의 발달한 감각을 확인할 필요가 있다. 방법은 간단하다. '통각검사' 등 좀 더 체계적이고 복잡한 방법이 있긴 하지만, 간단한 방법으로도 어느 정도 확인이 가능하다. 어떤 단어를 보거나 들었을 때

연상되는 단어들을 분석하면 알 수 있다. 가령, '봄'이라는 단어를 들었을 때, '개나리. 병아리. 아지랑이' 등 시각으로 받아들이는 사물이 먼저 떠오르면 시각이 강한 것이고, '화전. 봄나물. 주꾸미' 등 미각으로 받아들이는 사물이 먼저 떠오르면 미각이 발달한 것이다.

자신의 발달된 감각에 대해 좀 더 자세히 알고 싶다면 주변에서 흔히 볼 수 있는, 또는 자주 경험하는 것들에 대해 자신의 생각, 느낌 등을 자유롭게 써볼 수 있다. 가령, '책상·음식·문·바다·사람·핸드폰' 등 우리가 일상생활에서 자주 접해서 나름대로의 경험과 관념들이 형성되었음직한 것들을 대상으로 나는 그것들을 어떤 감각으로 파악하고 있는지, 어떤 감각으로 받아들인 것이 강하게 남아있는지를 확인하면 된다.

한 가지 다시 강조하는 것은 인간은 모든 사물은 다섯 가지 감각으로 다 받아들일 수 있고, 다섯 가지 감각으로 다 받아들인다. 단지 자신이 그것을 받아들일 때의 특수한 상황이나 환경, 나 자신의 성향 때문에 어떠한 감각이 더욱 두드러지게 작용할 뿐이다.

◼ 책상

- 시각 : 의자, 책들과 같이 눈에 보이는 것이다.
- 청각 : 책상을 움직일 때, 위 층 강의실에서 책상을 끄는 소리 때문에…
- 촉각 : 앉았을 때 팔에 느끼는 감각. 특히 에어컨을 켠 여름철이나 추운 겨울에 느껴지는 차가운 감각이 나에겐 크다.
- 미각 : 초등학교 시절, 책상에 엎드려 입 벌리고 잘 때 메세시한 맛을 느꼈다.
- 후각 : 책상은 모두 독특한 냄새를 가지고 있다.

◼ 음식

- 시각 : 보기 좋은 음식이 먹기에도 좋다. 음식도 데코레이션이 중

요하다.

－후각 : 요리할 때 먼저 냄새가 난다. 냄새로 어떤 음식인지 알 수
있다.

－미각 : 음식은 무조건 맛이 있어야 한다.

－촉각 : 나는 코가 좋지 않다. 그래서 음식을 씹는 질감을 중시한다.

－청각 : 엄마가 음식을 만들 때 나는 달그락 소리, 재료 써는 소리,
보글보글 음식 끓는 소리, 음식은 청각이다.

나에게 책상은 시각인가 청각인가. 아니면 촉각, 미각, 후각 어느 것
인가. 나에게 음식은 시각인가 후각인가. 아니면 미각, 촉각, 청각인가.
나는 어느 감각으로 가장 먼저 받아들이는가. 나는 어느 감각으로 받아
들이는 것이 가장 편안하고 의미 있다고 생각하는가.

이는 매우 중요하다. 나의 주된 감각이 나의 생각이 되고, 사물을 받
아들이는 나만의 독특한 방식이 되며, 독자적인 세계가 된다. 물론, 시
각이 발달되었다고 해서 모든 사물을 시각으로만 받아들이지는 않는다.
각자 사물에 대한 독특한 경험과 나름대로의 성향이 다 다르기 때문에
사람마다 받아들이는 주된 감각 역시 다 다를 수 있다. 중요한 것은 나
의 주된 감각이 무엇이며, 왜 어떠한 사물은 독특한 감각으로 받아들이
는지를 아는 것이며, 어느 사물을 받아들일 때 나와 다른 감각으로 받아
들일 수 있다는 것을 알고 허용하는 것이다. 그래야만 나의 감각이
더 활성화되고 나의 생각이, 나의 세계가 더욱 더 넓어지는 것이다.

2.2. 오감으로 받아들이기

인간에게는 오감 외에 육감(六感, The Sixth Sense)이 있다고 한다. '동물

적인 육감', '여자에게는 육감이 있다'라는 말을 흔히 하는데 이 때 육감이란 지적 판단이나 분석적인 사고에 의하지 않은 직관적인 정신 작용, 직관을 의미한다. 즉 인간의 오감에 의한 것이 아니고 외부의 세계에서 인간에게 주어진 듯한 느낌을 말한다. 또는 창조·창작, 예술 세계에서는 영감이라는 뜻으로도 쓰인다. 영화 <식스센스>에서 식스센스, 육감은 소년이 죽은 사람을 볼 수 있는 능력 또는 정신세계를 의미하기도 한다.

이렇듯 육감은 인간의 내부에서 일어나는 것이 아닌 외부에서 인간에게 주어진 감각이며 인간의 의식세계를 초월한 무엇으로 정의내릴 수 없는 감각을 말한다. 하지만 육감이나 직감, 또는 영감이라는 것도 인간이 오감으로 받아들인 것, 받아들여서 경험의 체계를 갖추었거나 지식이 되었던 것들이 유사한 상황이나 관계와 맞닥트렸을 때 새로운 형태로 파생된 것이거나 사고·연구의 축적의 결과이거나 고심의 산물이라는 것이다.

육감이 발달한 사람이 있을 수 있으나 그것은 체계적이고 논리적인 사고 체계가 약하거나 자율 신경계에 이상이 있거나 아니면 오감 중 어느 하나가 약해서 정상적으로 오감을 사용하지 못하는 경우이다. 일반적으로는 과거의 경험과 분명하지 않은 오감에 의해 잠시 만들어지는 경우가 많다. 가령, 귀신을 보았다는 육감은 과거에 귀신이 나온 영화나 귀신 이야기를 들은 경험에 분명하지 않은 오감이 작동한 것이다. 분명하지 않은 오감이란 분명하지 않게 언뜻 무엇을 보았다든지, 불분명한 소리를 들었다든지, 선뜻한 기온을 감지했다든지, 기분 좋지 않은 냄새를 맡았을 경우를 말한다.

사실, 육감의 대부분은 오래도록 겪은 경험의 축적의 결과이거나 분석의 결과이다. '동물적 육감'이라는 것은 오래된 경험의 축적이 대부분이다. 동물은 오랜 경험에 의해 어디에 먹잇감이 있는지, 어떤 상황에서 위험한 일이 일어나는지, 어떤 기상 조건에서 비가 오고 지진이 일어나는지 판단하는 것이다. 동물들이 인간과 달리 지진이 일어날 것을 간파하는 것은 인간보다 오감이 발달해서 이지 '동물적 육감'이라는 것이 별도로 있는 것은 아니다.

'여자의 육감'도 마찬가지다. '여자의 육감'이라는 것도 특별한 감각 능력이 별도로 있는 것이 아니라 일어나는 일들을 분석한 결과이다. 예를 들어 부인들은 남편이 바람피우는 것을 육감적으로 안다고 하지만 사실은 평소와 다른 남편의 행동을 놓치지 않고 분석한 결과이다. 따라서 '여자의 육감'은 남자들이 사소한 것이라고 여기는 것들도 놓치지 않는 예민한 여성들의 분석 결과물이다.

육감은 교육을 통해 전수되거나 향상시킬 수 있는 것이 아니다. 육감을 기른다고 그것에 집중한다고 해도 육감은 향상되지 않는다. 오히려 육감은 문득 떠오르거나 한가할 때 생긴다. 산책을 하다가, 넋 놓고 창밖을 보다가, 여행 중에, 또는 화장실에서 문득 떠오르는 경우가 많다. 따라서 육감이 있다고 믿고 육감을 기르고 싶다면 나의 오감을 발달시키고 여유 있는 생활을 하는 것이 좋다.

오감을 발달시키기 위해 나는 각 오감을 통해 무엇을 받아들이고 있는지 점검할 필요가 있다.

- 시각 : 색깔. 모양. 크기(높이+넓이). 핸드폰. 연필. 지우개. 공책. 칫솔. 의자. 책상. 침대. 옷장. 신발. 컵. 옷. 동물. 인간. 컴퓨터. 가방. 하늘. 바다. 시계. 안경. 필기내용. 눈. 코. 입.
- 청각 : 소리. TV. 라디오. 오디오. 학교. 커피포트. 문. 엘리베이터. 지하철. 음악. 노래. 이어폰. 벨소리. 경적. 구두. 손톱깎이. 19금. 드라이어기. 엄마. 수다. 방귀. 트림. 도서관. 독서실. 비.

- 후각 : 냄새. 생리적인 활동. 음식물쓰레기. 하수종말처리장. 쓰레기장. 김치찌개. 된장찌개. 청국장. 홍어. 장작불. 샴푸. 헤어스프레이. 꽃. 방향제. 공기. 바람. 정수리내. 참기름. 양파. 개. 고양이.
- 미각 : 오렌지주스. 해장국. 튀김. 우동. 오믈렛. 고기. 생강. 고추냉이. 까나리액젓. 식초. 식혜. 커피. 차. 보리차. 꿀. 버섯. 먼지. 과자. 입술. 피. 침. 가래. 하루살이. 벌레. 흙. 약. 치약.
- 촉각 : 우주. 만물의 기운. 지구. 사람의 온기. 흙. 버스 창의 서리. 안개. 숲. 속옷. 악수. 박수. 포옹. 팔짱. 뽀뽀. 젤리. 핸드크림. 설거지. 강아지. 아기. 돈. 점자책. 땅바닥. 수정테이프. 머리카락. 목도리. 귀이개.

이렇게 오감의 의해 받아들이는 것들을 적다 보면 처음에는 포괄적이고 일반적인 것을 적다가 시간이 지나면 구체적이고 주관적이 경험을 적는다는 것을 발견할 수 있다. 이러한 현상은 오감도 개발 노력에 따라 발달할 수 있음을 나타내는 것이다.

오감을 발달시키기 위해서는 나와 다른 감각, 나와 다른 방식으로 사물을 받아들이는 사람들과 교류하고 그 사람들의 오감과 방식을 인정하는 것이다. 이러한 노력을 통해 오감을 발달시킴과 동시에 나의 경험의 세계, 세계 인식 방법을 확장할 수 있다.

가령, 나는 '사탕'을 미각으로 받아들이지만 다른 사람은 사탕의 모습이 너무 예뻐 장식으로도 쓸 수 있으므로 시각이라 할 수 있다. 나는 '사진'을 시각으로 받아들이지만 다른 사람은 사진 찍을 때의 행복한 소리들을 떠올리며 청각으로 받아들일 수 있다.

일렁이는 파도가 강하게 남아 있는 사람에게 바다는 시각이고, 바다하면 비릿한 바다냄새를 먼저 떠올리는 사람에게 바다는 후각이다. 생선회나 해산물을 즐겨하는 사람에게 바다는 미각이고, 모래사장 끝에

서서 바닷물에 쓸려나가는 모래의 간지러움을 발로 느낀 사람에게 바다는 촉각이며, 부서지는 파도소리나 배의 고동소리를 좋아하는 사람에게 바다는 청각이다.

이러한 모든 감각을 허용하고 인정한다면 우리의 상상력을 무한대로 확장될 것이며 생각은 깊어 질 것이고 창의력은 더욱 커질 것이 분명하다. 이쯤해서 상상은 서로 다른 것, 보이는 것과 보이지 않는 것, 일반적인 것과 특수한 것, 항존하는 것과 순간적인 것 사이의 균형과 화합이라는 사실을 다시 떠올릴 필요가 있다.

이러한 사실을 어느 정도 인정한다면, 오감을 발달시키는 일은 인간과 인간 사이의 균형과 화합을 이루는 일로 발전시키는 일임을 자각하게 될 것이며 오감을 발달시키는 일은 인간의 삶을 평화롭고 풍성하게 하는 일임을 깨닫게 될 것이다.

2.3. 오감 확장하기

오감을 발달시키는 일은 좋은 글쓰기의 기본이다. 좋은 글을 쓰기 위해서는 좋은 쓸거리가 풍부해야 하는데 오감을 발달시키면 좋은 쓸거리가 풍부해진다. 그리고 발달한 오감을 통해 다른 사람이 경험하지 못하는 것을 경험할 수 있고 다른 사람이 오감으로 파악하지 못한 것을 파악할 수 있어 독특하고 독자적인 세계를 구축할 수 있으며 독특하고 독자적인 쓸거리를 얻을 수 있다.

오감을 발달시키는 방법 중에 하나는 하나의 사물을 오감 모두로 느끼는 것이다. 그리고 오감으로 느끼는 이유와 오감으로 느낀 경험들을 되도록 많이 적어보는 것이다.

'비'를 대상으로 오감을 활짝 열어 보자.

◼ '비'는 시각이다.

- 비가 오는 날 창 밖을 볼 때 젖어가는 풍경들이 보이면 '비가 오고 있구나' 라는 느낌이 든다. 비가 오는 장면을 눈으로 보고 나서야 귀가 열리고, 그 다음에 기분이 센치해지므로 비는 시각이라고 생각한다.
- 우산을 쓰고 버스 정류장에 서서 고인 빗물과 내리는 비가 만나 톡톡 튀어 오르는 것을 한참동안 지켜본 적이 있다. 그 톡톡 튀는 순간은 빛을 지니고 있다. 비는 내게 땅에 내리는 별이다.

◼ '비'는 청각이다.

- 비는 눈으로 보는 의미가 크다고 할 수 있지만 청각적으로 음미하는 빗소리는 더욱 운치가 있고 사색적이다. 아스팔트나 나뭇잎 등 떨어지는 장소에 따라 음악적 요소가 더해진다. 한여름 나무에 떨어지는 빗소리를 들어보시길.
- 창밖에서 후두둑 하는 빗물 소리가 들린다. 천둥번개소리도 생각난다. 비오는 날 차들이 지나갈 때 쏴악ㅡ 하는 소리가 떠오른다.
- 비가 오는 날에는 창문으로 가리고 있어도 창가에 부딪히는 빗소리는 우리에게 비가 온다는 것을 알려주기 때문에.
- 방안에서 문을 닫고 있어도 소리를 통해 비가 오는지를 알 수 있고 또 그 소리를 통하여 비가 적에 오는지 많이 오는지도 알 수 있다.
- 나는 비와의 추억을 대부분 소리로 기억한다. 침대에 가만히 누워 혹은 책상이나 소파에서 내리는 빗소리에 맞춰 가라앉는 기분 때로는 씻기는 듯한 나의 감정, 비는 청각의 매체이다.
- 창밖을 보지 않아도 소리만 들어도 비가 오는 것을 알 수 있어서, 바닥에 부딪히는 소리도, 창에 부딪히는 소리도, 우산에 부딪히는 소리도, 소리로 먼저 다가와서이다.
- 밖에 있는 사람들을 제외하고 보통 집안에 있는 사람은 창문을 하루 종일 보고 있지 않는다. 다른 할 일을 하다가 창문을 두들기는 빗소

리에 그제서야 창문쪽으로 가서 어 비가 오네? 하니까 말이다. 내 생각엔 청각 → 시각 → 촉각

■ '비'는 촉각이다.

- 밖에서 비를 만날 때 가장 먼저 비가 온다는 것을 알게 하는 감각이 촉각이라고 생각한다. 눈으로 보기 전에 비가 한 두 방울 머리나 몸에 떨어지면 비가 온다고 느끼기 때문이다. 또 빗소리는 비가 다른 사물에 부딪혀야만 소리가 나기 때문에 내가 직접 비를 느끼는 감각은 촉각이라고 생각한다.

- 개인적으로 나는 일기예보를 보고 비가 온다는 것을 미리 안 적도 있지만, 주로 밖에 나왔을 때 비를 맞아보고서야 우산을 가지러 가곤 한다. 또한 보이는 것만으론 가늠할 수가 없어서 창문을 열고 손을 뻗어 비가 오는지 안 오는지 확인을 하곤 했다. 일기예보가 틀린 경우도 많아서 오히려 직접 느끼는 편이 낫다.

- 눈에 보이는 현상으로 생각한다면 시각이라고 할 수 있고 들리는 것으로 본다면 청각이라고 할 수 있으나 나에게 비는 촉각이다. 나는 눈에 보이기만 하는 비나 들리기만 하는 비는 살아있는 비가 아니라고 생각한다. 눈에 보이기만 하는 비는 다만 그림일 뿐이고 들리는 비는 멀리 있는 비이고 내가 만지고 느끼는 그리고 나에게 직접 내려주는 비만이 나에게 살아있는 비이기 때문에 비는 나에게 촉각이다.

- 비가 올 때면 습한 기운이 몸으로 느껴진다. 비 오는 날 밖에 나가면 옷과 신발이 젖어 축축한 느낌이 든다. 더운 여름에 비를 맞으면 시원하다. 무릎이 쑤시다.

■ '비'는 후각이다.

- 비가 내려서 아스팔트 도로 위를 적시기 시작하면 비 특유의 냄새가 난다. 비가 오는 장면을 생각하면 눅눅한 공기 중의 그 비 냄새가 가장 먼저 머리속에 떠오르기 때문에 비는 후각적.

- 비는 미각을 제외하고 모든 감각으로 느끼기 쉽다. 하지만 개인적으로는 자고 일어났을 때 혹은 비가 오기 전이나 내린 후에 나는 특유

의 비냄새가 너무 좋아서 후각이라 생각한다.

　ㅡ비 오기 전 흙냄새와 비가 왔을 때 버스에 타면 나는 텁텁한 냄새가
　　 있어 후각적이다.

■ '비'는 미각이다.

　ㅡ행군할 때 목이 말라 내리는 빗물을 혀로 적셔 먹은 적이 있다. 첫
　　 맛을 달달하고 끝 맛은 약간 비릿하다. 첫 맛의 달달함을 지금도 잊
　　 을 수 없다.

　ㅡ비 오는 날 처마 끝 물받이 통 밑에서 놀아본 적이 있는가. 신나게
　　 장난치다 보면 자연스럽게 비를 마시게 된다. 비의 맛은 즐거운 추
　　 억을 불러일으킨다.

　ㅡ비 오는 날 아빠 등에 업혀 온 적이 있다. 그 때 아빠 등줄기로 흘러
　　 내리는 빗물을 맛 본 적이 있다. 비가 올 때마다 아빠와의 추억이 떠
　　 오르고 그 때마다 뜨뜻하고 비릿한 비의 맛이 입 안에 퍼진다.

맞춤법에 맞게 쓰려고 노력하거나 완벽한 문장이 아닌지 걱정하지 않
아도 된다. 그것은 글의 작은 요건에 불과하다. 중요한 것은 오감을 활
짝 열어서 우주의 만물을 모두 내 안에 받아들이는 것이다. 이러한 과
정과 결과로 나를 살찌우는 것이 가장 중요한 일이다.

비는 시각이나 청각으로 받아들이는 것이라고 생각했다면, 촉각·후
각·미각으로도 비를 받아들일 수 있다는 것을 알게 되었을 것이고 또
는 '맞아'하고 공감하기도 하였을 것이다. 그런가 하면 '그래?'하고 의
문을 제기할 수도 있고, '그럴까'하고 부정할 수도 있을 것이다. 그러나
이 모든 반응들은 오감을 발달시키는 데 직·간접으로 영향을 미친다.

비는 시각이나 청각으로 받아들이는 것이라고 생각하였다 하더라도
'우산을 쓰고 버스 정류장에 서서 고인 빗물과 내리는 비가 만나 톡톡
튀어 오르는 것을 한참동안 지켜본 적이 있다. 그 톡톡 튀는 순간은 빛

을 지니고 있다. 비는 내게 땅에 내리는 별이다.'는 글을 읽으면서 비를 시각으로 받아들이는 내 감각은 또 다른 차원으로 발전하게 된다.

'비'와 같이 구체적인 사물만 오감으로 받아들일 수 있는 것은 아니다. '사랑'·'평화'·'믿음' 등과 같이 추상적인 개념도 오감으로 받아들일 수 있다.

'사랑'을 대상으로 오감을 활짝 열어보자.

■ '사랑'은 시각이다.

　　―사랑을 표현할 수 있는 감각은 무수히 많다고 생각한다. 그러나 그런 많은 감각 중에서 가장 큰 것은 시각이라 생각한다. 그 이유는 진정한 사랑이란 무언가 해서 생기는 그런 이유적인 사랑이 아니라 단지 보고만 있어도 생기는 것이라 생각한다. 그렇기 때문에 사랑은 시각이다.

　　―나를 생각해 주고 배려해주는 행동이 보여야 사람인 것 같다.

　　―사랑하는 사람의 음성을 듣고 싶고 느끼고 싶고 만지고 싶지만 보고 싶다는 의미가 가장 절실한 것 같다. 눈이 짓무르도록 보고 싶은 사람이 있었으면 좋겠다.

　　―누군가를 사랑한다면 직접 그 마음을 나타내야 한다고 생각한다. 사랑한다고 해서 마음속으로만 상대방이 알 것이라고 단정 짓지 말고 표현해야 한다. 그래서 그것을 주위의 사람들도 알 수 있을 정도로 보여주어야 한다고 생각한다.

■ '사랑'은 촉각이다.

　　―어머니가 아이를 따뜻이 안아주는 것이 사랑의 본질이다.

　　―사랑하는 사람이나 동물들은 보거나 듣기만 하는 것으로 다 느끼기 힘들다. 대상을 만지고 싶다고 느끼고 계속해서 같이 붙어 있고 싶고 그 대상이 내 머리를 쓰다듬거나 손을 잡는 등 촉각을 느낄 수 있는 행동을 했을 때 그 대상이 나를 사랑하는구나를 느낄 수 있다.

- 가슴이 뜨거워진다. 점점 식기도 하지만 따뜻하다. 서로에 대한 접촉
  이 있을 때 더 크게 느낀다.
- 사랑은 관념적이지만 그 표현은 가장 원초적으로 피부를 통해서 느
  껴지며 일차적인 사랑의 느낌은 맞닿은 모습에서 느껴지는 것이라
  본다.
- 사랑은 촉각이다. 사랑하는 사람과 손을 잡고 포옹을 하거나 키스를
  나눌 때 촉각으로 전해지는 느낌이 강하기 때문이다.
- 가족 남자친구 애완동물 친구 등 내가 사랑하는 것 들은 만질 수 있
  다. 서로 스킨쉽을 통해 사랑이 더 커진다고 느껴지므로 사랑은 촉
  각이라고 생각한다.
- 등산하면서 꼭 잡고 갔던 어머니의 손. 목욕탕에서 아버지가 밀어주
  셨던 나의 등 모두 촉각이다.

■ '사랑'은 미각이다.

- 난 사랑에 빠지면 평소 먹는 양보다 적게 먹어도 배가 부르다. 사랑
  을 통해서 아주 달콤한 행복을 매일같이 맛보기 때문이다.
- 서로 만나서 좋을 때는 달콤한 맛이 나지만 다투거나 사이가 나빠져
  헤어지고 나면 그 슬픔 때문에 쌉싸름하고 쓴맛이 난다. 그리고 또
  언제 그랬냐는 듯 단맛이 생각나 사랑을 하기 때문에

■ '사랑'은 청각이다.

- 사랑은 모든 감각으로 전달해낼 수 있지만 가장 쉽게 전달할 수 있
  는 방법, 즉 전 세계인들이 가장 많이 사용하는 방법이 청각이라고
  생각한다. 사랑하는 사람에게 고백할 때 영상을 이용할 수도 있겠지
  만, 대부분이 구두로 '사랑합니다'라고 자신의 마음을 표현하기 때문
  에 사랑은 청각이라고 생각한다.

■ '사랑'은 후각이다.

- 사랑하는 사람의 향기를 기억하다가 길이나 다른 곳에서 그 냄새가

나면 사랑하는 사람을 떠올리게 된다. 그리고 사랑하는 감정이 있으면 땀 냄새도 참을 수 있다.

　사랑은 오감으로 다 느낄 수 있다. '보고 싶어 눈이 짓무르니' 시각이요, '달콤한 사랑의 언약'을 빼놓을 수 없으니 청각이요, 떨리는 살 부빔이니 촉각이요, 사랑의 냄새를 맡으면 마음이 편해지니 후각이요, 시시때때로 내 입맛을 변하게 하니 미각이다. 그리고 오감으로 받아들인 이 모든 것이 융합해 사랑을 깊게 하고 추억하게 하는 것이다.

　사랑이 오묘하다는 것은 사랑은 모든 오감으로 강력하게 받아들이기 때문이다. 사랑할 때는 모든 오감이 활짝 열려서 상대방의 모든 것, 사랑에 대한 모든 것을 받아들여서 그 모든 감각들이 강력하게 융합한다. 이 융합 과정에서 기존의 지식과 경험을 뛰어넘는 그 무엇이 창조되는데 그것은 이제까지 축적한 지식이나 경험을 뛰어넘는 것이므로 이해할 수 없는, 오묘한 현상을 일으키는 것이다.

　사랑만큼 인간의 삶에 영향을 미치는 것은 그리 많지 않다. 어떤 사람은 내 인생에 가장 큰 영향을 미친 것은 부모님이라고 할 수도 있다. 아니면 친구라고 할 수도 있고, 선생님이라고 할 수도 있다. 하지만, 그들이 내 인생에 가장 큰 영향을 미쳤다고 생각하는 기저에는 사랑이 깔려있다. 그들이 내 인생에 가장 큰 영향을 끼친 이유가 존경심이든, 우정이든, 혹은 나에게 준 도움이든 간에 그 기저에는 사랑이 있다.

　사랑이 우리의 삶에 큰 영향을 미치는 이유는 우리가 사랑을 모든 오감으로 받아들이고 모든 오감을 통해 사랑을 발현하기 때문이다. 따라서 오감을 활짝 열어 모든 사물을 받아들인다면 우리의 인생은 더욱 풍부해질 것이며, 우리의 인생은 더욱 가치 있는 것이 될 것이다. 그리고 동시에 우리의 글쓰기는 더욱 풍부해지고 가치 있는 일이 될 것이다.

2.4. 마음의 눈으로 받아들이기

'오감으로 사물을 받아들여라'는 말과 '마음의 눈으로 받아들여라'는 말은 서로 깊은 관계에 있다. 오감으로 사물을 받아들이기 위해서는 마음으로 눈으로 사물을 받아들여야만 가능하며, 마음으로 눈으로 사물을 받아들이기 위해서는 오감으로 사물을 받아들여야 한다.

사실, 우리 주변의 모든 것은 쓸거리가 될 수 있다. 자연물·인공물·인물·장소·사건 등 구체적인 것들뿐만 아니라, 느낌·감정·정서·관념·사상 등 추상적인 것 모두가 쓸거리가 될 수 있다.

- 자연물 : 하늘. 바다. 구름. 바람. 돌. 햇살. 산. 강 등
- 인공물 : 건물. 교통시설. 전화기. 핸드폰. TV. 컴퓨터 등
- 인 물 : 부모. 스승. 친구. 형제. 애인. 역사적 인물 등
- 사 건 : 일상의 일. 질병. 화재. 지진. 해일. 전쟁 등
- 과거사실 : 역사적 사건·일화·잊지 못할 일. 과거의 체험 등
- 취미, 오락 : 운동 경기. 게임. 독서. 노래. 그림. 여행 등
- 추상세계 : 감정. 정서. 진리. 가치. 자유. 이상. 사랑. 이념 등
- 문화계 : 교육. 학문. 예술. 종교. 민속. 관습. 풍속 등

하지만 사물이나 현상을 무심히 지나친다면, 오감으로 받아들이고 마음의 눈으로 받아들이지 않는다면, 그것들은 아무런 의미나 가치가 없으며 좋은 쓸거리가 될 수 없다. 그래서 우리의 선조들은 "心不在焉이면 視而不見하고 聽而不聞이니라.(마음에 있지 아니하면 보아도 보이지 아니하고, 들어도 들리지 않는다.)"고 하였다.

인간의 눈은 세 개라 한다. 그 세 개는 육안(肉眼), 뇌안(腦眼), 심안(心眼)이다. '육안'이란 우리 육체에 달려 있는 눈을 말하는데, 아무런 생각

이나 감정 없이 겉으로 드러난 형태나 현상만을 보는 것을 말한다. '뇌
안'이란 뇌를 지칭하는 개념이 더 강하여 시시비비를 가리거나 논리적
으로 인식하는 것을 말한다. '심안'이란 말 그대로 '마음의 눈'이다. 사
물이나 현상을 있는 그대로만 보는 것이 아니라 사물과 형상에 마음을
담아 사물과 현상을 관통하여 그것의 본질, 참 의미를 읽어 내는 것이다.

뇌안이 사물과 현상을 과학적으로 분석하여 본질에 도달하게 한다면,
심안은 사물과 현상이 우리의 삶에 어떠한 의미를 부여하는지, 사물과
현상이 우리 생활에서 어떻게 작용하여 우리 삶을 변화시키는지에 관심
을 갖는다. 뇌안이 체계적이고 논리적이라면 심안은 체계와 논리를 초
월한다. 즉, 육안과 뇌안이 사물과 현상에 집중한다면 심안은 우리의 삶
에 관심을 갖는다.

심안으로 사물과 현상을 바라보면 사물과 현상의 근원적인 본질에 도
달하게 된다. 이러한 본질을 '속성(屬性)'이라고 한다. 심안, 즉 '마음의
눈'으로 사물과 현상을 보면 사물과 현상의 본질인 속성을 파악할 수
있다.

■▪ 물을 '마음의 눈'으로 읽기 – 물의 속성
  − 인간이 살아가는 환경에 있어 빼놓을 수 없다.
  − 고여 있는 물은 썩기 마련이다.
  − 모여 강이 되고 모여 바다를 이룬다.
  − 물고기에겐 삶의 터전이다.
  − 불과 반대되는 속성을 가진다.
  − 불은 물로 진압이 가능하나, 물은 불로 진압할 수 없기에 더 위력
    적이기도 하다.
  − 물은 무색무취의 공통점이 있으나 무기질에 따라 맛이 다르기도
    하다.

－어머니 자궁 속 양수는 우리를 키운다.

－얼리면 얼음이 된다.

－특정한 형태를 지니지 않는다. 하지만 담는 용기에 따라 형태를 가진다.

－수영 못하는 이들에겐 무서운 존재이다.

－갈증을 해소시켜준다.

－더러운 것을 씻어내 준다.

－정제하는데 돈이 많이 든다.

－더위를 해소시키기도 하지만 추위를 해소시키기도 한다.

－일정온도가 되면 끓는다.

－전기를 만든다.

－일상생활에서 낭비가 심하다.

－이성적이고 차가운 이미지가 강하다.

물의 속성들이다. 과학적인 속성들도 포함되어 있지만 우리의 경험, 우리 삶에 끼치는 영향과 가치들을 파악해낸 것들이다. 이러한 물의 속성들을 모두 글쓰기의 자료로 삼을 수 있다. 하지만 좀 더 좋은 글쓰기 자료들을 선택하기 위해 객관적인 속성과 주관적인 속성으로 나누어 살펴볼 수 있다.

이 때 객관적인 속성이란 과학적인 속성을 말하는 것이 아니라, 내가 생각하고 느끼기에 다른 사람들도 모두 생각할 수 있는 속성을 말하는 것이다. 그리고 주관적인 속성이란 나에게 특별한 경험이 되었던 속성이며 동시에 새로운 의미와 가치를 부여할 수 있는 속성들이다.

■ 물의 객관적인 속성

－인간이 살아가는 환경에 있어 빼놓을 수 없다.

－불과 반대되는 성질이다.

－얼리면 얼음이 된다.

―특정한 형태를 지니지 않는다.

―투명하다(무색무취)

―갈증을 해소시켜준다.

―모든 생명에게 꼭 필요하다.

―고이면 썩는다.

―정제하는 데 돈이 많이 든다.

―일정온도가 되면 끓는다.

―전기를 만든다.

■ 물의 주관적인 속성

―무기질에 따라 맛이 다르기도 하다.

―일상생활에서 낭비가 심하다.

―물고기에겐 삶의 터전이다.

―강을 모여 강이 되고 모여 바다를 이룬다.

―따뜻한 물은 피로도 해소시켜 준다.

―불에 강하다.

―더위를 해소시키기도 하지만 추위를 해소시키기도 한다.

―고양이가 싫어한다.

―수영 못하는 이들에게는 무서운 존재다.

―이성적이고 차가운 이미지가 강하다.

―일상생활에서 낭비가 심하다.

사람에 따라 물의 객관적 속성과 주관적 속성에 대한 생각은 다 다를 수 있다. 그러나 '다르다'는 것은 '옳고 그름'과는 별개의 것이다. 육안 이나 뇌안으로 보면 '옳고 그름'이 있을 수 있으나, 심안으로 보면 '옳 고 그름'은 있을 수 없다. 마음의 눈으로 보면 '옳고 그름'을 초월하여 인간의 삶 속에서 구현되는 사물의 본질에 눈 뜰 수 있다.

또한 마음의 눈으로 보면 '있고 없고'의 문제는 중요하지 않다. '있을 수 있는 일, 있을 수 없는 일'도 초월한다. 마음의 눈으로 보면 모든 사물과 현상은 '있을 수 있는 일'이고 '있는 일'이다. 그래서 과학으로 설명할 수 없는 일도 마음의 눈으로 보면 설명할 수 있고 모두 존재하는 일들이다. 그래서 마음의 눈은 인간의 삶을 더욱 풍성하게 하고 윤택하게 한다. 예술은 모두 이 '마음의 눈'으로 사물과 현상들을 바라보는 데에서 출발한다. 그래서 예술은 인간의 삶을 풍성하고 윤택하게 하는데 기여하는 것이다.

마음의 눈으로 사물을 봐서 사물의 속성을 파악하는 것은 명사에만 한정된 것이 아니다. 동사·형용사·부사·관형사·감탄사 등 모든 품사에 적용할 수 있다. 모든 품사, 즉 모든 단어는 독립적 의미와 기능을 가지고 있었고, 독자적인 경험뿐만 아니라 문화적인 관습까지 담고 있다.

동사는 나를 포함한 사물의 움직임이나 작용을 나타내는 말이다. 따라서 동사의 속성을 파악하는 일은 나와 사물의 동작이 지닌 속성을 파악하는 일이며 동시에 나의 독자적인 경험과 문화적 관습에 대해 의미를 부여하고 평가하는 일이다. 따라서 명사의 속성을 파악하는 일과 동사의 속성을 파악하는 일은 조금 다른 차원의 일이다. 명사의 속성은 추상적이거나 일반적인 차원의 성격이 짙은데 비해 동사의 속성은 움직임이나 작용에 대한 구체적이고 특수한 차원의 성격이 더욱 강하다. 가령, 명사 '사랑'의 속성과 동사 '사랑하다'의 속성은 '사랑'을 공통적으로 담고 있지만 이를 명사로 파악하느냐 동사로 파악하느냐에 따라 성격이 달라진다.

▪ 먹다(동사)

살면서 꼭 필요하다. 즐거움을 준다. 먹을 수 없을 땐 슬프다. 내게 힘을 만들어 준다. 한 가지 목표점이 되기도 한다. 아이의 경우 하루 일과 중 가장 중요한 요소이다. 좋은 사람들과 함께하면 이보다 행복한 순간이 없다. 다이어트 할 때는 이보다 잔인한 순간이 없다. 배보다 마음이 더 부를 때가 있다. 마음이 허할 때는 아무리 해도 배가 부르지 않다. 다른 사람의 모습을 보는 것만으로도 만족감을 느낀다. 의식이 없어도 조건반사가 이루어지기도 한다. 지갑을 닫을 수 없게 한다. 냄새만으로도 결과를 유추할 수 있다. 입이 심심할 때 한다. 생존 수단 중 하나이다. 하지 않으면 배가 고프다. 굳이 배가 부르지 않아도 할 수 있다. 자제하지 못하면 비만의 원인이 된다. 선택적일 때 편식이 온다. 거식증 환자들에겐 고통스러운 행위이다. 싸기 위한 행위이다. 맛이 있으면 더 즐겁다. 배가 빵빵해 질 때까지 하면 즐겁다. 남자와 여자는 이것에 대한 가치관이 다르다. 성인은 이것을 즐거움의 의미로 받아들이지만 아기들은 살기 위한 수단으로 받아들인다. 남이 하고 있는 것을 보면 나도 하고 싶다. 나를 행복하게 만든다. 때로는 짜증나게도 한다. 아랫사람에겐 양보해야 한다. 끊는다는 것은 상상할 수 없다. 인간의 욕망 중 빼놓을 수 없다. 성격이 보이기도 한다. 아이를 울리기도 한다. 주변 정리를 동반한다. 웃어른을 공경해야한다. 멈출 수 없다. 본래 의미와는 다르게 쓰일 수 도 있다. 머리로도 흡수가 가능하다. 하루에 3번을 원칙적으로 하되 시시때때로 이루어지는 일이다.

'먹다'라는 동사, 즉 '먹는 일'은 다양한 의미와 범주를 갖는다. '먹는 일'을 기능적인 측면에서 보면 '살면서 꼭 필요하다', '한 가지 목표점이 되기도 한다', '생존 수단 중 하나다'로 파악할 수 있다. 반면에 '좋은 사람들과 함께하면 이보다 행복한 순간이 없다', '다른 사람의 모습을 보는 것만으로도 만족감을 느낀다'와 같이 문화적인 관습을 확인할 수도 있다. 뿐만 아니라 인간의 행동에는 심리적인 요인들이 작동하기 때문에 '남이 하는 것을 보면 나도 하고 싶다', '배보다 마음이 더 부를 때가 있다' 등과 같은 심리적인 작동도 가능하다. '자제 못하면 비만의 원인이 된다', '지갑을 닫을 수 없게 한다'와 같이 부정적인 경험을 반영하기도 하고, '다이어트할 때는 이보다 잔인한 순간이 없다', '거식증 환자에게는 고통스러운 행위이다'와 같이 먹는 일 자체에 대한 고통스러운 경험을 떠올리거나 추측하게도 한다.

■ 웃다(동사)

아픔을 동반하기도 한다. 다른 사람에 대한 예의이다. 분위기를 신경써야한다. 음식을 먹다가 뱉을 수도 있다. 무섭다. 배가 아프다. 눈물이 나기도 한다. 아름답다. 귀여움의 상징이 된다. 이미지가 달라 보일 수 있다. 하는 척할 때 이용된다. 쓸쓸하다. 욕망의 한 방식이기도 하다. 숨이 넘어간다. 멋있으면 쓰러진다. 데굴데굴 구른다. 밥풀이 튄다. 창피를 당한다. 상처를 준다. 힘을 준다. 너무 슬퍼서 웃을 때도 있다. 광대뼈가 아프다. 주름이 생긴다. 사진 찍을 때 필요하다. 침을 뱉을 수 없다. 화난 마음을 녹인다. 화를 더 돋우기도 한다. 사기를 당할 수 있다. 대부분 입꼬리가 올라가고 눈이 아래로 쳐진다. 못생긴 사람도 잘생긴 사람처럼 보인다. 스트레스가 풀린다. 사래가 걸린다. 눈이 없어진다. 보조개가 생긴다. 소리가 난다. 사랑이 될 수 도 있다. 때가 끼기도 한다. 바보가 될 수 있다. 세월이 묻어난다. 이가 보인다. 박수를 치거나 옆 사람을 때린다. 보고 있으면 기분 좋아진다. 참기가 힘들다. 어깨가 들썩인다. 억지로 하기도 한다. 입을 가리게 된다. 전염성이 있다.

명사 '웃음'의 속성과 동사 '웃다'의 속성은 다른 점이 있다. 첫째, 속성에 대한 기술도 동사의 형태로 기술된다. '웃음'에 비해 '웃다'에 대한 속성은 위의 예에서 볼 수 있듯이 거의 모두 동사로 기술된다. 이를 통해 동사의 속성을 떠올릴 때는 움직임이나 작용에 대해 더 많이 떠올린다는 것을 확인할 수 있다. 둘째, 능동형의 문장으로 기술된다. 가령, '웃다'의 속성 '배가 아프다'는 '웃음'의 속성으로 기술될 때는 '배를 아프게 한다'나 '배아픔'으로 기술된다. 이는 동사에 대한 속성을 기술할 때 '나'의 생각이나 감정, 경험과 판단이 구체적이고 직접적으로 작용한다는 것을 나타낸다. 셋째, 움직임이나 작용들이 가져오는 또 다른 움직임이나 작용들로 확대된다. '숨이 넘어간다', '데굴데굴 구른다', '화를 더 돋우기도 한다' 등과 같이 또 다른 움직임이나 작용에 까지 상상력이 확대된다. 넷째, 구체적인 동작까지도 묘사하게 된다. '이가 보인다', '박수를 치거나 옆 사람을 때린다', '어깨가 들썩인다', '입을 가리게 된다' 등 웃을 때 일어나는 다양한 동작들을 구체적으로 묘사하게 된다.

동사의 속성을 파악할 때 일어나는 특성들은 형용사의 특성을 파악할 때도 일어난다. 동사와 형용사가 다른 것은 동사는 움직임이나 작용을 중심으로 속성을 파악한다면 형용사는 사람이나 사물의 성질과 상태를 중심으로 속성을 파악한다는 것이다.

■ 산뜻하다(형용사)

싱그럽다. 기분을 좋게 한다. 차림새를 단정하게 만든다. 음식 맛을 좋게 한다. 청명한 숲이 생각나게 한다. 초록색이 떠오른다. 가끔 뒤끝이 별로 일 때가 있다. 봄바람이 살랑이는 계절에 어울린다. 향긋한 냄새가 난다. 나물의 싱그러움이 느껴진다. 산책 코스의 풍경이 보인다. 씻은 후 로션을 배를 때 부드러운 감촉을 떠올린다. 아침을 맞이하며 라디오에서 DJ의 즐거운 목소리가 들린다. 녹차의 향이 느껴진다. 완벽히 화장을 끝낸 느낌이다. 등산하며 시원한 차 한 잔 먹는 기분이 든다. 봄에 느끼기 좋다. 봄나물의 식감이 이러하다. 아침의 시작을 알리는 느낌이다. 평온하다. 부담이 없다. 따뜻하다. 누구나 기쁘게 받아들인다. 정서적이다. 경계심이 풀어진다. 부드럽다. 카스텔라 맛이 난다. 화사하다. 누군가와 함께 느끼기 좋다. 마당 앞에 놓인 꽃 한송이마저 기뻐할 듯하다. 창밖의 풍경이다. 이른 아침의 기분이다. 비온 뒤의 모습이다. 말끔한 옷차림에서도 나온다. 좋은 색상을 배합했다. 갓난 아기의 깨끗한 모습이다. 목욕 후의 느낌이다. 청순한 느낌이다. 파스텔 조의 색상이다. 연두와 초록의 느낌이다. 친구가 되고 싶은 사람에게서 나는 느낌이 난다. 뒷맛이 좋다. 참신한 역할의 신인 여배우를 떠올리게 한다. 좋은 대인관계가 떠오른다. 싱그럽게 차려진 아침밥상이다.

동사에 비해 형용사의 속성에 대한 기술은 사물의 성질과 상태에 대한 정서적인 접근이 주도적으로 일어난다. '싱그럽다', '기분을 좋게 한다', '차림새를 단정하게 만든다', '음식 맛을 좋게 한다'처럼 사물의 성질과 정서적인 접근을 기술하기도 하고, '향긋한 냄새가 난다', '산책 코스의 풍경이 보인다', '아침을 맞이하며 라디오에서 DJ의 즐거운 목소리가 들린다', '씻은 후 로션을 배를 때 부드러운 감촉을 떠올린다'처럼 오감의 작용에 대한 기술도 이루어진다. 특히, '목욕 후의 느낌이다', '청순한 느낌이다', '연두와 초록의 느낌이다', '완벽히 화장을 끝낸 느낌이다'처럼 주관적인 느낌도 자극한다.

부사와 관형사는 뒤에 오는 말을 꾸며주는 수식언이다. 관형사는 뒤에 오는 체언을, 부사는 부사와 용언을 꾸며 뒤에 오는 말이 구체적으로 어떠하다고 구체화하거나 그 의미를 더욱 분명하게 하는 역할을 한다. 그래서 부사와 관형사는 뒤에 오는 말 때문에 매우 한정적이다. 그러나 뒤에 오는 체언이나 용언, 부사를 삭제하면 다양한 속성들을 지닌다. 특히, 문장 부사는 뒤에 오는 문장 전체를 삭제하므로 다양한 속성을 상상할 수 있다.

■ 아마도(부사)

신뢰가 안 간다. 부족하다. 잘 알지도 못하면서 나선다. 갸우뚱하게 된다. 상대방의 말을 듣기 싫은 경지까지 간다. 한심하다. 귀엽다. 삼행시 지을 수 있다. 과학자들이 이러면 큰일 난다. 그는 나를 사랑한다. 확신이 없다. 무관심 하다. 바쁠 때 대충하는 대답 중 하나이다. 시원하지 못하다. 뒷머리를 긁적이게 한다. 기대하게 만든다. 한 번 더 생각하게 만든다. 맞을 경우도 있지만 대게가 불확실하다. 눈빛이 약간 흔들리거나 불안하다. 말하는 사람이 나보다 더 모르는 경우가 있다. 보통 다른 몸짓을 하며 이 말을 사용한다. 기분 좋은 결과를 기다리게 한다. 힘든 말을 꺼낼 때 시작하는 말로도 쓰인다. 보통 문장의 앞에 쓰인다. 상대방의 의견을 듣기 위한 수단이다. 때로는 부정적이다. 뒤에 동사를 동반한다. 말하는 이의 판단이다. 착각일 수도 있다. 오해의 소지가 될 수 있다. 상대방과 나의 마음이 불일치하기도 한다. 뒤따르는 내용이 사실과 다를 수 있다. 의견차가 많다. 현실을 부정하기도 한다. 뜸을 들이기도 한다. 지나간 일을 추억한다. 대답이 될 수 있다. 혼자 있으면 뜻을 알 수 없다. 성의가 없어 보인다. 어디서든 큰 문제를 일으키지 않는다. 상황을 잘 몰라도 쓸 수 있다. 갈등에서 비롯된다. 너무 자주 쓰면 상대방이 말을 걸지 않는다. 상대의 말에 깊이 공감하고 있지 않다. 예상한 대로 이루어지면 기분이 좋지만 그렇지 않아도 아무 상관없다. 이제까지 한 말이 모두 소용이 없어진다. 듣는 사람을 힘 빠지고 허탈하게 만든다. 간혹 싸움을 일으킨다. 진지한 분위기를 깨기도 한다. 상대방의 감정을 상하게 한다. 마지못해 하는 경우에도 쓰인다. 귀찮을 때 쓴다. 추상적이다. 결론을 내리기 어려울 때 유용하다. 진실과는 거리가 멀다. 거짓과도 가깝지 않다. 중립적이다. 파악하기 어렵다. 답을 갖지 못한다. 혼란을 준다.

문장 부사를 글제로 하는 속성 파악은 생각보다 다양하고 폭이 넓다. 이는 명사나 동사, 형용사가 사물이나 서술어에 대한 상상의 발현이었다면, 문장 부사는 문장에 대한 상상의 발현이다. 따라서 문장 부사를 글제로 하는 속성 파악은 내용과 단위가 매우 다양하다. '진실로·정말로·마땅히·확실히·반드시·기필코·조금도·글쎄·제발' 등과 같은 문장부사(양태부사)를 글제로 다양한 속성을 상상하는 일은 매우 중요하다.

2.5. 생명 불어넣기

오감을 활짝 열고 마음의 눈으로 사물을 보는 것이 가능하면 이제 사물에게 '생명 불어넣기'를 해보자. '생명 불어넣기'는 생명이 없는 것을 생명이 있는 것으로, 무정(無情)의 것을 유정(有情)한 것으로, 사람이 아닌 것을 사람인 것처럼 받아들이는 것을 말한다.

가령, 투명한 물의 속성을 '물은 자신의 속을 다 보여준다.'고 유정의 것으로 표현하거나, '물은 인자하다'고 하여 사람의 인격으로 표현할 수 있다. 혹은 '물은 스스로 깨끗해지기 위해 물결을 일으킨다.'하여 물을 의지를 가진 사물로 표현한다든지, '用心如水(마음 쓰기를 물과 같이 하라)'라 하여 물의 속성을 인간의 삶의 지표로 끌어안는 것들을 모두 '생명 불어넣기'라 할 수 있다.

'생명 불어넣기'는 수사법으로 치자면 활유법과 의인법에 해당하고 격언과 금언의 생성 원리이기도 하다. '생명 불어넣기'를 통해 사물과 현상의 본질에 더욱 가깝게 다가설 수 있고, '생명 불어넣기'를 통해 사물과 현상의 본질에 다가서면 우리의 삶과 글쓰기는 더욱 풍부해지고 윤택해질 수 있다.

■ 물에 '생명 불어넣기'
  - 물은 인자하기도, 냉정하기도 하다.
  - 더위에 지친 나를 깨우는 친구다.
  - 물은 포만감이라는 것을 모르고 계속해서 덩치를 불리기도 하고 덮친다.
  - 결속력이 좋다.
  - 따로 노는 법이 없고 뭉치면 하나가 되는 진정한 팀을 이루지만 불순분자가 있다면 전체에 피해를 주기도 한다.
  - 물은 자신을 희생하여 남의 갈증을 해소시켜준다.

- 자신의 몸으로 더러운 것을 손수 씻어내 준다.
- 물은 모든 생명의 친구이다.
- 물은 색도 없고 맛도 없는 베일에 가득 싸인 존재이다.
- 남의 피로를 해소시켜 주기 위해 몸을 따뜻하게 만들어 준다.
- 망나니 같은 불을 먹어 치운다.
- 더운 사람에게 시원함을, 추운 사람에게 따뜻함을 선물해 준다.
- 물은 고양이와 친구하고 싶어 다가가도, 고양이는 질겁하며 그를 피한다.
- 화가 나면 모든 것들을 집어 삼켜 자신의 몸 밑으로 가라앉게 만든다.

물에 '생명 불어넣기'를 하면 물의 속성은 구체적이 되기도 하고, 더욱 추상적이 되기도 한다. 또한 일반적이 되기도 하고 특수한 것이 되기도 하며, 은유적이고 상징적인 것이 되기도 한다.

'생명 불어넣기'를 하다보면, 새로운 표현을 하고 싶다는 욕구와 나와의 관계를 자주 떠올리는 경험을 하게 된다. 새로운 표현을 하고 싶다는 욕구는 사물을 새로운 오감으로 받아들이고 있다는 것과 새로운 오감으로 받아들이고 싶다는 욕구가 생겼다는 것을 뜻한다. 그리고 나와의 관계를 자주 떠올리는 것은 사물의 본질에 다가가고 있다는 것과 사물의 본질을 내 삶의 본질에 투영하여 내 삶의 본질을 깨닫고 싶은 욕망의 발현이기도 하다.

2.6. 나와 관계 맺기

사물은, 사물의 본질은 나와 그 사물이 관계를 맺을 때 발현한다. 김춘수 시인의 <꽃>에서처럼 모든 사물은 내가 이름을 불러주어야 관계를 맺어야) 의미가 될 수 있다. 이때의 의미는 곧 사물의 본질이다. 하지만, 사물의 본질을 찾는 일은 그리 쉬운 일이 아니다. 우선 사물과 나의 같은 점을 찾아내는 일부터 시작하여야 한다.

> ─나는 물처럼 가족에서 빼놓을 수 없다.
> ─나는 물처럼 친근한 존재이다.
> ─나는 물처럼 작은 충격에도 마음에 파문이 인다.
> ─나는 물처럼 더러운 것을 닦아낸다.
> ─나와 물은 내 주변 사람들에게 없어서는 안 될 꼭 필요한 존재이다.
> ─물은 화가 나면 모든 것들을 집어 삼킨다. 나도 화가 나면 모든 음식
>   들을 집어 삼킨다.

사물과 나의 같은 점을 찾는 일은 나를 사물에 이입하는 과정이고 결과다. 이입(empathy)은 사물과 나를 동일시하는 것이다. 사물에 '나'를 이입하는 것이어서 대부분 의인화 기법을 사용한다. 이입은 사물의 새로운 면과 사물의 아름다움을 찾아내는 데 매우 중요한 요소이자 태도이다.

이입은 글쓰기에서 매우 중요하다. 이입이 없이는 글쓰기를 할 수 없다. 설명문이나 직접적인 소개 같은 것은 이입이 필요 없지 않느냐고 반문할 수 있으나 전혀 그렇지 않다. 이입은 내가 사물을 보는 시각이며 태도이다. 사물을 어떤 시각에서 바라보느냐 하는 것은 사물의 모양을 파악하는 데 매우 중요하다. 그리고 태도, 어떤 오감을 얼마만큼 활용하느냐와 사물과 나와의 관계를 어떻게 설정하느냐 하는 것은 글의 내용과 문체를 결정한다. 하나의 사물을 설명하고 있지만, 각기 다른 내용과 문체로 설명하는 것은 사물을 바라보는 시각과 태도가 각기 다르기 때문이며, 이는 이입의 방법과 정도가 다 다르기 때문이다. 따라서 사물과 '나'의 같은 점을 찾으려는 노력은 사물에 '나'를 이입하는 기초

적인 작업이자 풍부하고 독창적인 글쓰기의 출발점이라 할 수 있다.

　나와 관계를 맺기에 익숙해지면 하나의 사물을 선택한 뒤, 내가 오롯이 그 사물이 되어 짧은 글을 쓸 수 있다. 사물에 나를 이입하는 정도를 좀 더 강화하여 사물을 오래 관찰한 뒤 오롯이 그 사물이 되어 사물의 기능과 쓰임뿐만이 아니라 행위와 감정, 생각까지 확대하여 글을 쓸 수 있다.

　다음은 '물'에 '나'를 이입하여 쓴 글이다.

　　나는 면을 삶고 있다. 나를 요리 재료로 삼은 여자가 배가 고픈 모양이다. 나는 지금 냄비의 일정 온도, 나의 끓는점이 되어 끓고 있다. 몸과 함께 면이 삶아지고 있다. 여자는 라면의 생명은 쫄깃한 면발이라며 식어버리다 못해 차가워진 내 몸에 면을 다시 헹구고는 다시 끓고 있는 나에게 면을 투하한다. 투명한 내 몸에 붉은 조미료를 섞어 맛을 낸다. 난 기본적으로는 맛이 없기 때문이다. 보글거리는 내 몸 속에서, 날 싫어하는 고양이처럼 면은 나를 본질적으로 거부한다. 라면을 흡입한 여자가 짜다며 다시 나를 찾는다. 그 여자는 싱크대로 가 냄비를 씻는다. 나는 라면의 잔재들을 씻어낸다. 그 여자가 설거지를 하다 말고 통화를 한다. 수도꼭지를 잠글 줄 모르는걸까. 나는 쉼 없이 하수구 속으로 흘러들어가고 있다. 아마 나는 하수구 속에 고여 썩어버릴 것이다. 그 썩은 나는 결국 오염되어 많은 돈을 들여야 원래의 나가 되겠지.

　사물에 '나'를 이입하여 글을 쓰다보면 사물의 기능과 용도, 쓰임과 순환의 고리 뿐만이 아니라 상대에 대한 인식과 이입이 동시에 이루어진다. 즉, '끓는점이 되어 면을 삶고, 면을 헹구고, 조미료를 받아들이고, 여자의 갈증을 해소하고, 냄비를 씻고, 하수구로 흘러가고, 하수고 속에 고여 썩는' 물의 기능과 용도, 쓰임과 순환의 고리를 '나'의 입장에서 파악하고 기술할 뿐만 아니라, 상대인 '그녀'에 대한 인식과 이입이 동시에 이루어진다. 상대인 '그녀'는 '지금 배가 고프고, 쫄깃한 면발을 좋아하여 면이 어느 정도 익으면 찬 물에 헹구어 다시 끓이고, 수도꼭지를 잠글지 몰라 아까운 물을 하수구로 흘려보내는 습관을 가지고 있다'는, 상대의 상태와 행위, 그리고 습성과 습관에 대한 인식과 기술이 동시에 이루어진다.

짧은 글이지만 이 글에는 '나', '나의 이입이 이루어진 물', 그리고 '나의 이입이 이루어진 그녀'의 삼각 구도를 갖고 있다. '그녀'는 제3의 인물인 여자일 뿐이라고 할 수 있겠지만 이 글에서 '그녀'는 물의 상대자이자 '나'의 이입이 이루어진 대상이다. 적어도 '나'는 배 고프면 라면을 끓여 먹고, 라면을 끓일 때 면을 찬물에 헹구고, 전화 받느라 수돗물을 그냥 하수구에 흘려보낸 적이 있는 '나'이며, 그 '나'가 이 글에서는 '그녀'에게 이입된 것이다.

나 · 물 · 그녀의 삼각 구조는 세계를 받아들이는 또 다른 태도와 탄탄한 표현 구조를 갖게 한다. 언어는 '기표(記票. signifier)와 기의(記意, signified)의 이중구조로 되어있어 단선적인 뜻과 상상의 세계를 가질 뿐이다. 그러나 사물에 '나'를 이입하면서 삼각구조가 생기고 복합적인 뜻과 상상의 세계를 갖게 된다. 이러한 삼각구조는 은유(隱喩, metaphor)가 지닌 삼각구조와 관련이 깊다.

은유가 고차원적인 사유의 결과이며 인간의 지니고 있는 최고의 표현 기법인 것은 '나 · 원관념 · 보조관념'의 삼각구조를 가지고 있기 때문이다. 삼각구조는 이중구조와는 달리 면이 생기는데, 이 면이 바로 상상력이다. 이 면, 즉 상상력은 '나 · 원관념 · 보조관념'의 세 꼭지가 서로 근접성이 떨어질 때 넓어지고 확대된다. 그리고 이 꼭지점 간의 균형이 이루어졌을 때 은유의 효과는 더욱 커진다.

이렇듯 상상력을 확대하고, 표현의 묘미를 극대화하는 효과적인 방법

중 하나가 '사물에 나를 이입'하는 것이다. '사물에 나를 이입'하는 첫 걸음은 바로 사물과 나의 닮은 점을 파악하는 것, 파악하기 위한 과정과 결과로 사물에 나를 이입하는 것이다.

이제까지의 활동을 종합하여 한자리에서 집요하게 해보는 것도 글쓰기 능력을 향상하는 데 매우 효과적이다. 우리가 항상 손에 들고 다니는 '핸드폰'을 글제로 이제까지의 활동을 종합하여 수행해보자.

■ 핸드폰의 속성

액정이 있다. 끊임없이 새롭게 기능이 추가되어 나온다. 전화가 주 기능이다. 휴대할 수 있다. 전자파가 나온다. 숫자키패드가 있다. 문자보내기 기능이 있다. 사진을 찍을 수 있다. 무선이다. 충전을 해야 한다. 인터넷을 할 수 있다. 인간관계의 폭을 알 수 있다. 소통할 수 있다. 물에 특히 약하다. 세균이 많이 있다. 알람기능이 있다. 디자인이 다양하다. 모두 저장된다. 중독되기도 한다. 여러 가지를 담을 수 있다. 오래 쓰면 고장난다. 돈을 내야 쓸 수 있다. 특정 통신사를 정해야 한다. 메모리카드나 USB선을 통해 기능이 더 좋아진다. 손에 들고 사용하며 손바닥 정도의 크기이다. 색깔이 다양하며 대부분 직사각형의 모양이다. 귀에 대고 통화할 수 있다. 노래나 영화 등을 재생할 수 있다. 벨소리와 알람소리를 설정할 수 있다. 손으로 버튼을 눌러 전화할 수 있다. 요즘은 스크린에 직접 터치할 수 있다. 전체를 움직이거나 흔들어 게임을 즐길 수 있다. 사진을 찍고 저장하거나 다른 사람에게 보낼 수 있다. 매끄럽고 단단하다. 액정에 화장품이 묻거나 지문이 묻기도 한다. 덮개나 악세사리를 달 수 있다. 너무 오래 사용하면 뜨겁게 달아오른다. 버튼형은 지문으로 닳기도 한다. 손가락을 움직여 작동시킨다. 진동으로 전화가 오는 걸 알 수도 있다. 드물지만 폭발할 수 있다. 오래 쓰면 탄내가 나기도 한다. 없으면 불안해지고 중독되기도 한다. 2G 3G 4G로 나뉜다. 핸드폰을 꾸미기 위한 열쇠고리도 있고 보호하기 위한 케이스도 있다. 다양한 색상이며 대개 네모난 모양을 하고 있다. 젊은이들에겐 놀이의 수단이 되기도 하고 어른들은 전화를 주로 이용한다. 시계의 역할을 하기도 한다. 자랑의 대상이 되기도 하고 부끄러움의 대상이 되기도 한다. 매우 자주 나와 최신 이란 말을 붙이기가 어렵다. 달 말에는 가족 싸움의 원인(요금)이 되기도 한다. 카메라 기능이 있다. 급속 충전이 가능하다.

* **객관적 특성** : 액정이 있다. 휴대할 수 있다. 전자파가 나온다. 급속 충전이 가능하다. 드물지만 폭발할 수 있다. 벨소리와 알람소리를 설정할 수 있다. 오래 쓰면 열이 난다. 액정에 화장품이 묻거나 지문이 묻기도 한다. 물에 빠지면 고장난다. 2G 3G 4G로 나뉜다. 휴대할 수 있다. 전기로 충전해야 사용할 수 있다. 문자와 전화의 기능과 그 외 여러 가지 기능. 급속 충전이 가능하다.

* **주관적 특성** : 전화가 주 기능이다. 인간관계의 폭을 알 수 있다. 소통할 수 있다. 디자인이 다양하다. 없으면 불안하고 중독이 되기도 한다. 덮개나 악세사리를 달 수 있다. 색깔이 다양하고 대부분 직사각형의 모양이다. 폰 전체를 움직이거나 흔들어서 게임을 할 수 있다. 젊은이들에겐 놀이의 대상. 어른들은 주로 전화 사용. 가족싸움의 원인. 자랑의 대상, 부끄러움의 대상이 된다. 핸드폰은 꾸미기를 좋아하는 친구이다. 핸드폰은 만져주면 부끄러워한다.

* **의인화** : 핸드폰은 심심할 때 나랑 놀아주는 친구다. 핸드폰은 내 주머니에 들어갈 만큼 작고 아담한 체구를 가졌다. 핸드폰은 얼굴의 피부가 매우 예민해서 내가 손으로 만지기만 해도 자국이 남는다. 핸드폰은 내가 기억하고 싶은 걸 나보다 더 정확히 기억해 낸다. 핸드폰은 조용한 곳에서 더 시끄럽게 떠든다. 핸드폰은 나의 귀를 만진다. 핸드폰은 잘 안씻는다. 핸드폰은 잠꼬대가 심해서 자다가 침대 밑으로 잘 떨어진다. 핸드폰은 애인이 없는 솔로다. 핸드폰은 나를 닮고 싶어한다. 핸드폰은 이기주의가 아주 심하다. 핸드폰은 필요할 때만 시끄럽게 나를 부른다. 밥을 굶기면 바로 죽지만 밥을 주면 다시 살아나는 불사신이다. 옷을 입히면 확 달라진다. 자주 탈출하려고 하여 상처가 많다. 한번 떠나면 다시 찾아오질 않는다. 정착을 하지 못하

고 바람을 피기도 한다. 배고플 때면 배고프다고 얼굴에 다 티가 난
다. 오랫동안 일한 핸드폰은 열을 내며 체력이 떨어지는 소리를 내기
도 한다. 간혹 수위를 넘으면 폭발할 것처럼 하다가도 손에서 내려놓
으면 점차 안정을 찾는 듯 화를 삭힌다. 칠칠맞은 핸드폰은 몸에 달
아놓은 악세서리를 잃어버리기도 한다. 가끔 화장품이나 지문을 묻
히면 토라진 아이처럼 화면을 보여주지 않고 뿌옇게 그 속을 감춰버
린다. 힘없이 졸린 눈을 깜빡이다가도 편의점에 들어가 급속 충전을
하고 나면 팔팔하게 살아나 벨소리를 우렁차게 내기도 한다. 아침마
다 자는 주인을 깨우느라 쉬지 않고 노래를 부르기도 하고 가끔은
답답할 정도로 침묵을 지키기도 한다. 눈치 좋은 핸드폰은 입대신 몸
을 흔들어 신호를 보내기도 한다. 핸드폰은 강한 집착으로 나를 따라
다닌다. 핸드폰은 수영할 줄 몰라 물에 빠지면 죽을 수 있다. 핸드폰
은 언제나 날씬한 몸매를 유지한다. 성난 핸드폰은 종종 분노를 터뜨
리기도 한다. 핸드폰은 양파와 같이 까도 까도 나오는 치명적인 매력
을 지닌 친구이다. 나와 친한 핸드폰이지만 우리 할머니와는 친하지
않다. 핸드폰은 쉴 새 없이 나에게 말을 걸어온다. 핸드폰은 나의 일
정을 하나 하나 챙겨주는 비서 같다. 핸드폰은 가끔 폭식하기도 한
다. 핸드폰은 꾸미기를 좋아하는 친구이다 핸드폰은 만져주면 부끄
러워 한다. 핸드폰과 만나기 위해선 늘 돈이 필요하며 자신이 절대
계산하지 않는다. 핸드폰은 가끔 정신줄을 잃을 때가 있다.

◼ 나와 핸드폰

- 나와 핸드폰은 작고 아담한 체구를 가졌다.
- 나도 핸드폰처럼 자주 탈출하려고 하며 상처가 많다.
- 나도 핸드폰처럼 폭발할 수 있다.
- 나와 핸드폰은 배고플 때면 배가 고픈 것이 얼굴에 드러난다.
- 나도 핸드폰처럼 체력이 떨어지면 주위사람에게 화를 낸다.
- 나도 핸드폰처럼 악세서리를 자주 잃어버린다.
- 나와 핸드폰은 급속 충전이 가능하다.
- 나와 핸드폰은 얼굴에 무언가 잘 묻히고 다닌다.

－나도 핸드폰처럼 귀찮을 땐 말이 없다.

－나와 핸드폰은 밥을 먹지 않으면 살 수 없다.

－나와 핸드폰은 폭식을 하기도 한다.

－나와 핸드폰은 꾸미기를 좋아한다.

－나와 핸드폰은 정신줄을 놓을 때가 있다.

－나와 핸드폰은 다른 누군가의 친구이다.

－나와 핸드폰은 다양한 기능을 가지고 있다.

－나와 핸드폰은 늘 돈이 필요하다.

－나와 핸드폰은 성격이 급하다.

－나와 핸드폰은 자랑거리의 존재도 되며 부끄러움의 대상도 된다.

－나와 핸드폰은 가족싸움의 원인이 되기도 한다.

－나와 핸드폰은 강한 집착이 있다.

글쓰기 능력을 향상시키기 위해서는 가끔 이러한 집요한 활동을 해 보는 것이 좋다. 어떤 특정 분야의 어휘를 모두 찾아본다든지, 어느 한 사물이나 상황에 대한 표현을 최대한 적어본다든지, 어떤 관념이나 사건에 대한 논거나 증거 자료들을 모두 다 섭렵해 보려고 노력하는 것들은 사고의 깊이와 체계에 아주 큰 영향을 미친다.

제3장 어휘와 표현

　글을 쓸 때 우리를 가장 괴롭히는 것이 바로 '어떤 단어를 선택할 것인가'일 것이다. 이렇게 단어 선택에 고심하는 이유는 자신이 나타내고자 하는 생각을 효율적으로 표현하고자 하는 본능을 누구나 가지고 있기 때문이다. 단어는 사전적인 뜻(개념)은 가지고 있지만 생각을 나타내지는 못한다고 하였다. 즉, 문장에서 단어는 사전적인 뜻으로 이해되는 것이 아니라 문장 안의 다른 단어들과의 관계(문맥)에서 하나의 생각을 완성하여 표현 · 전달되는 것이다.

　단어는 모든 글의 표현과 이해에 밑바탕이 되며, 사물과 생각을 인지하는 최초의 매개다. 사물과 생각은 단어[1]로 이름지어지며 행동과 상황역시 단어로 표현되고 인식된다. 역설적으로, 글을 읽으면서 알지 못하는 낱말이 나오면 독해에 지장을 받으며 이는 그 글을 이해하지 못하는 결과를 가져온다. 글쓰기에서도 마찬가지이다. 어휘력이 약하면 자신이

---

1) 어휘(語彙)는 단어의 총칭이다. 따라서 본고에서는 개별적인 '단어'과 단어를 총칭하는 '어휘'를 구분하여 사용하고자 한다.

경험하고 생각한 바를 적절하게 나타내지 못한다.

이러한 상황은 일상적인 언어생활에서도 흔하게 발견된다. 일상생활에서 겪는 의사소통의 어려움은 사용하는 단어에 대한 이해 부족이거나 화자와 청자가 서로 다른 의미 영역 안에서 이해했기 때문에 일어나며, 자신의 생각이나 감정을 적절하게 표현할 수 있는 낱말을 찾지 못하는 데서 기인한다.

따라서 글쓰기의 시작은 적합한 표현을 위한 어휘의 선택, 다시 말하면 풍부한 어휘력과 문맥에 맞는 어휘 선택, 그리고 읽는 이를 고려한 어휘 선택이라 할 수 있다. 그리고 쓰고자 하는 글의 성격이나 목적 등도 어휘 선택 시 고려해야 할 사항이다.

다음 글을 읽으면서 (　　) 안의 단어 중 가장 적절한 것을 찾아 읽어 보자.

---

① 젊음은 언제나 한결같이 아름답다. 지나간 날의 애인에게는 ㉠ (동경, 애수, 환멸, 연민)을 느껴도, 누구나 잃어버린 젊음에게는 안타까운 ㉡ (회한, 미련, 추억, 비애)를 느낀다.

나이를 먹으면 젊었을 때의 초조와 번뇌를 해탈하고 마음이 가라앉는다고 한다. 이 '마음의 안정'이라는 것은 무기력으로부터 오는, 모든 사물에 대한 무관심을 말한다. ㉢ (무디어진, 빛 바랜, 형편없는) 지성과 ㉣ (엉성한, 둔해진, 느린) 감수성에 대한 슬픈 ㉤ (차탄, 위안, 개탄, 자성)의 말이다. 늙으면 플라톤도 ㉥ (허수아비, 바보, 허깨비)가 된다. 아무리 높은 지혜도 젊음만 못하다.

'인생은 사십부터' 라는 말은 인생은 사십 ㉦ (이라야, 에서야, 까지, 조차도)라는 말이다. 다른 것은 몰라도, 내가 읽은 소설의 주인공들은 구십삼 퍼센트가 사십 미만의 인물이다. 그러니 사십부터는 ◎ (반생(半生), 필생(畢生), 재생(再生), 신생(新生), 여생(餘生))인가 한다.

글쓴이의 의도와 문맥에 따라 단어를 선택하는 일은 매우 어려운 일이다. 반대로, '나'의 의도와 문맥을 잘 살려서 어휘를 선택하여 쓰는 일 역시 몹시 어려운 일이다. 따라서 단어에 대한 이해를 높이고 어휘력을 향상시키는 일을 게을리 하지 않아야 한다.

3.1. 단어의 범주

모든 단어는 기표와 기의로 이루어졌기 때문에 '형식(형태)범주'와 '내용(의미)범주'를 갖는다. 형식 범주는 자음과 모음의 형태, 그리고 단어 결합의 구조와 관련한 범주이다. 예를 들어 '사람'이라는 단어의 형식 범주는 ① '사' 시작하는 단어 ② '람'으로 끝나는 단어 ③ 'ㅅㄹ'의 구조를 가진 단어 범주로 나눌 수 있다. ① '사' 시작하는 단어 범주에는 '사자·사례·사공·사과·사연… 등이 있고, ② '람'로 끝나는 단어 범주에는 '보람·관람·편람·박람·일람… 등이 있다. ③ 'ㅅㄹ'의 구조를 가진 단어 범주에는 '사랑·사례·소리·수리·수라… 등이 있다.

내용 범주는 '사람'의 의미를 구성하는 상위어와 구체적인 외형·성질·자격 등등을 나타내는 하위어로 나눌 수 있다. 가령, '사람'의 내용 범주를 이루는 상위어들은 '인종·혈액형·나이·성' 등 모두 나열할 수 없을 만큼 다양하다. '인종'의 하위어는 '백인종·황인종·흑인종'이 있고, '혈액형'의 하위어로는 'A형, B형, O형, AB형'이 있다.

단어의 내용 범주를 한 눈에 볼 수 있게 하는 도식을 '단어의미범주도'라 하는 데, 몇 개의 단어만 연습해 보아도 단어가 다양한 의미 범주를 가졌다는 것과 함께 단어의 의미를 구성하는 상위어와 하위어의 분류 체계에 대해서 알 수 있다.

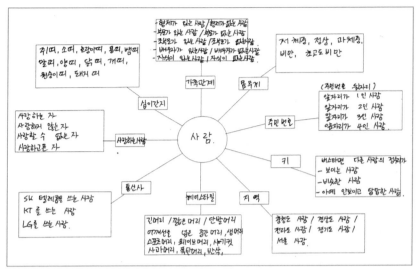

자료 3-1

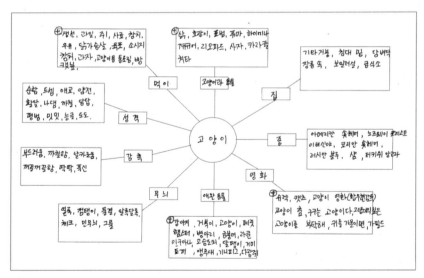

자료 3-2

3.2. 단어로 놀자

3.2.1. 스무고개 놀이

스무고개 놀이는 분류의 기본 개념을 체득하고, 단계적 사고를 향상시키는 데 아주 효과적이다. 하나의 답(단어)를 찾기 위해 스무 개의 질문을 상위 개념에서부터 하위 개념까지 일정한 단계로 질문을 만들어야 하기 때문이다.

좋은 글을 쓰기 위해서 분류의 개념을 체득하고, 단계적 사고를 향상시켜야 하는 이유는 글의 구조가 상위개념에서 하위 개념으로 서술하여 하위 개념에서 상위 개념으로 마무리하는 일이기 때문이다.

■ 예문

① 나는 과일을 좋아한다. 과일 중에서도 여름철에 나는 과일을 좋아한다.

② 봄철에 나는 과일은 오랜 겨울 동안 맛보지 못했던 상큼함과 신선함을 주는 것이 좋고 가을철에 나는 과일은 풍성한 맛과 다양한 영양소를 가져다주니 좋고 겨울철의 과일은 사랑방의 오붓함과 희소가치를 느낄 수 있어서 좋다.

③ 하지만 타는 목마름을 씻어주고 씹을수록 달콤함을 안겨주는 여름철 과일에 비길 바는 못된다. 작열하는 태양을 피해 나무 그늘 아래에 모여 앉아 찬 우물에서 건져올린 여름철 과일은 다른 계절의 과일들이 가지고 있는 상큼함과 신선함, 풍성함과 영양소, 오붓함을 모두 갖추고 있으면서 여름철 과일이 아니면 해소할 수 없는 필연성까지 갖추고 있다.

④ 여름철 과일 중에서도 수박이 제격이다. 찬 우물에서 건져 올려 칼을 대자마자 쩍 벌어지는 진솔함과 대담성이 좋다. 입으로 베어 물으면 갈증과 더위를 싹 몰아내는 풍부한 수분은 더욱 더 매력적이

다. 게다가 입가로 흘러내려 턱을 타고 목 줄기에 흐르는 수분은 마음의 넉넉함과 서민적인 기쁨을 가져다준다.

⑤ 수박은 우선 풍성해서 좋다. 크기가 커서 먹을 것이 많다는 것보다도 바라만 보아도 느껴지는 풍성함이 마음에 든다. 한 통만 잘라도 모든 식구들이 즐길 수 있고 지나가는 사람들도 몇 불러서 같이 할 수 있어 좋다. 집에 안 계신 아버님 몫으로 남겨 놓아도 내 먹을 것이 없어 억울해 하지 않아서 좋고 집에 돌아오신 아버님 앞에 내놓는 수박에는 식구들의 흔적이 남아 있어 좋다.

⑥ 어느 과일도 수박이 가지고 있는 이 풍성함과 가족의 흔적을 남길 수는 없다. 남길 수 있다 하여도 그것은 옹졸하고 서운하다. 참외를 하나 잘랐다 치자. 둘로 나누어 반은 아버님 몫으로 반은 나머지 식구들이 먹는다면 식구들의 흔적은 남길 수 있으나 왠지 궁색해 보인다. 따라서 참외를 먹으려면 몇 개의 참외를 살 수 밖에 없다. 그러나 몇 개의 참외를 사서 먹으면 풍성함이야 있겠지만 식구들의 흔적을 남길 수는 없다 복숭아도 그렇고 포도도 그렇다.

⑦ 나는 과일을 좋아한다. 그 중에서도 여름 과일을, 그 중에서도 수박을 좋아한다.

이 글은 다음과 같은 분류 개념의 구조에서 쓴 것이다.

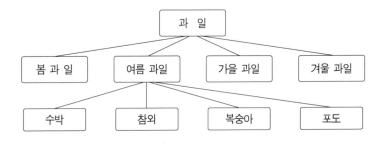

좀 더 상세하게 위 글을 분석하면 다음과 같다.

① 과일 → 여름 과일 (상위어 → 하위어)
② 봄·가을·겨울 과일의 좋은 점(여름 과일과 차이점)
③ 여름 과일의 좋은 점
④ 여름 과일 → 수박(상위어 → 하위어)
　　수박의 좋은 점 1 (상술)
⑤ 수박의 좋은 점 2 (상술)
⑥ 수박의 좋은 점 3 (상술)
⑦ 상위어, 하위어 (강조, 마무리)

이처럼 한 편의 글은 '상위어와 하위어 간의 이동'과, '제재·소주제에 대한 상술'로 이루어진다. '상위어와 하위어 간의 이동'은 '상위어 → 하위어 → 상위어'의 구조를 띠는 게 일반적이고, '제재에 대한 상술'은 같은 종류와의 비교와 대조, 그리고 자세한 분석으로 이루어진다. 따라서 글을 쓰기 위해서는 우선, 상위어와 하위어를 정확하게 이해하고 단계에 맞게 사고하는 능력을 길러야 한다.

이 때 좋은 방법 중 하나가 바로 '스무고개 놀이'이다.

고개	질문	답
1	생물입니까? 무생물입니까?	생물입니다.
2	동물입니까? 식물입니까?	동물입니다.
3	곤충입니까? 포유류입니까? 조류입니까? 어류입니까?	포유류입니다.
4	육식입니까? 초식입니까?	육식입니다.
5	털이 있습니까?	○
6	무리를 지어 다닙니까?	X
7	이빨이 날카롭습니까?	○
8	발톱이 날카롭습니까?	○
9	야행성입니까?	○
10	북극이나 사막 같은 곳에 삽니까?	X
11	우리가 흔히 볼 수 있는 동물입니까?	○
12	집에서도 기를 수 있습니까?	○

고개	질문	답
13	꼬리가 있습니까?	O
14	꼬리가 깁니까? 짧습니까?	대체로 깁니다.
15	종이 다양합니까?	O
16	새끼를 많이 낳습니까?	O
17	움직이는 물체를 좋아합니까?	O
18	유연성이 좋습니까?	O
19	따뜻한 곳을 좋아 합니까?	O
20	강아지 입니까?	X
		정답 : 고양이

고개	질문	답
1	생물입니까? 무생물입니까?	무생물
2	광물입니까? 동물입니까? 식물입니까?	광물
3	고체입니까? 액체입니까? 기체입니까?	고체
4	단단합니까? 물렁물렁 합니까?	단단합니다.
5	동그랗습니까? 네모납니까? 세모납니까?	동그랗습니다.
6	학용품입니까? 사무용품입니까? 기타입니까?	기타
7	의류 입니까? 주방용품입니까? 기타입니까?	기타
8	놀이 용품입니까? 액세서리입니까? 기타입니까?	액세서리
9	재료가 다양합니까? 한정되어 있습니까?	다양합니다.
10	재료가 한 가지 사용됩니까? 이상입니까?	이상입니다.
11	색깔이 다양합니까? 한정되어 있습니까?	다양합니다.
12	남녀노소 모두가 사용 가능합니까?	O
13	사용하는 연령층이 제한적입니까? 아닙니까?	아닙니다.
14	악세사리 용도 말고 다른 용도로 사용가능합니까?	불가능 합니다.
15	특정한 날 만을 위한 겁니까? 평상시에도 하는겁니까?	평상시에도 합니다.
16	쉽게 구할 수 있습니까?	O
17	사용하는 신체가 머리, 목, 귀입니까?	X
18	사용하는 신체가 손, 발 입니까?	손
19	사용하는 신체가 손목입니까? 손가락입니까?	손가락
20	반지입니까?	O
		정답 : 반지

생물과 무생물은 처음에 접근하는 방법이 달라 생물과 무생물의 예를 각각 나누어 제시하였다. 1번 질문에서 2・3・4번 질문을 건너뛰고 5번 질문을 하는 것을 '비약'이라고 하며, 번호의 순서를 무시하여 위・아래의 질문을 번갈아가며 하는 것을 '비체계적'이라고 한다. 이는 글쓰기에서도 마찬가지다. 기술해야 할 내용을 기술하지 않고 몇 단계의 내용을 건너뛰어 기술하는 것을 '비약'이라 하고 이말저말 순서 없이 이야기한 글을 '비체계적인 글'이라고 한다.

단어의 의미는 '기본 의미'・'구체적 의미(변별적 의미)'・'핵심 의미'로 나누어 생각할 수 있다. '기본 의미'란 그 단어의 상위어가 일반적으로 갖는 의미이다. 예를 들어 '고양이'의 상위어인 '고양이과 동물'이 갖는 의미, 즉 1・2・3・4・5・6・7・8・9번 질문과 13・14・16・17・18・19번 질문들은 고양이과 동물들이 모두 지니고 있는 특성이다. 질문들 중 12・20번 질문들은 고양이와 고양이가 아닌 고양이과 동물과 다른 '구체적 의미(변별적 의미)'이다. 그리고 핵심어는 '쥐'라고 할 수 있다.

두 번째 도식 '반지'의 경우에는 1・2・3・4・5・6・7・8번 질문들이 상위어인 '액세서리'들이 모두 가질 수 있는 '기본 의미'이고 9・10・11・12・13・14・15・16・17・18번 질문들이 반지와 반지가 아닌 다른 액세서리들과의 다른 의미, 즉 '구체적 의미(변별적 의미)'라고 할 수 있다. 그리고 19번 질문의 답인 '손가락'이 반지의 상위개념인 '액세서리'와 함께 반지의 핵심 의미라고 할 수 있다.

3.2.2. 수수께끼 만들기

수수께끼란 '어떤 사물에 대하여 바로 말하지 아니하고 빗대어 말하여 알아맞히는 놀이(국립국어원)'이다. 말하는 대상은 '사물'이고 말하는 방법은 '빗대어 말하기(은유)'이다. 즉, 수수께끼를 통해 우리는 사물이 지니고 있는 의미의 영역을 넓힐 수 있으며, 동시에 은유적 표현법을 익힐 수 있다.

우리는 어렸을 적부터 수많은 수수께끼를 듣고 풀어 보았다. '어렸을 때는 네 발로 기고, 커서는 두 발로 걷고, 늙어서는 세 발로 걷는 것은' 하면 '사람'하고 맞히며 즐거워했다. 이 수수께끼는 더 짧게 줄여서 '어려서는 네 발, 젊어서는 두 발, 늙어서는 세 발'이라 하기도 했다. '머리를 풀어 헤치고 먼 산으로 달아나는 것은(연기)', '흰색, 노란색, 빨간색, 파란색으로 화장을 해요(칠판)', '까면 깔수록 커지는 것은(바나나)', '먹어도 먹어도 배 안 부른 것은(욕)' 등 수많은 수수께끼를 묻고 풀고 하였다. 특히 초등학교 2·3학년쯤에는 시간 가는 줄 모르고 수수께끼 놀이를 하였다.

이는 발달 단계상 초등학교 2·3학년 때 단어의 형성·개념·의미에 대한 관심과 상상력이 극대화되는 시기이기 때문이다. 그러나 성인이 되었어도 수수께끼 놀이는 매우 효율적인 단어와 표현에 대한 연습이다. 수준을 조금 높이고 놀이 방법을 달리하면 더욱 효과적이다. 우선, 사물에 대한 다양한 질문을 만든다. 우리는 한 사물에 대해 다양한 수수께끼 문제를 만들기도 하였다. 가령, '고추'가 답인 수수께끼 문제를 '젊어서는 녹색 주머니, 늙어서는 빨간 주머니', '젊어서는 은구슬, 늙어서는 금구슬' 등 다양한 문제를 만든 경험이 있다. 그 경험을 살리고 질문들을 단계적으로 만들어 보자. ①번 문제는 10명 중 1~2명이 알아챌 수 있게 하고 ②번 문제는 10명 중 4~5명이 알아채게 하고 ③번 문제는 10명 중 8~9명이 알아챌 수 있도록 난이도 조정을 한다. 이러한 난이도 조정은 단어의 개념과 의미, 그리고 적절한 표현법을 익히는 방법이다.

(가) ① 아가씨가 친절하게 맞아줘요.

② 엉덩이를 들이대도 반갑게 받아줘요.

③ 한 번만 들이대면 1시간 동안 무료로 갈아 탈 수 있어요.

(나) ① 나는 꼭꼭 숨어 있어.

② 할머니, 할아버지가 키워주셔.

③ 아이들이 오면 밖으로 나와.

(다) ① 때릴수록 신나는 것은 무엇입니까?

② 맞아도 안 아픈 것은 무엇입니까?

③ 큰 책, 작은 책

(라) ① 낮에는 들어가고 밤에는 나오는 것은?

② 겨울엔 무겁고 여름엔 가벼운 것은?

③ 사람들 위로 펼쳐지는 것은?

(마) ① 다 자랐는데도 계속 자라라고 하는 것은?

② 사람들의 몸을 보충해주는 영약식인 것은?

③ 이거 보고 놀라면 솥뚜껑도 무섭다.

(바) ① 나는 사람들을 편하게 해주지만 사람들은 나를 부끄러워해요.

② 물속에 들어가면 거품이 나요.

③ 눈에 보이지 않고 다양한 소리를 내요.

(사) ① 깨끗이 청소할수록 때가 나오는 것은?

② 쓰면 쓸수록 날씬해지는 것은?

③ 실수를 하면 내가 필요해요.

3.2.3. 단어 퍼즐 만들기

단어 퍼즐은 '낱말 퍼즐'이라는 단어로 더 알려져 있다. 단어 퍼즐은 모두가 한번쯤 해본 바와 같이 단어의 의미를 담은 문장으로 가로 열쇠와 세로 열쇠를 만들어 해당 단어를 맞히도록 하는 것이다. 이 단어 퍼즐은 단어의 의미, 단어의 정의를 배우는 데 매우 효과적인 방법이다. 여러분이 외국어를 배울 때 반드시 해 보는 놀이이며, 요즘도 여러 신문에 계속 실릴 정도로 놀이를 지나 언어를 배우는 중요한 방법이다.

단어 퍼즐 만들기를 통해 효율적으로 어휘력을 향상시키기 위해서는 다음 몇 가지 유의 사항을 숙지해야 한다.

① 단어 띠가 끊어지지 않도록 한다.
② 가로·세로 칸이 각각 12개가 넘도록 한다.
③ 가로·세로 열쇠를 만드는 규칙에 따른다.
　　㉠ 풀이하는 말(열쇠)에 영어·한자 등 외국어 사용 않기
　　　　(예 : 영어로 'Boy'는－×)
　　㉡ 답·풀이하는 말에 기업·제품명 사용하지 않기
　　㉢ 사람 이름은 되도록 사용하지 않기(역사적 인물은 제외)
　　㉣ 노래 가사 사용하지 않기
　　　　(예 : 우리의 ○○은 통일－×)
　　㉤ 표준어만 사용할 것.
　　㉥ 용례를 자세히 만들 것
　　㉦ 준말·본디말을 섞어서 사용하지 않기
　　　　(예 : '새앙쥐'의 준말은－×)
④ 의미 없이 만들어지는 단어가 없도록 한다.
⑤ 단어의 칸 수(글자 수)를 명확하게 한다.

⑥ 되도록 가로·세로 열쇠 번호가 중복되지 않게 한다.

■ 문제지

①1		②				③3			④		
		2	⑤		⑥				4		⑦
		⑧8									
6	⑨									9	
				8			⑩				
	7	⑪						10			⑭
					13	⑬					
	11			⑫							
				12							

<가로열쇠>
1. 등짐장수
2. 물을 관리하는 정부 투자 기관
3. 최초로 불교를 받아들인 왕
4. 정보를 먼저 얻기 위한 전략
5. 가까운 친구 사이
6. 부처가 깨달음을 얻은 산
7. 조선의 마지막 황후
8. 집집마다 한 집 한 집
9. 하지 다음의 24절기 중 하나
10. 불교에서 깨달음을 이룬 세상
11. 4가지 전통 의례
12. 상상속의 꽃
13. 인도의 대표적 종교

<세로열쇠>
① 매월 음력 15일에 뜨는 달   ② 심훈 대표작
③ 중국 전통 무술의 발상지(사찰) ④ 왕을 중심으로 한 통치 권력 제도

⑤ 자주빛을 내는 수정
⑥ 백수광부의 아내가 남편이 물에 빠져 죽음을 애도하는 노래
⑦ 화가 바뀌어 복이 됨
⑧ 비올 때 쓰는 것
⑨ 아름다운 여자는 수명이 짧다는 사자성어
⑩ 외적으로부터 나라를 지키기 위해 승병을 일으킨 종교
⑪ 조선시대 유교교육의 대표적 교육기관
⑫ 제사 때 재목을 벌려 놓은 상
⑬ 진달래꽃의 다른 말
⑭ 한 지역의 기득권을 가진 무리

답지

보	부	상				소	수	림	왕	
름		록				림			도	
달		수	자	원	공	사		정	보	전
			수		무			치		화
		우	정		도					위
수	미	산			하				초	복
	인				가	가	호	호		
	박						국			
	명	성	왕	후			불	국	정	토
		균			힌	두	교			호
		관	혼	상	제	견				세
				상	사	화				력

3.2.4. 공통어 찾기

공통어 찾기는 나열한 단어들에 공통으로 들어가는 단어(접사 포함)를 찾는 놀이이다. 가령, '갈비·아귀·버섯'에 공통으로 들어가는 단어는

'탕'이고 '종이 · 가루 · 방울 · 세수 · 천연'에 공통으로 들어가는 단어는 '비누'이다. '도깨비 · 쏘시개 · 강아지'에 공통으로 들어가는 단어는 '불'이고, '실 · 물 · 방울'에 공통으로 들어가는 말은 '뱀'이다. 이처럼 공통어를 찾는 놀이도 재미있지만 연습의 효과를 높이기 위해 문제를 만들어 보는 것도 좋다.

다음 단어들에 공통으로 들어가는 단어를 찾아보자.

1. 종이 · 가루 · 방울 · 세수 · 천연
2. 모래 · 실 · 손
3. 이야기 · 비웃음 · 반나절
4. 바다 · 광 · 지렁이
5. 도로 · 여행 · 산악
6. 광장 · 대인 · 고소
7. 바지 · 동전 · 복
8. 즉석 · 일회용 · 필름
9. 음식 · 신속 · 오토바이
10. 오목 · 전신 · 손
11. 시각 · 청각 · 언어 · 지체
12. 졸업 · 여권 · 돌 · 흑백 · 단체
13. 돈 · 콩 · 무당 · 사슴
14. 명품 · 장 · 동전
15. 기차 · 영화 · 배
16. 야채 · 참치 · 전복
17. 서울 · 딸기 · 저지방
18. 고등어 · 통 · 조림
19. 거울 · 세탁 · 맛
20. 사탕 · 타조 · 탕
21. 실 · 물 · 방울

22. 산·집·탕
23. 쌀·떡·차
34. 배·비행기·학
35. 코·돌·다짐
36. 하늬·속옷·버선
37. 장난·서방·도둑
38. 이불·방망이·사탕
39. 병·잔·창
40. 억장이·기대가·기강이·자존심이·다리가
41. 쾌재를·값을·화를·노래를·이름을
42. 얼굴을·봉투를·도전장을·손을·오리발을

3.2.5. 연상단어 찾기

연상단어 찾기는 제시한 단어들을 보고 연상되는 단어를 찾는 것이다. '누룩, 곡주, 전통주'에 연상되는 단어는 '막걸리'이고 '벼락, 돼지, 배춧잎'에 연상되는 단어는 '돈'이다. 연상 단어 찾기는 다음에 할 핵심어 찾기의 기본 활동과 유사하다. 그러나 핵심어 찾기가 객관적인 요소가 많다면 연상 단어 찾기는 주관적인 요소가 많이 개입한다.

1. 수속·차트·주사·수술·의사
2. 아동·미술·치료·혈액형·상담
3. 장수·구멍·가스·겨울·집게
4. 손님·엄지·걸음·설날·홍시
5. 편서풍·대기오염·마스크·사막
6. 육수·밀가루·결혼·고명·소면
7. 명절·정종·제사·벌초·무덤

8. 침대 · 생선 · 어부 · 낚시 · 어망
9. 전어 · 남자 · 바바리 · 운동회 · 소풍
10. 대학 · 지팡이 · 교통 · 수갑 · 지구대
11. 눈물 · 보석 · 인조 · 조개 · 목걸이
12. 기러기 · 회사 · 넥타이 · 엄마 · 가장
13. 원두막 · 여름 · 시골 · 수박 · 도둑질
14. 유산균 · 마늘 · 항암효과 · 갓 · 총각
15. 다리 · 까마귀 · 광한루 · 견우 · 칠석
16. 졸업식 · 마약 · 부침개 · 반죽 · 밀
17. 여름 · 유자 · 복숭아 · 수박 · 오미자
18. 무용지물 · 찌꺼기 · 폐품 · 오물 · 더미
19. 5월 · 쑥떡 · 제사 · 그네 · 창포
20. 사람 · 집 · 환경 · 바다 · 우주
21. 야구 · 수영 · 갓 · 위생 · 벙거지
22. 선비 · 지조 · 사군자
23. 참외 · 시계 · 탯줄
24. 봄 · 자리 · 총각
25. 검사 · 안경 · 눈

3.3. 핵심어 찾기

핵심어 찾기는 그 단어의 중요한 의미를 찾고 한정하는 일이다. 핵심어 찾기를 통해 어휘력을 기르려면 관련어 찾기도 함께 이루어져야 한다. 관련어는 특별한 자격을 갖춘 단어가 아니라 '나'가 그 단어와 관련이 있다고 생각하는 단어이다.

단 어	관 련 어	핵심어 2	핵심어 1
이불	솜·베개·침대·침구·취침·요·혼수·보온·겨울·극세사·비단·잠·옷장·담요	솜·베개	베개
경찰	범인·치안·(민중의)지팡이·신고·수갑·직업·제복·경찰서·사이렌·공무원·가스총·교통·포돌이·포순이·형사·단속·딱지·안전·출동·검거	치안·민중의 지팡이	민중의 지팡이
선풍기	여름·(인공)바람·기계·날개·회전·미풍·가전제품·에어컨·풍향·더위	여름·바람	바람
안경	시력·렌즈·돋보기·눈·안과·교정·뿔테·알·돗수·근시·원시·	시력·교정	시력
우산	비·비옷·일기예보·손잡이·장마·장화·3단·방수·접이식·파라솔·비닐·생활용품·양산	비·비옷	비
손가락	반지·손·지문·손톱·열 개·인체(신체)·장갑·약속·마디·새끼·엄지·검지·약지·중지·실뜨기·발가락	반지·발가락	반지
우표	편지·엽서·우체국·침·풀·밥풀·수집·도장·우편료·	편지·우체국	편지

'이불'의 관련어는 '솜·베개·침대·침구·취침·요·혼수·보온·겨울·극세사·비단·잠·옷장·담요' 등이다. 이불을 이루고 있는 물질인 '솜·극세사·비단'도 관련어고, '베개·요·침대·담요'처럼 이불과 함께 쓰이는 것(침구의 하위어)도 관련어이다. '혼수·보온·잠'처럼 넓은 의미의 기능에 해당하는 것도 관련어고, 이불의 상위어인 '침구'도 관련어이다. 왜 겨울이 이불의 관련어냐고 시비할 일이 아니다. '나는 몸에 열이 많아 봄·여름·가을에는 이불을 덮지 않아. 겨울에만 이불을 덮으니 내게 겨울도 이불의 관련어야.'라고 말하면 그만이다.

문제는 그러한 관련어 중에서 핵심어를 찾는 일이다. 관련어는 주관적인 요소가 끼어들 여지가 많지만 핵심어는 다른 사람이 그 단어를 떠올릴 수 있도록 객관적이어야 하고 많은 사람이 인정할 수 있도록 보편적인 의미도 갖추어야 한다.

어느 단어의 핵심어로 삼을 수 있는 것들은 그 단어의 상위어, 그 단어의 특별한 소재·특성, 또는 직접적인 관계에 있는 반의어가 올 수도 있다. 하지만 반의어는 훈련의 목적을 이루기에는 효율적이지 않다. 가령, '남자'의 핵심어로 '여자'를 삼는 것은 잘못된 것은 아니지만 그만큼 훈련의 효과가 떨어진다는 것이다.

다음 핵심어들이 가리키는 단어는 무엇일까 생각해 보자

- 핵심어1 : 날짜　　　핵심어2 : 요일
- 핵심어1 : 시간　　　핵심어2 : 약속
- 핵심어1 : 탑　　　　핵심어2 : 파리
- 핵심어1 : 서점　　　핵심어2 : 교과서
- 핵심어1 : 페달　　　핵심어2 : 이동수단
- 핵심어1 : 흑심　　　핵심어2 : 지우개
- 핵심어1 : 미역국　　핵심어2 : 귀

3.4. 상위어와 하위어 찾기

상위 개념과 하위 개념에 대해 알았으니 상위어와 하위어는 쉽게 이해할 수 있을 것이다. 상위어는 같은 종류의 사물들을 '묶은' 것이고 하위어는 상위어의 내용을 공통적으로 가지고 있는 같은 종류들을 말한다. 예를 들어 초등학교·중학교·고등학교·대학교의 상위어는 '학교' 또는 '교육기관'이다. 반대로 교육기관의 하위어는 '초등학교·중학교·고등학교·대학교'이다. 교육기관에는 이외에 다른 것들도 있을 수 있다고 생각한다면 그것들도 교육기관의 하위어가 될 수 있다. 가령, '유치원·학원·평생교육원' 등도 교육기관이라고 생각한다면 그것들도 교육기관의 하위어가 될 수 있다.

그리고 목적에 따라 교육기관의 개념을 다른 시각에서 접근하여 '사교육기관'과 '공교육기관'으로 나눌 수도 있다. 그렇다면 다시 '사교육기관'의 하위어로는 사립유치원·사립초등학교·사립 중학교·사립고등학교·사립대학교가 되어야 한다.

> 화 성·금 성·목 성·천왕성

위 단어들은 별, 태양계의 행성들 이름이다. 이 별들은 크기, 온도, 태양과의 거리 등등에서 서로 다르지만 태양계의 행성들이라는 관계를 서로 공통적으로 가지고 있다. 그래서 우리는 화성·금성·목성·천왕성을 행성의 '범주'에 속해 있다고, 행성을 화성·금성·목성·천왕성의 상위어라 하고 화성·금성·목성·천왕성을 행성의 하위어라고 한다.

위의 내용을 토대로 다음 단어들의 상위어를 찾아보자.

- 도마뱀, 악어, 뱀, 이구아나, 카멜레온, 거북이, 자라는 모두 ___이다.
- 계피, 고추, 겨자, 후추는 모두 ___이다.
- 의자, 화장대, 탁자, 책장, 옷장, 식탁, 침대는 모두 ___이다.
- 사과나무, 배나무, 감나무, 밤나무, 살구나무는 모두 ___이다
- 독수리, 보라매, 올빼미, 황조롱이, 솔개는 모두 ___이다.

반대로 다음 단어들의 하위어를 찾아보자.

포유류·전자기기·교통수단·승용차·시계·반지·대중가요·영화·김치·음료수·감정·법·설화(說話)·필기도구·하의(下衣)

상위어와 하위어 찾기는 '분류'와 관계가 깊다. 분류란 '여럿 중에서 유사한 것들을 나누어 묶는 것'이다. 다시 말하면 한 무리의 사물 중에서 같은 부류(class)를 다른 부류와 나누어서 묶는 것이다. 그리고 분류할 때에는 일정한 기준이 있어야 한다.

다음 분류들은 '사람'을 주관적인 분류 기준에 따라 나누어 묶은 것이다.

(1) • 말이 많고 착한 사람
    • 말이 많고 나쁜 사람
    • 말이 없고 착한 사람
    • 말이 없고 나쁜 사람

(2) • 줘도 줘도 좋은 사람
    • 주면 조금 아까운 사람
    • 주는 것 없이 미운 사람

(3) • 똑똑한데 착한사람
    • 똑똑한데 싸가지 없는 사람
    • 머리 나쁜데 착한사람
    • 머리 나쁜데 싸가지 없는 사람

(4) • 세상을 내 것이라고 생각하는 사람
    • 세상을 우리 것이라고 생각하는 사람
    • 세상을 빌려 쓰는 것이라고 생각하는 사람

(5) • 자신에게도 엄격하고 남한테도 엄격한 사람
    • 자신에게는 엄격한데 남한테는 관대한 사람
    • 자신에게도 관대하고 남한테도 관대한 사람
    • 자신에게는 관대한데 남한테는 엄격한 사람

(6) • 소심하고 이기적인 사람
    • 활발하면서 이기적인 사람
    • 다혈질이면서 이기적인 사람
    • 싸가지 없으면서 이기적인 사람

(7) • 나이보다 성숙한 사람
    • 나이 값 못하는 사람
    • 나이 값 하는 사람
    • 나이가 모호한 사람

(8) • 타인에게 관심을 받고, 타인에게 관심을 가지는 사람
    • 타인에게 관심을 받고, 타인에게 관심이 없는 사람
    • 타인에게 관심을 못 받고, 타인에게 관심을 가지는 사람
    • 타인에게 관심을 못 받고, 타인에게 관심이 없는 사람

(9) • 아는 게 많고 지혜로운 사람
    • 아는 건 없는데 지혜로운 사람
    • 아는 건 많은데 멍청한 사람
    • 아는 것도 없는데 멍청한 사람

(1)은 말이 적고 많음과 선악의 복수 기준으로 사람을 나누어 묶은 것이다. (2)는 상대방에 대한 나의 감정을 무엇인가를 주었을 때의 마음을 기준으로 하였고, (3)은 머리 좋고 나쁨과 착한 정도를, (4)는 세상에 대한 인식으로, (5)는 자신과 남에 대한 엄격함 정도로 사람을 나누어

묶었다. 이 외에도 사람을 나누어 묶는 기준(분류기준)과 내용은 많을 것이다. 여러분도 일정한 분류 기준을 세워 사람을 나누어 묶어 보자. 분명히 글 쓰는 데 도움도 되고 사람을 이해하는 데도 도움이 될 것이다.

학생 · 학교 · 정치인 · 남자 · 여자 · 친구 · 책 · 영화 · 여행 · 음악 · 그림 · 나라 · 화장품 · 커피 · 식당 · 종업원

3.5. 단어의 정의

단어는 독립적인 생각이나 개념을 나타내는 말이거나 문법적인 기능을 나타내는 문법적 단위이다.[2] 어떤 단어가 독립적인 생각이나 개념을 나타내기 위해서는 같은 종류의 단어들과 다른 점을 명시해야 한다. 그러기 위해서는 ① 같은 종을 묶을 수 있는 상위개념과 ② 같은 종들과의 변별요소(種差)를 갖추어야 한다.

단어의 정의는 '분류적 사고'와 '분석적 사고', '종합적 사고'를 기반으로 한다. 상위개념에 따라 같은 종을 연상하는 힘은 '분류적 사고'에서 나오며, 같은 종들을 비교 · 대조하여 변별요소를 찾아내는 것은 '분석적 사고'를 기반으로 한다. 그리고 같은 종들을 상위의 한 개념으로 묶어내는 힘은 '종합적 사고'를 작동하여야 한다. 따라서 단어의 정의는 단어를 적확(適確)하게[3] 사용하기 위한 것이기도 하지만, 글쓰기에 필요

---

2) 조사(助詞)도 단어이나 이곳에서는 독립적인 생각이나 개념을 나타내는 단어만을 대상으로 하기 때문에 조사는 제외한다.
3) '적확(適確)'은 '적절(適切)'과 '정확(正確)'을 합성한 단어로 '적절하고 정확한'이라는 뜻이다.

한 분류적 사고력·분석적 사고력·종합적 사고력을 향상시키기 위한 좋은 활동이다.

단어의 정의는 문장으로 기술되는데 그 문장은 우선 피정의항과 정의항으로 나뉜다. 피정의항에는 정의할 단어를 기입한다. 정의항은 변별요소(種差)와 상위개념(類)으로 나뉜다. 변별 요소는 피정의항의 단어가 같은 종(同種)들과 다른 점을 기술하고 상위개념에는 피정의항의 단어·같은 종(同種)들의 단어를 묶을 수 있는 더 큰 개념을 쓰면 된다.

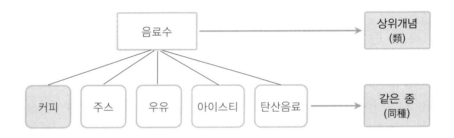

⇒ 단어의 정의 : 커피란 주로 에티오피아에서 야생하는 커피나무의 열매를 볶아서 간 가루를 주원료로 하고, 과자나 음료의 복합원료로도 사용하며 독특한 향기가 있어 설탕을 섞지 않으면 쓴 맛이 나는 음료이다.

〈단어의 정의를 설명하기 위한 도표〉

피정의항	정 의 항		
	같은 종(同種)	변별요소(種差)	상위개념(類)
커 피	주스, 우유, 아이스티, 탄산음료	• 커피 열매를 볶아서 간 가루가 주원료이다. • 독특한 향기가 있다 • 설탕 섞지 않으면 쓴 맛이 난다. • 에티오피아에서 야생한다. • 과자나 음료의 복합 원료로도 사용한다.	음 료

단어의 정의는 과학적·논리적·학문적·사전적 의미를 담은 '객관적 정의'와 정서적·문화적·일상적·개인적 의미를 담은 '주관적 정

의'로 나눌 수 있다. 객관적 정의는 국어사전에서 볼 수 있듯이 하나의
의미나 제한된 의미를 담고 있는 정의이고 주관적 정의는 사람마다 개
인적으로 다 다른 의미를 담고 있는 정의이다.

다음은 '의자'에 대한 객관적 정의와 주관적 정의의 예이다.

■ 객관적 정의의 예

피정의항	정 의 항		
	같은종(同種)	종차(種差, 변별의미)	상위개념(類)
의 자	책상, 침대, 책장, 식탁, 옷장	−앉을 수 있는 팔과 판을 받치는 다리로 구성됨 −사람이 앉는 용도로 사용 −단독으로 사용되기도 하고, 식탁이나 책상과 함께 구성되기도 함 −이동이 쉽다	가 구
낱말의 정의 ⇒ 앉을 수 있도록 만든 가구로, 넓은 판과 팔을 받치는 다리로 구성된다. 때때로 등받이와 팔걸이가 있기도 하며, 식사를 할 때는 식탁과, 공부나 일을 할 때는 책상과 함께 사용되며 이동이 쉬운 가구이다.			

■ 주관적 정의의 예

피정의항	정 의 항		
	같은종(同種)	종차(種差, 변별의미)	상위개념(類)
의 자	책상, 침대, 책장, 식탁, 옷장	−앉을 수 있도록 만들었다 −오래 앉아있으면 엉덩이가 아프다 −이동이 편하여 넘어뜨리거나 부딪히는 등 간혹 걸리적거릴 때가 있다	장 애 물
낱말의 정의 ⇒ 한 곳에 오래 서있거나 어떤 작업을 할 때 편하게 하기 위해 앉을 수 있도록 만들었으나 오래 앉아있으면 엉덩이가 아프며 방석이나 쿠션을 깔 수도 있는 이동이 편리하며 간혹 부딪혀 넘어뜨리기도 하는 장애물이다.			

객관적 정의는 의미의 범주가 크게 차이나지 않지만, 주관적 정의는
사람에 따라 엄청난 차이를 보일 수 있다. 그리고 그 차이가 설득력을

갖춘다면 글쓰기의 좋은 자료가 될 수 있다. 다음은 <악마어사전>에 나온 주관적 정의이다.

- **친 구** : 아직 행동을 개시하지 않은 적.
- **고양이** : 집안에 속상한 일이 있을 때, 걷어차기 위하여 자연이 준비해 준 부드럽고 절대 고장 나지 않는 자동인형
- **처 녀** : 멀쩡한 사람을 별안간 열나게 하여 죄짓게 만들거나 까닭모를 행동과 사고방식을 갖게 하는 얄미운 여자
- **의 사** : 우리가 병에 걸렸을 때는 희망을 걸고, 건강할 때는 개를 부추겨 덤벼들게 하고 싶은 족속

<악마어사전>의 주관적 정의가 나름대로 설득력이 있다고 생각된다면 다양한 단어를 대상으로 주관적 정의를 내려볼 필요가 있다. 다양한 단어를 대상으로 주관적 정의를 내리다 보면, 상상력을 무한하게 개발할 수 있을 뿐 아니라 글쓰기에 대한 두려움도 없어질 것이다. 여러분이 내린 주관적 정의를 조금 더 알아듣기 쉽게 설명하면 그것이 곧 한 편의 글이며 참신한 글이고 재미있는 글이다.

다음은 주관적 정의를 내리기 위해 연습 1단계이다. 기본 형태는 'A＝B'의 형태인데 A와 B의 공통점을 찾아 A와 B 사이에 기술하는 방식이다. 이미 눈치챘겠지만 이 형태는 은유의 형태이다. 즉 A가 원관념이고 B가 보조 관념이며, 그 사이에 A와 B의 공통적인 특성(심상)을 기술한 것이다. 그러나 주관적 정의에서는 A와 B가 동일한 자질과 자격을 갖는다. 은유에서는 A는 원관념이고 B는 보조 관념이어서 A와 B가 종속적이거나 포함의 형태를 띄지만 주관적 정의에선 A와 B가 동일한 의미 범주에 든다.

주관적 정의 1단계의 문장 형태는 명사로 끝맺음을 하거나 종결어미

'_이다'형태를 사용한다.

■ 사랑
-사랑은 언제나 목마른 2%
-사랑은 맛있게 매운 태양초 고추장
-사랑은 진한 그리움 가나 초콜릿
-사랑은 훤히 보이는 유리
-사랑은 건드리면 터질 것 같은 빵빵한 풍선
-사랑은 소리 없이 강한 방귀
-사랑은 문득 찾아오는 봄 햇살과 무지개
-사랑은 쓰지만 몸에 좋은 한약
-사랑은 긴장의 연속인 낚시
-사랑은 쓰디쓴 위스키
-사랑은 기다리는 등대
-사랑은 야근 후 돌아오는 집의 침대
-사랑은 활활 타오르는 불
-사랑은 은은히 피어오르는 숯
-사랑은 기대거나 그늘에서 쉴 수 있는 나무
-사랑은 오로지 태양만 바라보는 해바라기
-사랑은 브레이크가 고장 난 자동차
-사랑은 짧은 동화 한 편
-사랑은 수줍게 부풀어 오르는 분홍빛 풍선
-사랑은 가슴속의 우체통
-사랑은 제멋대로인 연필
-사랑은 어긋나버린 화살표
-사랑은 한 계절뿐인 벚꽃
-사랑은 달콤함 끝에 쓴맛을 맛보는 에스프레소
-사랑은 빗속에 나를 지켜주는 우산
-사랑은 알면 알수록 빠져들게 만드는 판타지 소설

－사랑은 힘든 역경 속에서도 꿋꿋이 일어나는 잡초
　－사랑은 포근히 나를 덮어줄 수 있는 이불
　－사랑은 한번 빠지면 헤어 나오기 힘든 마약
　－사랑은 평온한 안락의자
　－사랑은 아름답지만 날카로운 장미꽃

　주관적 정의 1단계를 충분히 이해하고 조금 익숙해졌다면 다음 2단계를 연습해 보자. 2단계는 정의의 형식을 띤다. 즉, '피정의항＋변별요소＋상위 개념'의 형식을 갖는다. 피정의항은 정의할 단어이고, 상위 개념은 피정의항과 같은 계열의 것들을 하나로 묶을 수 있는 개념ㆍ사물이다. 변별 요소는 피정의항이 상위 개념의 하위 단위들과 어떤 다른 점이 있는가에 대한 기술이다.

■ 편지
　－편지란 마음을 주고받는 매개물이다.
　－편지란 집배원 아저씨의 밥줄이다.
　－편지란 우표를 잡아먹는 괴물이다.

■ 연애
　－연애란 나를 성장시키는 단계의 일부분이다.
　－연애란 중독성 강한 마약이다.
　－연애는 바보가 되는 지름길이다.

■ 약속
　－약속은 시간과 믿음의 계약이다.
　－약속은 새끼손가락을 걸 수 있는 기회이다.
　－약속은 또 다른 시계다.

주관적 정의 내리기에 익숙해졌다면 그것을 바탕으로 짧은 글을 써보자. 처음에는 위에서처럼 주관적 정의를 이것저것 낙서하듯 쓰다가 언뜻 감이 오는 주관적 정의를 대상으로 생각의 나래를 좀 더 펼쳐 보자.

－인생은 연탄과도 같다.
화로 속에서 뜨겁게 타오르는 연탄처럼 인생에서 한 순간 동안은 누구보다도 더 뜨겁고 열정적으로 살아간다. 하지만 열이 식으면 연탄도 우리 인생도 힘없이 새하얗게 빛바래가기만 한다.

－인생은 십 원짜리 동전과도 같다.
소중히 여기지 않고 낭비하거나 버리는 사람도 있는 반면, 돼지저금통에 모아 보다 가치 있는 것으로 바꾸는 사람도 있다. 이처럼 인생을 헛되게 낭비하는 사람도, 그 시간을 유용하게 사용해 보다 나은 삶을 사는 사람도 있다.

－인생은 급행열차다
목적지(목표)가 정해지면 그 곳으로 향하기 위해 우리는 인생이라는 열차에 탑승한다. 열차를 타기 위한 모든 준비를 마치고 이제 제 시간에 타기만 하면 되는데 그 기회를 놓쳤다고 생각해봐라 벌써 인생에서 한 번의 기회를 놓치고 만 것이다. 비로소 열차를 놓치고 나서야 깨닫는다. 모든 것은 기회가 있을 때 잡아야 한다는 것을 오늘도 나는 우유부단한 망설임 때문에 얼마나 많은 기회를 놓쳤던가.
열차는 또 '현재를 살아야' 한다는 것을 알려준다. 열차에 탑승을 해서 이제 막 목적지를 향해 전속력으로 달리고 있다. 그 시간동안 많은 일이 일어날 수도 있고, 아니면 잠으로 그저 시간을 때울 수도 있다. 열차는 마치 광속도로 지나가는 시간과도 같다 우리는 그 현재를 즐겨야 열차가 목적지를 향해가는 동안을 지루하지 않게 또는 의미 있게 보내고 후에 목적지에 도달했을 때 그때 그렇게 하길 잘했어라고 생각할 것이다.
열차가 이제는 목적지에 도달하려고 한다. 가장 흔한 일이지만 지키기 어려운 말, 열차는 이미 도착해 버리고 지나버린 시간은 되돌릴 수 없다. 급행열차. 말 그대로 인생은 우리를 천천히 기다려주는 것 같지만 돌이켜 보면 한 순간에 지나가 버린 빛바랜 추억에 지나지 않는다.

주관적 정의를 풀어 쓰다보면 '나'의 마음이 열린다는 경험을 하게 된다. 주관적 정의는 다른 외부의 개입을 받지 않고 '나'의 진솔한 표현이기 때문이다. 그래서 주관적 정의를 풀어 쓰면 쓸수록 '나'의 '나'를 발견할 수 있다. 이러한 연습을 충실히 하면 '나'를 표현하고 싶다는, 글을 쓰고 싶다는 강한 충동을 느끼는 순간이 점점 많아질 것이다. 그 때마다 조금씩이라도 글을 써야 한다. 그래야 '나'가 열리고 글쓰기 능력이 향상된다. 글을 쓰고 싶다는 충동을 연기하거나 무시하면 '나'를 드러내고 싶다는 욕망과 함께 글쓰기에 대한 욕망도 사라질 것이다. 그렇게 되면 진정한 '나'를 직면하고 '나'를 발전시킬 기회를 잃게 되는 것이다.

글을 쓸 때는 객관적 정의와 주관적 정의를 적절하게 사용하여야 한다. 학문적인 논문이나 과학적인 글을 쓸 때에는 객관적 정의를 주로 사용하여야 하지만 문학적 글, 정서적인 글을 쓸 때에는 주관적 정의를 주로 사용하여야 한다. 거의 모든 글은 이 두 가지 정의를 사용한다. 정도의 차이는 있지만 객관적 정의만을 사용한 글이라든지, 주관적 정의만 사용한 글은 드물다. 따라서 우리는 글을 쓸 때 이 두 가지 정의를 적절하게 섞어 써야 한다. 즉, 주관적인 정의는 글의 주제나 개인적인 주장과 생각을 이끌어 나가는 데 사용하고 논리적이고 구체적인 근거를 제시할 때에는 객관적인 정의를 사용하여야 한다.

좋은 글을 쓰기 위해서는 적어도 아래 단어에 대해서는 객관적인 정의와 함께 주관적인 정의를 내릴 수 있어야 한다.

인생 · 사람 · 인류 · 사랑 · 감정 · 정서 · 공감 · 사상 · 평등 · 평화 · 지구 · 우주 · 과학(과학자) · 생명 · 환경(환경오염) · 에너지 · 문화 · 전통 · 역사 · 개발 · 보존 · 사회 · 집단 · 공익 · 갈등 · 전쟁 · 배분 · 철학(철학자) · 발전 · 다문화 · 민족 · 국가 · 세계

3.6. 고유어에 대응하는 한자어

언어 정책의 최종 목표는 순 우리말을 사용하는 데 있을 것이다. 하지만 현재 우리의 언어 현실은 순 우리말만을 가지고 의사소통을 이루는 데에는 많은 어려움이 있다. 그 동안 순 우리말을 사용하자고 주장하는 사람들은 많았지만 우리말을 살려내고 현대 사회의 다양성에 맞게 발전시키고 보급하는 사람은 많지 않았다. 현재 우리말만 가지고는 효과적인 의사소통을 이룰 수 없다.

그리고 한자어는 오랫동안 우리 민족과 같이하였기 때문에 우리말화한 것이 많다. 가령, 부모님은 한자어 '父母' + 우리말 접미사 '님'이 결합하여 이루어진 말로 이제 우리말처럼 쓰이는 낱말이다. 통계 조사마다 다 다르긴 하지만 대략 우리가 쓰고 있는 말 중에서 85% 내외가 한자어라는 것은 우리말 조사나 어미를 제외한다면 거의 모두의 낱말이 한자어에서 유래하였다는 것을 의미한다.

따라서 우리말과 관련한 한자어에 대한 접근은 두 가지 방향에서 이루어져야 할 것이다. 하나는 지금 쓰고 있는 한자어를 점차 우리말로 바꾸어나가는 것이고, 다른 하나는 지금 쓰고 있는 한자어를 더욱 분명하고 적확하게 사용할 수 있도록 교육하는 것이다.

이 두 가지 방향은 모두 '우리말을 효율적으로 사용하고 새 시대에

걸맞은 다양하고 풍부한 표현이 되도록 하여야 한다'는 귀결점을 가져야 한다. 한 나라의 언어 정책과 언어 교육의 목표는 그 나라 언어를 일상생활에서 효율적으로 사용하고 언어를 시대 변화에 맞도록 다양하고 풍부하게 발전시키는 데에 있기 때문이다.

고유어에 대응하는 한자어 찾기 활동은 우리가 일상생활에서 사용하고 있는 한자어를 정확하게 사용하는 데에도 목표가 있을 뿐 아니라 다양한 한자어를 통해 우리말을 풍부하게 하는 데에도 그 목적이 있다.

가령, <보기>처럼 우리말 '가지다'를 상황과 목적에 맞게 다양한 한자어로 적확하게 표현할 수 있을 것이다.

■ 〈보기〉
- 신분증을 가지고 있다
  ① 신분증을 소유하고 있다.
  ② 신분증을 소지하고 있다.
  ③ 신분증을 지참하고 있다.
  ④ 신분증을 보유하고 있다.
  ⑤ 신분증을 소장하고 있다.

- 신분증을 가지고 정문을 통과하였다
  ⑥ 신분증을 사용하여 정문을 통과하였다.
  ⑦ 신분증을 이용하여 정문을 통과하였다.

①에서 ⑦까지의 문장은 모두 '가지다'로 표현될 수 있다. 그러나 ①~⑦의 문장은 모두 발화 상황이나 나타내고자 하는 뜻이 달라서 각기 다른 한자어로 표현되어야 한다.

①의 경우에는 신분증이 재산적 가치를 가지고 있을 때, 혹은 신분증을 재산적 가치로 표현하고자 하는 의도를 가지고 있는 문장이다. ②는

가치와는 관계없이 지금 몸에 가지고 있다는 것이 강조된 문장이고 ③은 신분증을 '가지고', '참석했다'는 의미를 동시에 나타내는 문장이다. 그런 반면 ④는 신분증의 정신적 가치, 또는 신분증 자체에 가치를 두는 표현이고 ⑤는 신분증의 정신적, 재산적 가치를 동시에 표현한 문장이다. 즉 신분증이 유물적인 가치를 가지고 있다는 것을 나타내는 문장이다.

⑥과 ⑦은 신분증의 쓰임 용도가 서로 다른 것을 나타내는 문장이다. ⑥은 신분증을 원래의 용도로 썼음을 나타낸다면, ⑦은 신분증을 원래의 용도가 아닌 다른 용도로 썼음을 의미한다. 즉, ⑥은 자신의 신분을 밝히는 신분증의 원래 용도로 정문의 검사를 통과하였다는 의미인 반면 ⑦은 신분증으로 정문을 열었다든지 아니면 다른 사람의 신분증으로 정문을 통과하였다든지 하는, 신분증이 가진 별도의 기능이나 올바르지 않은 방법으로 썼음을 나타내는 문장이다.

이처럼 한자어는 현재 우리 고유어가 가지고 있지 못하는 다양하고 풍부한 의미를 나타낼 수 있다. 따라서 한자어에 대한 이해를 높이고 한자어 어휘 능력을 높일 수 있는 훈련도 필요하다.

동양적 정명론(正名論)에 입각해서 보면 '말(언어)'은 단순한 의사소통의 수단만이 아니다. 그것이 곧 도덕적 정당성과 논리적 합리성 위에서 심오한 역사의식까지 내포하는 고도의 문화행위이기 때문이다. 예를 들면 1592년 선조 25년 임진년에 우리는 일본과 7년에 걸쳐 큰 전란을 치렀다. 그런데 우리는 그것을 '조·일전'이나 '임진 전쟁'이라고 부르지 않았다. 지금까지도 우리는 '임진왜란'이라 부르고 그렇게 기록하고 있다. 1627년 인조 5년 정묘년에 후금(後金)의 침입, 1636년 병자년에 청나라의 침입도 모두 '정묘호란' '병자호란'이라 했지 '조·후금 전'이나 '조·청 전쟁'이라 부르지 않는다.

왜 그랬을까? 그리고 그것이 오늘날까지도 정당성을 갖는 이유는 무엇일까? '전(戰)'이나 '전쟁(戰爭)'이라는 것은 피차 정통성 있는 나라끼리 무력으로 다투는 행위를 말한다. 요즘 말로 하면 서로가 당당히 선전포고를 하고 전투행위를 하는 것이다. 선전포고도 없이, 더구나 정통성도 없는 임의 집단이 정통성 있는 국가체제에 도전하는 행위는 '전쟁'이라는 이름에 해당하지 않는다. 그런 것을 일러 '난(亂)'이라 하는 것이다.

반대로 정통성 있는 국가권력이 정통성 없는 임의 집단을 응징하고 징벌하는 행위를 우리는 '벌(伐)'이라고 한다. 그래서 공비를 '토벌(討伐)'한다, 오랑캐를 '정벌(征伐)'한다고 하지 공비나 오랑캐와 전쟁을 한다고 하지는 않는다. 오늘날 영어에는 이런 사리의 분별이 별로 없는 탓인지 범죄와도 '전쟁'한다 하고, 심지어 마약하고도 '전쟁'한다고 하지만 우리말로는 이런 것은 '벌(伐)'에도 해당하지 않는다고 보아 '소탕(掃蕩)'한다고 하는 것이다. 남의 말에서도 좋은 것, 나은 것은 배우고 받아들여야 하지만 우리보다 못한 것, 사리에도 맞지 않는 것까지 마구 모방하는 것은 역사와 문화에 죄를 짓는 것이다.

내년(2010년)이 6·25동란 60주년이 되는 해다. 정부에서도 각종 기념행사를 다양하게 또 적극적으로 준비하고 있는 것으로 알고 있다. 참 잘하는 일이다. "천하가 비록 태평해도 항상 전쟁을 잊지 말아야 한다(天下雖平 不敢忘戰)." 중국 송(宋)대의 대문장가인 동파 소식(蘇軾)의 말이다. 6·25에 대한 전후세대의 올바른 인식과 참전국과의 미래지향적 협력관계를 위해 대통령의 의지가 확고하다고 하니 반갑고 고맙기까지 하다. 그런데 각급 검인정 교과서뿐만 아니라 이제는 정부의 공식문서에서조차 말끝마다 6·25를 '전쟁'이라고 표기하고 있으니 이 어이 된 일인가?

사실을 말하면, 6·25 발발 당시 우리는 이를 '사변'이라 불렀다. 졸지에 불법 남침을 당했으니 일단 이렇게 불렀던 것이다. 그 후 1953년 휴전이 되자 그동안의 여러 정황들을 종합 고려한 끝에 '6·25 동란'으로 명명(命名)하는 것이 가장 합당하다고 해서 정부나 민간에서나 모두 그렇게 명기해 왔었다. 그러던 것이 언제부터인가 '한국전쟁' '6·25 전쟁'으로 둔갑해 버렸다. 그러면 남침을 도발한 북에서는 6·25를 어떻게 부르고 있을까? 그들은 언필칭 '조국통일성전(聖戰)'이라 하고, 김일성에 의한 남

조선 '해방전쟁'이라고 공식화하고 있다.

　우리가 6 · 25를 '전쟁'으로 공식화한다면 이는 영어의 'war'를 맹목적으로 번역 추종하는 비주체적 망동이거나, 아니면 북측의 주장과 논리에 동조 · 영합하는 것이 되지 않겠는가? 더구나 저들은 지금 6 · 25를 조국통일의 성스러운 전쟁이라 하고, 이를 남측이 외국군까지 끌어들여 방해했다고 우겨대고 있는데, 우리 쪽에서 이를 '전쟁'으로 인정한다면 오늘의 위정자들은 그 결과가 가져올 무서운 역사성을 생각이나 하고 있는 것인가?

—홍일식 ㈔한국인문사회연구원 이사장 · 전 고려대 총장

어휘 능력을 향상하기 위한 훈련을 하기에 앞서 우리가 다시금 되짚어봐야 할 말은 '정명론(正名論)'과 '일물일어설(一物一語說)'이다.

'정명론'은 모든 단어에는 그 단어가 지칭하는 명확한 개념과 명분이 있다는 것이다. 이러한 생각의 배경에는 언어는 '단순한 의사소통의 수단만이 아니라 곧 도덕적 정당성과 논리적 합리성 위에서 심오한 역사의식까지 내포하는 고도의 문화행위'라는 의식이 깔려 있다. 즉 모든 단어는 그것이 지칭하는 문화의 현상과 역사적 배경을 담고 있으며 그것들을 논리적이고 체계적으로 설명하는 언어대중의 삶과 의지가 구현된 것이라는 것이다.

'일물일어설'은 '하나의 사물에는 하나의 단어만이 있다'는 이론이다. 이 이론은 '동의어란 없다'는 주장과 일맥상통하다. 하나의 사물을 지칭하는 단어는 여러 개일 수 없다는 주장을 넘어 유사한 의미의 단어도 존재하지 않는다는 것이다. 이 이론은 현대 언어생활에서 더욱 중요한 의미를 갖는다. 현대 언어생활에서 중요한 것은 사물을 지칭하는 것보다는 말하는 상황을 중심으로 말하는 사람의 의도와 느낌, 감정까지도 섬세하게 전달하는 것이 중요하다. 따라서 단어란 사물을 지칭하는 기

능만을 하는 것이 아니라 말하는 사람의 의도와 느낌, 감정, 문맥적 의미까지 표현하는 기능을 하는 것이다.

이 두 이론을 받아들인다면 '아 다르고 어 다르다'는 말은 만고의 진리이며, '엉덩이나 방뎅이나'와 같은 의식은 폐기해야 할 의식이다. 비슷한 것은 아무것도 없다. '키스'와 '뽀뽀'도 대상과 의도가 분명히 다른 행위며, '아마도'와 '몰라도'는 말하는 사람의 아는 정도와 말하는 태도가 전혀 다른 표현이다. 동의어란 없다. 비슷한 말도 없다. 이렇게 분명한 의식을 가지고 단어 사용을 해야 우리의 글쓰기 능력을 향상 시킬 수 있다.

어휘 능력을 향상하기 위한 방법으로 '국어사전 찾기'는 오랜 전부터 사용했던 방법이다. 그러나 국어사전을 믿지 말라. 우리의 국어사전은 유사한 단어군의 단어들을 정확하게 변별하지도 못할 뿐만 아리라 우리가 일상생활에서 사용하는 단어의 의미와 의도, 느낌을 전혀 살리지 못한다.

국어사전에서 '생각'과 유사한 '사고'나 '사유', '사려'를 찾으면 다음과 같이 설명을 하고 있다.

- 사고 : 생각하고 궁리함.
- 사유 : 대상을 두루 생각하는 일.
- 사려 : 여러 가지 일에 대하여 깊게 생각함.

이 단어의 뜻만으로는 '생각이 깊다', '사고가 깊다', '사려가 깊다'는 문장이 어떻게 의미가 다른지 구분하기 쉽지 않다. 이러한 현상은 다른 단어들도 마찬가지다. 마치 도돌이표를 보는 듯한 느낌이 강하다. 이는 국어사전이 우리의 일상 언어생활을 깊이 있게 반영하지 못하고 있기 때문이다. 그래서 '나 만의 국어사전'을 만들 필요가 있다.

어휘력을 풍부하게 하기 위해 제일 먼저 할 수 있는 일은 고유어와 유사한 의미로 사용되는 한자어들을 비교하는 일이다. ㉠ 일상생활에서 그 단어를 어떻게 사용하고 있는지를 기억해내고(용례 작성) ㉡ 국어사전의 뜻을 찾고(국어사전 찾기) ㉢ ㉠과 ㉡을 참고하여 새로운 의미를 정리(새로운 정의)하는 방법을 사용할 수 있다.

〈표 1〉'생각' 대응 한자어 풀이표

대응 한자어	일상생활 용례	국어사전 찾기	나만의 사전
사고 (思考)	• **사고** 능력 • **사고**의 영역을 넓히다 • 극단적인 **사고**를 배격하다 • 근시안적인 **사고**는 국가의 장기적 발전에 전혀 도움이 안된다	• 생각하고 궁리함 • 심상이나 지식을 사용하는 마음의 작용, 이에 의해 문제해결	단기간 이성과 심리적 작용으로 새로운 규범을 형성하지만 타인에게 영향을 주지 않음. 과정을 중요시하는 마음의 작용
사유 (思惟)	• 무엇이든 홀로 배우고 **사유**하고 깨우쳐 가야 하는 정신적인 성장 과정은 뒷날의 내 사고 형태와 행동 양식에 많은 흔적을 남겼다. ≪이문열, 시대와의 불화≫	• 대상을 두루 생각하는 일 • 개념, 구성, 판단, 추리 따위를 행하는 인간의 이성 작용	이성의 작용으로 장기간 생각하여 규범을 형성하며 배경지식이 필요한 생각의 작용
사상 (思想)	• **사상**의 자유 • 봉건적 **사상** • 그의 작품은 우리나라 사람의 생활과 **사상**과 감정을 담고 있다 • 중세는 사회적으로 봉건 제도가 지배하고 있었고 **사상**적으로 기독교가 지배하고 있었다 • **사상**적인 동요를 일으키다	• 어떠한 사물에 대하여 가지고 있는 구체적인 사고나 생각 • 판단, 추리를 거쳐서 생긴 의식 내용 • 논리적 정합성을 가진 통일된 판단 체계 • 지역, 사회, 인생 따위에 관한 일정한 인식이나 견해	배경지식이 필요하고 결과를 중시하며 규범을 형성하기도 하고 그렇지 않기도 한 구체적인 사고나 생각

대응 한자어	일상생활 용례	국어사전 찾기	나만의 사전
사려 (思慮)	• **사려**가 부족하다 • 그는 **사려**가 깊은 사람이다 • 배운 사람이라면 그만 한 사려쯤은 갖고 있을 것이다 • 삼국지에는 젊은이들의 용기와 포부를 길러 주고 지혜와 **사려**를 깊게 하는 어떤 것들이 담겨 있다 • 당신이 사려하는 바는 알겠지만 이 일은 법적으로 아무 문제가 없다	• 여러 가지 일에 대하여 깊게 생각함.	여러 가지 일에 대하여 장기간 이성적으로 작용하여 규범을 형성. 깊게 생각하지만 생각의 과정보다 결과를 중시하고 배경지식의 영향을 받아 고정관념을 만들어낼 수 있음.
사념 (思念)	• 깊은 **사념**에 잠기다 • 온갖 **사념**에 사로잡히다 • 그는 갈피를 잡을 수 없는 혼란한 **사념**에 희롱당하며 거리를 늦도록 헤매었다. ≪손창섭, 낙서족≫ • 혼란을 거듭했던 서희의 **사념**은 차츰 정확한 손끝과 정확한 시계의 추처럼 정리되어 간다. ≪박경리, 토지≫	• 근심하고 염려하는 따위의 여러 가지 생각	근심하고 염려하는 여러 가지 생각을 단기간 이성적으로 판단하여 규범을 형성하지만 타인에게 영향을 미치지 않음. 생각의 과정보다 내용과 결과를 중시함.
의사 (意思)	• **의사** 전달 • 국민의 **의사** • **의사**를 결정하다 • **의사**를 비치다 • 그녀와 결혼할 **의사**가 전혀 없다 • 네 의견에 따를 **의사**가 있다	• 무엇을 하고자 하는 생각	형성된 규범으로 무엇을 하고자 하는 생각. 단기간에 작용하는 심리적 작용이 타인에게 영향을 주며 생각의 내용과 결과를 중시함.
의식 (意識)	• 마취가 덜 깼는지 **의식**이 몽롱하다 • 엘리트 **의식** • 최근 들어 자연환경을 보존하려는 **의식**이 높아 가고 있다 • 올바른 **의식**이 있는 사람이라면 그런 몰상식한 행동을 안 했을 것이다	• 깨어 있는 상태에서 자기 자신이나 사물에 대하여 인식하는 작용 • 사회적·역사적으로 형성되는 사물이나 일에 대한 개인적·집단적 감정이나 견해나 사상 • 의근(意根)에 기대어 대상을 인식·추리·추상(追想)하는 마음의 작용	배경지식을 통해 장기간 이성적 혹은 심리적으로 작용하여 규범을 형성하고 결과를 중시하는 개인적, 집단적 감정이나 견해 또는 사상

대응 한자어	용례	의미 (국립국어원 표준대사전)	새로운 정의
인식 (認識)	• **인식**이 부족하다 • **인식**이 나쁘다 • **인식**이 바뀌다 • 역사에 대한 **인식**이 없다 • 그릇된 **인식**을 고치다 • 청소년에게 올바른 **인식**을 심어 주다 • 예술계에는 대중문화가 고급문화의 영역을 잠식하고 있다는 **인식**이 팽배해 있다 • 문맹 퇴치는 근대화를 촉진하는 데 가장 중요한 수단으로 **인식**되어 왔다	• 사물을 분별하고 판단하여 앎 • 일반적으로 사람이 사물에 대하여 가지는, 그것이 진(眞)이라고 하는 것을 요구할 수 있는 개념. 또는 그것을 얻는 과정	장기간 이성적으로 작용하여 사물을 분별하고 판단하는 모든 사람들이 사물에 대하여 가지고 있는 진(眞)이라는 것을 요구할 수 있는 개념, 또는 과정
사색 (思索)	• **사색**의 계절 • **사색**에 잠기다 • **사색**을 즐기다 • 그는 여러 곳을 다니면서 인생과 자연을 해석하고 **사색**한다 • 나는 어려서부터 늘 몽상에 잠기고 **사색**하기를 좋아했다 • 현대인들은 인생에 대하여 **사색**할 시간이 없다고 불평하곤 한다 • 이 이치에서 벗어난 사람도 없고 이 이치를 극복한 사람도 없을 터인데 인간들은 무엇을 **사색**하며 무엇에 도전한다는 건가. ≪박경리, 토지≫	• 어떤 것에 대하여 깊이 생각하고 이치를 따짐	장기간 심리적으로 작용, 어떤 것에 대하여 과정을 중시하며 깊이 생각함.

대응 한자어를 풀이하여 단어의 의미에 대해 어느 정도 변별이 가능하면 '의미 분석표'를 만들어 보자. 의미 분석표는 유사한 의미를 가진

단어들을 일정한 분류 기준에 의해 자질을 분석해 도표화 한 것이다. '생각'과 대응하는 한자어를 분류하는 기준은 장기인가 단기인가의 '기간' · 이성이 작용하는가 심리가 작용하는가의 '작용' · 규범을 형성하는가 하지 않는가의 '규범형성' · 타인에게 영향을 주는가 주지 않는가의 '영향' · 과정과 결과 중 어느 것이 중요한 가에 대한 '중요도' · 배경지식의 영향 유무를 나타내는 '배경지식의 영향' 정도가 될 것이다. 이러한 분류 기준은 이외에도 많을 것이며, 단어군에 따라 다 다르다.

〈표 2〉 의미분석표

대응 한자어	기간	작용	규범형성	타인에게 영향	중요도	배경지식의 영향
	장기 + 단기 −	이성 + 심리 −	유 + 무 −	유 + 무 −	과정 + 결과 −	유 + 무 −
사고(思考)	±	±	+	−	+	±
사유(思惟)	+	+	+	−	+	+
사상(思想)	+	+	±	+	−	+
사려(思慮)	+	+	±	−	−	+
사념(思念)	−	+	+	−	−	−
의사(意思)	−	−	+	+	−	±
의식(意識)	+	±	±	+	−	±
인식(認識)	+	+	−	+	+	+
사색(思索)	±	+	−	−	+	−

의미 분석표를 작성했으면 단어를 부려 써서 문장으로 만들어 확인할 필요가 있다. 되도록 단어군의 단어들을 다 부려 써서 한 편의 글로 만들면 각 단어들의 문맥적 쓰임을 정확하게 이해할 수 있다. 다음 글은 생각을 비롯해서 생각과 대응하는 한자어, 사상 · 인식 · 사색 · 의사 · 사념 · 사유 · 사고 등을 모두 사용하여 쓴 한 편의 글이다.

함석헌 선생은 일찍이 **"생각**하는 백성이라야 산다"고 했다. 이 말을 듣고 '생각하지 않고 사는 사람들도 있나'라고 반문하는 사람이 있을 것이다. 하지만 자신이 갖고 있는 **사상**이 무엇인지 **인식**하지 않은 채 살아가는 사람들이 생각보다 많다.

살아있다고 해서 모두가 다 생각하며 사는 것은 아니다. 생각한다는 것은 반성적 **의식**을 갖고, 자신의 시대와 자신의 삶에 대해 **사색**하고 고뇌한다는 뜻이다. 생각 없이 산다는 것은 자신의 **의사**를 드러내지 않고, 갈피를 잡을 수 없는 혼란한 **사념**과 자신의 삶에 대해 그저 무관심과 침묵으로 일관한다는 뜻이다.

이들은 대체로 자신과 직접적인 관계가 없는 일에 대해서는 이웃이야 죽든 살든 눈 딱 감고, 들어도 못들은 척, 보고도 못 본 척 한다. 그런데 손톱만큼이라도 자신과 관계가 맞부딪치는 일에 대해선 눈에 쌍심지를 집고 나서는 사람들이다.

무엇이든 배우고 **사유**하고 깨우쳐 가야 하는 정신적인 성장 과정은 훗날, **사고**형태와 행동양식에 많은 영향을 미치는 것이다. 또한 다른 사람을 **사려**하지 않고, 다른 사람의 의사를 무시해버리는 이기주의를 불러 올 수 있다. 제발, 생각 좀 하고 살자.

다음 단어군의 단어들이 어떻게 쓰임이 다른지 '단어 풀이표'··'의미 분석표'··'활용한 글쓰기'를 차례로 연습해 보자.

① **바라다**	㉠ 원(願)하다 ㉡ 소망(所望)하다 ㉢ 희망(希望)하다 ㉣ 소원(所願)하다 ㉤ 갈망(渴望)하다 ㉥ 갈구(渴求)하다 ㉦ 염원(念願)하다 ㉧ 기대(期待)하다
② **알리다**	㉠ 고지(告知)하다 ㉡ 통고(通告)하다 ㉢ 통보(通報)하다 ㉣ 보고(報告)하다 ㉤ 전(傳)하다 ㉥ 선전(宣傳)하다 ㉦ 광고(廣告)하다 ㉧ 선포(宣布)하다 ㉨ 공고(公告)하다 ㉩ 공포(公布)하다 ㉪ 포고(布告)하다 ㉫ 공지(公知)하다

③ **바꾸다** ㉠ 교환(交換)하다 ㉡ 교체(交替)하다 ㉢ 호환(互換)하다 ㉣ 교대(交代)하다 ㉤ 대체(代替)하다 ㉥ 대치(代置)하다 ㉦ 전환(轉換)하다 ㉧ 치환(置換)하다 ㉨ 개혁(改革)하다 ㉩ 혁신(革新)하다 ㉪ 쇄신(刷新)하다

④ **지키다** ㉠ 수호(守護)하다 ㉡ 보호(保護)하다 ㉢ 경비(警備)하다 ㉣ 감시(監視)하다 ㉤ 감수(監守)하다 ㉥ 수비(守備)하다 ㉦ 방어(防禦)하다 ㉧ 방비(防備)하다 ㉨ 보전(保全)하다 ㉩ 보수(保守)하다 ㉠ 고수(固守)하다 ㉡ 보존(保存)하다 ㉢ 유지(維持)하다

⑤ **없애다** ㉠ 제거(除去)하다 ㉡ 척결(剔抉)하다 ㉢ 말소(抹消)하다 ㉣ 근절(根絕)하다 ㉤ 탕진(蕩盡)하다 ㉥ 일소(一掃)하다 ㉦ 폐지(廢址)하다 ㉧ 소거(消去)하다 ㉨ 해소(解消)하다

⑥ **사랑** ㉠ 사모(思慕) ㉡ 연모(戀慕) ㉢ 흠모(欽慕) ㉣ 자비(慈悲) ㉤ 자애(慈愛) ㉥ 동경(憧憬) ㉦ 연정(戀情) ㉧ 애정(愛情)

⑦ **따뜻하다** ㉠ 온난하다 ㉡ 온화하다 ㉢ 포근하다 ㉣ 뜨뜻하다 ㉤ 따사롭다 ㉥ 따끈하다 ㉦ 뜨뜻미지근하다 ㉧ 아늑하다 ㉨ 미지근하다 ㉩ 훗훗하다

⑧ **차갑다** ㉠ 차다 ㉡ 시리다 ㉢ 매섭다 ㉣ 시원하다 ㉤ 으스스하다 ㉥ 을씨년스럽다 ㉦ 싸늘하다 ㉧ 차디차다

⑨ **정도부사** ㉠ 극히 ㉡ 너무 ㉢ 몹시 ㉣ 무척 ㉤ 가장 ㉥ 훨씬 ㉦ 퍽 ㉧ 한결 ㉨ 더 ㉩ 꽤 ㉪ 제법

다음 단어의 뜻을 풀이말의 초성을 보면서 유추해 보자.

1. 가결 : ㅎㅇ에서 ㅈㅊ된 의안을 ㅎㄷ하다고 ㄱㅈ함.
2. 은닉 : ㄴ의 ㅁㄱㅇ이나 ㅂㅈㅇ을 ㄱㅊ다
3. 배신 : ㅁㅇㅇ이나 ㅇㄹ를 ㅈㅂㄹ.
4. 한아름 : ㄷ ㅍ을 ㅂㅇ ㄱㅆㅇ을 ㅈㄷ의 ㅋㄱ나 ㄷㄹ
5. 민틋하다 : ㅇㅌㅂㅌ한 ㄱ이 없이 ㅍㅍ하고 ㅂㅅㄷ하다
6. 감실감실 : ㅁ ㄱ에서 ㅇㄹㅍ이 ㅇㅈㅇㄴ ㅁㅇ
7. 오목조목 : ㅈㄱ ㅋ 것과 ㅈㄱ ㅈ 것이 ㄱㄹㅈ 않게 ㅅㅇ ㅁㅇ

8. 허섭스레기 : ㅈㅇ 것이 빠지고 난 뒤에 남은 ㅎㄹ한 ㅁㄱ

9. 고매하다 : ㅇㄱ이나 ㅍㅅ, ㅎㅅ, ㅈㅈ 따위가 높고 빼어나다

10. 가납사니 : ㅆㄷㅇㄴ ㅁ을 ㅈ하는 ㅅㄹ

11. 더치다 : ㅂㅅ가 ㄷㄹ 더해지다.

12. 빙충맞다 : 똑똑하지 못하고 ㅇㄹㅅㅇ며 ㅅㅈㅇ을 타는 데가 있다.

13. 곰비임비 : ㅁㄱ이 거듭 쌓이거나 ㅇㅇ이 계속 일어나는 ㅁㅇ.

14. 지표 : ㅂㅎ이나 ㅁㅈ, ㄱㅈ따위를 나타내는 ㅍㅈ.

15. 고깝다 : ㅅㅅ하고 ㅇㅅ하여 ㅁㅇ이 ㅇㅉㄷ.

16. 을씨년스럽다 : ㅂㄱ에 ㄴㅆ나 ㅂㅇㄱ 따위가 몹시 ㅅㅅ하고 쓰쓰한 데가 있다.

17. 볼만장만 : ㅂㄱㅁ하고 ㄱㅅ하지는 않는 ㅁㅇ.

18. 도래샘 : ㅂ ㄷㅇㅅ 흐르는 샘물

19. 문장 : ㅅㅅ이나 ㄴㄲ을 ㄷㅇ로 ㅇㄱ하여 ㅇㅅ를 ㅈㄷㅎ는 ㅊㅅㄷㅇ

3.7. 정확한 표기

정확한 표기는 한글 맞춤법과 표준어 규정대로 단어를 표기하는 것을 말한다. 정확한 표기는 의미의 정확한 전달을 위해서도 중요하지만, 정확하게 표기하려는 노력은 '정확한 사고'와도 관련이 깊다고 한다. 따라서 정확한 표기를 하기 위한 노력이 필요하다.

한글 맞춤법과 표준어 규정과 정확한 표기에 대한 책들은 많으므로 이곳에서는 중요한 몇 가지만 문제 형식으로 풀어보고 부족한 점은 각자 노력하기로 한다.

[문제 1] 맞는 말에는 ○, 틀리는 말에는 ×.

1) '두 다리사이'를 뜻하는 말을 '샅'이라 한다.
2) '정신의 줏대'를 뜻하는 말을 '기'라 한다.
3) '어떤 일에 드는 힘이나 수고'를 뜻하는 말을 '삯'이라 한다.
4) '저 친구는 가뜩이나 기분이 안 좋을 때 와서 자꾸 깐족댄다.'에서 '깐족댄다'는 올바른 표현이다.
5) '그는 가끔 데설데설한 모습을 보이기에 사람들에게 친밀감을 준다.'에서 '데설데설'은 바른 표현이다.
6) '형제의 얼굴이 비스듬하다'에서 '비스듬'은 맞는 표현이다.
7) '딴 애기를 하다'에서 '딴'은 표준어다.
8) '의지할 곳 없어 가엽다'에서 '가엽다'는 올바른 표기이다.
9) '냅둬'는 비속어이다.
10) '책 보따리를 매다.'에서 '보따리'는 맞는말이다.
11) '무례한 행동을 나무래다'에서 '나무래다'는 맞는 말이다.
12) '자문을 구하다'는 올바른 표현이다.
13) '얼굴에 뾰두라지가 나다'에서 '뾰두라지'는 올바른 표기이다.
14) '애개, 겨우 이것만 가져온거야?'에서 '애개'는 올바른 표기이다.
15) '학업 성취도가 뒤쳐진 학생이 있습니다'에서 "뒤쳐진"은 올바른 표현이다.
16) '객쩍은 소리'는 맞는 표현이다.
17) '언젠가 국회의원이 될런지도 모르지'는 맞는 표현이다.
18) '나무들로 둘러쌓인 숲'에서 '둘러쌓인'은 맞는 표현이다.
19) '아기를 배지 않은 몸'을 '홑몸'이라고 한다.
20) '허방다리'는 '발을 헛짚는 일'을 가리킨다.
21) '곁두리'는 주로 농사꾼이나 일꾼들이 끼니 외에 참참이 먹는 음식을 가리킨다.
22) '우레와 같은 함성'에서 '우레'는 맞는 말이다.
23) '실갱이가 벌어지다'에서의 '실갱이'는 올바른 표현이다.

24) 행동이나 사고방식 따위가 너무 엉뚱한 사람을 뜻하는 '뚱단지'는 원래 '두꺼비'를 뜻하는 말이다.

25) '식구가 단촐 하다'에서 '단촐'은 올바른 표현이다.

26) '서방님'에서 서방은 원래 벼슬 안한 남자를 일컫는다.

27) '제비추리'는 뒤통수나 앞이마의 한가운데에 골을 따라 아래로 뾰족하게 내민 머리털을 말한다.

[문제 2] 밑줄 친 곳을 바르게 고치시오.

1. 인성이는 무한도전에서 <u>밧다리후리기</u>를 멋지게 선보였다.

2. 아이고 저 놈의 <u>주책맞은</u> 영감탱이 때문에 내가 속이 터진다.

3. 마을에 닿았을 때 서편에 해가 <u>뉘엇뉘엇</u> 떨어지고 있었다.

4. 눈을 크게 떠 삼군을 꾸짖으면 위풍이 <u>늠늠하여</u> 대장의 자격이 충분했다.

5. 우리 딸은 모도리지만 <u>얄망궂은데가</u> 있다.

6. 제빵왕 김탁구가 만든 찰떡빵은 정말 <u>찰지고</u> 맛있지만 나는 빵을 좋아하지 않아서 오늘 저녁에도 밥을 안쳤다.

7. 두 살배기 조카가 내 노트 종이를 <u>갈갈이</u> 찢어서 화가났지만 오랜만에 온 식구가 모인 자지라서 참고 넘어갔다

8. 내 친구 진아는 좋아하는 남자친구의 <u>넓찍한</u> 등을 보더니 며칠동안 설레는 가슴 때문에 잠을 이루지 못했다.

9. 현수는 오늘도 <u>늦장</u>을 부리다가 학교에 지각을 하였다.

10. 용녀야 <u>객적은</u> 소리 말고 공부나 해.

11. 소희는 다정이가 선화와 친한 것을 시기하여 <u>이죽거렸다</u>.

12. 다함아 넌 칠칠 맞게 <u>매무새가</u> 그게 뭐니? 셔츠 단추 좀 제대로 여며라.

13. 그 은혜는 제가 꼭 <u>앙갚음</u> 하겠습니다.

14. 지각대장 존은 아침부터 <u>늦장</u>을 부리다 학교에 늦어 <u>가능한</u> 빨리 옷을 입고 달려갔음에도 불구하고 지각을 해 선생님께 혼이 나며 <u>궁시렁대다</u> 크게 혼쭐이 났다.

15. 명절이면 할머니는 늘 마을 <u>어귀</u>까지 우리 가족을 마중 나와 계시다 우리가 도착하면 내 손을 꼭 부여잡으시고는 한 <u>웅큼</u> 집어오신 과자를 <u>건네주신다.</u>

16. 홍철은 대학을 졸업하고도 취직을 하지 못하고 방방곡곡을 놀러 다니며 몇 년 째 <u>놈팽이</u> 짓을 해 빈털터리 생활을 하고 있지만 <u>미워할래야</u> 미워할 수 없는 매력을 가지고 있다.

17. 키가 나무 <u>밑둥</u>만 한 하하는 <u>쭈꾸미</u> 안주에 막걸리를 쉬지 않고 들이켜다 <u>금새</u> 취해 <u>어리숙한</u> 목소리로 엄마의 전화를 받아 호되게 혼이 났다.

18. 주리는 <u>오랫만에</u>(오랜만에) 받은 연애편지 속 재석의 글씨가 <u>두 살박이</u>의 어린아이처럼 <u>개발세발</u>인 것을 보고 크게 실망하여 재석에게 글씨 좀 연습하라며 <u>피박</u>을 주어 결국 재석을 울리고 말았다.

19. 술내는 딸꾹질하는 연희를 뒤에서 몰래 <u>놀래켜 주었다.</u>

20. 혜리네 <u>건너방</u>에는 손님이 와 계신다.

21. “혜리야, 나이에 <u>걸맞는</u> 행동 좀 하면 어디가 불편하겠니?”

22. 연희는 뭘 해도 <u>아니꼬와</u> 보인다.

23. 그것은 다은이가 <u>따 놓은</u> 당상이다.

24. <u>엄한</u> 사람 욕먹이지 마라.

25. 도둑을 방지하기 위해 문을 이중 삼중 단단히 <u>잠궜다.</u>

26. 하굣길에 오락실에 <u>들렸다가</u> 늦은 시간에 집에 들어와서 엄마에게 된통 혼났다.

27. 미선은 기철을 좋아하는 예림을 <u>눈에 가시</u>처럼 생각한다

28. 아버지는 딸이 사업을 시작 할 수 있도록 <u>물신양면</u>으로 도와주었다.

29. <u>빠르면</u> 내일 중으로 월급을 지급하겠습니다.

30. 모두가 그를 영웅으로 <u>추켜세웠다.</u>

31. 언제나 혹시 모를 비상사태에 <u>염두해 두어라.</u>

32. 그들은 결국 <u>구설수</u>에 오르고 말았다.

3.8. 순우리말

순우리말에는 우리가 상상할 수 없을 정도의 아름다운 말이 많다. '시나브로', '살별' 등 우리가 모르는 정감 있는 말들이 매우 많다. 그러나 우리는 흔히 외래어를 사용하고 또 외래어 사용을 은근히 뽐내고 있다.

말은 그 민족의 얼과 정신, 문화를 나타낸다. 우리의 외래어 사용은 우리 얼과 정신 문화의 말살을 의미한다. 우리가 어떤 말을 사용해야 할 지는 묻지 않아도 될 것이다.

우리말의 낱말 만들기는 크게 두 가지 방법이 있는데 하나는 '실질형태소＋형식형태소'와 '실질형태소＋실질형태소'이다. 이러한 낱말 만들기의 좋은 예로는 북한의 언어가 있다. 남북이 통일이 되면 남한과 북한 언어의 이질성을 회복하는 게 급선무일텐데 북한의 언어에서 우리가 배워야 할 언어도 많이 있다. 몇 가지 예를 들어보면 다음과 같다.

남 한	북 한	남 한	북 한
가사(家事)	집안거두메	각 선 미	다 리 매
게 시 판	알 림 판	거 짓 말	꽝 포
골 키 퍼	문 지 기	구 설 수	말 밥
기 성 복	지 은 옷	구 성	엮 음 새
다이얼(전화)	번 호 판	노 크	손 기 척
도넛(츠)	가락지빵	도 화 선	불 심 지
레 코 드	소 리 판	롤 러	굴 개
리 본	댕 기	몽 타 쥬	판 조 립
명 령 문	시 킴 문	보 조 개	오 목 샘

이 밖에도 '스킨로션－살결물', '로션－영양물'들 의미를 구체적으로 드러내면서도 정감 있는 말들이 많다. 우선 우리말에 대한 문제들을 풀

어 보면서 우리말의 아름다움에 젖어 보자.

[문제] 다음 제시된 낱말은 순우리말이다. 뜻으로 옳은 것은?

(1)

가) 마음에 마땅하다.   · 탐탁
나) 일러주어서 깨닫게 하다.   · 똥기
다) 모양이나 태도가 마음에 들고 믿음직하다.   · 올가망하다
라) 마음이 편하지 못하다.   · 마뜩하다

(2)

가) 말과 행동이 거칠고 미련스럽게 보이다.   · 상없다
나) 상리에 벗어나 상스럽고 막되다.   · 데퉁스럽다
다) 놀라거나 겁에 질려 황급한 소리를 지르다.   · 귀거칠다
라) 듣기에 매우 거북하다.   · 기급하다

(3)

가) 냉대하여 멀리하거나 거절하다.   · 내대다
나) 말을 불쑥하여 정답지 않은 빛이 보이다.   · 앵돌아지다
다) 마음이 틀어져 토라지다.   · 퉁명스럽다
라) 생각이나 성질이 비뚤어지다.   · 뒤둥그러지다

(4)

가) 여럿을 모아 한 덩어리나 한 판이 되게 하다   · 두레
나) 여러 사람이 힘을 합해서 하는 일   · 동아리
다) 목적이 같은 사람이 한패를 이룬 무리   · 울력
라) 농민들이 협력하기 위하여 이룬 모임   · 어우르다

---

(5)

가) 오래 안가고 이내 없어지는 모양 　　　　· 간대로
나) 성질이 부드럽고 다정스럽다. 　　　　　· 고즈넉이
다) 그다지 쉽사리 　　　　　　　　　　· 봄눈 슬듯
라) 말없이 다소곳하거나 잠잠하게 　　　· 곰살궂다

(6)

가) 짝이 되는 친구 　　　　　　　　　　· 반려
나) 서로 너니 나니 하고 부르며 터놓고 지내는 사이 · 지기(知己)
다) 동기간의 우의 　　　　　　　　　　· 너나들이
라) 서로 마음이 통하는 벗 　　　　　　· 의초

(7)

가) 대강, 거의 가깝게 　　　　　　　　· 모름지기
나) 마땅히, 차라리 　　　　　　　　　· 얼추
다) 아닌게 아니라 　　　　　　　　　　· 미상불(未嘗不)
라) 여간하여서는 도저히 　　　　　　· 이루

(8)

가) 음식을 조금 먹어 시장기를 면함 　· 게걸
나) 먹고 싶은 생각이 나다 　　　　　· 구쁘다
다) 먹으려고 하는 탐심 　　　　　　· 주전부리
라) 때없이 군음식을 마구 먹는 입버릇 · 입매

(9)

가) 동풍 　　　　　　　　　　　　　· 소소리바람
나) 서풍 　　　　　　　　　　　　　· 샛바람
다) 남풍 　　　　　　　　　　　　　· 하늬바람

라) 북풍   · 마파람

마) 살 속으로 기어드는 듯한 찬바람   · 된바람

(10)

가) 무엇과 같다고 느끼다.   · 버금

나) 으뜸의 바로 아래. 또는 그런 지위에 있는 사람이나 물건

                                                · 어금지금하다

다) 서로 비슷하여 대소장단의 차이가 없다.   · 비끼다

라) 비스듬히 비치다.   · 방불하다

(11)

가) 일을 끝내지 않고 중간에 흐지부지 그만 둠   · 중동무이

나) 일의 뒤끝을 마무르는 성질이 없다.   · 기연미연

다) 그런지 그렇지 않은지 분명하지 않은 모양   · 뒷손없다

라) 결단성이나 다잡는 힘이 모자란   · 더덜뭇하다

(12)

가) 끝이 없다. 한이 없다.   · 어쭙지 않다

나) 자기 편의에 따라 이랬다 저랬다 하는 기회주의자의 행동

                                                · 박쥐 구실

다) 아무 관계없는 남의 일에 간섭하다.   · 오지랖이 넓다

라) 하는 짓이 분수에 넘쳐 비웃음을 살 때 씀.   · 그지없다

(13)

가) 어떤 기준을 잡다.   · 어림

나) 대강 겉가량으로 헤아림.   · 눈총기

다) 본 것을 잊지 않고 잘 기억하는 능력   · 겉볼안

라) 겉을 보면 속까지도 짐작하여 알 수 있다   · 대중하다

(14)

가) 피하느라고 몸을 옮기다.　　　　　　·비기다

나) 비스듬하게 기대다.　　　　　　　　·비키다

다) 한쪽으로 비스듬히 기울어지다.　　 ·비끼다

라) 비스듬하게 늘어지거나 놓이다.　　 ·쓸리다

(15)

가) 해질녘에 푸르스름하고 흐릿한 기운　　·이내

나) 공중에서 빗방울이 찬기운을 만나 얼어서 떨어지는 덩어리

　　　　　　　　　　　　　　　　　　·누리

다) 해나 달의 둘레에 생기는 둥근 테　　·성에

라) 굴뚝이나 벽에 허옇게 얼어붙는 것　　·무리

(16)

가) 겨우 먼지나 일지 않을 정도로 조금 오다 마는 비

　　　　　　　　　　　　　　　　　　·는개

나) 아직 비가 올 듯한 기색은 있으나 좍좍 내리다가 잠깐 그친 비

　　　　　　　　　　　　　　　　　　·웃비

다) 볕이 나 있는데 잠깐 오다가 그치는 비　·먼지잼

라) 안개보다 조금 굵고 이슬보다 조금 가는 비·여우비

(17)

가) 매달린 것이 가볍게 흔들리는 모양　　·올망졸망

나) 먼 곳에서 어렴풋이 움직이는 모양　　·감실감실

다) 귀엽게 생긴, 작고 또렷한 여러 덩어리가 고르지 않게 놓여 있는

　　모양　　　　　　　　　　　　　　　·대롱대롱

라) 아기가 곱게 자는 모양　　　　　　　·소록소록

(18)

가) 사람이 심어 가꾸거나 또는 저절로 나서 자란 온갖 나물
　　　　　　　　　　　　　　　　　　　　· 푸서리

나) 잡풀이 무성한 땅　　　　　　　　　　· 숲정이

다) 마을 부근의 수풀 있는 곳　　　　　　· 푸성귀

라) 큰 나무의 밑동　　　　　　　　　　　· 둥치

(19)

가) 겉으로는 사양하는 체하고 뒤로 슬그머니 벌리는 손
　　　　　　　　　　　　　　　　　　　· 뒷손

나) 일의 뒤를 마물러서 끝내는 일　　　　· 갈무리

다) 앞으로 해나갈 일에 바로 나갈 터를 잡아주다　· 뒷마감

라) 물건을 잘 정돈하여 간수함.　　　　　· 그루 앉히다

(20)

가) 오래 길들여 쓰다.　　　　　　　　　· 손어림

나) 남의 수고에 대하여 주는 작은 물건.　· 손끝 여물다

다) 손으로 하는 일을 허술한 데 없이 회동그랗게 잘하다.
　　　　　　　　　　　　　　　　　　　· 손씻이

라) 손으로 대강 헤아림.　　　　　　　　· 손때 먹이다

(21)

가) 아주 적은 음식으로 시장기를 면하는 일　· 볼가심

나) 지은 죄를 사실대로 말함　　　　　　· 곧은불림

다) 까닭 없이 남을 탓하는 짓　　　　　　· 지청구

라) 다른 말을 못하도록 또는 비밀이 새지 않도록 주는 돈이나 물건
　　　　　　　　　　　　　　　　　　　· 입씻이

(22)

가) 여러 사람이 돈을 추렴하여 같은 음식을 나눠 먹는 일

　　　　　　　　　　　　　　　　　　　　　·도르리

나) 음식을 돌려가며 제각기 내는 일　　　　　·도리기

다) 여러 몫으로 고루 나누어주는 일　　　　　·품앗이

라) 힘든 일을 거들어 주어서 서로 품을 지고 갚음　·벼름질

(23)

가) 비를 맞지 않도록 물건을 치우는 일　　　·비설거지

나) 비가 오다가 날이 개는 동안　　　　　　·비거스렁이

다) 비가 온 뒤에 바람이 불고 시원해지는 일　·빗밑

라) 초목에 내려 눈같이 된서리　　　　　　　·상고대

(24)

가) 팔꿈치로부터 손목까지의 부분　　　　·팔목

나) 팔꿈치와 어깻죽지 사이의 부분　　　·팔죽지

다) 팔꿈치를 오그린 안쪽　　　　　　　·팔오금

라) 손이 잇닿은 팔의 끝 부분　　　　　·팔뚝

(25)

가) 논두렁이나 밭두둑을 따라 난 좁고 꼬불꼬불한 길

　　　　　　　　　　　　　　　　　　　·에움길

나) 굽은 길. 또는 에워서 돌아가는 길　·굽이

다) 길, 물줄기, 산줄기 등이 휘어서 굽은 곳　·우금

라) 시냇물이 급히 흐르는 가파르고 좁은 산골짜기　·논틀밭틀

(26)

가) 돌을 쪼아 다듬는 쇠연장　　　　　·작두

나) 쇠붙이를 쓸거나 다듬는 연장 · 줄

다) 풀, 콩깍지, 짚 등을 써는 연장 · 정

라) 물건을 치는데 쓰는 연장 · 메

(27)

가) 한 곳으로만 통하는 길 · 외곬

나) 길의 가장자리 · 고동

다) 사람이 별로 가지 않는 외진 곳 · 도린결

라) 일을 하는 데 가장 중요한 사항이나 계기 · 길섶

(28)

가) 야무지고 기운차다 · 안성맞춤

나) 실속있게 꽉 차다. · 옹골지다

다) 태도와 행동이 침착하고 참을성이 있다. · 올차다

라) 생각한 대로 튼튼하게 잘된 물건 · 진득하다

(29)

가) 마음에 썩 달갑지 않거나 내키지 않다. · 살갑다

나) 야속한 느낌이 있다. · 떠름하다

다) 마음씨가 너그럽고 미덥다. · 기껍다

라) 은근히 속마음으로 기뻐하다. · 고깝다

(30)

가) 과일이나 채소를 100개씩 세는 말 · 바리

나) 마소에 잔뜩 실은 짐을 세는 단위 · 접

다) 쇠붙이로 된 돈이나 가마니같이 납작한 물건을 세는 단위

· 마지기

라) 논밭의 넓이의 단위 · 닢

(31)

가) 가지런하고 곱다.	·소담스럽다
나) 수수하게 풍족하고 아름답게 보이다.	·살포시
다) 깨끗하고 아담하다.	·깨끔하다
라) 부드럽고 가볍게	·함초롬하다

(32)

가) 앞 뒤 헤아리지 않고 얼른 하는 모양	·늘름
나) 우선 급한대로	·시거에
다) 남 모르는 사이에 재빠르게	·큼
라) 재빠르게 혀나 손을 놀리는 모양	·사부자기

(33)

가) 큰 내	·가람
나) 세상	·마음자리
다) 처음으로 솟아오르는 햇볕	·누리
라) 마음의 본바탕	·돋을볕

(34)

가) 차츰 희미해지면서 없어지다.	·오롯하다
나) 한쪽이 차지 않다.	·스러지다
다) 온전하다.	·이지러지다
라) 내용이 충실하다.	·알토란 같다

(35)

가) 해석을 그릇되게 하다	·되뇌다
나) 같은 말을 되풀이하다	·되새기다
다) 한번 삼킨 먹이를 내어 다시 씹다	·되받다
라) 잘못을 꾸짖을 때 도리어 반항하다	·곱새기다

(36)

가) 일정한 용량이 없다   · 주책없다
나) 조금도 틀리지 않고 들어맞다.   · 영락없다
다) 못할 것이 없다   · 대중없다
라) 어떠한 표준을 잡을 수가 없다   · 진배없다

(37)

가) 언행이 경망스럽고 조급하다   · 퉁명스럽다
나) 말을 불쑥하여 정답지 않은 빛이 보이다   · 호도깝스럽다
다) 생각이나 성질이 비뚤어지다   · 뒤둥그러지다
라) 수선스럽고 실없다   · 괴덕스럽다

(38)

가) 키로써 바람을 내는 짓   · 벼름질
나) 까붐질   · 나비질
다) 여러 몫으로 고루 나누어주는 일   · 까붐질
라) 인격의 무겁고 가벼움을 떠보는 것   · 드레질

(39)

가) 다른 것으로 서로 바꾸어 대신하다   · 갈음하다
나) 여럿 가운데서 분간하여 골라내다   · 함초롬하다
다) 일의 뒤끝을 맺다   · 마무르다
라) 가지런하고 곱다   · 가리다

(40)

가) 숫자를 써서 셈함   · 독장수셈
나) 어리석어 이해타산이 분명하지 못한 셈   · 붓셈
다) 머리 속으로 계산   · 부엉이 셈
라) 실속 없는 셈   · 속셈 (암산)

제4장 문장과 표현

제4장 **문장과 표현**

문장을 간단하게 정의하면, 단어의 결합체로써 글의 기본 단위라 할 수 있다. 문법적으로 문장은 단어와 단어들의 결합으로 이루어지며 문장이 모여 문단, 또는 글이 되는 것이다.

단어는 뜻을 나타내지만 생각을 나타내지는 못한다. 그러나 문장은 단어를 잘 배열하여 생각을 나타낼 수 있다. 이러한 점에서 문장을 글의 기본 단위라고 한다. 그리고 문장이 모여 문단을 이룬다. 문단을 이루는 문장들은 소주제문장과 소주제문장을 뒷받침하는 문장들인데 긴밀한 관련과 체계를 갖추어야 설득력을 높일 수 있다.

① 사회주의. 민주주의. 더욱. 나. 신봉하다.
② 나는 사회주의보다 민주주의를 더욱 신봉한다.
③ 나는 사회주의보다 민주주의를 더욱 신봉한다. 왜냐하면 전체주의를 지향하는 사회주의보다 민주주의가 개인의 세계를 향유하고 개인의 능력을 마음껏 발휘하는 데 강점이 있기 때문이다. 뿐만 아니라 각 개인의 서로 다름을 인정하면서도 하나의 질서 속에서 서로

의 발전을 도모할 수 있기 때문이다.

①은 단어들을 나열한 것이다. 단어들은 나름의 뜻(개념)을 가지고는 있지만 하나의 생각을 나타내지는 못한다. 적어도 ②처럼 단어들을 결합하여 문장으로 만들었을 때 하나의 생각이 완성되는 것이다. ③은 뒷받침 문장들을 부려 써서 하나의 문단을 이룬 것이다. 생각과 생각들이 결합하여 하나의 사고 또는 관념을 표출하고 있다.

문장에 대한 접근은 기호학적 관점(문법론)과 수사학적 관점(표현론)이 대표적이다.

기호학적인 관점에서 문장을 접근하면 문장은 기호의 결합체라고 할 수 있다. 즉 모든 단어는 하나의 기호이며, 따라서 문장은 기호의 결합체라는 정의가 가능하다. '모든 단어는 기호'라고 해석한다면 기호는 랑그와 빠롤, 기표와 기의로 분석되며 기표가 기의를 얼마만큼 빠르고 정확하게 불러내는가 하는 것이 중요한 문제가 된다. 뿐만 아니라 기호학적 관점에서 본다면 문장 부호 역시 하나의 기호이므로 적확한 문장 부호 사용도 매우 중요한 의미를 갖게 된다. 따라서 기호학적 관점은 문법론과 밀접한 관련이 있고 정확한 문장 표기를 중요하게 생각한다.

수사학적 관점에서 본다면 문장은 단순히 단어, 혹은 기호의 결합체라고 해석되지 않는다. 간단히 말하면 수사학은 글쓴이와 읽는 이의 모든 관련 상황 속에서 효율적인 전달과 표현 방식을 찾아내려고 고민한다. 따라서 무슨 생각을 쓸 것인지 찾아내는 '발견'과, 생각의 순서를 결정하는 '배열', 생각을 나타내는 글을 다듬는 '문체'를 다루게 된다. 따라서 수사학은 다양한 지식과 방식이 동원되고 이들을 종합적이고도 선택적으로 적용하는 기술을 필요로 한다. 따라서 수사학적 관점은 표현론과 밀접한 관련이 있다. 표현론은 옳고 그름이 아니라 얼마나 효과적으로 표현하였는가에 관심이 있다.

그러나 문장(글)을 쓸 때 이러한 복잡한 지식과 과정을 늘 머리속에 둘 수는 없다. 너무 단순한 감이 있긴 하지만, 글을 쓸 때 우리는 우리가 나타내고자 하는 생각을 효율적으로 전달·표현하기 위해 단어를 선택·배열하고 여러 보조 생각들을 뒷받침하여 전개하거나 강조하는 것이다.

또 하나 염두에 두어야 할 것은 컴퓨터를 중심으로 한 의사소통 환경의 변화는 우리의 글쓰기에도 많은 영향을 미치고 있다는 것이다. 단적으로 말한다면 컴퓨터 세계의 문장은 문어와 구어의 결합체적 성격을 띠고 있다. 즉 말하듯이 쓰는 문장이 많아지고 그러한 경향이 더욱 짙어진다고 할 수 있다. 문어와 구어의 결합적 성격을 가지고 있는 문장의 긍·부정은 논외로 한다하더라도 이러한 형태의 문장(글)에서는 띄어 읽기가 중요해지고 따라서 문장 쓰기에서 띄어쓰기가 더욱 강조되어야 할 것이다.

우선 여러분들의 문장 능력을 알기 위해 재미삼아 다음 문장을 올바르게 고쳐 보자.

① 즐거움으로 만들어진 맛있는 떡
② 바다로 내려지는 그물
③ 준비된 차량 점검, 장마철 안전 운전의 시작
④ 맨살 부위는 피부가 다치기 쉬우므로 수건을 대고 사용하세요.
⑤ 동양 사상에서는 유난히도 '무·허·공'이라는 단어가 중요하게 취급된다.
⑥ 늦게 온 K양, 촬영은 밤늦게까지 계속되었다.
⑦ 온 동네 분들이 모여서 잔치가 벌어지게 됩니다.
⑧ 공부를 열심히 해야겠다고 느꼈어요.
⑨ 슬프다고 생각했어요.

⑩ 상쾌한 것 같아요.

①·②·⑦은 '_어지다'의 형태로 우리 문장 표현에 없는 이중 피동문이다. ③·④·⑤·⑥은 주어로 올 수 없는 것을 주어로 삼아서 피동형 문장 '_되다'가 되었다. ⑧·⑨는 생각(인지)을 느낌(정서)로 감정(정서)을 생각(인지)로 잘못 표현한 것들이다. ⑩은 우리가 흔히 잘못 쓰는 표현 중 하나로 추측이 아닌 문장을 추측의 문장으로 표현한 것이다.

여러분이 문장에 대한 간단한 상식을 가지고 있다면 위 문장들을 아래와 같이 고쳐 썼을 것이다.

① 즐거움으로 만들어진 맛있는 떡
  • 즐겁게 만들어서 맛있는 떡.
  • 즐겁게 만들어 맛있는 떡.
  • 즐겁게 만든 맛있는 떡.
  • 즐거운 마음으로 만든 맛있는 떡.
  • 즐거운 기분으로 만든 맛있는 떡.
② 바다로 내려지는 그물
  • 사람들이 그물을 바다로 내리고 있다.
  • 바다로 내리는 그물
  • 바다 속으로 내리는 그물
③ 준비된 차량 점검, 장마철 안전 운전의 시작
  • 미리 차량 점검해 장마철에 안전 운전하세요.
  • 미리 한 차량 점검, 장마철 안전 운전의 시작
  • 미리해둔 차량점검, 장마철 안전 운전의 시작
  • 미리 하는 차량 점검, 장마철 안전 운전의 시작
④ 맨살 부위는 피부가 다치기 쉬우므로 수건을 대고 사용하세요.
  • 맨살 부위는 피부를 다칠 수 있으니 수건을 대고 사용하세요.
  • 맨살 부위는 피부를 다치기 쉬우므로 수건을 대고 사용하세요.

· 맨살 부위는 피부를 다치기 쉬우니 수건을 대고 사용하세요.

· 맨살 부위는 다치기 쉬우므로 수건을 대고 사용하세요.

⑤ 동양 사상에서는 유난히도 '무·허·공'이라는 단어가 중요하게 취급된다.

· 동양 사상에서는 유난히도 '무·허·공'이라는 단어를 중요하게 취급한다.

· 동양 사상에서는 유난히도 '무·허·공'이라는 단어를 중요하게 사용한다.

· 동양 사상에서는 '무·허·공'이 중요시 된다.

⑥ 늦게 온 K양, 촬영은 밤늦게까지 계속되었다.

· K양이 늦게 와서 촬영을 밤늦게까지 했다.

· 늦게 온 K양 때문에 촬영은 밤늦게까지 이어졌다.

· K양이 늦게 와서 촬영은 밤늦게까지 계속되었다.

· K양이 늦게 와서 촬영은 밤늦게까지 이어졌다.

⑦ 온 동네 분들이 모여서 잔치가 벌어지게 됩니다.

· 온 동네 분들이 모여서 잔치를 벌입니다.

· 온 동네 분들이 모여 잔치를 벌입니다.

· 온 동네 분들이 모여 잔치를 합니다.

⑧ 공부를 열심히 해야겠다고 느꼈어요.

· 공부를 열심히 해야겠다고 다짐했어요.

· 공부를 열심히 해야겠다고 결심했어요.

· 공부를 열심히 해야겠다고 생각했어요.

· 공부를 열심히 해야겠어요.

⑨ 슬프다고 생각했어요.

· 슬픔을 느꼈다.

· 슬프다고 느꼈어요.

· 슬퍼요.

· 슬펐어요.

⑩ 상쾌한 것 같아요.

· 상쾌해요.

- 상쾌합니다.
- 기분이 상쾌해요.

　문법론에서는 하나의 문장만이 정답일 수 있다. (꼭 그런 것도 아니다. 문맥에 따라 여러 문장이 올 수 있다.) 그러나 표현론에서는 다양한 문장을 쓸 수 있다. 표현론에서는 화자의 의도·생각·정서를 얼마나 효과적으로 표현했느냐가 중요하기 때문이다. 그래서 시·소설 같은 문예문에서는 가끔 문법을 초월하기도 하는 것이다.
　혹시 위 문장들을 아래와 같이 고쳤다면 문제가 심각하다. 아래 문장들은 아무리 표현론의 측면에서 따져보아도 옳은 문장, 좋은 문장이 될 수 없다.

① 즐거움으로 만들어진 맛있는 떡
　　• 즐거움으로 만든 맛있는 떡.
　　• 떡이 즐겁게 만들어져서 맛있다.
　　• 즐거움이 만들어 낸 맛있는 떡.
　　• 맛있는 떡은 즐거움으로 만들어졌다.
② 바다로 내려지는 그물
　　• 바다로 내린 그물.
　　• 그물을 바다로 내린다.
　　• 그물을 치다.
　　• 바다로 던진 그물
　　• 그물은 바다로 내려졌다.
　　• 바다로 내려진 그물.
　　• 그물을 꿀꺽 삼키는 바다.
　　• 바다로 드리워지는 그물.
　　• 바다로 가는 그물.
③ 준비된 차량 점검, 장마철 안전 운전의 시작

- 준비하는 차량 점검은 장마철 안전 운전의 시작
- 차량 점검을 준비해 장마철에 안전 운전을 시작하세요.
- 차량 점검을 미리 하는 것이야말로 장마철 안전 운전의 시작이다.
- 차량 점검을 준비하여 장마철 안전 운전 시작
- 차량 점검 준비는 장마철 안전 운전의 시작이다.
- 차량 점검을 준비하고, 장마철 운전을 안전하게 시작

④ 맨살 부위는 피부가 다치기 쉬우므로 수건을 대고 사용하세요.
- 맨살은 다치기 쉬우므로 수건을 대고 사용하세요.
- 맨살 부위는 다치기 쉬우므로 수건을 대세요.
- 맨살 부위는 다치기 쉬우므로 수건을 대고 사용하세요.
- 맨살은 다치기 쉬우므로 수건을 대고 사용하세요.
- 피부가 다치기 쉬운 맨살 부위에는 수건을 대고 사용하세요.
- 피부가 다치기 쉬우니 수건을 대고 사용하세요.
- 피부가 다치기 쉬우므로 맨살 부위엔 수건을 대고 사용하세요.
- 맨살은 피부가 다치기 쉬우므로 수건을 대고 사용하세요.

⑤ 동양 사상에서는 유난히도 '무·허·공'이라는 단어가 중요하게 취급된다.
- '무·허·공'이라는 단어는 동양 사상에서 유난히 중요하게 취급된다.
- 동양 사상에서는 '무·허·공'이라는 단어가 중요하다.
- 동양 사상에는 유난히도 '무·허·공'이라는 단어가 중요하다.
- 동양 사상에서는 '무·허·공'이라는 단어를 중요하게 취급한다.
- 동양 사상에서는 유난히도 '무·허·공'이라는 단어를 중요하게 언급한다.
- 동양 사상에는 '무·허·공'이라는 단어를 유난히도 중요하게 취급한다.
- 동양 사상에서는 유난히도 '무·허·공'이라는 단어를 중요히 여긴다.
- 동양 사상에서는 '무·허·공'이라는 단어들이 유난히도 중요하게 다뤄진다.

⑥ 늦게 온 K양, 촬영은 밤늦게까지 계속되었다.
  • K양의 촬영은 밤늦게까지 계속되었다.
  • 밤늦게까지 촬영은 계속되었다.
  • 촬영은 밤늦게까지 계속된다.
  • 늦게 온 K양, 촬영은 밤늦도록 이어졌다.
  • 늦게 온 K양, 촬영은 밤늦게까지 이어졌다.
  • 늦게 온 K양, 촬영은 밤늦게까지 계속하였다.
  • 늦게 온 K양 때문에 촬영은 밤늦게까지 계속되었다.
  • K양이 늦게 와서 촬영을 밤늦게까지 계속했다.
  • K양이 늦게 와서 촬영은 밤까지 계속되었다.
  • 늦게 온 K양, 밤늦게까지 촬영을 계속했다.
  • 촬영을 늦게 온 K양 때문에 밤늦게까지 계속되었다.
  • K양이 늦게 와서 촬영은 밤늦게까지 계속되었다.
  • 늦게 온 K양의 촬영은 밤늦게까지 이어졌다.
  • K양이 지각하는 바람에 촬영이 밤늦게까지 계속되었다.
  • 늦게 온 K양 때문에 촬영이 밤늦게까지 지연되었다.
  • 늦게 온 K양, 촬영을 밤늦게까지 계속했다.
⑦ 온 동네 분들이 모여서 잔치가 벌어지게 됩니다.
  • 온 동네 분들이 모여서 잔치가 열립니다.
  • 온 동네 분들이 모여서 잔치를 벌인다.
  • 온 동네 분들이 모여서 잔치를 벌였다.
  • 동네 분들이 모여서 잔치를 합니다.
  • 온 동네 분들이 모여서 잔치를 벌였습니다.
  • 온 동네 분들이 모여서 잔치를 벌일 것입니다.
  • 동네 사람이 모여서 잔치를 벌입니다.
  • 온 동네 분들이 잔치를 벌이려고 모였다.
  • 온 동네 분들과 잔치가 벌어집니다.
⑧ 공부를 열심히 해야겠다고 느꼈어요.
  • 열심히 공부를 해야겠다.
  • 공부를 열심히 해야 한다고 느꼈어요.

- 공부를 열심히 하겠습니다.
- 공부를 열심히 해야겠다.
- 공부를 열심히 하겠다고 느꼈어요.
- 공부를 열심히 합니다.

⑨ 슬프다고 생각했어요.
- 슬프다고 생각합니다.
- 슬프다.
- 생각하니 슬퍼요
- 슬펐습니다.

⑩ 상쾌한 것 같아요
- 상쾌하다고 생각해요.
- 상쾌함을 느낀 것 같아요.

위 문장들이 왜 잘못 되었는지는 이번 장, '제4장 문장과 표현'을 다 공부하고 나면 알 수 있을 것이다. 뒷부분의 '올바른 문장쓰기'와 '정확한 문장쓰기'를 공부할 때 꼼꼼하게 따져 공부해서 위 문장들이 왜 잘못되었는지 스스로 파악하고 다른 사람에게 정확하게 설명할 수 있는 실력을 갖추자.

4.1. 표현력 기르기

4.1.1. 표현 묘미 살리기

'한 마디 말로 천 냥 빚을 갚는다'는 말이 있다. 이 때 말이란 '적재적소의 말', '꼭 필요한 말', 또는 '효과적으로 표현한 말'로 풀이될 수 있다. 이것을 하나로 묶으면 '말이란 꼭 필요한 말을 적재적소에 효과적으로 하여야 한다'로 표현할 수 있을 것이다.

말이란 꼭 필요한 때에 꼭 필요한 말을 하여야 한다. 그러나 표현의 묘미를 살려서 말을 한다면 더욱 효과적일 것이다. 가끔 내가 말한 의도와는 다르게 전달되거나 혹은 전혀 예기치 않게 다툼이 일어나는 경우가 있다. 이는 말을 효과적으로 표현하지 못했기 때문이다.

문학적인 표현, 비유적인 표현을 잘 이해하고 또 그와 같은 표현을 잘 쓸 수 있다는 것은 인간의 정서적인 세계와 관련이 있다. 문학적인 표현, 비유적인 표현은 어떠한 사실을 설명하거나 논증하려는 데 목적이 있지 않다. 물론 효과적인 설명을 위해 비유적인 표현을 쓰는 경우도 있지만 그것은 동시에 정서적인 교감을 목적으로 하고 있다.

우리가 시나 소설을 학습하는 이유도 바로 여기에 있다. 인간 세계의 존재 이유는 정보 전달과 시시비비를 가리는 데에만 있지 않다. 오히려 정신을 풍요롭게 하고 정서를 살찌우게 하는 데 있다. 즉 인간은 서로의 의사 소통을 위해서 말을 하고 글을 쓰는 것이 아니라 서로의 감정과 정서를 교환하기 위해 말을 하고 글을 쓰는 것이다. 그리고 감정과 정서를 교환하는 글 읽기와 글쓰기가 더 고도의 활동인 것이다.

'사랑해요'라는 말은 사람의 마음을 움직이기에 충분하다. 하지만 '사랑해요'라는 말로는 무언가 부족함을 느낄 때가 있다. 그럴 때 다음과 같은 표현들로 상대방의 마음을 더 잘 움직일 수 있을 것이다.

- 내가 당신을 얼마만큼 사랑하는지 당신은 알지 못합니다.
- 당신과 영원히 함께 있고 싶습니다.
- 당신이 내 목숨보다 소중합니다.
- 당신 없이는 살 수 없습니다.
- 난 당신을 위해 24시간 언제나 대기 중이에요
- 나는 당신을 전부라고 생각합니다.
- 나는 당신의 흑기사이고 싶다.

- 하늘이 맺은 인연입니다.
- 당신을 위해 모든 걸 바치고 싶습니다.
- 당신을 본 순간 큐피드의 화살이 꽂혔습니다.
- 제가 늘 생각하는 사람은 당신입니다.
- 당신만 보면 얼굴이 빨개지고 가슴이 뜁니다.
- 하루종일 당신만 생각합니다.
- 당신 때문에 잠을 이룰 수가 없습니다.
- 당신을 생각하면 기분이 좋아집니다.
- 당신이 보고 싶을 땐 참을 수가 없습니다.
- 보고 있어도 보고 싶은 당신.
- 나는 항상 당신만을 생각합니다.
- 내 맘에 당신이 들어와 있어요.
- 제 눈에는 당신밖에 안 보여요.
- 당신과 함께라면 전 세상에서 가장 행복합니다
- 당신이 나를 어떻게 생각하느냐가 중요한 것이 아니라 내가 당신을 얼마나 사랑하는가가 중요합니다.
- 우리가 완벽해지는 길은 오직 서로 사랑하는 것뿐입니다.
- 당신이 행복해지는 길은 나의 사랑을 받아 줄 문을 열어 놓는 것입니다.
- 이제껏 내가 살아온 이유는 당신을 만나 사랑하기 위함이요
- 나의 복잡한 마음을 사랑이란 말로 대신해도 되겠소?
- 내 삶이 의미가 있는 것은 당신과 함께이기 때문입니다.
- 하늘이 갈라놓지 않는 한 당신과 나는 영원할 겁니다.
- 어떠한 고난이 닥쳐도 당신을 포기하지 않을 겁니다.
- 내가 새라면 당신에게 날개를 주고, 내가 꽃이라면 당신에게 향기를 주겠지만 나는 사람이기에 당신에게 사랑을 드리겠습니다.
- 누군가를 사랑한다는 것이 이런 느낌인지 당신을 만나면서 처음으로 생각해 봅니다.
- 나는 당신을 사랑하기 위해 이 세상에 태어났습니다.
- 이 쓸쓸한 가을이면 그대 얼굴이 더 선명해집니다.

이처럼 '사랑해요'라는 말을 다양하게 표현할 수 있다. 사랑을 비유하여 표현한 것, 사랑하는 마음을 구체화 한 것, 자신의 존재 가치를 사랑에서 찾은 것, 사랑하는 사람을 대할 때 일어나는 심리적·신체적 상태의 변화에 대한 설명 등 모두 내가 당신을 사랑하고 있다는 것을 묘미를 살려 효율적으로 표현하고 있다.

이러한 표현들의 공통점은 사랑을, 사랑하는 마음의 정도를 설명하고 전달하는 데 최종 목적이 있는 것이 아니라, 상대방과 감정적·정서적으로 교감하기 위한 것들이다. 그러기에 '사랑해요'라는 말보다 모두 상대의 마음을 움직이는 데 효과적이다.

다시한번 강조할 것은 말이나 글은 정보를 전달하는 것을 목적으로 삼을 것이 아니라 인간 사이의 감정과 정서, 마음을 전달하는 것을 목적으로 삼아야 한다는 것이다. 정보와 지식의 전달만을 목적으로 한 말이나 글은 깊은 인간 관계를 형성하지 못한다. 현대 사회가 가져온 인간 소외라든지, 이기주의, 삭막한 사회 등은 모두 감정과 정서를 교감할 수 있는 말과 글의 부족에서 온 것이다.

문장 표현에 대한 공부를 좀 더 효과적으로 하려면 일정한 목적이나 강조점을 주고 그것을 구체적으로 표현하는 연습을 거치는 것이 좋다. 다음 문장들을 참고해 보자.

■ 그녀의 눈은 초롱초롱하다. (눈이 맑음을 강조)
- 그녀의 눈은 은하수를 머금은 호수다.
- 그녀의 눈은 나의 눈까지 맑게 해준다.
- 그녀의 눈에선 수만 개의 별이 빛나고 있다.
- 그녀의 눈은 시원한 청량음료 같다.
- 그녀의 눈에는 아침 이슬이 담겨져 있다.
- 그녀의 눈은 맑다 못해 투명해서 쳐다보면 빠져버릴 것만 같았다.

- 그녀의 눈을 보면 없던 의욕이 샘솟지 아니한가!
- 그녀의 눈은 아무런 빛이 없는 시골의 들판에서 천체 망원경으로 별자리를 관측하는 듯하다.
- 그녀의 눈을 보면 바닷가를 걸어 다니며 햇빛이 담긴 바다를 보는 내 모습이 떠오른다.
- 그녀의 눈은 암흑 속에 반짝이는 등대의 불빛이다.
- 그녀의 눈은 다이아몬드의 원석보다 더 반짝인다.
- 그녀의 눈은 사슴처럼 맑다.
- 그녀의 눈은 호수요, 밤하늘에 빛나는 별과 같다.
- 그녀의 눈은 갓 태어난 아기의 생명을 담고 있다.
- 그녀의 눈 안에는 여름 밤 가녀린 바람에 흔들리는 풍경소리가 담겨있다.
- 그녀의 눈에는 새벽에 내린, 꽃잎의 끝에 매달린 이슬이 한 땀, 한 땀, 서려있다.
- 그녀의 눈에는 어둠보다 짙은 암흑과 내리쬐는 햇빛보다 찬란한 하이얀 설렘이 들어있다.
- 그녀의 눈에는 산란을 위해 강을 거슬러 오르는 연어, 그의 생명력과 같은 반짝임이 들어있다.
- 들어있는가? 그녀의 눈에는 톡톡 튀는 탄산 같은, 아! 혀가 저려오는 상큼한 사과향과 비수같이 나를 찔러오는 그 맛! 그것이 그녀인가 하노라.

▣ 그는 나를 쳐다보고 있다. (음흉스럽고, 징그럽게)

- 그는 나를 그윽하고, 느끼하고, 끈적끈적한 눈빛으로 쳐다보고 있다.
- 그는 오십년 묵은 능구렁이처럼 나를 쳐다보고 있다.
- 그가 나를 쳐다보는 눈빛은 어두운 밤, 바람 부는 숲처럼 음산하고 막 뽑은 엿가락만큼이나 끈적였으며 부직포에 도깨비풀 마냥 무수히 달라붙었다.
- 아! 그가 나를 보는 눈빛이 너무 끈적끈적해서 소름 돋아!
- 기생충 500마리를 담아 쏘아대는 그의 눈빛이 또 다시 내게 들러붙

었다.

- 소름 돋는 노골적인 미소를 지으며 나를 보고 있다.
- 그는 쥐를 사냥하는 올빼미 같은 눈으로 나를 쳐다보았다.
- 나를 향한 그의 시선은 거미줄로 묶어놓고 잡아먹기만을 기다리는 거미의 시선이었다.
- 그의 눈은 문 뒤에 숨어서 나를 살펴보고 뜯어보고 핥아보고 있다.
- 그의 시선이 올가미처럼 내 몸을 조여와 꼼짝할 수 없는 나를 더듬었다.
- 하이에나 같이 그의 눈빛은 나의 머리카락 마디마디를 더듬으며 신경세포를 파괴하는구나!
- 그는 뱀파이어의 덧니처럼 날카로운 눈빛으로 나의 목덜미를 노려보고 있다.
- 썩은 고기를 찾아헤매는 하이에나 같은 그의 눈빛은 나를 소름끼치게 만들었다.
- 나의 쇄골을 쳐다보며 엷은 미소를 짓고 있는 그는 성도착증을 앓고 있는 사람 같았다.
- 나의 가슴을 오래도록 주시하던 그는 이미 머릿속으로 나의 속옷을 벗겨낸 듯 했다.
- 그는 꿈틀대는 송충이처럼 나를 쳐다보고 있다.
- 그는 바바리맨보다 더 흉측한 눈으로 나를 쳐다보고 있다.
- 그는 내 맨몸을 구석구석 만지듯이 나를 쳐다보고 있다.
- 아! 그의 눈은 발바닥에 까지 닭살을 불러일으켜!
- 그의 눈빛이 지닌 싸구려 정염이 뺨에 날카롭게 닿으며 쓰다듬어 왔다.
- 그는 배 나온 영감이 처녀를 훑어보는 것처럼 나를 바라보았다.
- 처음 그의 시선은 얼굴에, 다음에 다리에, 마지막으로 가슴께에 오래도록 머물렀다.
- 그의 눈빛은 축축한 입김처럼 뜨거웠다!
- 그의 눈은 마치 굶주린 들짐승이 탐스러운 먹이를 발견한 것처럼 나를 쳐다보고 있었다.

생각한 것보다 훨씬 많은 표현들이 있다. 그리고 우리는 일상적인 언어생활에서 이러한 표현을 많이 쓴다. 우리가 글쓰기를 어려워하는 것은 일상 언어생활을 꼼꼼히 들여다보지 않기 때문이다. 글쓰기를 두려워하지 말라. 여러분의 일상 언어생활에 이미 다 답이 있다.

이러한 표현력은 '상상력'·'종합적 판단력'과 일정한 관계에 있다. 표현은 단지 낱말을 많이 알고 있다고 되는 것이 아니다. 특히 표현력 기르기 훈련은 원래의 문장을 바꾸거나 생략된 표현을 유추하는 것을 중심으로 이루어지기 때문에 상상력이 필요하고, 앞 뒤 문맥을 잘 살펴야 하기에 종합적 판단력이 요구된다. 따라서 표현력을 연습할 때에는 항상 상상력과 종합적 판단력을 기르는 활동과 병행하면 효과를 얻을 수 있다.

문장 수준의 표현력 기르기는 여러 상황 속에서 이루어지는 것이 효과적이다. 어떠한 상황을 가정하고 그 상황에 맞는 문장 표현을 하다 보면 저절로 문장 표현력이 향상될 것이다. 이를 위해 표현력을 기르기 위한 활동을 할 때 일상생활에서 있을 법한 발화 상황과 그에 따른 표현을 선정하여 일상생활의 발화 상황과 표현으로 바꾸어 보는 활동도 의미가 있을 것이다.

일상생활에는 여러 가지 발화 상황과 그에 따른 표현이 있겠지만 대표적인 몇 가지만을 대상으로 활동하기로 한다. 이를 바탕으로 다른 발화 상황과 표현에 적용하는 것은 그다지 어려운 것이 아니기 때문에 몇 가지 활동으로도 목적을 충분히 달성할 수 있을 것이다.

4.1.2. 의성어·의태어 풀어 쓰기

'아 다르고 어 다르다'는 말이 있다. 이 말은 음운적으로 '아'하고 '어'가 다르다는 것을 나타내는 말이 아니라, 표현의 차이를 말하는 것이다. 그렇다면 '아'와 '어'는 정보 전달을 위한 의사소통에서는 크게 문제가 되지 않는다. '밥 먹아'라고 말을 해도 듣는 사람이 '밥 먹어'라고 듣는다. 이 말에서는 밥 먹으라는 정보만 획득하면 되기 때문이다. 그러나 감정·정서적 차원에서는 매우 다르다. '어'는 사람을 기쁘게 하지만, '아'는 사람을 화나게 할 수 있다. 또는 '아'는 사람에게 용기를 주지만, '어'는 사람에게 좌절을 줄 수 있다.

표현력 향상을 위해 의성어와 의태어에 대한 감각을 기르는 것이 가장 기본적이다. 의성어나 의태어는 우리말이 가지고 있는 장점 중에 하나이다. 한글은 다양한 소리나 모양을 정확하고 풍부하게 표현할 수 있다.

가령, '파랗다'와 관련 있는 말을 살펴보면 그 수를 헤아릴 수 없을 정도로 많다. '퍼렇다'로 시작하여 접두사를 넣어 '새(샛)파랗다, 싯퍼렇다, 설푸르다, 얄푸르다, 짓푸르다…'로 표현하는가 하면, 어미를 활용한 것으로는 '푸르딩딩하다, 푸르족족하다, 푸리끼리하다, 푸르스름하다…' 등이 있다. 여기에다 다른 색깔과 혼합된 형태를 나타내는 말, '검푸르다, 푸르노릇하다… 등등'까지 합하면 그 수는 엄청나게 늘어난다.

언어는 그 언어를 사용하는 민족의 문화와 성향을 나타낸다고 한다. 우리말에 다양한 의성어·의태어가 발달한 것은 한글이 모든 소리를 다 표기할 수 있는 문자 체제를 가졌기 때문이기도 하지만 감정·정서를 교감하는, 교감하려는 민족성 때문이다. 따라서 다양한 의성어·의태어를 다른 말로 표현하는 연습은 표현력을 기르는 효과에 감정·정서적 반응력을 높일 수 있는 결과를 얻을 수 있다.

    • 낙엽이 <u>우수수</u> 떨어집니다.
    ① 낙엽이 쓸쓸히 떨어집니다. (감정 표현)
    ② 낙엽이 이별을 고하는 여인의 목덜미 위로 떨어 집니다. (정서를

담은 상황)

③ 낙엽이 여인의 눈물처럼 떨어집니다. (비유 : 직유)

④ 낙엽이 누렇게 물든 갈대숲으로 떨어집니다. (정서를 담은 배경 묘사)

아래 문장을 의성어와 의태어를 사용하지 않고 다양한 상황을 설정해 표현해 보자.

- 기차가 덜컹덜컹 지나간다.
- 자동차가 쉭- 지나간다.
- 그녀만 보면 심장이 두근두근 거린다.
- 휴대폰이 드르륵 울린다.
- 버스가 엉금엉금 기어간다.
- 새싹이 파릇파릇 돋아나고 있다.
- 옥색 치마가 바람결에 살랑살랑 흔들린다.
- 입술이 파르르 떨린다.
- 병이 들어 골골댄다.

4.1.3. 상황에 맞게 표현하기

우리가 일상생활에서 효율적으로 표현해야 상황은 사실 많지 않다. 부드럽게 말하기 · 용서를 청하기 · 설득하기 등이 우리가 일상생활에서 경험할 수 있는 표현 상황이다. 하기야 현대인들이 사용하는 표현은 과거에 비해 과격하고 감정적이다. 특히 청소년들의 말은 더욱 삭막해지고 욕설의 사용이 늘고 있다. 인터넷에 오가는 언어들은 과격하다 못해 두려울 정도다. 익명성이 보장되는 컴퓨터 통신의 특성으로 인해, 컴퓨터의 주된 사용층인 청소년들의 표현이 점점 드세지고 있다. 청소년들의 기질이 드세져서 언어가 과격해지는지 언어가 과격해져서 청소년들의 기질이 드세지는지는 명확하지 않으나 둘이 어느 정도 관계가 있다는 것은 미루어 짐작할 수 있다. 따라서 순화된 언어, 부드러운 언어를 사용할 수 있도록 하는 것도 유익한 일일 것이다.

일상생활에서 표현의 어려움을 겪는 상황 중에 하나가 용서 빌기, 또는 미안한 감정을 나타내는 일일 것이다. 인간은 누구나 자존심을 갖고 있고 그 자존심을 지키기 위해 용서를 청하거나 미안함을 표시하는 데 서투르다. 그래서 사람 간에 끊임없이 갈등을 경험하게 된다. 갈등을 해소하기 위해서, 또는 필요 없는 갈등을 피하기 위해서 상대방의 마음을 녹일 수 있는 용서 빌기와 미안한 감정 나타내기를 연습할 필요가 있다.

다음 문장을 주어진 상황에 맞게 바꾸어 보자.

- 당신은 해고입니다.(상대방이 마음 상하지 않게)
- 당신은 너무 뚱뚱하군요.(상대방이 마음 상하지 않게)
- 모두 내 잘못입니다. 다시는 그런 일을 하지 않겠습니다.(상대방이 흔쾌히 용서하도록)
- 길을 가다 부딪쳤을 때 사과하기.(상대방과 기분 나쁘지 않게 해결하도록)
- 버스에서 남의 발을 밟았어요.(상대방이 기분 나쁘기 않게)
- 바쁜 줄 알지만 내 일 좀 도와줄래?(상대방이 부탁을 들어줄 수 있도록)
- 네가 쓰고 있는 컴퓨터를 내가 써도 되겠니. 내가 더 급해.(상대방이 부탁을 들어줄 수 있도록)

4.1.4. 자주 쓰는 표현 익히기

우리는 일상생활에서 한자성어 · 숙어 · 격언 · 금언 같은 표현들을 자주 쓴다. 이러한 표현들은 말을 길게 하지 않아도 될 뿐 아니라, 내 생각을 에둘러서 정확하게 표현할 수 있기 때문이다. 따라서 한자성어나

숙어, 격언·금언 같은 것들을 많이 익혀두면 표현의 묘미도 살리면서 정확하게 내 생각이나 느낌을 표현할 수 있다. 아울러 이러한 표현을 쓰면 꽤 품위 있어 보이기도 하다.

다음은 우리가 일상생활에서 자주 쓰는 표현들이다. 일부분을 초성으로 표기하였으므로 유추하여 문장을 만들어 보자.

1. ㅊ ㄱ ㅁㅅ은 알아도 ㅎ ㄱ ㅅㄹ의 ㅅ은 모른다.
2. ㄴㅆ도 ㄲㄸ하지 않다.
3. ㄴㅅ 먹고 ㅇㅆㅅㄱ
4. ㅂ가 ㄷㄱㅈ에 붙었다
5. ㅂㅇ이 ㄲㄹㄷ.
6. ㅁ에 ㄱㅁㅈ을 ㅊㄷ
7. ㄴ 감으면 ㅋ ㅂㅇ 먹을 ㅇ ㅅ
8. ㄷㄷㅈ을 해도 ㅅㅂ이 ㅁㅇㅇ 한다
9. ㄴ ㅁ 말 ㅇㄴㅅㄹ 따라 간다
10. ㄱ도 ㄷㅅ가 되면 ㅈㅇ을 안다.
11. ㅊㄷ에 바람 들면 ㅅㄷ보다 못하다.
12. ㅍㄱ ㅇㄴ ㅁㄷ ㅇㄷ
13. ㅈㄷㅁ ㅈ ㅌ, ㅁㄷㅁ ㅈㅅ ㅌ
14. ㄱㅂㅇ ㄷㅌㄹ
15. ㄱㄱ는 ㅆㅇㅇ야 ㅁㅇㅇ, ㅁ은 ㅎㅇ야 ㅁㅇㄹ
16. ㅈㄹ에서 ㅃ ㅁㄱ ㅎㄱ 가서 ㄴㅎㄱㄷ
17. ㅈㅇ ㅈ ㅁㄹㄹ ㅁ ㄲ는다.
18. ㄱㅅㄷㅊ도 ㅈ ㅅㄲ는 ㅎㅎㅎㄷㄱ 한다.
19. ㄱㄱㄹ도 ㅇㅊ야 ㅅㄷ

4.1.5. 낯설게 하기

'낯설게 하기(Defamiliarization)'란 형식주의 비평가들이 내세운 말로써, 주제 설정은 물론 모든 글쓰기 행위에 적용되는 원리이다. 사람은 똑같은 것에서 곧 싫증을 느끼기 때문에 새로운 것의 창조에 호기심을 갖기 마련이다. 따라서 새로운 소재, 표현 등을 찾아 써야 독자의 관심을 끌 수 있다.

'봄'을 소재로 하여 글을 쓸 경우, 으레 '나비 호호 날고', '아지랑이 끼이고', '진달래 피는 산골'이 나온다. 이래서는 읽는 이의 감동은커녕 혐오감만을 산다. 독창적인 새로운 '봄'을 제시해야 한다.

> (가)
> 처음 인간에게 들킨 아름다움처럼
> 경악하는 눈, 눈은 그만
> 꽃이었다
>
> 애초엔 빛깔보다도
> 내 마음보다도 안, 속으로 참아 나오는 울음
> 소릴 지른 것이
> 분명했다
>
> ·········
>
> 樹液을 보듬어 잉태하는 生成의 아픔,
> 아픈 槪念이 꽃이었다
>
> (나)
> 나는 시방 위험한 짐승이다
> 너의 손이 닿으면

未知의 까마득한 어둠이 된다

존재의 흔들리는 가지 끝에서
너는 이름도 없이 피었다 진다

눈시울에 젖어 드는 이 무명의 어둠에
추억의 한 접시 불을 밝히고
나는 한밤내 운다.

나의 울음은 차츰 아닌 밤 돌개 바람이 되어
탑을 흔들다가
돌에까지 스미면 금이 될 것이다
얼굴을 가린 나의 신부여

(다)
　벌판한복판에꽃나무가하나가있소.근처에는꽃나무가하나도없소.꽃나는
제가생각하는꽃나무를열심으로생각하는것처럼열심으로꽃을피워가지고섰
소.꽃나무는제가생각하는꽃나무에게갈수없소.나는막달아났소.한꽃나무를
위하여그러는것처럼나는참그런이상스런흉내를내었소

　(가)에서 '꽃'은 '생성의 아픔, 놀라움의 의미'로 (나)와 (다)에서 '꽃'
은 '존재의 의미'로서 추구되고 있다. 그야말로 '낯선 꽃들'이다. (가)에
서는 '꽃'이 '처음 들킨 비밀한 아름다움의 경악'으로 (나)에서 '꽃'은
만만히 포착되지 않는 최고의 아름다움인 '얼굴을 가린 신부'로 변용되
어 있다. (다)에서는 소외된 현대인의 상징으로 표현되었다.
　글의 생명은 표현된 언어의 새로움, 낯섦이 선행 요건이다. 그리고,
그 낯섦이 무모한 낯섦이 아니라 읽는이의 공감대를 광범하게 점유할
수 있어야 한다. 특히 창작적인 글에서는 이러한 요소가 더욱 강조된다.

하지만, 창작적인 글이 아닌 설명, 논증의 글도 낯설게 하면서 공감력을 가져야 성공할 것임은 더 물을 필요가 없다.

다음 문장을 낯설게 표현해 보자.

(1) 강아지가 졸랑졸랑 따라 오고 있어요.
(2) 산 넘어 남촌에는 누가 있기에.
(3) 바람에 깡통이 굴러갑니다.
(4) 이 비 그치면 겨울이 성큼 다가오겠지.
(5) 떠나는 사람의 눈가에 비친 한 방울의 눈물.
(6) 달아 달아 초생달아
　　어디 갔다 인제 왔나
　　새 각시의 눈썹같고
　　늙은이의 허리 같다
　　달아 달아 초생달아
　　어서어서 자라나서
　　거울 같은 네 얼굴로
　　온 세상을 비추어라 (상주 지방 민요)

4.1.6. 사이비진술(似而非陳述)

사이비진술은 사실의 세계에서는 거짓이다. 그러나 시의 세계에서는 진실이다. '진실인 거짓말', 이것이 시의 표현이다.

여기 시 한 편이 있다. 이제 놀라운 거짓말의 성찬이 마련된다.

　　피아노에 앉은
　　여자의 두 손에서는
　　끊임없이
　　열 마리씩

스무 마리씩
　　신선한 물고기가
　　뛰는 빛의 꼬리를 물고
　　쏟아진다
　　나는 바다로 가서
　　가장 신나게 시퍼런
　　파도의 칼날 하나를
　　집어 들었다

　이 시대로 라면, 피아노 있는 집은 냉장고가 필요 없다. 생선이 먹고 싶을 때마다 피아노 앞에 가서 앉으면 될 것이다. 그리고 그것도 남자가 앉아서는 안 되니, 피아노와 여자를 갖추면 생선부자가 될 수 있다. 또 파도가 칼날이나 칼자루를 지닌 것도 처음 본다. 처음 보는 게 아니라 그런 파도는 그 어느 바다에도 없다. 칼은 철물점이나 대장간에 가야 얻을 수 있을 뿐이다. 다음 글들도 다 거짓말이다. 무엇이 거짓말인지 찾아보자.

　　(1) 엄마야 누나야, 강변 살자
　　　　뜰에는 반짝이는 금모래 빛
　　　　뒷문 밖에는 갈잎의 노래
　　　　엄마야 누나야 강변 살자

　　(2) 살어리 살어리 랏다
　　　　靑山에 살어리 랏다
　　　　멀위랑 드래랑 먹고
　　　　靑山에 살어리 랏다
　　　　얄리 얄리 얄라성 얄라리 얄라

살어리 살어리 랏다
바르래 살어리 랏다
느 두자기 구조개랑 먹고
바르래 살어리 랏다
얄리 얄리 얄라셩 얄라리 얄라

(3) 얼음 위에 댓잎자리를 펴서 님과 나와 얼어죽을 망정
    얼음 위에 댓잎자리를 펴서 님과 나와 얼어죽을 망정
    정둔 오늘밤 더디 새소서 더디 새소서

말이 그렇다는 것이다. 만약 위 글대로 산다면 살 수 있을까. 그 누구
도 살 수 없을 것이다. 그러나 그렇게 살고 싶은 것 또한 인간의 욕망
이다. 그렇게 살 수 없기 때문에 삶은 더 애절하고 역설적으로 현재의
삶은 더 중요한 것이다. 여러분은 어떤 삶을 욕망하고 있는가. 여러분이
욕망하고 있는 삶을 적어보라.

4.2. 올바른 문장 쓰기

올바른 문장 쓰기의 시작은 문장을 우리 어순(語順)에 맞게 쓰는 것이
다. 우리 문장은 '주어 + 목적어 + (보어) + 서술어' 순서로 쓰면 된다.
우리 문장의 어순에 맞게 쓰면 문장이 갖추어야 할 기본 조건들, 즉 '간
결하고'·'명확하고'·'충실한' 문장을 쓸 수 있다.

우리 문장의 어순 : 주어 + 목적어 + (보어) + 서술어

"자연이 파괴되어지고 있다"라는 문장을 우리 문장의 어순에 맞게 쓰면 "(인간이) 자연을 파괴하고 있다"가 된다. 우리 문장 어순에 맞게 써야 누가(주체) 무엇을(대상)을 어떻게 하는지 명확하고 간결하게 표현할 수 있다. "자연이 파괴되어지고 있다"는 문장은 자연이 스스로 파괴되어지고 있다는 표현이지만 "(인간이) 자연을 파괴하고 있다"는 우리 문장은 자연 파괴의 책임이 인간(혹은, 우리·나)에게 있다는 것을 분명하게 나타내는 문장이 된다.

우리 문장은 서술부에 모든 문법적 기능과 장치가 있다. 목적어와 서술어 사이에 선을 긋고 선대칭을 만들어보면 문장을 올바르게 기술하였는지 확인할 수가 있다.

문장 지도에서 문장 성분의 호응을 중요시해야 하는 이유가 바로 이것이다. 우리 문장은 대칭형 문장 구조이기 때문에 문장 성분의 호응이 깨지면 의미 파악이 제대로 되지 않는다. 따라서 문장 지도는 우리 문장 문법에 맞게 문장을 쓰는 훈련에서부터 시작하여 효과적이고 체계적인 문장 쓰기 훈련으로 나아가야 한다.

올바른 문장은 문법에 맞는 문장이어야 한다. 주어가 서술어와 얼마나 잘 상통하고 있는지, 조사가 문맥의 흐름과 잘 맞물리고 있는지, 시제가 적절하게 사용되었는지, 존비법이 바르게 구사되었는지 살피는 것이 올바른 문장의 기본 요소일 것이다. 문법에 맞지 않은 문장은, 아무리 많은 내용을 말하고 있다 하더라도 명확하게 전달될 수 없다. 명확하게 전달되지 못하는 문장은 이미 죽은 문장이 되는 것이다. 문법에 맞는 문장만이 명확하게 내용을 전달할 수 있다는 것을 항상 염두에 두어야 할 것이다.

4.2.1. 국어의 기본 문형

국어의 기본 문형은 학자에 따라 다소간 다르게 설정되어 있지만, 어떤 견해를 따르더라도 논의를 전개하는 데는 그리 문제될 것이 없다. 국어의 기본 문형을 서술어의 성질에 따라 구분하면 다음과 같다.

> 1) 무엇이 어찌한다 (나는 꿈꾼다)
> 2) 무엇이 어떠하다 (마음이 아프다)
> 3) 무엇이 무엇이다 (우리는 대한민국 국민이다)

이는 '주어＋서술어'를 기본 골격으로 하는 문장으로, 1)은 '주어＋동사', 2)는 '주어＋형용사', 3)은 '주어＋(체언＋이다)'의 형태이다. 이러한 '주어＋서술어'의 기본 골격에 필수적인 성분의 목적어와 보어가 결합되어 여러 가지 기본 문형이 나타난다.

우선 1)의 '주어＋동사'의 형태는 다음과 같은 기본 문형으로 나누어진다.

> ① '주어 ＋ 자동사' (바람이 분다)
> ② '주어 ＋ 목적어 ＋ 타동사' (목마른 사람이 우물을 판다)
> ③ '주어 ＋ 보어 ＋ 두 자리 서술어' (아이가 어른이 된다)

자동사는 주어 하나만을 필요로 하는 한 자리 서술어이고, 타동사는 주어와 목적어를 필요로 하는 두 자리 서술어이며, 수여(授與)동사 '주다, 보내다' 등은 주어, 목적어, 부사어 등을 필요로 하는 세 자리 서술어이다. 보어를 필요로 하는 두 자리 서술어는 동사의 '되다'와 형용사의 '아니다'가 있을 뿐이다.

2)의 '주어＋형용사'의 형태에서는 다음과 같은 기본 문형이 이루어진다.

① '주어 + 한 자리 서술어' (나누는 삶이 아름답다)
② '주어 + 보어 + 두 자리 서술어' (우리나라는 선진국이 아니다)

위의 문형에 사용된 성분들, 주어, 서술어, 목적어, 보어 들은 문장이 성립하기 위해 없어서는 안 될 최소한의 필수 성분으로, 문장의 골격을 이루는 주성분이다.

이들 기본 문형에 수의적인 성분을 더하거나, 기본 문형과 기본 문형을 합성하여 문장을 확대해 나갈 수 있다.

① 문화가 빠르게 변한다.
② 부자는 더 부자가 되고, 가난한 자는 더 가난해진다.

①은 수식어의 첨가로, ②는 기본 문형의 합성을 통해 새로운 문형을 이루고 있다.

이상이 국어의 기본 문형이며, 기초적이긴 하지만 문법에 맞는 문장의 형태이다. 이러한 규칙과 형태를 벗어난 문장은 올바른 문장이 아니다. '문법을 초월한 문장'이란 현실적으로 있을 수 없다. 물론 문법에 맞는 문장이라고 해서 다 좋은 문장이라는 말은 아니다. 좋은 문장, 훌륭한 글의 요건은 문법만이 아니기 때문이다. 그러나 좋은 글이 되려면

무엇보다 먼저 그 문장들이 문법에 맞아야 한다는 사실을 가볍게 지나
쳐서는 안 된다.

4.2.2. 비문법적인 문장

문법에 어긋나는 문장은 엄격히 말해 非文이다. 글이란 앞에서 말한
바와 같이 문장의 집합체인데 문장이 아닌 비문이 섞여 있어서는 곤란
하다. 적어도 비문법적인 문장을 쓰지 않도록 유의해야 한다. 우리 주변
의 비문법적인 문장들을 살피고, 그것들을 바르게 고쳐 가면서 문장에
대한 이해를 높이고 올바른 문장을 쓰는 능력을 높여야 한다.

1) 단어 선택의 잘못

우리는 단어의 뜻을 혼동하거나 정서법을 정확하게 몰라 단어 선택을
잘못하는 경우가 종종 있다. 그리고 그 문장이 잘못된 문장인지도 모르
는 경우가 많다. 좀 더 정확한 단어를 선택하여 사용할 수 있도록 유념
해야 할 것이다.

> ㉠ 그래, 가는 길에 들릴게.
> ㉡ 선거 분위기를 돋구려 했던 경선분위기
> ㉢ 지연이를 꼬셔 영화를 봐야지.
> ㉣ 술이라면 사죽을 못쓴다.

㉠의 '들리다'는 '듣다', 혹은 '들다'의 피동형이다. 따라서 '들리다'
가 아니라 '지나가는 길에 잠깐 거치다'라는 뜻을 가진 '들르다'라고 표
현해야 옳다. ㉡의 '돋구다'는 '(안경의 도수 따위를) 더 높게 하다'는
뜻이다. 여기서는 분위기를 띄운다는 뜻으로 쓸 때는 '돋우다'를 써야
한다. ㉢의 '꼬셔'는 사투리다. 이곳에 쓰는 표준어는 '꼬이어', 또는 준

말인 '꼬여'이다. ㉣의 '사죽'은 과일 등을 그릇에 괼 때 무너지지 않게 하기 위해 쓰는 꼬챙이를 이르는 말이다. 이 곳에 쓰일 정확한 단어는 '사족(四足)'이다. 사족을 못 쓴다는 말은 네 다리를 꼼짝 못한다는 뜻이다.

위 문장들을 정확하게 표기하면 다음과 같다.

> ㉠ 그래, 가는 길에 들를게.
> ㉡ 선거 분위기를 돋우려 했던 경선 분위기
> ㉢ 지연이를 꼬여(꼬이어) 영화를 봐야지.
> ㉣ 술이라면 사족을 못쓴다.

다음 문장들을 정확한 단어를 선택하여 올바르게 고쳐보자.

① 오랫동안 생각해 봤는데…
② 그의 발언은 의제의 핵심에서 비껴간 것이다.
③ 위치는 구 천안 소방서 뒤의 둘쨋 건물 3층
④ 오늘이 대체 몇일이야?
⑤ 일을 벌렸으면 끝장을 보아야지.
⑥ 그는 이웃 사람들과 발길을 일체 끊고 산다.
⑦ 지금 시간이 몇 시입니까?
⑧ 지나가는 길에 잠깐 들렸어요.
⑨ "런던은 우리나라보다 9시간이나 느린거지."
⑩ "너희 이모는 김치 담는 법도 몰라."
⑪ "미처 생각지도 못한 교수님의 질문에 곤욕스러웠어."
⑫ "열쇠를 잃어버려서 복사하려구."
⑬ 황사 현상으로 호흡기 질환이 발생할 우려가 높습니다.
⑭ 포도, 구기자 다립니다.
⑮ 그 소년은 이불에 쌓여 불안할 듯 떨고 있었다.
⑯ 노약자나 임산부는 관람하실 수 없습니다.

⑰ 꿈은 쫓는 자의 몫이다.
⑱ 지난번에 샀던 옷하고는 색상이 틀리네
⑲ 한자말식 이름을 고운 우리말 이름으로 바꿨다.
⑳ 철수가 실수를 많이 한 덕분에 우리 조가 꼴찌를 했다.
㉑ 망치를 이용하여 못을 박다.
㉒ 한참 일할 나이에 죽다.
㉓ 파손율이 적은 유연한 탄력의 해동 보론 낚싯대
㉔ 흡연을 삼가합시다.
㉕ 보일러는 펌프를 부착하므로서 완제품이 됩니다.
㉖ 컴퓨터를 키지 마세요

2) 잘못된 표현

이곳에서 말하는 잘못된 표현이란 문맥의 의미가 서로 맞지 않는 문장 표현을 말한다. 문장에 쓴 단어 하나하나는 잘못이 없지만 문맥 전체의 의미를 생각했을 때 적절하지 않은 표현으로 문장의 뜻을 혼동할 수 있다.

㉠ 나는 어제 접수를 했다.
㉡ 미안해. 차가 막혀서 늦었어.
㉢ 천년의 사랑

아무런 문제가 없는 문장처럼 보인다. 왜냐하면 이런 문장들을 일상 생활에서 자연스럽게 사용하고 있기 때문이다. 그러나 꼼꼼히 따지면 이 문장들은 정확한 문장이 아니어서 뜻을 혼동할 수 있다. ㉠은 일상 생활에서 내가 무엇인가를 냈다는 뜻으로 쓴다. 그러나 내가 어제 접수 업무를 했다는 뜻이다. ㉡은 차의 어느 부품이 막혔다는 뜻이다. 가령,

냉각기 관이 막혔다든지 아니면 세척액이 나오는 관이 막혔다는 뜻 정도로 쓸 수 있다. ⓒ은 소유의 의미를 나타내는 문장이다. 즉 사랑은 천년의 소유라는 뜻이다. 이들 문장을 정확하게 표기하면 다음과 같다.

　　ㄱ 나는 어제 원서를 냈다.
　　ㄴ 미안해. 길이 막혀서 늦었어.
　　ㄷ 천년간의 사랑

　다음 문장들 역시 위와 같은 잘못이 있는 문장들이다. 정확한 문장으로 고쳐보자.

---

① 보일러 불 좀 올려놓아라
② 택시 잡아!
③ 그런데 수십 명의 승객을 태운 운전 기사가 혼잡한 도심이나 고속도로를
　달리며 한 손으로 통화를 한다는 것은 끔찍한 일이다
④ 그녀는 말을 하다말고 눈썹을 치켜 떴다.
⑤ 오늘 목욕합니다.
⑥ 신랑, 신부를 박수로 맞아 주시기 바라겠습니다.
⑦ 내리실 때는 뒷문으로 꼭 벨을 눌러주세요.
⑧ '전국 노래 자랑'을 사랑해 주시는 여러분께 고마운 인사를 드립니다.
⑨ '운동 중 발의 부상을 획기적으로 개선시킨 테니스화의 일대 혁신!
⑩ 보다 멀리, 보다 정확하게!
⑪ "이 기쁨을 여러분과 같이 하고 싶습니다."
⑫ 한 소방관이 생명을 무릅쓰고 지하실에서 가스누출 사고로 질식한
⑬ 처참한 세계대전이 연이어 일어났고 발달된 과학이 만들어낸 무기는 많
　은 사람들을 죽게 만드는 데 큰 공헌을 하였다.
⑭ A : 상 받으신 소감은?
　B : 기분이 참 좋은 것 같아요.

---

⑮ "조용히 말해!"
⑯ 환경 보호를 위하여 쓰레기 분리 수거를 생활화하자.
⑰ 냉방중이오니 문을 닫고 들어오세요.
⑱ 안전모 없이 현장출입을 할 수 없습니다.
⑲ 자기 쓰레기는 되가져 옵시다.
⑳ 자기가 먹은 쓰레기는 다 치워
㉑ 승객 50여명을 실은 버스가 추락해 10여명이 중경상을 입었습니다.
㉒ 머리가 맑아지니 공부가 쏙쏙 들어와요
㉓ 반쪽지폐 (언론매체)
㉔ 선배님들, 돌아가시면서 한마디씩 해주세요.
㉕ 내리실 때 뒤에 오는 오토바이를 조심하세요.

3) 모호한 표현

조사 '-의'는 선천적으로 중의적인 뜻을 담고 있어 모호한 경우가 많다. 가령, '엄마의 사진'은 엄마 소유의 사진인지, 엄마가 찍은 사진인지, 엄마가 찍힌 사진인지 명확하지가 않다. 거기에다 수식어의 위치가 잘못되었을 때 뜻은 더욱 모호해진다. 조사 '-의'를 쓰지 않았어도 표현을 강조하려다 보면 오히려 문장의 뜻이 모호해지는 경우가 있다.

　　㉠ 귀여운 아빠의 딸
　　㉡ 한 사람이 웃고 가면 열 사람이 다시 온다.

㉠은 아빠가 귀엽다는 것인지, 아니면 딸이 귀엽다는 것인지 모호하다. ㉡은 한 사람이 웃고 갔는데 어떻게 열 사람이 다시 올 수 있는지 뜻이 아리송하다. 아마 다음과 같은 뜻일 것이다.

⊙ 아빠의 귀여운 딸
ⓛ 한 사람이 웃고 가면 (소문을 듣고) 열 사람이 온다.
  또는, 한 사람이 웃고 가면 열 사람이 (소문을 듣고) 찾아온다.

다음 문장들 역시 위와 같은 잘못이 있는 문장들이다. 정확한 문장으로 고쳐보자.

---

① 이것은 우리 어머니의 책이야.
② 그 착한 수정이의 삼촌은 사람들을 도우면서 살아가신데….
③ 그녀는 빗속에서 떨고서 있었다.
④ 장애인 집에서 투표한다.

---

4) 비속어적 표현

일상생활에서 은어와 속어를 사용하는 경우를 종종 볼 수 있다. 은어나 속어 사용은 같은 집단의 비밀이나, 집단 특성, 또는 재미로 사용한다. 그러나 그 사용이 너무 잦으면 우리 언어 생활을 왜곡하게 된다. 특히 컴퓨터 사용으로 왜곡된 표현들을 너무 많이 사용하고 있다. 우리말의 정화를 위해 이러한 표현은 자제해야 할 것이다. 다음 문장들은 정상적인 언어를 사용하지 않고 있다. 올바른 언어를 사용하여 정확한 문장으로 고쳐보자.

---

① 너가 이번엔 쏴라.
② 나 끼겼어.
③ 오늘 우리 주거 버립시다!
④ 내일 모하실 껀가여?
⑤ 오늘 저녁에 전화 때릴게.

---

5) 문장 성분의 호응

나타내고자 하는 뜻을 정확하게 표현하기 위해서는 우선 문장 성분 간의 호응을 이루어야 한다. 문장 성분이 서로 호응하지 않은 문장은 그 뜻을 정확하게 이해할 수가 없다.

(가) 주어와 서술어의 호응

문장 성분간의 호응 중에서도 주어와 서술어의 호응은 필수적이다. 주어와 서술어는 문장을 이루는 가장 기본적인 성분이기 때문이다.

앞으로 다가구 주택도 취득세를 내게 되었다.

다가구주택이 취득세를 낼 수는 없다. 이 문장의 뜻은 정확히 '다가 구주택 소유자도 취득세를 내게 되었다'이다. 취득세를 내는 것은 사람 이기 때문이다. 아래 문장들 역시 이와 같이 잘못된 문장들이다. 바르게 고쳐보자.

① 귀중품은 업주에게 맡기시고 만일 분실 시 책임지지 않습니다
② 현재 기온은 18도를 보이고 있습니다.
③ 내일은 비가 예상됩니다.
④ 운전 기사와 잡담을 하거나 과속을 금지한다.
⑤ 어린이들 가운데에는 과자나 사탕 같은 단것만을 즐겨 먹고 식사를 걸러 서 건강을 해치는 일도 있습니다.
⑥ 이 사진은 지난 4일 종로 5가 전철역 근처를 지나던 행인들이 임시로 설 치된 월드컵 복권 판매대에서 즉석복권을 사 당첨 여부를 확인하고 있다.
⑦ 자동발매기의 이용 순서는 먼저 동전 및 지폐를 투입한 후 해당 목적지의 운임 버튼을 누르시면 승차권 및 거스름돈이 지불됩니다.

⑧ 국민체육진흥공단이 체육진흥기금 마련을 구실로 발행하는 복권이 시민들의 사행심을 부추기고 있다는 여론이다. 국민체육진흥공단은 복권 수익사업으로 인한 수익금에 대해서도 공개할 의무가 있다는 지적이다.

⑨ 이 표기 방식은 이미 조선시대에 체계화되어 썼었다.

⑩ 한 가지 더 말할 것은 『용비어천가』와 같은 귀중한 자료가 세종 27년에 이미 출간되었음을 보아서도 알 수 있다.

(나) 목적어와 서술어의 호응

① 그 소방관은 생명을 무릅쓰고 불로 뛰어들어 사람을 구출하였다.

② 그 비싼 한국음식점을 찾아 시간과 돈을 낭비하느니, 현지의 음식문화 체험 또한 여행의 중요한 부분이므로 적응하려고 애써 보도록 하자.

③ 우리 성이는 모름지기 열심히 공부한다.

④ 승자다운 면모를 발휘하다.

(다) 부사어와 서술어의 호응

① 기분이 너무 좋다

② 그는 내키지 않는 일은 반드시 하지 않는다.

③ 나는 결코 이 일을 하겠어!

④ 오곡이 들어있어 흔들어 드세요

6) 문장 성분의 생략

필요한 문장 성분을 생략하여 뜻이 명확하지 않은 경우가 있다. 특히 문장의 필수 성분인 주어와 서술어를 생략하거나 서술어 앞에 있어야 할 목적어, 또는 부사어를 생략하여 뜻을 혼동하게 하는 경우가 많다.

ⓒ 아무 것도 모른 채 친구들과 어울려 다니느라 귀중한 시간을 허비
  하였다. 그러나 돌아보건대 나의 인생관을 형성하는 데 많은 영향
  을 끼쳤다.
ⓛ 철수가 친구를 만나 한참 이야기를 나누었는데 인사도 없이 가버렸다.
ⓒ 그들은 날마다 적당한 운동과 운동에 관한 이론을 열심히 연구하였다.
ⓓ 이 난로는 그을음과 열효율을 높이기 위하여 새로 개발한 난로입니다.

ⓒ은 두 문장으로 이루어졌다. 첫 번째 문장의 주어는 생략되어 있으
나 '나는'이 주어라는 것을 쉽게 찾아낼 수 있다. 그러나 두 번째 문장
의 주어는 무엇인지 찾기 어렵다. 두 번째 문장의 주어가 첫 번째 문장
의 주어와 다르면 반드시 명시해 주어야 하는데 깜빡한 것이다. ⓛ역시
누가 인사도 없이 가버렸는지 명확하지가 않다. 두 문장 모두 필요한
주어를 생략했기 때문에 뜻이 분명하지 않다. ⓒ과 ⓓ은 접속조사 '-와
/-과'의 용법을 잘 몰라서 필요한 서술어를 빠뜨린 결과이다. ⓒ에서는
'운동'과 '운동에 관한 이론'이 서로 다른 서술어를 받아야 하는데도 불
구하고 '운동'을 받을 서술어를 생략하고 말았다. ⓓ은 뜻이 성립되지
않는 문장이 되어 버렸다. ⓓ을 그대로 해석하면 '그을음도 높이고 열
효율도 높였다'인데 그을음을 높이면 열효율은 자연 낮아질 수밖에 없
다. 그리고 어느 기업도 그을음을 높인 난로를 만들지는 않을 것이다.
위 문장들은 다음과 같이 고쳐야 한다.

ⓒ 아무 것도 모른 채 친구들과 어울려 다니느라 귀중한 시간을 허비
  하였다. 그러나 돌아보건대 친구들은(혹은 어울려 다닌 것은) 나의
  인생관을 형성하는 데 많은 영향을 끼쳤다.
ⓛ 철수가 친구를 만나 한참 이야기를 나누었는데, 친구는(또는 철수
  는) 인사도 없이 가버렸다.
ⓒ 그들은 날마다 적당한 운동을 하고 운동에 관한 이론도 열심히 연

구하였다.

㉣ 이 난로는 그을음을 낮추고(없애고) 열효율을 높이기 위하여 새로
개발한 난로입니다.

아래 문장들 역시 필요한 문장 성분을 생략하여 문장이 어색하거나
뜻이 분명하지 않다. 필요한 문장 성분을 밝혀 적어서 올바른 문장으로
만들어 보자.

① 전나무 숲이 끝나면 단풍길이, 그 앞으로 300년 된 보리수가 서 있다.
② 맛도 영양도 훨씬 많다.
③ 이 배는 사람이나 짐을 싣고 하루에 다섯 번씩 운행한다.
④ 이 타이어는 소음과 제동성을 높이기 위해 개발된 제품입니다.
⑤ "충남 최초 학생, 일반인 고등교육을 실시합니다."
⑥ 길을 다니거나 놀 때 사고 위험이 많다.
⑦ 이 전쟁에서 미군과 첨단무기들이 얼마나 성능을 발휘할지 의문이다.

7) 조사를 잘못 쓴 경우

조사는 단어들을 결합하여 문장을 만드는 문법 요소이다. 이런 문법
요소 없이 단어들만 늘어놓아서는 정상적인 문장이 될 수 없다. 조사는
어미와 함께 문장의 문법적 기능과 형식을 결정하는 역할을 한다.

글 쓴다는 게 꼭 그렇게 어려운 일은 아니야. 주제 하나 잡아 가지고
줄거리 만들어 펼쳐 가면 다 돼.

위 문장은 조사가 다 빠져 있어서, 일상 대화로는 무방할 지 모르나
글쓰기의 문장으로는 곤란하다. 우리말에는 여러 종류의 조사가 있는데,

그 중 용법이 가장 애매한 조사는 특수조사인 '은/는'이다. 특히 주격조사 '이/가'가 쓰일 수 있는 자리에 '은/는'이 쓰였을 때 어떤 의미로 쓰였는지 분명치 않다.

> ㉠ 1960년대 이래 한국은 끊임없이 경제성장을 거듭해 온 것은 우리가 인정해야 하는 사실이다.
> ㉡ 실상 우리는 언론에 대한 특별한 관심을 쏟는 것은 언론이 갖는 이러한 기능 때문이다.

㉠의 '한국은'은 '한국이'로 고쳐야 하고, ㉡의 '우리는'은 '우리가'로 고쳐야한다. 비록 그 용법이 미묘해 손에 잡히지는 않지만 '은/는'은 분명히 '이/가'와 구별되는 독자적인 용법을 가지고 있다. 위의 예문에서 보면 대개 포괄문 안에서 주어는 '은/는'이 부적합하다. "누가 왔니?"라는 물음에 대한 답으로 "형은 왔어요"라는 것도 부적절하다.

우리말에서 조사의 적절한 사용은 매우 중요하다. 따라서 조사의 뉘앙스를 익혀 두는 것이 필요하다.

> ① 밥만 잘 먹는다.
> ② 밥은 잘 먹는다.
> ③ 밥을 잘 먹는다.
> ④ 밥도 잘 먹는다.

'밥만 잘 먹는다'는 밥 이외의 다른 음식은 잘 먹지 못한다는 뜻이거나 아니면, 다른 일(먹는 일 외의 일 예를 들면 공부라든가)들을 전혀 하지 못하고 밥만 축낸다(식충이)는 뜻이다. '밥은 잘 먹는다'는 다른 음식은 잘 먹는지 잘 모르지만 우선, 밥은 잘 먹는다는 뜻이다. '밥을 잘 먹는다'는 다른 음식도 잘 먹을 수 있겠지만 밥은 잘 먹는다는 뜻이다. '밥도 잘 먹는다'는 다른 음식도 다 잘 먹고 밥도 잘 먹는다는 뜻이다. 이렇게 볼 때 '만<는<를<도'의 순서로 갈수록 평가의 수준이 높아짐을 알 수 있다.

'은/는' 이외에 '에게'도 잘못 쓰이는 일이 종종 있다. 조사 '에게'는 '에'와 달리 유정명사(有情名詞)에만 쓰인다. 무정명사 다음에는 '에'가 와야 한다. 유정명사란 인간을 가리키고, 무정명사란 인간 이외의 조직이나 기관, 동식물이나 무생물을 가리킨다.

　　㉠ 장관에게 요구한다. (○)
　　㉡ 하급부대에게 작전을 지시했다. (×)
　　㉢ 미국에게 항의했다. (×)

아래 문장들은 조사를 잘못 쓴 문장들이다. 조사를 정확히 사용하여 올바른 문장으로 고쳐보자.

① 세 나라 가운데서 <u>신라는</u> 문화를 발전시키는 일면 화랑제도를 만들어 <u>젊은이들이</u> 무예를 닦고 나라의 힘을 길렀다.
② 그러나 방황을 위한 방황이어서는 안 된다는 생각에 난 좀 더 높이 <u>날기</u>를 발버둥친다.
③ 난 살포시 나의 마음의 문을 열어 너의 귀전을 속삭이게 하고 싶다.
④ 일반적으로 대학생활이 개인주의적이고 이기주의로 빠지기 쉽다고 하지만 써클 생활을 그러한 <u>오류를</u> 무마할 수 있는 곳이라 생각한다.
⑤ 내가 <u>알기에</u> 그는 본래 태어날 때부터 몸이 튼튼하지 못했다.
⑥ 물가를 한 자리 숫자로 잡아 줄 것을 <u>당국에게</u> 요구했다.
⑦ 축구를 <u>인생과</u> 비유하는 데는 조금의 무리도 없다.
⑧ 나는 <u>여러면으로</u> 생각할 수 있는 마음의 여유를 가지려고 노력하는 중이다.

8) 활용어미를 잘못 쓴 경우

우리 문장에서는 어미 역시 조사와 같은 역할을 한다. 그런데 어미를 잘못 써서 비문법적인 문장을 만들기도 한다.

부처의 자비심이 그로 하여금 불교에 <u>의지하게</u> 했을 것이다.

이 문장은 "부처의 자비심이 그로 하여금 불교에 의지하도록 했을 것이다" 정도로 고쳐야 한다. 다음 문장들 역시 어미를 잘못 쓴 경우이다.

① 그는 퇴직 후에도 꾸준히 젊은 사람 못지 <u>않는</u> 봉사활동에 매진하였다.
② 다시 <u>일어나</u> 차린 공장이 성공적이었다.
③ 문이 <u>열리면</u> 그녀가 다시 돌아와 자리에 앉았다.
④ 우리 모두 어릴 적에는 그저 천진난만하게 <u>뛰놀고</u> 했었지.
⑤ 육관대사는 성진에게 이러한 꿈을 꾸게 <u>해서</u> 인간의 부귀와 남녀의 정욕이 모두 허사인 것을 알게 하기 위한 것이었다.

9) 접속어미를 잘못 쓴 경우

두 개나 그 이상의 작은 문장을 묶어 큰 문장을 만들 때 비문법적인 문장이 되지 않도록 유의해야 한다. 문장을 접속할 때 나타나는 비문은 대개 두 가지 유형으로 나눌 수 있다. 하나는 두 문장이 동일한 성격을 갖고 있지 않은데 접속함으로써 나타나는 유형이고, 또 하나는 접속되는 두 문장 중의 일부를 잘못 생략함으로써 생기는 유형이다.

㉠ ○○기업은 대한민국 최고의 기업이며 ○○기업의 창업이념은 다음과 같이 명시되어 있다.
㉡ 동아리 활동은 공부에는 큰 도움이 되지 않았고 동아리 활동을 열

심히 못한 점이 후회된다.

㉠은 동일한 성격을 갖고 있지 않은 두 문장을 무리하게 하나의 문장으로 만든 결과이고, ㉡은 문장의 일부를 잘못 생략한 결과이다. 동일하지 않은 문장을 무리하게 연결하였을 때에는 문장을 나누어주면 되고, 일부를 생략했을 때에는 생략한 것을 밝혀 표기하면 된다. 위 문장은 다음과 같이 고쳐 쓸 수 있다.

㉠ ○○기업은 대한민국 최고의 기업이다. ○○기업의 창업이념은 다음과 같이 명시되어 있다.
㉡ 동아리 활동은 공부에는 큰 도움이 되지 않았지만 그래도 동아리 활동을 열심히 못한 점이 후회된다.

다음 문장을 올바른 문장으로 고쳐보자.

① 인간은 자연을 지배하기도 하고 복종하기도 한다.
② 언론은 사회 각 방면에서 일어나는 사건의 신속한 보도와 공정한 해설 개진해야 한다
③ 내가 언젠가 시내에서 만난 적이 있는 그 젊고 발랄한, 그리고 다소 건방지기도 한 사내아이가 내 앞에 오늘 나타났다. 그러나 그 사람은 아무말도 않고 앉아 있다. 그런데 그와 같이 온 사람이 말을 꺼냈다. 그래서 나는 다소 놀라는 표정을 지었다. 그러니까 그 사람도 좀 어색한 모양이었다. 그리고 한참 시간이 흘렀다.

10) 수식어와 피수식어의 거리

어떤 말을 수식할 때에 잊지 않아야 할 법칙이 있다. 그것은 피수식

어는 수식하는 말 바로 앞에 와야 한다는 것이다.

안전벨트를 꼭 맵시다.

이 문장은 안전벨트를 꽉 매자는 뜻이다. 원래의 뜻은 반드시 안전벨트를 매자는 것 같은데 그렇다면 '꼭 안전벨트를 맵시다'로 표현해야 한다. 아래 문장을 고쳐보자.

> ① 가장 큰 해결되지 않은 문제 중 하나이다.
> ② 자동 커피 판매기
> ③ 안전을 위하여 손잡이를 꼭 잡읍시다.
> ④ 절대 비밀 보장, 절대 다른 차 출입 금지, 절대로 거짓말을 하지 않는다.

11) 의미 겹침(중복)

자신이 나타내고자 하는 뜻을 강조하려다 보면 동일한 단어를 겹쳐 표현하는 경우가 있다. 이는 '간결한 문장'의 원칙에 어긋나는 것이다. 문장은 되도록 간결하게 써야 의미가 선명해진다는 것을 잊은 것이다. 특히 우리말과 한자어를 겹쳐 사용하는 경우가 많은데 이때에도 가능하면 우리말을 살려 간결하게 표현하는 것이 좋다.

나는 약 한 달 가량 영국에 가 있었다

위 문장에서는 '약'과 '가량'을 겹쳐 사용하였다. 이 문장은 '나는 한 달 가량 영국에 가 있었다'로 표현하면 좋을 것이다. 아래 문장에서 중복되는 표현을 삭제하여 간결하고 선명한 문장으로 만들어 보자.

① 어제 집을 계약을 맺었다.
② ○일 ○○시경에 ○○○동의 k양이 피살되었습니다. (뉴스에서)
③ 직장인 남자의 대략 절반쯤은 담배를 피우지 않는다.
④ 원고를 많이 투고하여 주세요. 그러나 투고한 원고는 돌려주지 않습니다.
⑤ 서오릉이나 동구릉, 북한산, 관악산 등도 나무숲이 무성하며, 이보다 다소
  떨어진 곳으로는 경기도 양평군 용문산 송림이 적당한 삼림욕장이 될 수
  있다.

12) 높임법 : 높임법을 잘못 쓰는 경우

우리말은 다른 말과 비교하여 여러 가지 특성을 가지고 있다. 이 중
대표적인 것이 바로 높임법이 발달하였다는 것이다. '밥'을 '진지'로 표
현하는 것과 같은 높임 명사들이 발달해있고, '자다'를 '주무시다'로 표
현하는 높임 서술어, 그리고 존칭선어말어미 '-시', '-삽' 등등이 발달
해 있다. 그런데 너무 상대방을 높이고자 하는 의욕이 앞서 어색한 표
현의 문장을 사용하는 경우가 있다. 또는 잘못된 높임법을 사용하는 경
우도 있다.

  ㉠ 교장선생님의 말씀이 계시겠습니다.
  ㉡ 철수야 선생님이 오시래

㉠은 교장선생님을 높이려는 의욕이 앞서다 보니 교장선생님의 말씀
까지 높이고 말았다. ㉡은 선생님을 의식하다보니 철수까지 높이고 말
았다. 위 문장은 다음과 같이 고쳐야 한다.

  ㉠ 교장선생님이 말씀하시겠습니다.
  ㉡ 철수야 선생님이 오래.

아래 문장들 역시 잘못된 높임법을 사용하고 있다. 올바른 문장으로 고쳐 보자.

① 아버지께서 신문을 읽으시고 계셨다.
② 나는 손님을 내 가족처럼 모시겠습니다.
③ 아버지 둘째형이 오늘 서울에 도착하신대요.

4.3. 외국어 번역투 문장 고치기

외국어 번역투의 문장도 정확한 문장 쓰기에 해당하지만, 우리가 잘 못 쓰고 있는 문장이 많아 특별히 별도로 떼어내어 다루고자 한다. 외 국어 중에서 우리 문장에 영향을 끼친 것은 영어와 일본어이다. 영어와 일본어 번역투의 문장이 어떤 것들이 있나 살펴보고 일상 언어생활에 서, 글쓰기에서 잘못 쓰지 않도록 하자.

4.3.1. 영어 직역투 문장 고치기

우리나라는 근대화 과정에서 전통적인 사상을 되살리지 못하고 서구 사상을 그대로 받아들이고 말았다. 서구 사상을 받아들이는 것 자체야 잘못이라고 할 수 없으나, 서구 사상을 우리 것으로 동화시키지 못했다 는 것은 문제라 할 수 있다. 더군다나 서구 사상을 직수입하면서 서구 문장을 그대로 직역하여 우리 문장을 오염시키고 말았다. 문장의 구조 는 사고의 구조를 나타낸다는 것을 상기할 때 서구의 문장 구조를 그대 로 사용하는 것은 심각한 정신 세계의 오염을 뜻하는 것이라 할 수 있 다. 이제는 우리 생각을 우리 문장 구조로 표현해야 할 때가 왔다.

대표적으로 '-어지'와 같은 이중 피동의 문장과 '요구되다'형 문장, '필요로 한다'형 문장 등은 영어 직역투의 문장이라고 할 수 있다.

    ㉠ 수업이 체계적으로 이루어지도록 하였다.
    ㉡ 세금감면 혜택이 주어진다.
    ㉢ 자기 자신을 솔직하게 들여다보는 노력이 요구된다.
    ㉣ 21세기를 이끌어갈 어린이들에겐 풍부한 창의력을 필요로 한다.

㉠과 ㉡은 '-어지다'의 이중 피동형 문장이다. ㉢은 '요구되다'형 문장, ㉣은 '필요로 하다'형 문장으로 모두 영어 문장을 직역한 문장이다. 이 문장들을 바르게 고치면 다음과 같다.

    ㉠ 수업을 체계적으로 할 수 있게 하였다.
    ㉡ 세금을 감면해 준다. / 세금감면 혜택을 준다.
    ㉢ 자기 자신을 솔직하게 들여다보는 노력이 필요하다.
       또는, 자기 자신을 솔직하게 들여다보도록 노력해야 한다.
    ㉣ 21세기를 이끌어갈 어린이들에겐 풍부한 창의력 학습을 하여야 한다.

아래의 문장을 우리 문장으로 바꾸자.

① 진행 상황으로 볼 때 예상보다 이른 이번 주 초반에라도 고발이 이루어질 수 있다는 게 주변의 관측이다.
② 물론 법인도 탈루 금액이 크거나 범법성 의도가 뚜렷하면 법인에 대한 고발 (이 경우 고발 당사자는 주로 대표이사)도 이뤄진다.
③ 단체 협약에 노사협의 속에 이루어지도록 명시되어 있는 전환배치를 사측은 일방적으로 강요했습니다.
④ 공정한 법 집행이 이루어져야 한다.

⑤ 정부 부처에서 서류제출이 이루어지지 않아

⑥ "1등을 하신 분께는 특별히 부상이 주어집니다."

⑦ 자신의 생각과 느낌을 주어진 시간 안에 써야 한다.

⑧ 학생에 대해서 가지는 교사의 심리적 태도는 판단과 깊은 연관이 있다.

⑨ 세계인을 하나의 식구처럼 감싸안는 변신이 요구된다.

⑩ 앞으로도 20여 개의 댐 건설이 요구된다고 주장한다.

⑪ 음절을 만들 때는 반드시 모음을 필요로 한다.

⑫ 지금 세계가 가장 필요로 하는 것은 평화이다.

⑬ 지금 우리가 필요로 하는 건 성실하게 일하는 사람이다.

⑭ 우리 학생들에 의하여 그 일이 처리되었다.

⑮ 저 책은 우리 출판사에 의해 만들어졌다.

⑯ 서울 관악 경찰서는 1일 장흥선씨가 강도 2명에 의해 살해되었다고 발표했다.

⑰ 탤런트 김희선씨는 광고사로부터 억대의 광고 계약을 제의 받았다.

⑱ 인간은 전쟁의 공포로부터 해방되어야만 행복한 삶을 이룰 수 있다.

⑲ 세계는 테러의 위협으로부터 충분히 벗어날 수 있는 대책을 강구해야 한다.

4.3.2. 일어 직역투 문장 고치기

우리 나라는 36년 동안 일본의 지배를 받았다. 그 결과 우리 사상과 문화를 빼앗기고 일본의 사상과 문화에 젖어 살 것을 강요받았다. 아쉬운 것은 해방 후에도 우리의 전통적인 사상과 문화를 복구하지 못하고 일본의 사상과 문화 속에서 살고 있다는 것이다. 특히, 그 시대의 지식인들이 일본에 건너가 유학을 하고 그 곳에서 배운 사상과 문화를 선진 사상과 문화로 우리 땅에 소개하였다.

이러한 결과 지금까지도 일본 것을 선진적인 것으로 생각하여 우리 것에 덧씌우고 있다. '식민지, 사관'이 아직도 우리 학계에 만연해있고, 젊은이들조차 무분별하게 일본의 문화를 흉내내고 있다. 자기 민족의 문화를 살리지 못한 민족은 퇴보하거나 다른 나라에 종속되어 왔다는 사실을 기억할 때 우리의 것을 되찾는 일은 무엇보다 시급한 일이다.

우리가 지금 쓰고 있는 문장에도 일본의 잔재가 남아 있다. 특히, 일본어의 허사 'の'를 모두 우리말 관형격 조사 '-의'로 해석하는 것은 하루 빨리 고쳐야 할 것이다.

> ㉠ 미국의 테러 참사의 혼란에도 불구하고 우리경제가 흔들리지 않고 있다.
> ㉡ 어머님 기도의 덕분으로 합격했습니다.
> ㉢ 우리는 환경을 개선시켜야 한다.

㉠과 ㉡은 일본어의 허사 'の'를 우리말 관형격 조사 '-의'로 해석한 것이다. ㉠에서는 관형격 조사 '-의'를 한 문장에서 두 번이나 쓰고 있으며, ㉡에서는 '-의'의 위치가 잘못되었다. ㉢은 일본어 직역투의 또 다른 대표적인 사례이다. 즉, '시키다'를 남용한 문장이다. '-의'를 잘못 쓴 문장은 거의 '-의'를 생략하거나 제 위치를 찾아주면 된다. '시키다'의 경우는 잘못된 사동문을 능동문으로 바꾸어주면 된다.

> ㉠ 미국 테러 참사의 혼란에도 불구하고 우리 경제가 흔들리지 않고 있다.
> 미국 테러 참사가 많은 혼란을 일으켰음에도 불구하고 우리 경제는 흔들리지 않고 있다.
> ㉡ 어머님의 기도 덕분으로 합격했습니다.
> ㉢ 우리는 환경을 개선해야 한다.

앞의 문장을 바르게 고친 것이다. 훨씬 의미 파악이 쉽고 어색하지 않다. 하루 빨리 일본의 잔재에서 벗어나서 우리 문장, 우리 문화를 되

찾아야 할 것이다.

① 이런 과정을 통해 자신의 말하기의 능력도 신장한다.
② 신부의 입장이 있겠습니다.
③ 단순히 사실의 나열에만 그치지 않고
④ 기재 사항의 정정 또는 금융 기관의 수납인 및 취급자인이 없으면 무효입니다.
⑤ 그녀는 아직도 그와 자신과의 인연을 믿고 있었다.
⑥ 조사는 체언 뒤에 결합해서 다른 말과의 문법적 관계를 나타낸다.
⑦ 실제 영화에서는 장면과의 관계에 따라 생략할 수 있다.
⑧ 대기업은 임원 급여 삭감으로 고통 분담에의 동참을 유도하기로 했다.
⑨ 전통적인 의미에서의 예절은 고유한 민족 정신과도 연관된다.
⑩ 학교에서의 심리상태와 집에서의 심리상태는 차이가 난다.
⑪ 독서 교육의 중요성을 알리는 일은 앞으로의 과제다.
⑫ 테러 문제는 앞으로의 세계 평화를 위해 적극적으로 대처해야 한다.
⑬ 그것도 구비문학으로서의 특색이라 할 수 있다.
⑭ 표준말을 하는 것은 교양인으로서의 기본 소양이다.
⑮ 미래 사회에 있어서의 국가 안보는 매우 중요하다.
⑯ 개성있는 동작과 표현에 있어서의 의미는 주인공 성격에 꼭 필요하다.
⑰ 우리들은 우리들 나름대로의 성격과 특징을 지닌다.
⑱ 교육현실의 붕괴를 우려하는 교사들은 나름대로의 애환을 말하고 있다.
⑲ 사람은 저마다의 처지와 목표가 다르므로 각기 다른 삶을 살고 있다.
⑳ 색채마다의 차이가 분명히 있다.
㉑ 미국은 빈라덴으로부터의 테러행위를 막을 수 없었다.
㉒ 가족 윤리의 실종에 있어서 우리는 그 원인을 다시 생각해야 한다.
㉓ 당시에 있어서는 혁명과도 같은 사실이었다.
㉔ 자살테러임에 틀림없다고 발표했다.
㉕ 아직까지는 공무원들의 단체 행동이 불법임에 틀림없다.
㉖ 국제적인 품질을 자랑하는 옥 매트를 소개시켜 드리도록 하겠습니다.

㉗ 무료로 교육시켜 드립니다.

㉘ 이런 과정을 통해 자신의 말하기 능력도 신장된다.

㉙ 아시아에서는 단지 여자라는 이유로 태어나기 전에 어린 생명들이 살해된다.

㉚ 이 물건은 3,500원 되겠습니다.

㉛ 즐거운 주말 되십시오.

㉜ 당신의 위궤양도 치료될 수 있습니다.

㉝ 소극적인 환경에 길들여진 영희에게 영업 업무는 무리였다.

㉞ 시간이 지남에 따라 양팀의 우열이 드러날 것으로 보여진다.

㉟ 학교는 이번 소동이 교권 침해로 비춰질까 우려하고 있었다.

㊱ 그 사건의 진상이 반드시 밝혀져야 합니다.

㊲ 후추는 음식을 만들 때 쓰이는 향신료다.

㊳ 다른 나라에서는 쓰이지 않지만, 우리나라에서는 쓰이는 재료가 있다.

㊴ 내용과 도표를 좀 더 세분화하여 구체적으로 제시하였다.

㊵ 은행들이 지나치게 몸을 사리면 오히려 기업 도산에 의한 은행 부실 가속
화를 초래한다.

㊶ 우리는 현재 정보화 시대에 살고 있다.

㊷ 환경 파괴를 최소화시키는 미래사회로 발전해야 한다.

㊸ 민주주의를 약화시키고 위협하는 요소를 제거해야 한다.

㊹ 이제 '도(道)'사상은 우리나라 국민들에게 널리 보편화되어 있다.

㊺ 대량 실직은 곧 현실화 될 전망이다.

㊻ 공항의 검문검색이 매우 강화되었다.

㊼ 그는 하루도 빠짐없이 술에 취하곤 했다.

㊽ 고향에 갈 때마다 꼭 한번씩 돌아보곤 하던 저수지가 지난여름 장마에 사
라져 버렸다.

㊾ 밤하늘을 바라보며 상상해 보도록 하자.

㊿ 긴급구조반을 구성하도록 했다.

51 가을에는 어떤 색깔의 옷을 많이 입는지 조사하기로 한다.

52 기존 체인점들이 따라 할 수 없는 차별화로 고객을 만족시키는 맥주 전문
점을 열기로 했습니다.

㊼ 정당한 문제제기를 여론오도라고 몰아붙이는 것은 언론의 입을 막겠다는 논리가 아닐 수 없다.
㊽ 미국 테러 참사는 세계가 경악할 일이 아닐 수 없다.
㊾ 고려청자는 빛나는 예술품으로 명작이 아닐 수 없다.
㊿ 상대방을 이해하지 못하는 것은 각자의 이상 차이 때문이 아닐까 싶다.
57 동강에서 해 본 레프팅이 그렇게 재미있을 수가 없어요.
58 지나친 표현이 더 개성적이지 않을까 생각하는 것은 잘못이다.

4.4. 효과적인 문장 쓰기

4.4.1. 주어 바꾸기

주어 바꾸기는 제시 문장 안에서 문장의 뜻을 어긋나지 않게 하면서 다양한 주어로 바꾸어 보는 활동이다. 이러한 활동을 통해서 자연스럽게 주어를 바꾸면 원래 제시된 문장의 뜻과 어긋나지 않게 하기 위해 문장의 다른 성분들을 변형해야 한다는 것을 알게 될 것이다. 주어 바꾸기에서 주목해야 할 것은 ① 주어로 삼을 수 있는 것이 무엇인가 ② 체언(형)이지만 문장 안에서 주어가 될 수 없는 것은 무엇인가 ③ 조사 '은/는, 이/가'의 차이점을 아는 것이다.

① 체언(형)이 3개 이상인 문장을 고른다.

> ㉠ 내가 연구하기를 원하는 대상은 삼국시대의 의상이다.
> ㉡ 사람들은 주로 제주도로 신혼여행을 간다.

② 문장 안의 다른 단어를 주어로 바꾸어 새 문장을 만들도록 한다.

> ㉠ → ⓐ 나는 삼국시대의 의상을 대상으로 연구하기를 원한다.
>   → ⓑ 삼국시대의 의상은 내가 원하는 연구대상이다.
> ㉡ → ⓐ 사람들이 주로 신혼 여행을 가는 곳은 제주도이다.
>   → ⓑ 제주도는 주로 사람들이 신혼여행을 가는 곳이다.

③ 주어를 바꾸었을 때 순서나 형태가 변하는 성분들을 조사하고 왜 변하는지 이해한다.

④ 주어를 바꾸었을 때 문장의 의미가 어떻게 달라지는지 살핀다.

⑤ 주어진 문장이나 ②에서 활동한 문장을 대상으로 '은/는'을 '이/가'로 '이/가'를 '은/는'으로 바꾸어 본다.

> ㉠* 나는 연구하기를 원하는 대상이 삼국시대의 의상이다.
> ㉠ ⓐ* 내가 삼국시대의 의상을 대상으로 연구하기를 원한다.
> ㉠ ⓑ* 삼국시대의 의상이 내가(나는, ×) 원하는 연구 대상이다.
> ㉡* 사람들이 주로 제주도로 여행을 간다.
> ㉡ ⓐ* 사람들은 주로 신혼여행을 가는 곳은 제주도이다. (×)
> ㉡ ⓑ* 제주도가 주로 사람들이(-은, ×) 신혼여행을 가는 곳이다.

⑥ 바꾼 문장의 의미가 어떻게 달라지는지 살핀다.

바꾼 문장 ㉠ⓑ*와 ㉡ⓑ*가 성립하지 못하는 이유는 주격조사 '이/가'를 받을 서술어가 없기 때문이고 문장 ㉡ⓐ*가 성립할 수 없는 이유는 한 문장에 전체 서술어가 두 개이기 때문이다.

주격 조사 '은/는'은 전체 서술어와 어울리고 '이/가'는 바로 뒤에 오는 서술어와 어울린다. 주격 조사 '은/는'은 호흡이 길어 주어와 서술어

사이에 있는 모든 문장 성분의 의미를 다 끌어안는 반면, 주격 조사 '이/가'는 호흡이 짧아 주어를 강조하는 기능을 한다.

'주어(은/는)＋전체 서술어' 형태의 문장은 '누가 무엇을 하였지(누가 어떻지, 또는 무엇이 무엇이지)'에 대한 대답의 문장으로 '주체'와 '어찌하다/어떠하다/-이다'를 동시에 표현하는 일반적인 문장이라면, '주격 조사(이/가)＋서술어'의 문장은 '누가 하였지'에 대한 대답의 문장이다.

즉 '나는 삼국시대의 의상을 대상으로 연구하기를 원한다.'는 문장은 '나'와 '연구하기를 원한다'가 큰 줄기를 이루면서 '나(주체)', '삼국시대의 의상(목적어)', '연구하기를 원한다(서술어)'를 모두 표현하고자 하는 일반적인 문장이라면, '내가 삼국시대의 의상을 대상으로 연구하기를 원한다.'는 삼국시대의 의상을 연구하기를 원하는 사람이 '바로 나'라는 것을 강조하기 위한 문장이다.

단지 조사 '은/는'은 주격 조사로만 쓰이는 것이 아니라 한정 조사로도 쓰이기 때문에 이때에는 대상을 강조하는 기능을 갖는다. 가령, ㉠ⓑ 문장 '삼국시대의 의상은 내가 원하는 연구대상이다.'에서 '삼국시대의 의상은'의 '은'은 한정 조사의 기능을 하므로 '삼국시대의 의상'을 강조하는 문장이다. 조사 '은/는'이 한정 조사로 쓰인 것을 알기 위해서는 '은/는'이 붙은 낱말이 목적어가 될 수 있는 가를 살피면 된다. ㉠ⓑ 문장에서 '삼국시대의 의상'은 목적어로 바꿀 수 있기 때문에 이때 쓰인 '은/는'은 한정 조사의 기능을 하는 것이다.

4.4.2. 문장 결합

문장의 결합이란 둘 이상의 문장을 하나의 문장으로 만드는 작업을 뜻한다. 사실 문장의 결합은 그 동안 국어 교육에서 관심의 대상이 아니었다. 문법적으로 문장의 결합은 아주 간단한 공식을 가지고 있고, 그

공식에 의해 별다른 고민 없이 문장을 결합해왔기 때문이다. 그러나 문장을 결합하는 활동은 문장의 짜임새를 학습하는 가장 효과적인 방법이다. 그러므로 해당 단원을 학습할 때 문자의 결합에 대하여 시간을 할애하는 것이 좋다.

문장 결합의 원리는 아주 간단하다. '반복되는 어구나 낱말을 생략한다'가 그것이다.

    ① ㉠ 철수는 밥을 먹었다.
      ㉡ 철수는 물을 마셨다.
      → 철수는 밥을 먹고, 물을 마셨다.

    ② ㉠ 철수는 밥을 먹었다.
      ㉡ 순희는 밥을 먹었다.
      → 철수와 순희는 밥을 먹었다.

①은 반복되는 주어를 생략한 것이고 ②는 반복되는 서술어를 생략한 것이다. 이러한 문장 결합의 원리는 문법의 테두리 안에서 인정되고 규격화하였다. 그러나 글을 '문법적인 글'에서 '효과적인 글'로 인식하였을 때에는 문제는 사뭇 복잡해진다. 더욱이 결합할 문장뿐만이 아니라 앞뒤 글의 문맥적 흐름 속에서 문장의 결합을 생각하면 더욱 심각해진다. 가령,

내가 물어보면, 순희는 어머니를 좋아한다고 한다. 내가 물어보면, 순희는 아버지도 좋아한다고 한다. 하기야 누가 아버지, 어머니가 싫겠는가?

위 글에서 문장을 결합해야 할 부분은 밑줄 그은 곳이다. 문장 결합의 원리에 의해 문장을 결합하면 반복되는 부분을 생략하면 될 것이다.

즉, 두 문장에서 반복되는 '내가 물어보면', '순희는', '좋아한다고 한다'를 생략해서

   ① 내가 물어보면, 순희는 어머니와 아버지를 좋아한다고 한다

정도의 문장을 만들면 된다.
   그러나 이 두 문장의 결합의 결과로 생길 수 있는 문장을 좀 더 생각해 보자.

   ② 내가 물어보면, 순희는 어머니도 좋아하고, 아버지도 좋아한다고 한다.
   ③ 내가 물어보면, 순희는 어머니도, 아버지도 좋아한다고 한다.
   ④ 내가 물어보면, 순희는 어머니와 아버지 모두를 좋아한다고 한다.
   ⑤ 내가 물어보면, 순희는 어머니와 아버지 둘 다 좋아한다고 한다.
   ⑥ 내가 물어보면, 순희는 어머니와 아버지를 함께 좋아한다고 한다.

   이 문장 외에도 더 많은 문장들이 있겠지만 ②～⑥까지 다섯 개의 문장만 더해서 생각해 보기로 하자.
   문장②는 반복되는 서술어 '좋아하다'를 생략하지 않은 형태의 문장이고 문장③은 접속 조사 '-와'를 생략하고 대신 쉼표(,)를 사용한 문장이다. 문장④ · ⑤ · ⑥은 문장①을 변형하여 '모두', '둘 다', '함께'를 사용한 문장이다.
   문법적인 문장인 문장①만을 고집하지 않고 어떤 문장이 가장 효과적인 문장인가를 생각한다면 문장의 결합 역시 간단한 문법적 공식만으로는 풀어내기 어려운 문제이다.
   문장의 결합에서 우선 생각해야 할 것은 세 가지이다. 첫째, 글쓴이가 나타내고자 하는 바를 가장 효율적으로 나타내는가. 둘째, 다른 문장과

의 문맥 속에서 적절한가. 셋째, 다른 문장과의 흐름이 원만한가 등이다.

이 중에서 가장 중요한 것은 첫째, 글쓴이가 나타내고자 하는 바를 가장 효율적으로 나타내는가 이다. 이를 충족하기 위해 둘째와 셋째를 고려하게 되는 것이다. 특히 셋째, 다른 문장과의 흐름이 원만한가는 그동안 섬세하게 고려되지 않았다.

글은 우선 읽는다. 소리내어 읽던 아니면 소리를 내지 않고 읽던 글을 이해하기 위해서 우선 읽는다. 따라서 좋은 글은 우선 읽는 일에 부담이 없이 잘 읽혀야 한다. 부담 없이 잘 읽힌다는 것은 리듬과 밀접한 관련이 있다. 한마디로 표현한다면 잘 읽히는 글은 리듬을 타며 읽히는 글이다. 그리고 리듬은 억양과 음보, 길이가 주도적으로 결정한다.

억양과 음보까지 고려한다면 복잡해지고 학생들의 활동을 어렵게 하므로 길이만을 생각해 보자. 좋은 글, 잘 읽히는 글을 찬찬히 살펴보면 문장의 길이가 반복되지 않고 일정한 변화를 갖는 것을 알게 된다. 즉, 긴 문장이 반복된다든지 짧은 문장이 반복되지 않는다.

긴 문장이 반복되는 문장은 문장의 의미 단위와 관계없이 끊어 읽게 되고 따라서 의미를 잘 파악할 수가 없다. 반면으로 짧은 문장이 반복되는 글은 왠지 건조하고 딱딱한 느낌을 준다. 이와 반대로 잘 읽히는 글은 긴 문장과 짧은 문장이 변화를 주면서 교체된다. 그러므로 문장의 결합뿐만이 아니라 글을 쓸 때 문장의 길이에 고려하여 글을 써야 한다.

위 문장의 결합에서 문장의 길이를 고려한다면 그 뒷 문장의 길이라든지 내용 구조를 살펴보아야 한다. 즉 '누구인들 아버지, 어머니가 싫겠는가?'의 길이와 내용 구조를 따져보아서 결합한 문장의 형태를 결정하여야 할 것이다.

뒷 문장, '누구인들 아버지, 어머니가 싫겠는가?'는 우선 두 가지 특징을 가지고 있다. 우선 아버지와 어머니가 '아버지, 어머니'로 짧게 기술되어 있다. 따라서 우선 문장의 길이만을 생각한다면 앞 문장인 결합 문장의 형태는 긴 것이 좋을 것이다. 그리고 '싫겠는가?'는 반어적(反語的)인 의문문의 형태로 끝나고 있다. 이를 고려한다면 앞 문장은 역시 짧은 문장보다는 글쓴이의 의도가 다 드러나는 긴 문장이 보다 적합할 것이다.

이러한 의미에서 문장 ②는 뒷 문장이 지니고 있는 두 가지 특징을 고려했을 때 효과적으로 대응하고 있는 문장이라고 할 수 있을 것이다. 반면에 문장③은 뒷 문장과 적절하게 대응하고 있지 못하다. 결정적으로 뒷 문장의 '아버지, 어머니'와 같은 형태가 반복되고 있다. 글을 쓸 때 같은 낱말의 반복을 피하라는 원칙이 있듯이 문장을 쓸 때에도 같은 구조의 문장 형태를 반복하여 쓰는 것은 바람직하지 못하다. 물론 감정이 최고조에 달한 것을 표현하기 위해, 또는 긴장이나 위급 상황을 나타낼 때 짧은 구조의 문장을 반복하여 쓰기도 한다. 그러나 위 문장과 같은 일반 문장에서의 구조로는 바람직하지 못하다.

문장 ④·⑤·⑥은 문장①을 변형하여 각각 '모두(문장④)', '둘 다(문장⑤)', '함께(문장⑥)'를 덧붙인 문장이다. '동일어(同一語)란 없다'라는 말을 상기한다면 문장 ④·⑤·⑥은 각각 다른 의미를 나타내는 문장들이다.

'모두'는 어머니와 아버지를 하나로 인식하는 것이고 '둘 다'는 어머니와 아버지를 각각의 독립 개체로 인식하고 있는 것이며, '함께'는 모두의 의미에 '동시에'라는 의미가 덧붙은 것이다. 따라서 결합하는 두 문장의 상황과 이어지는 뒤 문장을 고려한다면 이 곳에서는 '둘 다'를 덧붙인 문장⑤가 가장 적절할 것이다.

문장의 결합은 어느 것이 맞고 틀리다의 차원이 아니라 어느 문장이 가장 적절한가 차원으로 결정되어야 한다. 위의 결합한 문장 ①~⑥에서 가장 적절한 문장은 문장②가 될 것이다. 왜냐하면 뒤의 문장 '하기야 누가 아버지, 어머니가 싫겠는가'기 짧은 문장이고 결합하는 두 문장과는 다르게 '싫겠는가?'하고 반어적 질문을 하고 있기 때문에 '좋아하다'를 강조할 필요가 있기 때문이다.

다음 문장을 하나의 문장으로 결합하자.

① 그는 미술 분야에 취미가 있다. 그러나 그는 미술 분야의 전문가는 아니다.
② 흥부전은 착한 심성을 그린 것이다. 그것은 우리 어린이들의 영원한 교과서가 되어야 할 것이다.
③ 그는 심성이 착하다. 그는 사려가 깊다. 그는 남의 존경을 받는 것이다.
④ 참여하는 독자에게는 OK 캐쉬백 포인트를 드립니다. 참여하는 독자에게는 교보문고 포인트도 드립니다. 여러분의 많은 참여 바랍니다.
⑤ 조한승 9단은 바둑을 둘 때 탁월한 감각을 발휘한다. 그러나 조한승 9단은 바둑을 둘 때 치열한 승부 근성이 부족하다.
⑥ 보람이의 아빠는 케이크를 만드는 제빵사다. 보람이의 아빠는 크리스마스 시즌이 되면 가장 바쁘다.
⑦ 미주 중앙일보는 미국여행정보가 담겨있다. 미주 중앙일보에는 이민가이드 정보도 담겨 있다. 그래서 여행 또는 이민을 준비하는 사람들에게 유용한 정보가 된다.
⑧ 자기를 단죄하는 것은 자기멸시다. 자기를 단죄하는 것은 자기 학대다. 그런 사람들은 결국 자기 파멸에 이른다.
⑨ 그는 오카리나를 붑니다. 그의 오카리나 연주는 형편없습니다. 그러나 그는 아랑곳 없이 매일 조금씩 오카리나 연습을 합니다.
⑩ 그는 사랑에 빠졌다. 그러나 그가 빠진 사랑의 대상은 사람이 아닌 중국어이다.
⑪ 볕이 좋은날, 그는 거리로 나옵니다. 거리에 앉아 두 시간, 세 시간…… 전혀 지루하지 않습니다. 그는 거리를 매운 사람들을 봅니다. 그들의 몸짓, 표정, 그리고 높고 낮은 그들의 목소리를 읽습니다. 거리는 그에게 가장 훌륭한 교과서입니다.

⑫ 자원봉사(voluntarism)라는 말은 자유의지라는 뜻을 지닌 라틴어에서 유래했다. 낱말의 뿌리로 볼 때 그것은 단순히 어려운 사람을 돕는 일이 아닌 스스로 하고 싶어서 하는 일을 말한다.

⑬ 순무는 뿌리뿐 아니라 잎까지 먹을 수 있어서 좋았다. 순무는 잎을 잘라서 말려두면 아무것도 자라지 않는 겨울 동안 양식이 된다.

⑭ 나는 어제 크리스마스 선물을 받았다. 그것은 예쁜 곰인형이다.

⑮ 방정환은 아동문학가이자 어린이 날을 제정한 위인이다. 그는 1899년 서울에서 태어났다.

4.4.3. 문장 연결

문장과 문장이 어떻게 연결되느냐 하는 것을 이해하고 학습하는 것은 글을 이해하는 과정과 전략에서 매우 중요한 위치를 차지한다. 왜냐하면 모든 문장은 어떠한 연결 고리를 가지고 다른 문장과 연결되기 때문이다. 그 연결 고리를 '문맥'이라 하기도 하고 '문장 간의 관계'라고도 한다.

어떤 용어를 사용하든, 모든 문장과 문장 사이에는 두 문장의 관계를 나타내는 연결어나 접속어가 존재하기 마련이다. 실제로 글을 읽는다는 것은 바로 문장과 문장의 관계를 밝히는 일이라 할 수 있다.

물론 문장과 문장 사이의 관계를 모두 연결어나 접속어로 나타내는 것은 아니다. 모든 문장에 앞 문장과의 관계를 밝히기 위해 연결어나 접속어를 사용하면 글을 읽는 흐름이 깨지기 때문에 글쓴이는 읽는 이들이 모두 의미를 파악할 수 있을 것이라는 것을 전제하고 연결어나 접속어를 생략하는 것이다.

일반적으로 '추론'이라는 것은 바로 문장과 문장 사이의 관계를 파악해 내는 것이다. '상상'도 이와 같은 과정을 거친다.

① 그는 밥을 세 공기나 먹었다. 그는 병원에 갔다.
② 그는 밥을 세 공기나 먹었다. 그의 눈에는 병원 간판이 보였다.

　두 문장 다 연결어나 접속어가 생략되었다. 그러나 ①을 읽으면서 문장과 문장 사이에 '그래서'와 같은 접속어를 넣어 두 문장의 관계를 원인과 결과의 관계로 '추론'하며 읽는다. ②의 경우에도 머리 속에 ①과 같이 원인과 결과로 추론하면서 두 문장 사이에 생략되어 있는 상황과 관계를 '상상'하게 된다. 가령, 배가 너무 아픈 나머지 눈에서 병원이 왔다갔다 하는구나로 파악하거나 배가 아파 병원을 가는 과정이 생략되고 그가 병원에 도착한 것을 설명하고 있구나 식으로 상상하게 될 것이다. 이처럼 '상상'도 문장과 문장 사이의 관계라는 범주 안에서 가능한 것이다. 만일 이 범주를 벗어난 상상은 상상이 아니라 '공상·망상'이 될 뿐이다.

　모든 문장과 문장 사이에는 반드시 연결어나 접속어가 있다. 이는 바로 모든 문장과 문장은 일정한 관계를 가지고 연결된다는 것을 의미한다. 단지 글쓴이의 전략에 의해 연결어나 접속어를 생략할 뿐이다.

예문

　전통은 인습(因襲)과 다르다.(구체적으로 말하자면, 자세히 설명하자면) 인습이 새로운 역사를 이룩해 가는 과정에서 마땅히 버려져야 할 찌꺼기라면 전통은 오히려 새 역사 창조에 없어서는 안 되는 씨앗이요, 밑거름이다. 따라서, 전통 문화라고 하는 것은 단순히 옛날의 문화를 뜻하는 것이 아니라, 옛 것 중에서 오늘에 되살릴 만한, 가치 있는 문화적, 정신적 바탕을 뜻하는 것이다.
　그런데 이른바 개화(開化)이후, 우리는 이 전통과 인습을 혼동(混同)한나머지. 옛 것은 모두 낡은 인습이라고 싸잡아 천대(賤待)하고, 그 반면에 새로운 것, 특히 서구적(西歐的)인 것은 모두 훌륭한 것으로만 여겨, 다투어 흉내내기에 여념(餘念)이 없었다. 그 결과, 우리는 낡은 인습을 타파(打破)하려다가 아름다운 전통마저 많이 잃어버리고 말았다. 오늘에 와서, 우리의 전통 문화를 계승 발전시켜야 한다는 주장이 크게 일고 있는 것이 이 때문이다.

중학교 국어 3-2, 홍일식 '전통 문화와 효(孝) 사상' 중에서

첫 문장과 두 번째 문장 사이에만 접속어가 생략되어 있을 뿐 모든 문장과 문장 사이에 접속어가 쓰였음을 알 수 있다. 그리고 접속어와 접속어는 문장과 문장의 관계를 명확하게 해주는 기능을 하고 있어 글을 이해하는 데 도움을 주고 있다.

문장과 문장의 연결 관계를 따라 읽는 법을 연습하는 것은 능동적인 글읽기에 효과적이다. 글읽기를 어려워하거나 글읽기를 싫어하는 이유 중에는 사용된 어휘가 어려운 경우도 있지만 핵심은 문장과 문장 사이의 연결 원리를 잘 알지 못해 글을 이해하지 못하기 때문인 경우가 많다.

글을 읽어도 이해가 되지 않으므로 글읽기가 어렵거나 글읽기 자체가 싫어질 수밖에 없다. 또한 문장의 연결을 이해하지 못하여 글의 내용을 파악하지 못하면 글의 구조를 이해하는 데에도 어려움을 겪을 뿐만 아니라 동시에 글의 중심 생각, 주제를 파악하지 못하게 되는 것이다.

본 항에서는 집약적인 논의를 위해 유사한 기능을 가진 접속어들을 비교함으로써 접속어와 문장 연결에 대한 이해를 높이고자 한다. 접속어 중에는 두 개 이상의 기능을 하는 접속어가 있다. 가령 '그리하여'의 경우 '그는 배고픔을 느꼈다. 그리하여 밥을 먹었다'에서 '그리하여'는 원인을 나타내는 반면 '그는 경기에 참가하지 않았다. 그리하여 다음 경기에서 좋은 성적을 얻고자 하였다'에서는 목적의 뜻을 나타낸다.

본 항에서는 접속어를 하나의 의미 안에서만 비교하여 그 차이점을 알아보고자 한다.

1) 그래서/그러므로

'그래서'와 '그러므로'는 앞 문장과 뒤 문장을 원인과 결과의 관계로 연결해 주는 접속어이다. 원인과 결과의 관계로 두 문장을 이어준다 하더라고 두 문장이 문맥의 의미 안에서 밀접하게 관련이 있어야 한다.

> 그는 순식간에 통닭을 한 마리 다 먹었다. 그래서(그러므로) 집에서는 평소에 닭 요리를 먹지 않는다.

위 두 문장의 연결은 그다지 원만하지가 않다. 그 이유는 앞 문장이 가지고 있는 내용 요소와 뒷 문장이 가지고 있는 내용 요소가 긴밀한 관계에 있지 않기 때문이다. 앞 문장에는 '순식간에'라는 시간적 내용 요소와 '통닭 한 마리를 다 먹었다'라는 양을 나타내는 내용 요소가 있다. 하지만 뒷 문장에서는 '집'이라는 공간적 내용 요소와 '요리하지 않는다'는 행위적 내용 요소가 있다. 이 두 가지 내용 요소 중에서 핵심은 '집'이라는 공간을 나타내는 내용 요소이다. 즉 요리를 하지 않는 것이 중요한 것이 아니라 '집'에서는 하지 않는다는 것이 뒤 문장에서 나타내고자 하는 핵심 내용인 것이다.

그러나 앞 문장에는 뒷 문장의 '집'이라는 공간을 나타내는 내용 요소를 받을 수 있는 내용이 나타나있지 않다. 그러므로 이 두 문장의 연결은 인과 관계를 나타내는 접속어 '그래서'를 표면에 내세워 썼음에도 불구하고 내용의 연결이 원만하지 않아 비문에 가까운 문장이 되고 마는 것이다.

두 문장이 인과 관계로 무리 없이 연결되려면 적어도 다음과 같은 형태를 이루어야 한다.

그는 집에서는 음식 맛을 느낄 수가 없다. 그래서 집에서는 좋아하는 닭 요리도 먹지 않는다.

두 문장을 연결 할 때에는 이처럼 순접이든 역접이든 인과관계든 동일한 내용 요소에서 출발한다는 것을 잊지 않아야 한다.

그는 순식간에 통닭을 한 마리 다 먹었다.
→ ① 그래서 배가 아프다.
→ ② 그러므로 배가 아프다.

문장 ①과 ②는 언뜻 보았을 때 별 차이가 없어 보인다. 그러나 '그래서'는 뒤 문장과 같은 일이 왜 일어났는가를 앞 문장에서 설명하는 형식을 띠고 있으며, 앞 문장의 일로 어떠한 상황이 일어났는가를 뒤 문장에서 나타낼 때 쓰인다. 반면에 '그러므로'는 '어떻게'라는 당위적 진술, 즉 결과적으로 일어난 행동·일을 기술하는 데 쓰인다. 당위적인 진술에 쓰이므로 '그러므로'는 미래성·지향성을 갖는다. 또한 '그러므로'는 '그래서'보다 주관적인 의도가 강한 접속어이다.

배가 아프다 ┌ 그래서   병원에 ┌ 갔다
           └ 그러므로   └ 가야한다.

'배가 아프다. 그래서 병원에 갔다' 혹은 '배가 아파서 병원에 갔다'는 무리가 없는 문장의 연결이다. 그러나 '배가 아프다. 그러므로 병원에 갔다', 혹은 '배가 아프므로 병원에 갔다'는 그 연결이 어색하다. 반면에 '배가 아프다. 그러므로 병원에 가야한다', 혹은 '배가 아프므로 병원에 가야한다'는 무리 없는 문장의 연결이라 할 수 있다.

위 문장에서 '그래서'로 연결되는 문장은 '배가 아파서 어떻게 했어', 혹은 '병원에 왜 갔니'의 물음에 대응하는 문장이다. 그러나 '그러므로'로 연결되는 문장은 '배가 아프니 다음에 어떻게 해야해', 혹은 '배가 아픈 상황에서는 어떤 행동을 해야 하지'에 대응하는 문장이다.

그러므로 '그래서'로 이어지는 문장에서는 앞 문장에 의미 비중이 큰 반면, '그러므로'로 이어지는 문장은 뒤 문장에 의미 비중이 더 있다.

2) 그리고/또/또한 ― 대등 병렬

'그리고', '또', '또한'은 대등한 성질·성향·의미 내용을 가진 낱말이나 구, 절을 연결하는 데 쓰이는 말이다.

① 밥을 먹었다. 그리고 국을 먹었다. 그리고 과일을 먹었다. 그리고 차를 마셨다.
② 밥을 먹었다. 또 국을 먹었다. 또 과일을 먹었다. 또 차를 마셨다.
③ 밥을 먹었다. 또한 국을 먹었다. 또한 과일을 먹었다. 또한 차를 마셨다.

위의 문장은 문법적으로는 문제가 없어 보인다. 그러나 실제 문장에서는 잘 쓰지 않는 문장들이다. 일부러 만든 문장의 냄새가 짙으나 '그리고', '또', '또한'의 쓰임을 구별하기 위한 문장들이므로 제시된 문장 안에서 이들의 의미 차를 살펴보기로 하자.

①의 문장을 일상 생활에서 굳이 쓴다면 '밥을 먹고, 국을 먹고, 과일을 먹고, 차를 마셨다' 정도가 될 것이다. 우선 '그리고'는 대등한 내용을 나열하는 연결어 중에서 시간 개념을 담고 있다. 즉 '밥을 먹은 다음

국을 먹고 그 다음 과일을 먹고 그 다음 차를 마셨다는 시간적 경과를 나타낸다. 그러면서 동시에 종결의 기능도 가지고 있다.

밥도 먹고 국도 먹고 과일도 먹고 그리고 차도 마셨다.

위 문장에서 '그리고 차를 마셨다'는 '밥·국·과일'을 먹은 것과는 달리 시간적 경과, 즉 과일을 먹은 뒤 약간의 시간적 경과가 있었을 것 같다는 시간적 경과와 함께 행동의 종결을 나타낸다. 차를 마신 것으로 '먹는 행위'는 끝났음을 나타내는 것이다.

㉠ 일기를 쓰고 청소를 하고 빨래를 널고 잠을 잤다.
㉡ 일기를 쓰고 청소를 하고 빨래를 했다(하고). 그리고 잠을 잤다.

㉠의 문장은 일기 쓰는 일과 청소를 한 일과 빨래를 한 일, 잠을 잔 일이 행위의 순서나 비중이 등가적으로 파악되지만 ㉡의 문장은 일기 쓴 일, 청소, 빨래를 넌 일과 잠을 잔 일이 등가적이지 않다. 즉 모든 행위를 한 다음에 마지막으로 잠을 잤다는 의미이다. 이러한 이유로 앞의 다른 일보다 잠을 잔 일을 더욱 비중이 있게 다루고 있는 것으로 파악된다.

'또'는 일반적으로 동일한 행위가 반복됨을 나타낸다.

밥을 먹었다. 또 밥을 먹었다.
밥을 아까 먹고 또 먹어.

그러나 문장②처럼 대상이 바뀌는 경우에는 또 다른 행위를 덧붙이는 기능을 한다. 하나의 행위에 행위를 덧붙이고 덧붙이는 과정을 나타내는 것이다. 그러나 그 행위는 대상만 바뀌었을 뿐 동일하거나 유사한 행위일 때 어색해지지 않는다.

밥을 먹었다. 또 책을 읽었다.

위 문장은 문장 안에서만 의미를 형성할 때 어색한 문장이다. '밥', '책'이라는 대상도 바뀌었고, '먹다', '읽다'의 행위도 유사한 것이 아니기때문이다. 위 문장은 적어도 다음과 같은 상황을 전제해야 어색하지 않은 문장이 된다.

(저 아이는 책만 읽는다) 밥을 먹었다. 또 책을 읽었다.
(저 아이는 공부밖에 모른다) 밥을 먹었다. 또 책을 읽는다.

즉 '또'로 연결되는 뒤 문장은 앞 문장이나 문맥에서 그와 유사하거나 동일한 행위를 전제로 하였을 때 성립된다.

'또'는 '그리고'와 달리 종결의 기능이 약하다. 문장②는 표면적으로는 문장이 종결되었지만 의미상으로는 왠지 문장이, 행동이 종결되지 않았다는 느낌을 준다. 차를 마신 뒤에도 다른 일이 더 일어날 것 같기도 하고 다른 행위가 더 있는데도 기술을 그친 것 같은 느낌이 든다.

문장③은 문장 연결이 매끄럽지 않음이 확연히 드러나는 문장이다. 왜냐하면 '또한'은 앞 문장과 뒤 문장을 다른 차원의 것으로 덧붙이며 연결하기 때문이다. 그렇다고 앞 문장과 뒤 문장이 전혀 다른 것이어서는 안 된다.

㉠ 밥을 먹었다. 또한 차를 마셨다.
㉡ 밥을 먹었다. 또한 서울에 갔다.

㉠의 문장에서 '밥'과 '차'는 다른 차원의 것이지만 '먹는다', '마신다'와 같이 유사한 행위이다. 그러므로 '또한'으로 별 무리 없이 연결될 수 있다. 그러면서 뒤 문장은 예상하지 못했거나 기대하지 않았던 일이 있음을 나타내기도 한다. 즉, 밥을 먹고(밥을 먹을 것은 예상하거나 예정된 일이다) 차까지 마실 줄은 예상하지 못했거나 기대하지 않았음을 나타낸다.

그러나 문장㉡은 잘 연결되지 않는다. '밥을 먹다'와 '서울에 갔다'의 거리가 너무 크기 때문이다. '밥'과 '서울', '먹다'와 '갔다'가 다른 장치가 없는 한 동일하거나 유사한 의미를 갖지 못한다. 따라서 '또한'은 서로 다른 차원의 내용을 연결하는데 쓰이지만 그 차이가 너무 커서는 안된다는 것을 알 수 있다.

① 밥을 먹고 국을 먹고 과일을 먹고 그리고 차를 마셨다.
② 밥을 먹고 국을 먹고 과일을 먹고 또 차를 마셨다.
③ 밥을 먹고 국을 먹고 과일을 먹고 또한 차를 마셨다.

위 세 문장은 끝 문장의 연결만 다를 뿐 나머지는 동일한 구조를 가지고 있는 문장이다. 그러나 마지막 문장을 연결하는 낱말이 달라짐으로 해서 나타내고자 하는 뜻이 모두 다른 문장이 되었다.

문장①은 '밥·국·과일'을 먹은 다음 마지막으로 '차'를 마셨다는 뜻이 되고 문장②는 '양이 찼는데도 불구하고' 또는 '먹지 말아야 할' 차를 마셨다고 말하고 있는 것이다. 문장③은 예상하거나 기대하지 않았는데 차를 마셨음을 나타내는 문장이 되는 것이다.

3) 그런데/그러나

'그런데'와 '그러나'는 앞 문장과 뒤 문장을 역접 관계로 이어주는 연결을 한다. 그러나 화자의 주관적인 감정의 전달에는 서로 차이가 있다.

'그런데'는 화자의 감정을 전달하는 데 주된 관심이 있는 반면에 '그러나'는 객관적인 상황을 전달하는 데 초점이 있다.

① 안면도 꽃박람회에 갔었다. 그런데 꽃이 없었다.
② 안면도 꽃박람회에 갔었다. 그러나 꽃이 없었다.

'그런데'로 연결된 문장①에는 꽃박람회에 가면 꽃이 많이 있을 거라는 화자의 기대 심리와 기대 심리에 어긋난 상황이 들어있다. 즉 많은 꽃을 보러 꽃박람회에 갔는데 꽃박람회에 꽃이 없어 실망하였다는 화자의 심리가 두드러지게 기술된 문장이다.

그러나 문장②는 화자의 이러한 감정을 표현하기보다는 박람회에 갔는데 꽃이 없었었다는 객관적인 사실을 전달하는데 그치고 있다. 적어도 문장①과는 달리 문장②에는 박람회에 꽃이 없는 것에 대한 화자의 감정이 깃들어 있지 않다. 문장②에 화자의 감정을 넣으려면 적어도 다음과 같은 문장 형태가 되어야 자연스럽다.

안면도 꽃박람회에 갔었다. 그러나 꽃이 없더란 말이야.

'그러나'는 앞 문장에 반대되는 상황을 객관적인 자세로 전달하는 데 목적이 있다면 '그런데'는 화자의 주관적인 감정을 나타내는 데에도 일정하게 영향을 미치고 있다. 따라서 화자의 주관적인 감정이나 생각을 나타내는 문장에 '그러나'를 쓰면 어색한 문장이 되고 만다.

① 그는 평소에 점잖은 사람이야. 그런데 술만 먹으면 어쩌면 그렇게 달라질 수 있어.
② 그는 평소에 점잖은 사람이야. 그러나 술만 먹으면 어쩌면 그렇게

달라질 수 있어.
②* 그는 평소에 점잖은 사람이야. 그러나 술만 먹으면 달라져.

문장①에 비해 문장②는 어색한 문장이다. 그만큼 '그러나'에 화자의 주관적 가정을 담기에는 부담스럽다는 이야기이다. '그러나'를 쓴다면 문장②보다는 문장②*가 어울린다.

4) 예컨대/마치

'예컨대'와 '마치'는 앞 문장의 내용을 구체적이고 효과적으로 설명하기 위해 쓰이는 연결어이다. '예컨대'와 '마치'를 효과적으로 사용하기 위해서는 뒤 문장에 앞 문장과는 다른 사물이나 다른 차원의 기술을 필요로 한다. 예를 들어 다음과 같은 문장은 '예컨대'와 '마치'로 연결되기 어려운 문장이다.

> 그는 순식간에 통닭 한 마리를 다 먹었다.
> → 예컨대 / 마치 : 닭다리 하나 남김없이 먹어 버렸다.

'그는 순식간에 통닭 한 마리를 다 먹었다. 예컨대 닭다리 하나 남김없이 먹어 버렸다.'나 '그는 순식간에 통닭 한 마리를 다 먹었다. 마치 닭다리 하나 남김없이 먹어 버렸다.' 두 문장 모두 정확히 연결된 문장이 아니다.

왜냐하면 '예컨대'는 앞 문장을 구체적인 예를 들어 설명하는 기능을 하며, '마치'는 다른 사물·사건을 들어 비유적으로 표현하는 기능을 하기 때문이다. 위의 문장은 '예컨대'로 연결되기에는 부자연스럽다. 왜냐하면 '그는 순식간에 통닭 한 마리를 다 먹었다.'는 앞 문장을 더 구체적으로 설명하기 어렵기 때문이다. 물론 구체적인 설명을 필요로 하는 '예컨대'도 비유적인 표현을 포함하기 때문에 다음과 같은 표현이 가능하다.

> 그는 순식간에 통닭 한 마리를 다 먹었다.
> → 예컨대 두꺼비가 파리를 잡아먹듯이.
> → 마치 두꺼비가 파리를 잡아먹듯이.

그러나 '마치'는 '예컨대'와 달리 구체적인 설명의 기능을 갖고 있지 않다.

> 돈은 살아가는데 꼭 필요하다.
> → 예컨대 가장 기본적인 음식을 사는 데도 돈이 필요하다.(○)
> → 마치 가장 기본적인 음식을 사는 데도 돈이 필요하다. (×)

이처럼 '예컨대'와 '마치'는 앞 문장을 구체적인 예를 들어 설명하거나 비유하여 나타내는 기능을 가지고 있다. 단지 '예컨대'는 비유의 문장이 구체적인 설명의 기능을 하면서 비유적인 기능까지도 담고 있지만 '마치'는 구체적인 예를 들어 설명하는 기능을 갖고 있지 못하다.

지금가지 문장 연결에 대해 공부한 것을 종합하여 써보자. 하나의 문장을 정하고 연결어·접속어를 차례대로 써서 문장을 연결해보자.

■ 지구의 환경을 보호하는 온 인류의 노력이 필요하다.
① 그래서, 누구나 할 것 없이 지구 지키기 운동에 앞장선다.
② 그러므로, 쓰레기 분리수거를 철저히 해야 할 것이다.
③ 그러나, 보호를 위한 실천이 전혀 되지 않고 있다.
④ 그런데, 길거리구호 운동을 하고난 뒤, 뒤처리를 전혀 안 하고 간거있지.
⑤ 하지만, 남의 일인 것 마냥 부동자세인 사람들을 보면 한숨밖에 나오질 않는다.

⑥ 그리고, 계획을 세워 작은 것부터 실천해나가야 한다.

⑦ 또, 보호하려는 대상에 대한 관심을 가져야한다.

⑧ 또한, 지구온난화 문제에도 관심을 가져야한다.

⑨ 또는, 지구의 심각성을 알려 사람들의 인식전환에 힘써야 하겠다.

⑩ 예컨대, 쓰다 남은 식용유를 비누로 만드는 방법을 배워두면 환경보호
에 도움이 된다.

⑪ 마치, 자신이 소유주인 집을 깨끗이 하는 것과 마찬가지로

⑫ 더욱이, 노력과 함께 실천하려는 개개인의 자세가 중요하다.

⑬ 즉, 지구의 중요성에 대한 인식의 전환과 관심을 가질 수 있는 발판을
만들어야 한다는 것이다.

■ 아침햇살에 눈을 뜨면 새들의 소리가 요란하다.

① 그래서, 인상을 찌푸리며 창문을 닫았다.

② 그러므로, 우리 집 주변의 새둥지를 모조리 없애야 한다.

③ 그러나, 내 옆에는 아무도 없다.

④ 그런데, 외로운 나에게는 소음으로 밖에 들리지 않는 걸.

⑤ 하지만, 그렇게 듣기 싫은 소린느 아니다.

⑥ 그리고, 조금 뒤에 초인종 소리가 울렸다.

⑦ 또, 옆집 애완견의 울음소리도 요란하다.

⑧ 또한, 자동으로 켜지는 TV소리에 난 깜짝 놀랐다.

⑨ 또는, 매미우는 소리에 눈을 뜨곤 한다.

⑩ 예컨대, 어젯밤 TV속 남녀가 사랑을 나누는 소리마냥 행복하게만 들
린다.

⑪ 마치, 세력 싸움이라도 난 것 마냥

⑫ 더욱이, TV를 켜고 잔 탓에 오늘 아침은 더 정신이 없다.

⑬ 즉, 아침마다 나의 심기를 불편하게 하는 저 새들을 없애버려야 한다
는 것이다.

다음 문장을 연결어·접속어를 사용하여 기술해보자.

- 세계의 우려에도 불구하고 북한은 핵실험을 했다.
- 인류는 지구의 종말을 예측하면서도 자연을 파괴하고 있다.
- 사람들은 자신의 잘못을 잘 깨닫지 못한다.
- 한국 사람들은 김치를 좋아한다.
- 인류는 지구 멸망이라는 위기에 처해있다.
- 과학에는 국경이 없지만 과학자에게는 국경이 있다.
- 가족은 혈연 공동체가 아니라 사랑 공동체이다.
- 우리는 표준어를 사용해야 한다.
- 남의 말을 좋게 하여야 한다.
- 민족주의는 국제화사회와 어울리지 않는 이념이다.

문장 연결이 어느 정도 익숙해졌다면 다른 조건과 다양한 문장 연결을 시도해 보자. 다음 예는 꽃과 나비를 글제로 각각 문장을 만들면서 연결어·접속어를 사용하여 문장을 연결하도록 한 것이다. 글제만 주었으므로 다양한 문장이 가능할 것이다.

■ "꽃"＋접속어＋"나비"
　① 그래서-봄이 되자 들판에 꽃이 활짝 폈다.
　　　그래서, 나비들이 꿀을 따기 위해 모여들었다.
　② 그러므로-생태계 파괴로 과수원의 사과나무 꽃들이 수정이 안 된다고 한다.
　　　그러므로, 생태계를 회복시켜 벌과 나비에 의한 수정이 이루어지도록 해야 한다.
　③ 그러나-이른 봄 마을 여기저기에 개나리가 꽃망울을 터뜨렸다.
　　　그러나, 대도시 지역이라 그런지 나비들이 찾지 않는다.

④ 그런데-아카시아 꽃내음이 온 산을 가득 채우고 있다.

그런데, 매번 찾아오던 나비들이 올해는 찾지 않고 있다.

⑤ 하지만-아파트 주변, 옆 도로엔 벚꽃들이 만개하였다.

하지만, 호랑나비 "푸"는 무엇이 그리 못마땅한지 날개를 축 늘어 뜨리고 있다.

⑥ 그리고-8월로 접어들자 철쭉꽃이 활짝 피었다.

그리고, 나비들도 물 만난 고기처럼 이 꽃 저 꽃으로 날아다녔다.

⑦ 또-봄이 되면 꽃이 핀다.

또, 나비도 보인다.

⑧ 또한-봄이 되면 새싹이 나고 꽃이 핀다.

또한, 나비도 날아다닌다.

⑨ 예컨대-예컨대, 꽃이 핀 봄의 들판은 생명이 약동하는 마당이다. 벌과 나비가 분주히 쏘다니고, 참새와 제비들도 떼를 지어 날아다 닌다.

⑩ 마치-이른 봄 목련 꽃이 벙긋 피었다.

마치, 나비의 우아한 날갯짓 같다.

좋은 글은 글의 첫 문장을 들어 올리면 글의 마지막 문장까지 다 들어 올려진다고 한다. 이는 좋은 글은 밀접한 관계를 지닌 문장들이 연결되어 기술된다는 것을 의미한다. 글의 '통일성'이라는 것은 바로 그 글에 사용된 문장들이 통일된 관계성에 의해 연결된다는 것을 말하는 것이다.

따라서 문장 연결에 대한 학습은 글을 이해하는 핵심적인 활동이며 동시에 좋은 글을 쓰는 핵심적인 활동인 것이다. 평소에 교과서나 읽기 자료를 읽으면서 잠재된 연결어를 찾고 연결어를 통해 문장의 관계를 살피는 일은 글쓰기의 핵심이라고 할 것이다. 이러한 문장 연결에 대한 지식이 갖추어졌을 때 글의 구조를 파악하는 일이나 구조파악을 통해 글의 전체 생각, 주제를 정확히 이해하는 일이 가능해진다.

제5장 글을 잘 쓰려면

글을 잘 쓰려면 몇 가지 필요한 능력이 있다. 글쓰기에 필요한 기본 능력도 있고 실제 글쓰기를 잘하기 위해 필요한 핵심 능력도 있다. 기본 능력에는 어휘능력·분류능력·서술능력·참신성 등이 있고 핵심능력에는 사고력·문장 전개 능력·글 구성 능력 등이 있다.

5.1. 글쓰기 기본 능력 확인하기

내가 글을 잘 쓸 수 있을지에 대해 점검도 하고, 글쓰기에 필요한 기본 능력이 무엇인지 알아보고 그 능력을 기르도록 해보자.

우선, 하나의 글제에 대해 떠오르는 단어들을 3분 동안 써보자. 이를 자유연상(自由聯想, Free association)이라 하는데, 자유연상은 아무 목적이나 의도 없이 글제를 듣고 떠오르는 단어들을 자연스럽게 표현하는 것이다. 이 기법을 공식적으로 사용한 사람은 프로이트다. 프로이트는 정신

치료와 정신분석학 연구를 위해 사람들의 꿈을 분석하였다. 그러나 사람들이 프로이트가 자신들의 꿈을 듣고 분석한다는 사실을 안 뒤 꿈을 말하기 꺼려하였고 프로이트는 사람들의 숨겨진 욕망이나 무의식을 파악하기 위해 자유연상 기법을 활용하였다.

자유연상의 방법은 간단하다. 하지만 인간에게는 모두 자신을 그대로 드러내지 못하게 하는 방해요소들이 작동하기 때문에 자신의 머리에 떠오르는 단어를 숨김없이 그대로 적는다는 다짐이 필요하다. 그렇게만 한다면 자유연상의 놀라운 효과를 알게 될 것이다. 자유연상은 우리들의 지식과 경험을 매우 효율적으로 분류할 수 있도록 함과 동시에 효과적으로 표현할 수 있게 한다. 아울러 우리의 무의식 속에 숨어 있던 동기나 욕망 등도 확인할 수 있을 것이다. 무엇보다 중요한 것은 자유연상을 하면 할수록 연상하는 단어가 더욱 많아진다는 것이다. 이는 우리가 마음속에 있는 우리말들을 솔직하게 있는 그대로 드러내는 것을 의미하고 이는 우리가 좋은 글쓰기를 할 수 있다는 첫 번째 증표이기도 하다.

자유 연상은 주로 사물을 나타내는 단어에서 이루어지는 것이 보통이나, 때로 문장이나 단락 형식에서도 가능하다. 아울러 소재를 주지 않고 머릿속에 떠오르는 단어를 내어놓는 무제한 연상에서, 하나의 글제를 대상으로 떠오르는 단어를 써 보는 제한 연상으로 단계를 밟아 훈련하는 것이 좋다.

자유 연상은 다음과 같은 단계로 진행할 수 있다.

① 글제를 제시
② 글제를 듣고 머릿속에 떠오르는 단어를 3분 동안 쓴다.
③ 3분 동안 쓴 단어의 수를 세어 적는다. (관련어휘능력)
    (일반적으로 35~40개의 단어 연상 수준에 도달해야 한다)
④ 연상한 단어를 유사한 내용으로 묶는다. (분류능력)

⑤ 연상한 단어를 가지고 이야기를 만들어 본다. (기술능력)
⑥ 다른 사람에게 보여주고 글제와 연관이 없어 보이는 단어에 ○로
　 표시해달라고 한다. (참신성)
⑦ ○로 표시된 단어가 글제와 어떤 관련이 있는지 말해준다.
⑧ ⑦을 간단한 문장으로 쓴다.
⑨ 여유가 있다면 자유 연상 활동의 느낌을 적는다.

우선, '시계'를 글제로 자유 연상해 보자.

　탁상시계 손목시계 괘종시계 벽시계 디지털시계 알람시계 해시계 모
래시계 꽃시계 강아지시계 곰돌이시계 배꼽시계 시간 시각 신뢰 목숨 역
전시계탑 금은방 스위스 OST 입학 졸업 결혼 예물 친구 약속 지하철역
쇼핑 목도리 점심 커피 서점 토플 CD 영화

　이 연상한 단어만으로도 간단한 나의 글쓰기 능력을 점검할 수 있다.
　첫째, 관련어휘능력 : 자유 연상이 끝나면 내가 쓴 단어를 세고 수를
적는다. 단어 수에 곱하기 2.4를 하면 나의 관련어휘지수가 나온다. 위
의 경우 연상한 단어 수가 40개이니 여기에 2.0을 곱하면 나의 관련단
어지수는 80이 된다. 80이 넘으면 관련어휘능력이 매우 좋은 것이다.
단, 글제에 따라 곱하는 숫자가 달라지는데 사물성이 강한 글제는 2.0
을, 사물이지만 동작성을 가진 단어들은 2.2를, 동작성이 강한 글제는
2.4를, 그리고 추상적이고 상징적인 글제는 1.8을 곱하면 자신의 관련어
휘능력을 알 수 있다. 글쓰기에서 중요한 어휘능력은 얼마나 많은 단어
를 알고 있느냐가 아니라, 하나의 글제에 대해 얼마나 많은 심상(心象,
Image)을 떠올리느냐 하는 것이다.
　둘째, 분류적 사고 능력 : 연상한 단어들 중에서 일정한 기준으로 묶
을 수 있는 것들을 큰 원으로 표시해 보자. '탁상시계 손목시계 괘종시

계 벽시계'는 시계가 어디에 있느냐를 기준으로 삼아 묶을 수 있고, '시침 분침 초침 톱니바퀴 숫자'는 시계를 구성하고 있는 부품들이다. 이렇게 일정한 기준으로 단어를 묶는데, 5개 이상 단어들이 연이어 있으면 큰 원으로 묶는다. 5개 이상 단어를 묶은 큰 원이 0~1개면 미달, 2개면 보통, 3개 이상이면 매우 좋음으로 평가할 수 있다. 단, 이 때 묶은 단어들은 연이어 있어야 한다. 이곳저곳에 흩어져있다면 그것은 분류적 사고 능력과 관련이 없다. 분류적 사고가 글쓰기에서 얼마나 중요한 것인가 하는 것은 이 책에서 계속 강조했고 강조할 것이다. 그만큼 분류적 사고는 글쓰기에서 매우 중요한 사고 능력이다.

셋째, 서술능력 : 여기서 말하는 서술능력은 이야기로 이끌어나가는 능력을 말한다. 우리는 설명·논증·서사·묘사 네 가지 기술방법으로 우리의 생각과 감정을 글로 엮는다. 설명과 논증은 분류적 사고 능력을 바탕으로 하므로 분류적 사고 능력과 이야기로 엮어나가는 능력도 필요하다. 위의 연상한 단어들을 다시 보면서 이야기로 엮을 수 있는 단어들을 큰 원으로 표시해 보자. 가령, '친구 약속 지하철역 쇼핑 목도리 점심 커피'는 '친구를 만나기로 약속하고 지하철역에서 만났다. 친구를 만나 백화점에서 쇼핑을 하고 목도리를 하나 샀다. 새로 산 목도리가 정말 예뻐서 기분이 좋아 친구에게 점심도 사고 커피도 샀다.' 정도의 이야기로 꾸밀 수 있을 것이다. 이렇게 이야기로 꾸밀 수 있는 단어들이 연이어 6개 이상이면 큰 원으로 묶는다. 큰 원이 2개 이상이면 서술능력을 '매우 높음'으로 평가할 수 있다.

넷째, 참신성 : 참신성은 좋은 글이 갖추어야 할 중요한 덕목이다. 인간에게는 새로운 것을 탐구하고 새로운 것을 경험하려는 욕망을 가지고 있다. 그래서 새로운 내용, 새로운 표현의 글 읽기를 좋아하고 오랫동안 기억한다. 따라서 새로운 내용의 글이라면 표현이 다소 거칠더라도 흥미 있

게 읽는다. 여러분이 연상한 단어를 다른 사람에게 보여주고 글제와 관련
이 없어 보이는 단어에 표시해달라고 하고 그 단어들을 재료로 글을 쓴
다면 좋은 글을 쓸 수 있다. 여러분이 연상한 단어 중 글제와 관련이 없
어 보인다고 표시한 단어가 3~5개면 여러분의 참신성은 만족할만하다.

  이제까지 글쓰기에 필요한 기본 능력 네 가지를 점검해 보았다. 이
네 가지 기본 능력 중 어느 하나만 만족할만한 수준이라면 여러분은 좋
은 글을 쓸 수 있는 기본 능력을 갖추고 있는 것이다. 하지만, 하나의
능력도 만족할만한 수준에 도달하지 못했다고 좋은 글쓰기를 포기할 필
요는 없다. 사실, 여러분은 좋은 글을 쓸 수 있는 모든 능력들을 갖추고
있다. 단지 자신의 생각과 감정을 있는 그대로 드러내고, 그것들을 잘
표현할 수 있는 훈련을 받지 못했기 때문이다.

  우선 아래의 글제들을 중심으로 자유 연상을 5회 이상만 하면 여러분
의 글쓰기 능력은 눈에 띄게 향상될 수 있다.

  • 사물성이 강한 것 : 시계. TV. 녹음기. 컴퓨터. 선풍기. 안경. 반지 등
  • 사물성＋동작성 : 기차. 버스. 자전거. 도시락. 학교. 핸드폰. 구두 등
  • 동작성이 강한 것 : 여행. 소풍. 운동회. 줄다리기. 시험. 사랑. 회식 등
  • 추상적이고 상징적인 것 : 십자가. 평화. 믿음. 전통. 민속. 환경 등

  자유 연상을 해보면 처음에는 사물의 외형적인 것, 종류, 기능 등을
떠올리게 된다. 그 다음에는 그 사물이 무엇으로 이루어졌는지를 떠올리
고 그 다음으로는 그 사물과 관련된 경험·문화·이야기 등을 떠올린다.
이러한 현상은 우리의 연상이 처음에는 사물의 외부에서 시작하여 사물
의 내부로 그리고 사물과 '나'의 관련된 경험으로 이어진다는 것을 말해
준다. 즉, 우리의 사물에 대한 연상은 사물에서 '나'로 넘어오는 과정을
거친다는 것을 알 수 있다. 물론 이러한 현상은 자유 연상의 훈련 정도

와 글제의 특성, 연상한 단어를 적는 방법에 따라 차이를 보인다.

연상한 단어를 어떻게 쓰느냐 하는 것도 우리 뇌의 다른 부분을 자극한다. 가령, 연상한 단어를 가로로 연이어 쓰면 일반적으로 사물의 외형과 기능, 그리고 서사적인 내용을 가진 단어들을 많이 연상한다. 하지만 연상한 내용을 세로로 내려 쓰면 처음에는 가로 쓰기와 비슷한 양상을 보이지만 가로 쓰기에 비해 인과 관계의 단어와 이성적이고 비판적인 단어들을 연상한다. 또 하나, 글제를 가운데 적고 360° 어느 곳이든 마음 가는 곳에 연상한 단어들을 적으면 환상적이고 무의식 속의 단어들을 적게 된다.

글쓰기 목적에 따라 알맞은 연상 방법으로 자유 연상을 한 뒤 글을 쓴다면 더욱 좋은 글을 편하게 쓸 수 있다. 평소에 시간이 날 때마다 5회 이상 자유 연상을 하면 여러분 속에 내재되어 있는 글쓰기 본능과 능력을 깨울 수 있을 것이다.

■ 여행

날씨. 계절. 기차. 버스. 배. 비행기. 사진. 기념품. 선물. 문화재. 산. 바다. 계곡. 강. 해수욕장. 금수강산. 자연. 맛집. 명소. 새. 호수. 엽서. 추억. 가족. 친구. 연인. 음악. 차. 들국화. 코스모스. 여유. 낭만. 경험. 기행문. 답사. 불국사. 수학여행. 졸업여행. MT. OT. 1박2일. 자갈치시장. 생선백반. 국제시장. 해운대. 갈매기. 가로수길. 도시락. 삶은 달걀. 오징어. 사이다. 고속도로. 휴게소. 라면. 우동. 호두과자. 핫바. 지도. 책. 기타. 자전거. 노을. 예약. 시골. 마을. 닭. 역사. 사람. 섬. 만남. 텐트. 낚시. 파라솔. 수영복. 튜브. 해외로밍. 환전. 여권. 가이드. 관광객. 외국인. 문화충격. 후기. 블로그. 유랑. 강호동. 나PD. 다큐. 남극의 눈물.

자유 연상을 단 두 번만 해도 처음에 했던 자유 연상과는 달리 자신감이 붙을 것이다. 특히 같은 종류끼리, 또는 비슷한 것, 관계가 있는 것을 연달아 연상하려고 노력한다면 그 효과는 더욱 빠르게 나타날 것이다. 쉽게 실증내지 말고 '사물성이 강한 단어-동작성이 강한 단어-추상적이고 상징적인 단어' 순으로 반복하여 몇 번 정도 자유 연상을 하면 여러분의 글쓰기 능력은 몰라보게 좋아질 수 있다.

5.2. 글쓰기 핵심 능력 기르기

글을 잘 쓰려면 실제 글쓰기에 필요한 능력들을 갖추어야 한다. 그렇다면 글쓰기에 필요한 핵심 능력들은 무엇인가? 이에 대한 대답은 글쓰기를 연구하는 사람들마다 다 다르겠지만, '① 생각(사고력) ② 하나의 문단을 잘 펼치는 일(문단쓰기) ③ 생각을 잘 조직하는 일(구성능력)' 등이 중요하다.

5.2.1. 생각하는 힘(사고력) 기르기

'글을 무엇으로 쓰는가?'

어떤 대답을 생각했는지 모르지만, 글은 생각으로 쓴다. 생각이 없으면 글을 쓸 수 없다. 생각이 많다는 것은 쓸거리가 많다는 것인데. 쓸거리가 많으면 글쓰기는 이미 80% 이상 완성된 것이나 다름없다. 쓸거리가 많다는 것은 글의 주제나 소재에 대한 지식과 경험이 많다는 것을 의미함과 동시에 이미 글쓰기의 기본 단위인 단어와 문장을 엮어나갈 힘을 갖추었다는 것을 의미하기 때문이다.

생각하는 힘을 기르는 일은 이미 있는 생각을 있는 그대로, 체계적으로 풀어내는 '표현'과 새로운 생각을 더해가는 '입력'으로 나누어 볼 수 있다. 즉 생각하는 힘을 기르는 일은 기존의 지식과 경험을 잘 드러내

표현하는 일과 새로운 지식과 경험을 내 것으로 만드는 일이 동시에 이루어져야 한다.

생각을 있는 그대로, 체계적으로 '표현'하는 일은 다시 '내용생성'과 '방해요소제거'로 나눌 수 있다. 이를 도식화 하면 다음과 같다.

1) 내용생성하기

글을 쓸 때는 누구나 처음엔 무엇을 쓸까 망설이게 된다. 내용 생성하기는 이러한 망설임을 의식하지 않고 자신 내부에 있는 다양한 경험과 지식을 자연스럽게 드러내도록 하기 위한 전략이다.

내용 생성하기에는 '자유연상', '브레인스토밍', '마인드맵' 등이 있다. 이러한 내용 생성하기 유형들은 '스키마(SKIMA) 이론'과 '분류하기' 방법을 구현하고 응용한 것이다. 즉, 자신이 지니고 있는 선행 지식과 경험을 효과적으로 끌어내고 그것들을 핵심 내용과 주제에 맞게 분류하여 글의 내용을 적절하게 구조화하기 위한 것이다.

이미 앞에서 살핀 자유연상은 글제를 제시하고 그 글제를 보고 연상되는 내용을 옆으로 이어쓰거나 아래로 내려쓰기를 하게 하여 학습자의 선행 지식과 경험을 효과적으로 표출하는 데 그 특성과 목적이 있다. 하지만 '분류하기'가 되지 않아 글쓰기의 본격적인 전략으로 삼기에는 부족한 면이 있다. 따라서 내용 생성하기의 본격적인 전략으로는 브레인스토밍과 마인드맵을 추천한다.

브레인스토밍과 마인드맵은 글제(또는 핵심어)를 가운데 배치하고 360°
자유로운 방향으로 연상하도록 하는 데에는 공통점이 있다. 그러나 브레
인스토밍은 분류기준을 제시하지 않고 학습자가 스스로 분류기준을 만들
며 수행하는 반면, 마인드맵은 분류기준을 제시하거나 학습자가 분류기준
을 먼저 만들고 그 분류기준에 맞게 연상하도록 한다는 점에서 다르다.

따라서 자유연상은 학습자의 선행 지식과 경험의 표출을 극대화한다
는 장점이 있고, 브레인스토밍은 자유연상과 분류기준에 의한 구조화를
동시에 노릴 수 있다는 점이, 마인드맵은 분류기준에 따라 연상하도록
하여 '분류하기'를 극대화할 수 있다는 장점을 가지고 있다. 이러한 각
유형의 특성과 장점을 감안하여 자신의 수준과 성향에 맞는 유형을 적
용하면 더욱 효과적이다. 각 유형을 적용하는 일반적인 순서는 '자유연
상 → 브레인스토밍 → 마인드맵'이 될 것이다.

(가) 브레인스토밍(brainstorming)

브레인스토밍의 목적은 주어진 주제와 관련하여 다양한 아이디어나 견
해, 관점을 모으게 하는 데 있다. 브레인스토밍의 방법은 글제를 가운데
놓고 글제를 보고 떠오르는 생각들을 360° 방향으로 자유롭게 쓰면 된다.
브레인스토밍을 할 경우에는 다음 세 가지 규칙을 지킬 필요가 있다.

첫째, 주어진 문제에 초점을 맞추어 생각을 전개해 나가되 완벽한 생
각을 이끌어 내려고 해서는 안 된다.

둘째, 브레인스토밍을 하는 과정에서는 자신이 적어 놓은 생각을 정
교하게 다듬거나 순서에 맞게 조정하는 데 시간을 허비해서는 안 된다.

셋째, 브레인스토밍은 자유 연상과는 달리 목표 지향적인 사고 활동
이므로 브레인스토밍 과정에서 필자는 자신의 생각이 문제의 핵심에서
벗어나지 않는지를 계속 점검해야 한다.

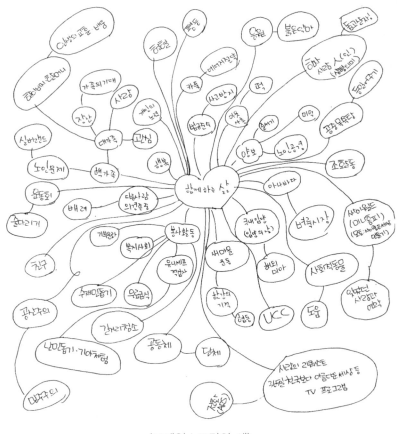

〈브레인스토밍의 예〉

(나) 마인드맵(Mind mapping)

　마인드맵은 글을 쓰기 전에 많은 생각(쓸거리, 또는 소재)을 생성하기 위하여 사용되는 구체적이고 구조화된 사고 전략이다. 마인드맵을 창안한 토니 부잔은 마인드맵을 복사 사고(Rediant Thinking)의 표현으로 보았다. 복사 사고란 '중심체로부터 사방으로 뻗어 나간다'는 의미로 중심으로부터 진행되거나 중심점에 연결되는 결합적인 사고 과정이다.

따라서 마인드맵은 아이디어들의 유목화를 통하여 생성된 아이디어들을 어느 정도 조직하는 기능을 한다. 토니 부잔은 전체적인 개요를 한눈에 파악하고 양 뇌를 모두 사용하여 기록하기 위한 방법으로 마인드맵을 개발하였다.

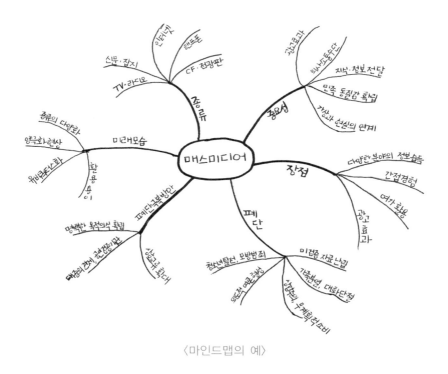

〈마인드맵의 예〉

마인드맵의 특징은 다음과 같다.

① 문제나 정보의 중심어나 중심 이미지는 용지의 중앙에 온다.
② 생각은 판단에 얽매이지 않고 자유롭게 흐른다.
③ 핵심어로 생각을 표현한다.
④ 하나의 핵심어에 하나의 선을 부여한다.

⑤ 핵심어들은 선으로 중앙의 중심어와 연결한다.
⑥ 색상을 이용하여 생각을 강조한다.
⑦ 이미지와 상징적 기호를 사용해 생각을 강조하고 두뇌가 다른 연결
   을 만들어내도록 자극한다.

2) 방해요소 제거하기

글쓰기에 필요한 지식과 경험이 있다하더라도 잘 써야겠다는 강박관념 때문에 한 줄도 못 쓰거나 비슷한 내용을 반복하여 쓰는 경우가 많다. 쓸 내용이 입에서 맴맴 돌지만 선뜻 글로 쓰지 못하거나 다른 사람들에게 '가치 있는 글이다', 또는 '잘 쓴 글이다'라고 평가 받기 위해 그럴듯하다고 생각하는 내용만 반복하는 경우가 의외로 많다.

이러한 현상을 '자기 점검'이라고 한다. 스스로가 자신이 쓴 글이 좋은 글인지, 자신이 쓴 내용이 보편적이고 합당한지, 다른 사람이 어떻게 평가할지를 스스로 점검하는 것이다. '자기 점검' 외에도 글쓰기를 방해하는 요소는 의외로 많다. 대표적인 것이 자신을 그대로 솔직하게 드러내는 것을 방해하는 문화적, 교육적 특성과 인간이 보편적으로 지니고 있는 불안심리 때문이다.

이러한 글쓰기 방해 요소를 제거하는 방법으로 대표적인 것이 '자유 작문'이다. 자유 작문은 완성된 글쓰기를 목적으로 하는 것이 아니라, 짧은 시간에 자신의 생각을 최대한 불러내어 표기하는 과정적 행위이다. 즉, 자유 작문의 목적은 글쓰기에 대한 강박 관념에서 벗어나 자유롭게 자신의 생각을 쓰도록 유도하는 데 있다. 따라서 머리속에 들어 있는 지식과 경험들을 많이 꺼내어 문장으로 써야 한다.

자유 작문을 '빠르게 쓰기(Speed Writing)'라고도 한다. '빠르게 쓰기'는 자유 작문이 글쓰기 방해 요소가 작동하지 못하도록 평소의 글쓰기 속

도보다 빠르게 쓴다는 데 착안한 것이다. 그러나, 자유 작문은 빠르게 쓴다는 속도가 중요한 것은 아니다. 빠르게 쓴다는 것은 것으로 드러낸 쓰기 행위의 속도만을 지칭한 것이고 자유 작문의 중요한 점은 자신의 생각을 거침없이 쏟아놓는 데 있다.

이러한 자유 작문의 목적을 달성하기 위하여 다음과 같은 쓰기 요령과 유의사항을 알아 둘 필요가 있다.

① 글제를 제시한다.
② 3분 동안 연상된 내용을 문장으로 쓰게 한다.
    ㉠ 절대 펜을 멈추지 않는다.
    ㉡ 생각이 나지 않아 글을 쓸 수 없을 때는 '그리고, 그리고…'를 반복해서 쓴다.
    ㉢ 평소보다 빠른 속도로 쓴다.
       (글씨체를 유지하기 위해 반드시 줄친 공책을 사용한다.)
    ㉣ 이미 쓴 글을 지우거나 고치지 않는다.
③ 쓴 글의 핵심 내용을 밑줄 긋게 한다.
④ 밑줄 그은 내용으로 다시 자유 작문 훈련을 실시한다.

자유 작문의 구호는 '무조건 앞으로!'다. 그 무엇에도 영향 받지 않고 자기 생각을 거침없이 쓰는 것이 자유 작문의 주된 목적이기 때문이다. 글쓰기 방해 요소가 작동하지 않도록 절대 펜을 멈추어서는 안 되고, 생각이 나지 않을 때에는 앞에 쓴 내용과 관련이 없는 내용도 쉽게 불러낼 수 있는 '그리고'를 반복해서 써야 하며, 자기 점검을 하지 않도록 이미 쓴 글을 지우거나 고치는 일은 하지 않는다.

다음은 '난로'를 글제로 3분 동안 자유 작문한 예문이다.

(가)

　겨울이 생각난다. 초등학교 때는 온풍기가 없어 난로를 주로 사용하곤 했다. 특히 저학년 때 많이 사용했던 걸로 기억난다. 갈탄 비슷하게 생긴 것으로 추위가 많이 닥쳐 올 때면 담임선생님은 아이들을 시켜 창고에 있는 갈탄을 혹은 나무를 가져오게 했다. 내 기억으로는 따뜻하게 느껴질 때도 있었지만 교실 안이 뿌옇게 변했다는 기억이 더 강하다. 뿌옇게 변한 교실 안에서 수업을 받으려면 눈도 좀 뻑뻑하고 답답했다는

(나)

　난로는 따뜻하다. 난로하면 먹을 것들이 생각난다. 난로를 이용해서 맛있는 것을 많이 먹을 수도 있다. 번개탄이나 나무를 이용해서 때는 난로는 매우 따뜻하기도 하고 용도가 매우 다양하다. 도시락을 데워 먹을 수도 있고 그리고 쫄쫄이를 구워 먹을 수도 있다. 그리고 나무 타다 남은 불에 고구마를 묻어 놓으면 아주 맛있는 군고구마가 된다. 내 방은 매우 춥다. 웃풍이 매우 세서 이번 겨울에 엄마가 전기난로를 하나 사주신다고 했다. 나는 전기난로를 빨리 샀으면 좋겠다. 그리고

　이제까지 글쓰기 교육을 하면서 다양한 이론과 방법을 개발하였지만 '자유 작문'처럼 기적 같은 일은 없었다. 처음 자유 작문을 하는 학생들은 6줄 내지 8줄을 쓴다. 그러나 일주일에 한 번씩 3개월 동안 지속적으로 훈련하면 3개월 뒤에는 11줄 내지 13줄로 늘어나는 것이 보통이다.
　자유 작문을 지속적으로 시행할 때 얻을 수 있는 결과는 이처럼 분량이 늘어나는 데에서 그치지 않는다. 더욱 놀라운 것은 ㉠ '그리고'를 쓰는 횟수가 줄어들고 ㉡ 동시에 글의 전개가 매끄러우며 ㉢ 문장력과 문단력, 구성능력이 월등하게 나아진다는 것이다. 이는 자유 작문을 통해 생각의 깊이가 생기고 폭이 넓어지는 등 사고력이 강해져서 쓸거리가 많아지기 때문이다. 쓸거리가 많아지면 구성력도 향상되어 글의 통일성과 체계성이 저절로 높아진다. 중요한 것은 자유 작문을 한 뒤에 쓴 글

을 다른 사람에게 발표하고 가능하면 토론하는 것이다. 발표를 통해 글제에 대해 자신이 생각하지 못했던 것을 들어 경험하고 지식화할 수 있으며, 토론을 통해 사고의 깊이와 폭을 더해갈 수 있다.

자유 작문의 효과를 더욱 증진시키기 위해서는 글제를 제시한 뒤 다음과 같은 사고 과정을 겪는 것도 효과적이다. 다음의 질문들을 스스로에게 묻고 답하면 좀 더 풍성한 글쓰기를 할 수 있다.

① 어떻게 생겼나 기억해 보세요.
② 어떤 색깔을 띠고 있었나 색을 입혀 보세요.
③ 무엇으로 이루어졌나 생각해 보세요.
④ 어디에 있는 것인지 떠올리고 그 장소에 놓아보세요.
⑤ 무엇에 쓰는 것인지, 그 효능(효과)은 무엇인지 생각해 보세요.
⑥ 이것과 유사한 것은 무엇이 있는지 생각해 보세요.
⑦ 이것과 전혀 다른 것은 무엇이 있는지 생각해 보세요.
⑧ 이것을 통해 즐거웠던 기억은 무엇인가요.
⑨ 이것을 통해 나빴던 기억은 무엇인가요.
⑩ 이것을 새롭게 만든다면 어떤 모양, 어떤 기능으로 만들 수 있나요.
⑪ 이제까지 생각한 것 중에서 머릿속에서 가장 크게 떠오르는 것은 무엇인가요.

이러한 유도 과정을 거치고 다시 자유 작문을 하면 글쓰기 능력이 20%(±5) 정도 향상된다. 다음 예문은 각각 같은 학생들이 유도 과정을 거친 뒤 쓴 글이다.

(가)
재작년 학원 다닐 때가 생각난다. 겨울이 다가오면서 석유난로를 들여 놓고 그것을 피우기 시작했다. 켰을 때는 따뜻하다가 시간이 지나 교실 안이 너무 따뜻해지면 아이들이 꾸곤 했다. 그때는 왜 그렇게 냄새가 심하게 나는지 머리가 아플 정도로 석유 냄새가 많이 났었다. 창문을 열면 추우니까 아이들은 잘 열지 않으려고 했다. 참다가 못해 문을 열면 찬바람이 교실 안을 감싸고 돌아 추위를 다시 느끼곤 했다. 왜 그렇게 난로만 끄면 추웠는지…… 어쨌든 그 석유난로는 우리를 따뜻하게 해 주는데 한몫을 했다.

(나)

고등학교 2학년에 처음 올라갔을 때 담임 선생님과의 첫 만남이 있을 때였다. 담임선생님께서는 근엄한 얼굴을 하고 계셨고 거기에 우리는 매우 긴장해 있었다. 겨울이었기 때문에 날씨가 매우 추웠으므로 난로를 피우라는 방송이 나왔고 아이들은 나가서 석유를 묻힌 대패밥과 나무들을 가지고 왔다. 선생님께서는 열심히 대패밥과 나무들을 넣고 불을 붙이셨는데 대패밥에 묻은 석유 때문에 불이 확 붙어 선생님 머리에까지 불이 붙었다. 당황하신 선생님은 머리에 붙은 불을 황급히 손으로 털어 끄셨고 다행히 불은 금방 꺼졌다. 선생님은 한숨을 내쉬시며 무서워 보이려고 했는데

글이 훨씬 깔끔하고 체계적임을 금방 느낄 수 있을 것이다. '그리고'의 사용도 줄었다. '그리고'의 사용이 줄었다는 것은 그만큼 사고력이 증대되어 쓸거리가 많아진 결과이다. 그래서 글의 내용도 풍부해졌고, 체계성도 갖추게 된 것이다. 다시한번 강조하면 자유 작문은 오랫동안, 자주 시행하는 것이 좋다. 앞에서도 말했지만 글쓰기는 주입이나 암기에 의해서 이루어지지 않는다. 자신의 경험과 지식을 충분히 불러낸 다음, 스스로가 가지고 있는 어휘와 문장, 구성, 스타일로 글을 써야 한다.

3) 독서와 경험 쌓기

좋은 글을 쓰기 위해 반드시 필요한 것이 독서와 경험 쌓기이다. 이미 알고 있는 지식과 정보, 경험들만으로는 좋은 글을 쓸 수 없다. 끊임없

이 새로운 지식과 정보를 습득하고, 적극적으로 새로운 경험의 세계로 나서야 한다. 이는 새로운 쓸거리를 찾아나서는 일이기도 하지만, '나'를 끊임없이 새로운 '나'로 만들어가는 작업이며 동시에 삶과 인간에 대한 새로운 깨달음의 영역을 확대하는 일이기도 하다. 특히 우리가 맞닥트리고 있는 21세기는 하루가 다르게 변화하는 시대이다. 따라서 끊임없이 새로워지지 않으면 우리의 삶은 현실과 단절된 과거에 갇히고 만다.

새로운 지식과 정보, 경험을 축적하는 가장 효율적인 방법은 독서이다. 직접적인 경험, 여행을 통해 끊임없이 새로운 사람과 삶을 만나는 일이 가장 효과적인 방법이긴 하다. 그래서 우리는 기회가 있을 때마다 여행을 떠나고 새로운 사람과 교감하고 낯선 문화와 생활을 경험하고 이해하는 일을 게을리 하지 않아야 하지만, 대부분의 사람들에게 여행은 일상이 될 수 없다. 그래서 독서는 우리가 할 수 있는 가장 현실적이고 효율적인 방법이다.

그러나 개인의 독서는 고립적이고 제한적일 수 있다. 개인의 독서는 자신만의 세계를 구축하고 그 속에서 자신의 근원적인 모습을 찾아가는 데 의미를 찾을 수도 있지만, 글쓰기를 위한 독서는 다양한 생각을 경험하고 그를 바탕으로 창의적인 생각을 이끌어낼 수 있도록 하여야 한다. 따라서 글쓰기를 위한 다른 사람과의 공유를 수반하여야 한다. 다른 사람과 독서 경험을 공유하면서 다른 사람의 생각을 듣고 나와 다른 관점이 있다는 것을 경험하고 인정하여야 한다. 그래야만 다각적인 사고가 가능하고 다각적인 사고를 통해 심층적인 사고를 할 수 있으며 이러한 과정에서 창의적인 사고를 개발할 수 있는 것이다. 또 그래야만 독서를 '나'의 삶을 늘 새롭게 가꾸는 행복한 일로 만들 수 있다.

글쓰기를 위한 독서는 ① 새로운 지식과 정보를 습득하는 읽기, ② 다각적인 시각을 갖게 하는 사고, ③ 문제 해결을 위한 논리적·창의적 사고 개발 등을 목표로 이루어져야 한다.

글쓰기를 위한 독서 ┬ • 새로운 지식과 정보 습득
　　　　　　　　　├ • 다각적인 시각을 갖게 하는 사고 개발
　　　　　　　　　└ • 논리적·창의적 사고 개발

(가) 요약하기-새로운 지식과 정보를 습득하는 읽기

　독서를 통해 새로운 지식과 정보를 습득하기 위해서는 필요한 내용을 잘 간추리며 읽는 '요약'이 필요하다. 그러나 초·중·고교에서 배웠던 요약은 좋은 글쓰기를 위한 요약하기로는 부족한 면이 있다. 학교에서 배운 요약하기는 글만을 대상으로 객관적인 태도로 글의 내용을 줄이는 것이었다. 그러나 글쓰기를 위한 독서의 요약하기는 끊임없이 '나'를 대입하고 '나'와 교류하는 독서이어야 한다. 다시 말해, 글쓰기를 위한 요약이란 핵심적인 내용을 요약하는 데 그치는 것이 아니라 요약을 통해 전체적인 내용을 이해하고, 전체적인 내용을 이해하는 과정에서 끊임없이 '나'를 대입하고 교류하는 행위이어야 한다.

글쓰기를 위한 요약 = 내용 집약 + 전체적인 내용 이해 + '나' 대입

　이러한 '요약하기'가 중요한 이유는 21세기 사회가 지식과 지식 사이, 정보와 정보 사이, 인간과 인간 사이, 문화와 문화 사이의 소통을 중시하는 사회이기 때문이다. 다시 말하자면, 21세기 사회는 한 분야에만 전문적인 지식을 가지고 있는 사람(스페셜리스트)도 중요하지만 다방면에 관심을 갖고 다양한 지식과 정보를 소유하고 있는 사람(제너럴리스트)이

더욱 중요한 사회가 되었다. 하지만 인간의 기억 능력은 한계가 있어서 지식이나 정보 모두를 오랫동안 기억할 수는 없다. 그래서 새로운 요약이 필요하고, 새로운 요약의 기술이 필요한 것이다.

　이러한 시각에서 접근하면 글을 읽는 것은 글을 쓴 사람의 생각을 읽는 행위에 그치지 않는다. 진정한 글 읽기는 글을 읽는 내내 '나'를 대입시키는 행위이다. 즉, 진정한 글 읽기란, 글 쓴 사람의 생각과 내 생각을 끊임없이 조정하는 행위인 것이다.

〈글쓰기 행위〉

　글쓰기에서도 요약하기는 매우 중요하다. 좋은 글쓰기를 위해 다양한 독서를 해야 하고 독서 결과를 지식으로 만들기 위해서는 글의 핵심을 정리하여야 한다. 글쓰기를 위해서는 '문제점을 파악하고 → 원인을 분석하며 → 비판적인 사고를 통해 → 창의적인 사고 개발'이 필요한데, 이러한 모든 능력은 바로 다양한 독서와 끊임없는 '나' 대입에서 생성된다. 따라서 다양한 독서를 효율적으로 기억하기 위해 요약이 필요하고 창의적인 글쓰기와 삶을 위해 끊임없이 나를 대입하고 글쓴이와 내 생각 사이의 조정을 수행하는 창의적인 독서가 필요하다.

요약하기는 실질적으로 문단 수준에서 글 전체 수준으로 발전해 나간다고 할 수 있다. 문단에서 중심 생각을 찾는 일이 먼저이고 문단의 중심 생각들을 다시 덩어리 지어 삭제와 변형의 원리를 거쳐 글 전체의 중심 생각을 찾고 그것을 조합하여 문장을 만드는 것이 요약하기의 과정이라고 할 수 있다.

요약하기는 네 단계의 과정을 거치는 것으로 이해할 수 있다.

첫째, 구체적인 용어를 일반적인 용어로 결합하는 '상위 개념화하기' 단계이다. 국어 교육에서 사용하는 일반적인 용어로는 '하의어들을 상의어로 결합'하는 단계이다. 즉, 구체적으로 제시된 단어나 표현들의 상위개념의 한 단어로 분류하는 단계이다.

둘째, 덜 중요한 내용을 삭제하는 '삭제하기' 단계이다. 상위 개념을 파악하면 무엇이 그 문단의 중심 낱말, 중심 소재인지를 파악할 수 있게 된다. 그러면 그 중심 낱말이 사용된 문장을 기준으로 그 문장의 하의어가 사용된 문장이나, 예시 또는 부연 설명한 내용, 문장들을 삭제하는 것이다.

셋째, 내용을 정확히 이해하기 위해 일반적인 진술로 기술하기 위한 '선정하기' 단계이다. 이때 효과적으로 사용될 수 있는 방법이 '육하원칙'을 적용하여 문장을 만드는 것이다. 여섯 개의 항목을 만들고 그 곳에 각각 '누가', '언제', '어디서', '무엇을', '어떻게', '왜 하였나'를 기입하고 문장을 이 항목에 대입하는 것이다. 이때 해당 내용이 없을 때에는 '×' 표를 하고, 항목에 해당하는 내용이 있을 때에는 그 내용을 적는다. 그 다음 그 항목들 중에서 핵심이 되는 부분에 표시를 하고 그것을 바탕으로 간단한 문장을 만들어 본다.

넷째, 앞의 '선정하기'에서 활동한 문장을 다른 표현을 써서 기술하는

'창조하기'의 단계이다. 이 단계는 많은 학생, 꽤 능숙한 읽는이도 어려워하는 단계이다. 이 단계의 활동을 효과적으로 수행하기 위해서는 핵심어들만을 뽑아 그것을 문장으로 만들어 구두로 말하게 하는 방법 등을 채택할 수 있다. 글을 보지 않고 핵심어만을 보고 자신의 표현으로 문장을 만드는 훈련을 거치다 보면 '창조하기'를 효율적으로 이룰 수 있을 것이다.

(1) 내용 문단으로 나누기

요약하기를 위해 제일 먼저 해야 할 일은 글을 내용 문단으로 나누는 일이다. 독서를 '유사한 내용을 덩어리지어 나가는 일'이라고 했을 때 '덩어리 짓는 일'이란 글을 내용 문단으로 나누어 묶는 것을 의미한다.

문단은 형태상 형식 문단과 내용 문단으로 나뉜다. 형식 문단이란 '글쓴이에 의해 그 구분이 외형적으로 드러난 문단'이라면, 내용 문단은 '읽는이에 의해 내용의 관련성에 따라 구분된 문단'이라고 할 수 있다. 즉 형식 문단이란 글쓴이가 소재나 내용의 변화에 따라 '줄 바꿔 한 칸 들여 쓰기'를 하여 외형적으로 그 구분이 드러난 문단이라면, 내용 문단은 외형적으로는 구분이 되지 않았지만 글을 읽는이가 내용의 유사성 정도에 따라 구분한 의미 문단이라고 할 수 있다.

내용 문단을 나누는 방법은 여러 가지일 수 있으나, 모든 글에 적용되는 방법은 하나밖에 없다. 즉 '내용이 바뀌는 부분'이다. 내용 문단을 나누는 방법으로 소재가 바뀌는 것을 들기도 하지만 이 역시 모든 글에 적용되는 것은 아니다. 소재가 내용 문단을 나누는 기준이 되려면 그 글은 철저하게 소재 중심의 글이어야 한다. 따라서 내용 문단 나누기는 철저하게 내용을 따라가며 내용이 바뀌는 곳을 찾아야만 가능하다. 요령이 있다면, 예시·강조·전환·반복·상술의 기능을 하는 문단을 소주제를 지닌 문단에 합하여 다루는 것이다.

우선 다음 글을 내용 문단으로 나누어 보자.[1]

예문

　철학이라고 하면 사람들은 보통 어려운 것, 골치 아픈 것, 나와는 관계 없는 것이라고 생각하고 이에 대해서 멀리 생각합니다. 사춘기 때, 즉 인생에 대해서 고민을 할 때에는 인생이란 무엇인가, 산다는 것은 어떠한 의미가 있는 것인가, 인생을 의미 있게 살기 위해서는 어떻게 해야 하는가에 대해 깊이 생각해 보기도 하고, 친구와 밤을 새워 토론을 하기도 하고, 이에 관한 책을 사서 탐독을 하기도 하지만 점차 생활을 해나가면서 생활에 빠져 버리고 난 뒤에는 이에 대한 심각한 고민을 그쳐 버립니다. 그리고는 인생의 의미라든지 철학이라든지 하는 것과는 전혀 관계가 없는 듯이 생활해 나갑니다. 그렇다면 우리가 인생에 대해서 고민을 할 때에는 철학과 가까이 있는 것이고, 그 후 생활에 빠져버렸을 때는 철학과 멀리 있는 것일까요? 대부분의 사람들은 그렇게 생각합니다. 왜냐하면, 대부분의 사람들이 철학에 대해서 잘못된 생각을 가지고 있기 때문입니다. 철학이라고 하면 심각하게 고민하는 것, 철학자 하면 일은 하지 않고 땅도 보지 않고 하늘만 쳐다보며 사는 사람으로 생각하기 때문입니다. 물론, 철학 중에는 머리로만 생각하고 우리의 실제 생활과는 관계가 없는 것도 있고, 또 철학자 중에는 인간의 구체적인 생활과는 관계 없이 하늘만 바라보면서 허공에서 무엇인가를 잡아 보려고 허우적대는 사람도 있습니다. 그러나 철학은 이러한 것이 아닙니다. 철학은 우리의 일상생활과 밀접한 관련을 맺고 있고 우리의 생활은 철학과 끊임없이 관계를 맺어나갑니다. 우리들 주변의 일상생활로부터 철학을 떼어낼 수는 없는 것입니다. 우리 주변에 흔히 있는 일을 예로 들어 설명해 봅시다. 사람들은 흔히 "나무는 보고 숲은 보지 못한다."라는 말을 합니다. 이는 부분만 보아서는 안 되며, 전체적인 면

---

1) 이 글은 목적에 의해 필자가 형식 단락을 구분하지 않고 모두 붙여놓은 것이다.

을 파악해야 한다는 것을 깨우쳐 주는 말입니다. 이 말은 많은 사람들의 일상생활의 체험 속에서 우러나온 말입니다. 그리하여 눈을 크게 뜨고 보라고 말합니다. 이러한 교훈, 즉 부분만이 아니라 전체적인 면을 파악하라는 말은 체험을 통해 나온 것이어서 우리가 살아가는 데 매우 유용한 나침반 노릇을 하는 경우가 많습니다. 우리가 커다란 눈을 가지고 전체적으로 사물을 보는 경우, 부분만을 볼 때에는 해결되지 않던 문제가 쉽게 해결되는 경우가 자주 있는 것입니다. 예를 통해 알아봅시다. 물에 열을 가하여 끓이면 물이 없어집니다. 푸른 하늘에는 구름이 흘러갑니다. 우리는 이러한 두 가지 현상 사이에 관련이 있다는 것을 알고 있습니다. 즉, 물을 끓이면 수증기가 되고 수증기는 또 공중에서 냉각되어 조그마한 물방울이 되며 이것이 모인 것이 바로 구름입니다. 그리하여 구름은 다시 눈이나 비로 되어 지상으로 떨어져 다시 물이 되는 것입니다. 우리가 커다란 눈을 가지고 이러한 현상 사이의 연관성을 보는 경우, 우리는 쉽게 사물을 파악할 수 있습니다. 만약, 우리가 앞의 두 현상, 즉 물과 구름의 연관성을 생각하지 않고 물과 구름을 분리하여 그 일부분만을 놓고 생각하는 경우, 우리는 올바른 인식을 갖기 어렵습니다. 또 다른 예를 들어 봅시다. 옛날부터 전해오는 풀기 어려운 문제에, "닭이 먼저냐 알이 먼저냐." 하는 문제가 있습니다. 어찌 보면 닭이 먼저인 것 같고 또 어찌 보면 알이 먼저인 것 같습니다. 이 책을 읽는 독자들도 아마 한번쯤은 이 문제를 풀려고 해보았을 것입니다. 그런데 닭이나 알은 모두 영원한 옛날부터, 즉 세상이 있으면서 존재한 것은 아닙니다. 닭이나 알은 모두 생물 진화의 어떤 단계에서 나타난 것입니다. 그러므로 전(全) 생물이라는 커다란 관점에서 보면 답은 간단히 나옵니다. 먼저 알이라고 불리는 것이 생겨 알을 낳는 여러 가지 동물이 나타나고 그 뒤에 닭이 생긴 것입니다. 알을 생각할 때 닭의 알이라는 식으로 스스로 좁게 한정하여 생각하기 때문에 답이 나오지 않는 것입니다. 파리도 알에서 생겨나고 물고기도 알에서 생겨난다는 사실을 커다란 눈으로 파악한다면 문제가 쉽게 해결됩니다. 알이 먼저라는 것이 올바른 답입니다. 이처럼 "나무는 보고 숲은 보지 못한다."라는 말이 우리에게 일깨워 주는 것은 부분만을 보아서는 안 되고 전체를 보아야 한다는 것이며, 이는 우리의 일상생활에서 나온 말입니다. 우리가 커다란 눈으로 사물을 보아야 하는 것은 그 사물 사이에 연관이 있기 때문입니다. 만약 연관이 없다면 커다란 눈으로 볼 필요는 없을 것입니다. 이와 같이 "나무는 보고 숲은 보지 못한다."라는 말은 그 속에 사물은 연관이 있다는 것을 암시하고 있습니다. 이러한 사물의 연관성은 철학적으로 매우 중요한 생각입니다. 우리는 앞에서 두 가지 예를 보았습니다만 우리의 일상생활의 체험 속에는 그 외에 많은 철학적 진리가 단편적이나마 번뜩이면서 나타나고 있는 것입니다. 다만, 우리가 주의를 기울이지 않을 뿐입니다. 또한, 철학적 사고를 함으로써 일상생활의 의미나 인식을 좀 더 깊이 하는 것이 가능합니다. 철학은 우리의 일상생활과 밀접한 연관을 가지고 있는 것입니다.

〈철학과 일상생활〉 중에서

우선 이 글을 내용 문단으로 나누어 문단의 앞 3어절을 쓰면 다음과 같다.

> 1문단 : 철학이라고 하면 사람들은
> 2문단 : 그렇다면 우리가 인생에
> 3문단 : 우리 주변에 흔히
> 4문단 : 예를 통해 알아봅시다.
> 5문단 : 또 다른 예를
> 6문단 : 이처럼 나무도 보고

이를 좀 더 구체적으로 살펴볼 필요가 있을 것 같다.

우선 첫 번째 문단은 '생활에 빠져 철학에 무관심해지는 현실'에 대해 이야기하고 있다. 사춘기 때와 생활에 빠진 때를 비교 설명하고 있으나 첫 번째 문장의 끝, '멀리합니다'를 주의 깊게 읽었다면 이 문단은 사춘기 때와는 달리 생활에 빠지면 철학을 멀리한다는 것이 주된 내용임을 알 수 있다.

두 번째 문단은 철학과 일상생활의 밀접한 관련성을 이야기하고 있다. 물론 철학이 심각한 것, 하늘만 바라보는 철학자에 대한 이야기가 분량상 많지만 '그러나' 이후의 이야기가 글쓴이가 나타내고자 하는 주장임을 알 수 있다. 이 문단의 끝 두 문장에 글쓴이의 중심 생각, 핵심 내용이 담겨 있는 것이다. 글쓴이는 자신의 생각과 주장을 분명히 하기 위해서 끝 두 문장을 반복하여 강조하고 있다. 끝 두 문장 중에서 첫 번째 문장이 좀 더 구체적인 기술을 하고 있으므로 이 문단의 중심 내용은 '철학과 일상생활의 밀접한 관련'이 될 것이다. 끝 문장은 이를 반복하고 있을 뿐이다.

세 번째 문단은 "나무는 보고 숲은 보지 못한다."는 말을 통해 전체적인 파악에 의해 올바른 인식에 도달해야 함을 말하고 있다. 전체를 파악하는 힘은 경험에 의한 것이며, 전체를 파악했을 때 어려운 문제를 해결하는 나침반을 발견할 수 있을 것이라고 말하고 있다.

네 번째, 다섯 번째 문단은 예를 통해 전체를 인식하여야 한다는 세 번째 문단의 구체적인 진술로 삼고 있다. 우선 네 번째 문단은 물의 이동 과정을 예를 들어, 부분을 분리하여 생각하면 올바른 인식을 가질 수 없음을 보여주면서 전체를 바라보는 눈을 길러야 한다고 이야기하고 있고, 다섯 번째 문단은 '닭이 먼저냐 알이 먼저냐'라는 질문에 답을 하는 형식으로 역시 부분이 아닌 전체를 인식하여야 함을 보여 주고 있다.

여섯 번째 문단은 다시 세 번째 문단으로 돌아와 '나무는 보고 숲은 보지 못한다'는 말을 반복하면서 네 번째, 다섯 번째 문단에서 든 예를 종합하여 철학과 일상생활의 밀접한 연관성을 이야기하고 있다.

이러한 내용 문단 나누기는 다시 예시·상술 기능을 하는 문단을 소주제를 가진 문단에 합하면 세 문단으로 나눌 수 있다.

    1 내용 문단 : 철학이라고 하면 사람들은
    2 내용 문단 : 그렇다면 우리가 인생에
    3 내용 문단 : 이처럼 나무도 보고

이 세 개의 내용 문단의 소주제를 전체 내용에 맞게 정리하면 핵심 내용이 되고 주제가 되는 것이다.

(2) 핵심어 찾기

핵심어(key word)란 문장이나 문단의 중심 내용을 담고 있는 낱말을 의미한다. 핵심어 찾기를 하는 목적은 글의 중심 내용을 찾기 위한 것이지만, 이 핵심어 찾기를 통해서 주요한 내용을 구조화하고 잘 기억하는 효과를 얻을 수 있다. 즉 글의 중요한 내용·정보 등을 찾고 그것을 적음으로써, 그 내용이나 정보가 주는 사실을 강조하고 잘 기억함으로 해서 글쓰기에서 필요한 내용·정보를 잘 회상(recall)하기 위한 것이다.

핵심어 찾기는 독서에서 중심 생각을 찾기 위해서만 사용되는 것이 아니라 일상생활에서 듣거나 본 내용·정보 등을 잘 기억하기 위해서도 사용된다. 흔한 예로 기자들이 기사를 채록하기 위해서 말하는 사람의 말을 다 적을 수 없으므로 중요한 내용만을 간추려 적기 위해서 핵심어 적기를 한다. 또는 전화를 하거나 받으면서 상대방이 한 이야기나 자신이 한 이야기를 잊지 않고 기억하기 위해, 또는 상대방의 말을 반박하기 위해, 자신이 꼭 해야 할 말을 강조하기 위해 전화기 옆의 메모지에 낱말들을 쓰는 것을 경험하게 되는데 이때 메모지에 쓰는 낱말이 '핵심어'이고 이러한 행동이 '핵심어 찾기'라고 할 수 있다.

문장이나 문단에서 무엇이 핵심어인가를 찾는 요령은 몇 가지가 있다.

① 반복되어 강조되는 낱말
② 문장을 해석하는 데 단서가 되는 낱말
③ 사용된 낱말 중에서 가장 포괄적인 의미를 담고 있는 낱말
④ 문장을 다시 설명하거나 바꾸어 쓰기 위해 필요한 낱말
⑤ 개념을 정의할 때 피정의항의 중심이 되는 낱말

글쓴이는 나타내고자 하는 무엇을 효과적으로 전달하기 위해 구체적인 내용을 뒷받침하게 된다. 가령, 교육 기관을 설명하기 위해서 '초등학교·중학교·고등학교·대학교' 등 구체적인 의미를 담고 있는 낱말로 뒷받침하거나, 여름 과일을 설명하기 위해서 '수박·참외·복숭아·포도' 등과 같은 구체적인 과일로 여름 과일을 뒷받침한다.

따라서 상의어와 하의어를 분류하고 그것들 간의 관계를 파악하는 일은 어휘력을 향상하고, 낱말의 의미를 정확하게 이해하는 데 필요할 뿐 아니라 문장이나 문단에서 중심적인 생각을 찾아내는 데에도 반드시 필요한 활동이 되는 것이다.

그리고 서론이나 본문의 첫 번째 문단에서 그 글의 핵심이 되는 낱말의 의미를 정의하게 되는데 이때 피정의항에서 가장 중심이 되는 뜻을 나타내는 낱말을 찾는 것은 그 글의 전체 의도나 의미 범위를 파악하는 데 도움이 된다.

가령, '사랑이란 귀중히 여겨 아끼는 마음이다'라는 문장에서 핵심어는 '아끼는'이다. 이처럼 개념을 정의하는 문장에서 핵심어는 서술부나 서술어 바로 앞에 위치하는 것이 일반적이다. '귀중히 여겨'는 핵심어 '아끼는'을 꾸미는 덧붙는 말이다. 즉 '귀중히 여겨'라는 말은 '사랑'이라는 낱말을 정의하지 못한다.

이렇게 문장에서부터 핵심어를 찾는 활동이 끝나면 반드시 핵심어의 뜻을 다시 말하는 활동이 필연적으로 뒤따라야 한다. 핵심어의 뜻을 다

시 말하는 데에도 두 가지 유형이 있을 수 있다. 하나는 문장 수준의 활동이다. 즉 '사랑'이라는 낱말을 정의하는 데 '아끼는'을 핵심어로 찾았다면, '사랑은 아끼는 마음이다'라고 문장으로 기술하는 것이다. 또 하나는 문단 차원의 활동으로 문단을 듣거나 읽고 핵심어를 찾은 다음 핵심어를 중심으로, 핵심어가 의미하는 것을 간단한 문장으로 다시 말하게 하는 것이다.

핵심어를 쓰고, 그 핵심어를 구로, 다음에는 문장으로 기술하면 핵심어가 확대되어 문장으로 기술되는 과정을 볼 수 있고 이 과정을 이해함으로써 핵심어를 문장으로 기술하는 활동을 더욱 효과적으로 진행할 수 있다.

(3) 삭제하기

중요한 것을 가려 뽑는다는 것은 역으로 필요 없는 것, 덜 중요한 것을 삭제한다는 말이다. 우선 문장을 요약하기 위해서는 필요 없는 내용, 덜 중요한 내용을 삭제할 필요가 있다.

문장에서 중요한 부분과 덜 중요한 것을 가리기 위해서는 제4장 '문장과 표현 지도'에서 학습했던 문장 성분을 떠올릴 필요가 있다. 문장 성분에는 필수 성분인 주어·서술어·목적어·보어와 부속 성분인 관형어·부사어가 있다고 하였다. 즉 주요 성분인 주어·서술어·목적어·보어는 문장에서 중심이 되는 생각을 나타내는 부분이고 관형어, 부사어는 덜 중요한 부분이라고 이해할 수 있다.

물론 관형어, 부사어 중에서도 글쓴이가 나타내려고 하는 의도나 정서를 담은 것이 있다. 그리고 그 문장에서 나타내려고 하는 핵심 부분을 담은 것도 있다. 가령,

영희는 학교에 10시에 간다.

라는 문장을 '영희는 간다'라든지 '영희는 학교에 간다'라고 중심 내용을 정리할 수 없는 경우가 있다. 즉, 다른 아이는 모두 9시에 학교에 가는데 영희만은 10시에 학교에 간다는 것을 나타내려는 의도가 있다면, '10시에'는 삭제하여서는 안 될 부분이다.

모든 문장에 핵심어(key word)가 있지만 핵심어를 찾는 일정한 공식은 있을 수 없다. 모든 문을 하나의 열쇠로 딸 수 없듯이 모든 문장을 하나의 핵심어, 또는 일정한 공식으로 대입할 수는 없다. 따라서 문장 성분을 중심으로 핵심어, 중심 생각을 찾을 수 있지만, 그 문장이나 앞뒤 문장에서 말하고자 하는 의도를 파악하여 핵심어나 중심 생각을 찾아야 한다.

이러한 삭제하기를 활동하기 위해 몇 개의 색연필을 준비하는 것도 좋다. 즉, 빨간 색연필로는 필요 없는 부분에 줄을 긋고, 나머지 부분에서 포괄적인 의미를 담고 있는 부분, 앞뒤 문장 기술의 대상이 되는 부분은 파란 색연필로 밑줄을 그어 표시한다. 그리고 삭제하기도 어렵고 중심 내용으로 삼기에도 어려운 부분은 노란 색연필로 표시하여 다음에 개요를 작성할 때 적절히 사용한다.

(4) 소주제문 찾기

소주제문 찾기는 문단 수준의 활동이다. 문단은 하나의 소주제문과 그를 뒷받침하는 하나 이상의 문장으로 이루어진다. 그리고 이 소주제문을 중심으로 문단의 중심 생각이 기술된다. 따라서 소주제문을 찾는 활동은 중심 생각을 찾는 활동과 매우 유사한 성격과 과정을 거친다.

문단에서 어느 문장이 소주제문인가. 소주제문은 가장 포괄적인 의미를 담고 있는 문장이며, 글쓴이의 의견, 주장이 실려 있는 문장이다. 그러나 글은 항상 글쓴이의 의견과 주장만이 있는 것이 아니다. 글의 내용적 성격은 크게 '사실'과 '의견'으로 나눌 수 있다. '사실'은 객관적인 사실의 전달, 의견 제시를 위한 근거 자료, 독자 설득을 위한 타당한 자료를 해설적으로 제시하기 위한 것이고, '의견'은 글쓴이의 주관적인 생각과 느낌을 주장하거나 설득하기 위한 것이다. 글쓰는 이는 자신이 내세우고자하는 의견이나 주장을 강조하고 설득력을 높이기 위해 이를 뒷받침할 만한 사실들을 근거로 제시한다. 그렇게 함으로써 자신의 주장을 더욱 분명하고 신뢰감 있게 하는 것이다.

가령, 앞에서 제시한 <철학과 일상 생활 中>의 세 개의 내용 문단의 소주제문은 아래와 같다.

> 1 내용 문단 : 철학이라고 하면 사람들은 보통 어려운 것, 골치 아픈 것, 나와는 관계없는 것이라고 생각하고 이에 대해서 멀리 생각합니다.
> 2 내용 문단 : 철학은 우리의 일상생활과 밀접한 관련을 맺고 있고 우리의 생활은 철학과 끊임없이 관계를 맺어 나갑니다.
> 3 내용 문단 : 철학적 사고를 함으로써 일상생활의 의미나 인식을 좀 더 깊이 하는 것이 가능합니다.

1 내용 문단은 도입 문단, 즉 서론에 해당하는 문단은 소주제문을 문단의 맨 앞에 놓아 문제 제기를 하고 있다. 따라서 글의 본질적인 핵심 내용과는 거리가 있다. 요약하기를 할 때 1 내용 문단의 소주제를 활용하는 것은 각자의 목적에 따라 달라질 수 있고, 요약하는 글의 길이에 따라서 생략할 수도 있다. 2 내용 문단의 소주제문은 맨 마지막 문장이다. 그런데 맨 마지막 문장 '우리들 주변의 일상생활로부터 철학을 떼어낼 수는 없는 것입니다.'는 앞 문장을 다시 요약한 것이어서 앞 문장을 소주제문으로 삼을 만하다. 3 내용 문단의 소주제문 역시 마지막 문장보다는 그 앞의 문장을 소주제문으로 삼는 것이 좋다. 마지막 문장

'철학은 우리의 일상생활과 밀접한 연관을 가지고 있다.'는 본론의 핵심 내용을 다시 반복한 문장이어서 글쓴이의 주장이 담겨 있는, '철학적 사고를 함으로써 일상생활의 의미나 인식을 좀 더 깊이 하는 것이 가능합니다.'를 소주제문으로 삼을 수 있다.

세 개의 내용 문단의 소주제문을 적절하게 묶으면 글 전체의 주제문이 될 수 있다. 이 글 전체의 주제는 '우리는 철학을 일상생활과 먼 것이라고 생각하지만 철학은 우리의 일상생활과 밀접한 관련을 맺고 있고 우리의 생활은 철학과 끊임없이 관계를 맺으며 일상생활의 의미나 인식을 좀 더 깊이 하는 것이 가능합니다.'로 정리할 수 있다. 더 간단하게 묶는다면, '철학은 우리 일상생활과 밀접한 관계를 맺어 일상생활의 의미를 좀 더 깊게 한다.'로 요약할 수 있다. 그리고 글쓴이의 주장은 '철학적 사고를 통해 일상생활의 의미나 인식을 깊게 하자.'로 정리할 수 있다.

그러나 글쓰기를 위한 요약하기는 핵심어를 찾거나 주제를 정리하는 데 그치는 것이 아니다. 글쓰기를 위한 요약하기에서는 예시한 원리나 법칙, 근거 등도 새로운 지식과 경험으로 받아들여야 한다. 가령, 다른 문단의 내용인 '나무는 보고 숲은 보지 못한다.'는 말이나, '물 → 수증기 → 물방울 → 구름 → 물'이라는 원리, '닭이 먼저냐 알이 먼저냐.'의 문제 해결방법 등도 매우 중요한 지식과 표현 방법으로 받아들일 수 있고, 받아들여야 한다.

(5) 글쓰기를 위한 요약 글쓰기

글쓰기를 위한 요약하기는 두 개의 축이 있는데 '글 내용 이해'와 "나' 대입하기'이다. 특히, 좋은 글을 쓰기 위해서는 '나'를 대입하며 글을 읽고 요약글쓰기를 해야 한다. 이러한 측면에서 글쓰기를 위한 요약글쓰기는 다음과 같이 다섯 개의 유형으로 나눌 수 있다.

① 내용 요약형
② 내용 요약 + 유사 독서경험형
③ 내용 요약 ⇔ 유사 독서경험형
④ 내용 요약 + 자기 주장형
⑤ 내용 요약 ⇔ 자기 주장형

① 내용 요약형은 글의 내용을 객관적으로 요약한 것이다. 즉, 일반적인 요약 글쓰기에 해당한다. 자신의 생각이나 독서 경험을 개입하지 아니하고 글의 내용만을 요약하는 유형이다. 앞에서 읽은 <철학과 일상생활>을 대상으로 요약한 글의 예이다.

예문 가

철학이라고 하면 사람들은 보통 어렵고 먼 것이라고 여기며 사춘기를 지나 성인이 되면서는 인생의 의미라든지 철학이라든지 하는 것과는 전혀 관계가 없는 듯이 생활해 나갑니다. 사람들은 대부분 철학이라고 하면 심각하게 고민하는 것, 철학자라고 하면 일은 하지 않고 하늘만 쳐다보는 사람으로 잘못 생각하고 있습니다. 그러나 철학은 우리의 일상생활과 밀접한 관련을 맺고 있고 우리의 생활을 철학과 끊임없이 관계를 맺어 나갑니다. 사람들은 흔히 "나무는 보고 숲은 보지 못한다."라는 말을 합니다. 이는 부분만 보아서는 안 되며, 전체적인 면을 파악해야 한다는 것을 깨우쳐 주는 말입니다. 이 말을 체험을 통해 나온 것이어서 우리가 살아가는 데 매우 유용한 나침반 노릇을 하는 경우가 많습니다. 예를 들어 물을 끓이면 물이 없어지고 푸른 하늘에 구름이 흘러가는 현상은 서로 연관성이 있는데 이 물과 구름을 분리하여 일부분만을 놓고생각하는 경우에는 물을 끓이면 수증기가 되고 수증기가 공중에서 냉각되어 조그마한 물방울이 되며 이 물방울이 모여 구름이 된다는 올바른 인식을 갖기 어렵습니다. 또 다른 예로 "닭이 먼저냐 알이 먼저냐" 하는 문제가 있는데 전 생물이라는 커다

[예문 가]는 일상생활에서 철학을 멀리하는 상황을 요약한 뒤 바로 글 전체의 주제인 일상생활과 철학의 밀접성을 제시하고 구체적인 예시를 요약하고 있다. 글의 예시를 생략하지 않고 구체적으로 제시함으로써 원문의 내용을 더욱 자세하게 요약할 수 있어 새로운 지식과 표현 방법을 터득할 수 있다.

②의 '내용 요약+유사 독서경험형'은 원문의 글을 요약한 뒤 자신의 독서 경험을 뒤에 덧붙이는 유형이다. 이 유형은 독서 경험과 독서 지식을 정리하고 확대하는 초기 형태라고 할 수 있다. 즉 독서 후 그와 유사한 다른 독서 경험들을 나열식으로 덧붙여놓음으로써 관련 있는 독서 경험들을 하나로 모아놓을 수 있다.

예문 나

철학이라고 하면 가장 먼저 '지루하다.'라는 생각이 든다. 철학이라는 것을 나와는 상관관계가 없다고 생각하며 이에 멀리 하여 살기도 합니다. 사춘기 시절, 인생은 무엇이며 사는 것은 어떤 것인지 고민을 하고 친구와 얘기도 하며 그와 관련된 서적들을 접하기도 합니다. 하지만 그것의 지루함을 참지 못해 이내 관심을 놓아 버립니다.

우리는 철학에 대한 잘못된 인식으로 인해 인생에 대한 고민이 있을 때에는 그 끈을 잡고 그것이 끝난 후에는 철학을 멀리 합니다. 철학이라고 하면 심각하고 그것에만 몰두하여 다른 것엔 관심 갖지 않는 그러한 비현실적인 것으로 착각을 해 버립니다. 물론 그렇게 철학을 공부하는 사람도 있지만 세계 4대 성인 중 철학자가 끼어 있는 것을 생각하면 우리 삶에 얼마나 큰 영향을 끼치는지에 대해서 알 수 있습니다.

우리들의 일상 속에서 철학을 떼어내기에는 여간 힘든 것이 아닙니다. 철학을 하지 않으려면 어쩌면 생각이나 고민 따위를 하지 못 하고 생활 속 그 무언가에 의미를 부여하는 일도 힘들 것입니다. 사람들은 흔히 "나무는 보고 숲은 보지 못 한다."라는 말을 합니다. 이 뜻은 부분적으로 보이는 것이 다가 아니라 전체적인 것을 잘 파악해야 한다는 것입니다. 즉, 그 말은 체험을 통해 나온 교훈이기 때문에 우리가 살아가는 데 매우 유용한 나침반 노릇을 하게 됩니다. 우리가 커다란 눈을 통해 전체적으로 사물을 보는 경우 부분만을 볼 때에 해결되지 않던 문제가 쉽게 해결되는 경우가 자주 있는 것입니다.

우리는 주위에서 카툰이나 그러한 유사 장르의 것들을 보면 우리의 인생에 대해서 해학적으로 철학적으로 지루할 수 있는 주제를 글과 그림을 통해서 전달하곤 합니다. 그것들의 목적은 사람들이 삶의 목적에 대한 자신감이나 자존감, 당위성 등에 대해서 논하여 쉽게 철학을 이해할 수 있도록 합니다. 그것의 영향은 실로 엄청나게 커 세계적으로 유명한 『파페 포포 시리즈』, 『마음을 열어주는 10가지 이야기』, 『마시멜로 이야기』 등의 베스트셀러 들을 배출해 내고 있습니다. 그것들의 성공 비결은 다른 데 있지 않습니다. 우리 삶과 철학의 연관성을 느끼게 해주고 우리의 일상생활의 체험 속에서 생각보다 많은 철학적 진리를 전해 주는 것입니다.

철학적 사고를 함으로써 일상생활의 의미나 인식을 좀 더 깊이 하는 것은 자신의 발전을 위해서, 그리고 우리의 생활과 밀접하다는 점에서 중요하다고 생각합니다.

이유진

[예문 나]는 글을 요약한 뒤 자신의 유사 독서 경험을 덧붙인 형태이다. 『파페 포포 시리즈』·『마음을 열어주는 101가지 이야기』·『마시멜로 이야기』 등 많은 책들이 우리 일상 속의 철학을 담아내고 있으며 이 많은 독자들이 읽었다는 예를 들어 철학이 결코 우리의 일상생활과 멀리 떨어져 있는 것이 아니라고 하였다. 이러한 유형은 글의 내용 요약과 동시에 관련 있는 독서 경험을 환기하고 정리할 수 있는 형태라 할 수 있다. [예문 가]와 [예문 나]는 같은 학생이 쓴 요약글이지만 어떤 목적, 어떤 유형으로 요약글을 쓰느냐에 따라 내용 요약 부분의 기술도 달라짐을 확인할 수 있다.

③ '내용 요약 ⇔ 유사 독서경험형'은 원문의 내용 요약과 유사 독서 경험을 적절하게 섞어서 자신의 글로 만드는 유형이다. '내용 요약+유사 독서경험형'에 익숙해지면 다음 단계로 이 유형을 연습할 수 있다. 다시 말한다면, 요약 글쓰기는 논술고사의 한 유형이기도 하지만 자신의 독서 지식과 경험을 효과적으로 정리하고 확대하는 아주 효율적인 글쓰기이다. 따라서 다양한 글을 읽고 거기에서 얻은 지식과 경험을 자기 것으로 만드는 것이 중요하다.

예문 다

사춘기 때 인생의 의미에 대해 잠시 고민하는 것을 제외하고, 사람들은 철학을 나와 관계없는 것이라 생각하고 멀리한다. 철학은 실제 생활과 관련이 없고 머리로만 하는 것이라 여기기 때문이다. 그것은 철학을 오해하고 있는 부분이다.

철학은 우리의 일상생활과 밀접한 관련을 맺고 있고, 우리 생활 역시 철학과 끊임없이 관계를 맺어 나간다. 원효스님의 사상도 한국철학의 한 분야라고 할 수 있고, 조선시대의 실학사상 역시 철학의 갈래에서 인정받고 있다. 이처럼 종교나 생활도 철학이라 생각한다면 철학을 조금 더 바르게 알 수 있을 것이다. "닭이 먼저냐 알이 먼저냐." 하는 오래된 질문이 있다. 이 질문에 대해 전(全) 생물이라는 커다란 관점으로 생각해보면 답은 쉬워질 수 있다. 파리와 물고기 등도 알에서 생겨난다는 사실을 커다란 문으로 파악한다면 알이 먼저라는 올바른 답이 유추되는 것이다. 일상생활에서 사물 사이의 연관성을 생각하는 것이 철학적으로 가장 중요하다. 즉 사회적으로 커다란 문제가 아닌, 일상에서의 고민이나 생각이 모두 철학의 요소가 될 수 있는 것이다. 뉴턴의 '만유인력의 법칙'이라는 커다란 과학의 법칙도 처음에는 "왜"라는 일상적 의문에서부터 시작했다고 하니, 자신의 생각과 철학적 사고가 얼마나 중요한지 알 수 있다. 철학은 또한 생활의 의미나 인식을 좀 더 깊이 하는 것을 가능하게 한다. 이처럼 철학이란 것은 우리의 일상생활과 밀접한 연관을 가지고 있는 것이다.

주민주

[예문 다]는 글을 요약하면서 이전의 독서 지식과 경험을 살려 '원효 스님의 사상'과 '뉴턴의 만유인력의 법칙'을 예를 들면서 철학의 시작은 "왜"에서 시작하는 것이며 일상생활 역시 "왜"를 바탕으로 이루어진다는 것을 말함으로써 철학과 일상생활이 밀접한 연관이 있음을 더욱 설득력 있게 말하고 있다. 이처럼 '내용 요약·유사 독서경험 결합형'은 원문의 내용과 밀접한 다른 독서 경험을 결합함으로써 원문의 내용과 주제를 더욱 구체적이고 설득력 있게 한다.

④ '내용 요약·자기주장 나열형'은 원문의 내용을 요약하고 그 뒤에 자기주장을 덧붙이는 형태를 말한다. 글쓰기란 원래 자기 생각과 주장을 쓰는 데 목적이 있으므로 이러한 유형은 글쓰기의 원래 목적을 충실하게 도달할 수 있는 근원적인 유형이라고 할 수 있다. 이 유형을 연습함으로써 자기를 중심으로 독서하고 글을 쓰는데 효과적으로 도달할 수

있다. 즉 과거의 독서경험과 지식, 일상적인 경험들을 토대로 세계를 이해하고 표현하는 원숙한 표현·이해 활동에 좀 더 효과적으로 도달할 수 있을 것이다.

예문 라

옛날부터 전해오는 풀기 어려운 문제에 "닭이 먼저냐 알이 먼저냐." 하는 문제가 있습니다. '닭이 먼저'라고 생각하는 사람은 알이라는 것이 새겨나기 위해서는 닭이 있어야만 한다고 생각합니다. 이는 알 자체를 닭의 알이라는 식으로 좁게 한정하였기 때문입니다. 반면 '알이 먼저'라고 생각하는 사람은 전(全) 생물이라는 관점에서 본 것입니다. 파리도 알에서 생겨나고 물고기도 알에서 생겨난다는 사실을 커다란 눈으로 파악한다면 알이 먼저라고 생각됩니다.

철학이라고 하면 사람들은 보통 어려운 것, 골치 아픈 것이라고 생각합니다. 때론 인생이란 무엇인가, 산다는 것은 무엇인가에 대해 고민하지만 금방 잊어버리고 생활합니다. 그렇다고 철학이 우리와 연관성이 없는 것은 아닙니다. 철학은 우리의 일상생활과 밀접한 관련을 맺고 있고 우리의 생활은 철학과 끊임없이 관계를 맺어나갑니다. 우리들 주변의 일상생활로부터 철학은 떼어낼 수는 없는 것입니다.

아이들이 하는 놀이 중에 난센스 게임이라는 것이 있습니다. 그중 '1 +1은?'이란 문제에 대한 답은 무엇일까요? 단순히 수학적으로 계산하면 답은 2가 될 것입니다. 그러나 시야를 넓혀 커다란 관점으로 보면 답은 간단히 나옵니다. 1, 즉 하나라는 것은 전체를 포괄하는 단위입니다. 여기에 또 다른 1을 더한다면 이 역시 더 커다란 1이 될 것입니다. 물방울을 생각해 봅시다. 물방을 한 방울은 분명 하납니다. 또 다른 한 방울을 더한다 해도 둘로 갈라지지 않습니다. 원래 하나였기 때문에 여전히 하나인 것입니다.

이처럼 우리의 일상생활의 체험 속에는 많은 철학적 진리가 단편적이나마 번뜩이면서 나타나고 있는 것입니다. 다만, 우리가 주의를 기울이지 않을 뿐입니다. 또한 철학적 사고를 함으로써 일상생활의 의미나 인식을 좀 더 깊이 하는 것이 가능합니다. 철학은 우리의 일상생활과 밀접한 연관을 가지고 있는 것입니다.

　또한 이러한 철학은 부분만이 아니라 전체적인 면을 파악해야 하는 체험을 통해 우리가 살아가는 데 매우 유용한 나침반 노릇을 합니다. 우리가 커다란 눈을 가지고 전체적으로 사물을 보는 경우, 부분만을 볼 때에는 해결되지 않던 문제가 쉽게 해결되는 경우가 자주 있는 것입니다. 이것이 바로 철학과 우리의 연관성입니다.

서애리

　[예문 라]는 원문의 내용을 요약하고 그 뒤에 자기주장을 덧붙인 '내용 요약·자기주장 나열형'이다. 이러한 유형은 글 요약글과 자기주장을 나타낸 글의 비율에 따라 글 요약 중심 글, 자기 주장 중심 글, 비중이 같은 글로 나눌 수 있는데 [예문 라]는 요약글보다 자기주장 글에 비중을 더 주어 구체적인 예(1+1이 1이 될 수도 있음)를 들어 자기주장을 좀 더 구체화하고 있다. 이처럼 '내용 요약·자기주장 나열형'은 원문을 요약하고 그 뒤에 원문의 내용과 관련된 자기주장을 덧붙임으로써 부담 없이 자연스럽게 자기주장을 세울 수 있는 데 효과적이다.

　⑤ '내용 요약·자기주장 결합형'은 원문의 내용과 자기주장을 섞어서 쓰는 유형이다. 이 유형은 독서의 최종 목적이 자기 생각과 주장을 확립하는 것이라는 관점에서 보면 독서 후 글쓰기의 최고 경지라고 할 수 있다. 이러한 유형의 글쓰기를 익숙하게 할 수 있다면 쉽게 자기 생각과 주장을 독립적으로 세울 수 있을 것이고 글쓰기에도 능통하게 될 것이다. 따라서 다양한 독서를 한 후 책의 내용과 자기주장을 적절하게 섞어서 짧은 글을 쓰는 것을 습관화할 필요가 있다. 그렇게 하다보면 글쓰기뿐만 아니라 삶을 살아가는 지혜와 동력을 얻을 수 있을 것이다.

예문 마

철학이라고 하면 사람들은 보통 어려운 것, 골치 아픈 것, 나와는 관계 없는 것이라고 생각하고 이에 대해서 멀리 생각합니다. 대부분의 사람들은 철학이라고 하면 심각하게 고민하는 것, 철학자 하면 일을 하지 않고 땅도 보지 않고 하늘만 쳐다보는 사람으로 생각합니다. 그러나 철학은 이러한 것이 아닙니다. 물론 철학자 중에는 세속적 생활과 무관하게 생각하는 이가 존재하기는 하지만 모두가 그러한 것은 아닙니다. 철학은 우리의 일상생활과 밀접한 관련을 맺고 있고 우리의 생활은 철학과 끊임없이 관계를 맺어 나갑니다.

조금만 곰곰이 생각해 봅시다. 어차피 철학이라는 것도 인간이 만들어 낸 여러 학문 중에 하나입니다. 또한 인간은 신이 아니고서는 세속적, 구체적, 실생활과 떼려야 떼어질 수 없는 존재입니다. 어느 정도 속세와 동떨어지려고 노력은 할 수 있겠지만은 그것에는 한계가 있습니다. 왜냐하면 인간은 사회적 동물이고, 자연·속세에 속해 있으며, 이 세상에 나 홀로만 있는 것이 아니기 때문입니다.

歷史가를 예를 들어 봅시다. 역사가가 국사 등 역사에 대해 서술할 시에 몇 가지 주의사항이 있습니다. 그 중에 하나는 자신의 가치관, 세계관이 포함되어서는 안 된다는 것입니다. 역사는 객관적, 실제적 성질을 띠고 여러 사람에게 영향력을 끼치므로 편파 된 의견이 들어가서는 안 되는 것입니다. 그러나 참으로 아이러니하게도 역사가의 주관이 들어갈 수밖에 없는 것이 역사이기도 합니다. 그 이유는 역사가도 한 명의 현실을 살아가고 있는 사회적 인간, 존재이기에 무의식중에 스며들어 갈 수 있다는 것이 사람들의 생각입니다. 이처럼 인간은 그 특성으로 인해 일상생활과 동떨어지기 힘듭니다. 하물며 인간이 창조해 낸 철학은 두 말할 나위도 없지요.

"나무는 보고 숲은 보지 못한다."라는 말은 부분만을 보아서는 안 되고 전체를 보아야 한다는 것이며, 이는 우리의 일상생활에서 나온 말입니다. "닭이 먼저냐 알이 먼저냐" 하는 문제도 넓게 보았을 때 모든 사물이 알에서 깬다는 것으로 보아 알이라는 것을 알 수 있고 수증기와 구름도 돈다는 것을 압니다.

　이와 같이 사물은 연관이 있고 사물의 연관성을 철학적으로 매우 중요한 생각입니다. 또한, 철학적 사고를 함으로써 일상생활의 의미나 인식을 좀 더 깊이 하는 것이 가능합니다. 철학은 우리의 일상생활과 밀접한 관련을 가지고 있는 것입니다.

하미숙

　[예문 마]는 원문을 요약하면서 자신의 주장을 결합한 형태인데 자신의 주장을 중심으로 쓴 글이다. 이러한 유형의 글쓰기는 독서 내용을 자신의 지식과 지식을 내 것으로 만드는 방법을 습득하게 할 것이 분명하다. 한 가지 유의할 점은 원문의 내용에서 크게 벗어난 글쓰기를 하는 것보다는 원문의 내용과 필자의 의도를 분명하게 드러내는 글쓰기가 필요하다는 것이다. '내용 요약·자기주장 결합형' 글쓰기는 자신의 생각과 주장만으로 글을 쓰는 글쓰기와는 다른 학습 과정의 글쓰기 방식으로 이해하고 활용하는 것이 좋다.

4) 다각적인 사고를 위한 독서

　일반적인 독서와 글쓰기를 위한 독서는 다른 점이 있다. 일반적인 독서가 필자의 생각을 받아들이고 공감하며, 책의 세계를 바탕으로 더 큰 세계를 꿈꾸고 확대해 나가는 것이라면, 글쓰기를 위한 독서는 책의 내용과 필자의 생각을 다양한 시각으로 바라보고 받아들여야 한다.

　다양한 시각으로 바라보고 받아들이기 위해서는 책의 내용과 필자의 생각에 끊임없이 의문을 가지고 읽어야 한다. 좋은 글을 쓰기 위해서는 깊이 생각하는 힘을 기르는 일이 가장 중요하다. 사물에 대하여 유달리 관심을 가지는 일, 견문과 지식을 넓히는 것이 긴요한 일이지만, 여기에서 한 걸음 더 나아가 스스로 깊이 생각함으로써 더욱 알차고 깊이 있는 글을 쓸 수 있다.

우리나라의 으뜸가는 國賊은 李完用으로 되어 있다. 그에 대하여는 티끌만큼의 변명도 용납되지 않는다. 그러나 나라를 빼앗긴 잘못을 그 혼자에게 뒤집어씌우면 우리네 조상 모두가 면책이 될 수 있을까? 이상하게도 우리는 무능, 무기력했던 高宗의 책임은 전혀 묻지를 않는다. 형식적이든 어떻든 高宗은 나라의 임금으로서 최고의 책임자였다. 만약에 그가 조금이라도 영특하고, 밖의 세계에 일찍부터 눈을 뜨고 있었다면 그처럼 일본에 이리저리 끌려 다니기만 하지는 않았을 것이다.

만약에 그가 조금이라도 임금다웠다면 비록 지금과 그때와는 때가 달랐다 해도 합병을 앞두고 「백성」들에게 뭔가 한마디 남겨야 옳았다. 임금으로서 이보다 더한 背信은 없었다. 그러면서도 우리는 고종을 오직 비극의 주인공으로만 다룬다. 여간 공평치 못한 풀이가 아니다. 분명 李完用은 합병에 서명 했다. 그러나 우리가 저버릴 수 없는 것은 그가 서명을 거부한다고 우리가 나라를 빼앗기는 운명을 면할 수 있었을까하는 의문이다. 또한 그때의 상황으로 봐서 그가 서명하지 않는다면 또 다른 李完用을 총리대신 자리에 앉혀서 서명토록 했을 것이다. 그 당시 우리에게는 나라를 지킬 만한 힘이 없었던 것이다. 요새처럼 애국자가 많지 않았기 때문도 아니다.

李完用의 잘못은 무엇보다도 그가 그 숙명적인 시점에 그가 감당할 수도 없는 총리대신 자리에 머물러 있었다는 데 있다. 그렇지만 않았다면 그는 드물게 보는 名筆의 영광만을 누렸을 것이다. 그의 또다른 잘못은 나라 백성 임금만을 생각했다는 데 있다. 우리는 바로 이점을 들어 그들을 斷罪해야 옳다. 어쩌면 우리는 우리 모두가 나눠 가져야 할 책임을 면하기 위해 李完用만을 단죄하고 있는 것인지도 모른다. 만약에 그 당시에 모든 백성이 어떻게든 나라를 지키겠다는 굳은 의지를 갖고 있었다면 李完用이가 서명을 하든 말든 역사는 크게 바뀌어 졌을 것이다. 그때에는 너무나

> 모두가 나라를 아낄 줄 몰랐었다.
>
> 이번 쌀 개방 문제에 있어서도 우리나라의 내일을 걱정하여 쌀 개방에 반대한다는 사람도 많았지만 쌀 개방 불가피론을 편 사람들도 나라를 위해서라고 말했다. 쌀 개방의 반대자들만이 애국자일 수는 없다. 또한 쌀 개방을 앞두고 최선의 조건을 얻어내기 위해 관계 장관들이 최선을 다한 것도 인정해줄만도 하다. 개방의 물결을 도저히 막아내지 못한다는 것을 누구보다도 잘 알고 있었음에도 불구하고 마지막 순간까지 이를 막아내겠다며 국민을 속인 것도 혹은 흥정을 위한 꾀였다고 봐줄만도 하다.
>
> 홍사용 칼럼 「모두가 애국자」 중에서

섬뜩한 글이다. '그렇구나!'하고 반성도 하게 되지만, '아냐, 이완용 잘못이 더 커'라고 저항하고 싶게 만드는 글이다. 어떻든 이 글은 일본에 나라를 빼앗긴 잘못이 이완용을 비롯해, 고종 임금 나아가 국민 모두에게 있다는 다각적인 시각을 지니고 있다. 여러분은 어떻게 이 글을 읽었을지 모르지만, 적어도 이 글은 우리가 그동안 가지고 있던 단편적인 사고를 반성하게 만드는 글이다.

독서를 할 때도 마찬가지이다. 글의 내용, 필자의 생각을 그대로 받아들일 것이 아니라 다양한 각도에서 읽어야 한다. 그러기 위해서는 '사실인가', '왜', '어떻게' 등 근원적인 질문을 통해 생각하는 힘을 길러야 한다. 생각하는 힘 그것은 우리의 삶과 글을 한층 더 고차원적인 세계로 이끌 뿐만 아니라 글을 쓰게 하는 힘이다.[2]

(가) 사실인가?

우리는 경험하여 안다. 최근 인터넷을 달구었던 '○○녀'의 사건들이

---

[2] '사실인가', '왜', '어떻게' 등 근원적인 질문을 소홀히 한 글들이 의외로 많다. 하지만 이곳에서는 잘못된 글들에 대한 예문을 싣지 않는다.

사실 알고 보니 정반대이거나 적어도 양측 모두에게 일련의 책임이 있는 것으로 밝혀졌다. 그래서 많은 사람들이 인터넷에 올라 온 글을 그대로 믿기보다는 사실을 검증해야 한다거나 적어도 양측 모두의 말을 들어보아야 한다는 자각에 이르게 되었다.

인터넷을 달구었던 '○○녀' 사건도 사실 모든 인간이 자기 중심으로 세상을 보기 때문에 일어난 일이다. 인간은 자기 자신만의 입장과 자신이 속해 있던 상황 속에서만 모든 일을 받아들인다. 그래서 억울하다. '나는 안 그랬는데', '나는 안 그런데', '내가 겪기에는', '내가 느끼기에는' 전혀 그렇지 않다. 하지만 현실은 '나' 중심으로만 돌아가는 것이 아니다.

글도 마찬가지다. 글이란 필자가 자기를 중심으로 본 것, 느낀 것을 쓴 것일 뿐이다. 따라서 글을 읽을 때에는 항상 '이것은 필자의 생각일 뿐'이라는 오만한 자세를 가져도 좋다.

콜럼버스여, 달걀 값 물어내라

어떤 기업 광고에서 '콜럼버스의 달걀'을 소재로 삼아 상식을 뛰어넘는 발상의 전환을 강조하는 것을 보았다. 콜럼버스의 아메리카 대륙 상륙이 뭐 별거냐고 시비가 붙자 즉석에서 달걀 세우기 논쟁이 벌어졌다. 콜럼버스가 달걀을 집어 들고 퍽 하니 그 밑동을 깨고 세웠다는, 소문으로 전해지는 유명한 이야기다. 이 이야기에는 일이라는 것이 해놓고 보면 별것 아닌 듯싶지만 언제나 '최초의 발상 전환'이 어렵다는, 매우 자존심 강한 메시지가 담겨 있다.

그런데 우리는 이 콜럼버스의 달걀에 대하여 문제성을 느껴본 적은 없는가. 그 기업과 광고 작성자에 대해 비판하려는 것이 아니라 우리의 문명사적 의식 전반에 깔린 무의식의 성격에 문제를 제기해보려 하는 것이다. 여기서 주목하고자 하는 점은, 버스의 달걀이 이제는 상식을 넘는 발상이라기보다는 도리어 그것이 상식이 되어버린 역사적 과정과 현실이다.

달걀의 겉모양은 어떻게 생겼는가? 그것은 타원형이다. 애초에 세울 이유가 없도록 설계되어 있는 것이다. 둥지에서 구르더라도 그 둥지의 반경을 벗어나지 않도록 고안된 생명의 섭리가 담겨 있다. 만일 원형이었다면 굴렀을 경우 자칫 둥지에서 멀리 이탈되어 버리기 십상이다. 각이 졌다면 어미 새가 품기 곤란했을 것이다. 타원형은 그래서 생명을 지키는 원초적 방어선이다.

따라서 달걀을 세워보겠다는 것은 그런 생명의 원칙과 맞서는 길밖에 없다. 먹기 위해서가 아니라면 둥지에서 벗어나지 않도록 만들어진 생명체를 자신이 원하는 자리에 고정시켜 장악해야겠다는 생각이 콜럼버스의 달걀을 가능하게 만드는 뿌리이다. 그래서 그것은 상식을 깬 발상 전환의 모델이 아니라, 생명을 깨서라도 자신의 구상을 달성하겠다는 탐욕적·반생명적 발상으로 확대된다.

실로 콜럼버스와 그의 일행은 카리브 해안과 아메리카 대륙에 상륙해서 자신들이 원하는 금과 은을 얻기 위해 무수한 생명을 거리낌 없이 살육했다. 결국 콜럼버스의 달걀은 서구의 제국주의적 팽창 정책을 뒷받침하는 사고의 원형이 된다. 그것이 전개되는 과정에서 아시아·아프리카·중동 등지에서 얼마나 많은 생명이 이런 식으로 무지막지하게 달걀 세우기를 당했는지 모른다. 우리도 그 가운데 하나다.

콜럼버스의 손에서 달걀이 지표면에 내리쳐지기까지의 거리는 짧고 그 힘은 개인에게 한정되어 있지만, 그 거리와 힘 속에는 제국주의라는 문명사적 탐욕이 압축되어 있었던 것이다.

오늘날 이 달걀 세우기는 콜럼버스 시대 이후 여러 가지 변형된 모습으로 우리의 삶을 지배하고 있다. 그래서 가령 인간의 탐욕을 채우기 위해서는 지구의 생명이 파괴되는 것이 문제가 아니며, 지식수준만 높이면 된다는 교육관이 아이들의 정신 생명을 시들게 해도 무감각하며, 기득권을 독점하려는 생각은 국민의 정치 생명을 상처 내는 현실을 끊임없이 만들어내고 있다. 또한 팔아먹기만 하면 된다는 발상들은 음란물을 양산하여 인류의 문화 생명 그 밑동을 으스러뜨려 놓고 있다. 폐수로 범벅이 되었다는 우리는 이제까지 콜럼버스가 달걀을 깨서 세운 일을 '불굴의 투지', 혹은 '일반 상식을 깨는 절묘한 방법' 등으로 이해했고 또는 이 둘을 겹쳐 읽으면서 인생의 교훈으로 삼았다. 그러나 이 글은 달걀은 타원형이라는 일반적인 사실에 착안해서 타원형이란 애초부터 세우는 일과는 거리가 먼 형태라는 상식을 발견하고 있다. 이러한 상식의 발견을 달걀에 적용하여 달걀의 타원형은 둥지에서 벗어나지 않으면서도 골고루 어미 닭의 체온을 전달하기 위한 것이라는 생명의 진리에 도달하고, 달걀을 세우는 일에서 제국주의라는 인간 문명사의 탐욕을 발굴해내고 있다. 그리고 그러한 탐욕이 지구의 생명을 파괴하는 동인으로 작동함을 넘어서 우리 일상을 깨치는 요인이 되고 있음을 간파하고 있다.

콜롬버스의 달걀 세우기에 대한 이제까지의 우리의 생각은, 그러한 내용을 가진 글들은 사실이 아니었다. 달걀은 새둥지에서 벗어나 떨어지지 않기 위해 본질적으로 타원형으로 탄생하였다. 그것이 사실이다. 달걀을 세우려는 인간의 모든 욕망과 행동들은 사실이 아닌 것에 기반한 무모한 행동이고 인류의 삶을 위태롭게 하는 돌발 상황일 뿐이다.

결국, 좋은 글은 세워서는 안 되는 달걀을 깨트려 세우는 일이 아니라 달걀이 왜 타원형인가라는 아주 기초적이면서도 일상에 대한 진지한 질문에서 시작되는 것이다.

로마의 황제 네로가 로마 시내에 불을 지르고 불타는 로마를 구경했다는 이야기는 전혀 사실이 아니다. 당시 지방에 출장을 갔던 네로 황제는 로마 시내의 화재 소식을 듣고 황급히 로마로 돌아와 화재 진압에 전력을 다했고 로마 시내의 건물들이 너무 빽빽하게 지어졌으며 건물마다 베란다가 없는 것이 화재를 키웠다는 사실을 알아내고 건물의 거리와 베란다 설치 등 새로운 건축법을 만들었다는 것이 역사적 사실이다. 이와 같은 잘못된 상식은 우리 주변에 수도 없이 널려 있다. '역사는 승리한 자들의 전유물이다'라는 말과 역사 기술과 사실의 전달은 기술자와 전달자의 특정한 목적이 항상 개입된다는 사실을 잊어서는 안 된다.

우리가 알고 있는 모든 진리와 사실들에 대해 질문을 던져라!

(나) 왜?

우리가 "왜?"를 추구하여 사고 작용을 한다는 것은 결국, 원인이나 이유를 따져 나가는 일이 된다. 어떤 사물이나 사건에 대해 그 근원과 원인을 여러 각도에서 분석하고 그것을 좀 더 깊이 있고 짜임새 있게 뚫고 들어가면 일찍이 아무도 발견할 수 없었던 진리를 캐낼 수가 있다. 또한 우리의 행동에 대하여 그 타당한 이유를 밝히는 것은 대개 추리적이고 합리적인 사고 작용이 된다. 우리가 어떻게 해야 할 것인가에 대하여 해답을 마련해 주는 것은 대개 이유(근거)가 된다. '왜'라는 질문을 가지고 원인이나 이유를 추구하며 책을 읽는다면 우리는 좋은 글을 쓸 수 있다.

외국어와 외래어가 범람하는 현실은 특히 문화적인 차원에서 매우 심각한 문제를 제기한다. 이러한 현실은 자라나는 청소년들의 문화적 주체성을 잠식한다. 외국말을 그토록 많이 쓰는 풍조는 청소년들로 하여금 부지불식간에 제 나라말을 경시하게 하고, 나아가 제 것을 업신여기는 정신을 심어주게 된다. 이러한 현상이 계속되다 보면 우리 국민이 문화적 사대주의 또는 식민주의에 떨어질 가능성이 짙다. 외국어를 그렇게 자주 쓰는 버릇이 생기면 그 나라를 은연중에 존경하게 되고, 그 나라말로 표현된 사물을 숭상하는 정신이 뿌리를 내리게 마련이기 때문이다. 이러한 언어적인 사대주의가 얼마나 무서운 결과를 낼 것이냐 하는 것은 역사적인 사실에서 그 예를 얼마든지 볼 수 있다. 그 한 예로 금나라와 청나라를 세움으로써 중원을 제패했던 만주족이 제 겨레의 말을 경시하고 한나라 말, 나아가 그 문화를 숭상하다가 그 겨레 자체가 지상에서 자취를 감추어 버렸다는 사실을 우리는 기억한다. 이런 점에서 볼 때 오늘날 외국어의 범람으로 나라말이 어지러워지고 있는 현상은 매우 중대한 문제가 아닐 수 없다.

서정우

위 글은 외국어와 외래어를 쓰는 일이 '왜' 문제가 되는가에 대해 쓴 글이다. 외국어와 외래어를 쓰는 문제에 대해 '왜'라는 질문을 가지고 생각하니 우리가 생각하지 못했던 이유들이 있다.

다음 문제들에 대해 '왜'에 집중하면서 생각해 보자.

- 여기에 사과 다섯 알이 있다. 그 중에는 좋은 사과도 있고, 나쁜 사과 도 있다. 이 때 좋은 사과를 먼저 먹어 나가야 할까 아니면 나쁜 사과부터 먹어 나가야 할까? 여러분이 이러한 경우를 당한다면 어떻게 할 것인가? 이유는?

• 실연 때문에 미쳐버린 정신병자가 있다. 그는 자기를 버린 애인과 행복한 결혼 생활을 하는 환상에 사로잡혀 매일 행복하게 지낸다. 이때 만일 그를 치료해 주면, 그는 정상인이 되겠지만 대신에 행복을 잃게 될 것이다. 하지만 그를 치료해 주지 않으면 영영 병자로 남을 것이다.

자! 여러분은 의사다. 이 환자를 어떻게 할 것인가? 그리고 그 이유는?

(다) 어떻게

우리는 선거 때마다 정치인들의 공약을 듣는다. 정치인들의 공약은 그야말로 화려한 말의 만찬장이다. 그들의 말만 들으면 우리는 곧 천국에서 살게 될 것만 같다. 하지만 우리의 현실은 천국과는 거리가 멀어 보인다. 정치인들의 공약과 우리의 현실은 왜 이렇게 격차가 큰 것일까. 그것은 정치인들의 공약에는 '어떻게'라는 아주 근원적인 물음이 빠져 있기 때문이다.

'어떻게'라는 물음은 지적 사고 작용의 길잡이가 된다. 이 물음은 '어떻게 하나?(방법, 태도)', '어떻게 작용하나?(기능, 과정)'와 같은 사항을 밝히는 사고 작용을 이끌어 간다. 이 '어떻게'라는 물음은 대개 '사실인가', '왜'라는 물음과 함께 어울려 생각의 깊이를 더해가게 된다. 이처럼 독서를 할 때 어떻게, 어떤 방법이나 태도를 제시하고 있는가에 관심을 가지고 글의 내용을 파악하면 좋은 쓸거리를 얻을 수가 있다.

'다름'의 공존을 위하여

최근 우리 사회에서 소수자 인권을 둘러싸고 벌어지는 논란들을 지켜보고 인권운동에 동참하면서 '다름'과 '같음'에 대해 생각할 기회를 갖게 되었다. 특히 방송인 홍석천 씨가 동성애자임을 스스로 밝힌 커밍아웃 이후 방송출연 금지·국회출석 거부 문제 등 속속 불거지는 상황을 우려하

지 않을 수 없다. '다름'을 자연스럽게 받아들이지 않고 무작정 내치려는 현상으로 보이기 때문이다.

수년 전 서울 올림픽 폐막식 때에 고(故) 인간문화재 한영숙 선생이 하얀 한복 차림에 흰 수건을 날리며 추었던 살풀이춤 장면을 많은 사람들이 기억할 것이다. 그 춤의 반주인 시나위 합주는 구성과 진행방법에서 전통 민속음악의 특성을 고스란히 지니고 있다. 시나위에 참가하는 악기엔 제한이 없다. 장구는 물론 대금·아쟁도 좋고 거문고·피리·해금이 동원되기도 한다. 미리 정해진 악보가 있을 리 없고, 이들 악기는 저마다 자기 흥에 취해 소리를 낼 뿐 굳이 다른 악기와 보조를 맞추려고도 하지 않는다. 각자 신명나게 한바탕 노니는 연주가 진행된다. 그런데도 신기하게 절묘한 조화를 이룬다. 시나위 합주 속에서 저마다의 악기 소리가 들떠나고, 어느 한 악기 소리가 다른 소리를 누르는 법이 없다. 마치 한바탕 울음 뒤의 정화된 시원함처럼 하나됨의 깊은 감명을 준다. 민속음악을 그 시대 민중의 정서 반영으로 본다면 시나위 합주에서 옛사람들의 지혜를 느낀다. 서로 다른 사람들이 모여 주거니 받거니 아웅다웅하면서도 고단한 삶을 함께 아우르며 괴로움과 슬픔을 나누고, 서로를 포옹해 주는 슬기로움이다.

그러나 언제부턴가 어떤 이유들 때문인지 우리는 이런 민중의 지혜롭고 개방적인 정서를 잃어 버렸다. 그 대신 자기와 다른 사람을 일단 경계하고 배척하는 폐쇄적 심성이 뿌리 깊게 자리 잡은 것 같다. 같은 부류끼리만 결속해 다른 사람에겐 결속 그 자체가 위세가 되며, 더 나아가 그 위세를 내세워 억압을 강요하기 일쑤이다. 누구든지 자기와 다른 사람을 억지로 좋아할 필요는 없다. 아니 싫어할 수 있다. 그러나 그 싫어함이 미우나 고우나 같이 살아가야 하는 공동체의 테두리를 깨뜨릴 수는 없다. 그 싫어함은 '다름의 공존' 범위 내에서의 개성에 그쳐야 한다. 다른 사람이 혐오감을 준다고 삶의 현장 밖으로 쫓아내서는 안 된다.

이제 '다름의 공존'을 받아들이는 정서를 되살리고 몸에 익히는 노력에 힘을 모을 때다. 그것이 인권실현의 출발점이다. 우리 헌법은 "누구든지 성별·종교 또는 사회적 신분에 의하여… 모든 영역에 있어서 차별을 받지 아니한다."는 규정을 두고 있다. 이는 바로 '다름의 공존'을 받아들이자는 엄숙한 선언이기도 하다. 헌법에 열거된 사례 외에도 사람들에게는 다양한 차이들이 있다. 그 가운데에서도 '성(性的)취향'을 달리하는 동성애는 남녀가 서로 사랑하여 자녀를 낳고 가정을 이뤄 살아가는 사회적 습속에 익숙해진 우리에게 가장 낯선 다름의 문화일지 모른다.

　그래서인지 홍석천 씨 커밍아웃 이후 사람들의 반응은 자기와 다른 사람을 싫어하는 것과, '다름의 공존'을 인정하는 것을 혼돈하는 혼란의 극치를 보여준다. 동성애자는 처음부터 그냥 다른 사람들일 뿐이다. 다르다고 해서, 싫다고 해서 '같음'으로 뭉쳐진 다수가 일터에서 그를 쫓아내거나 달리 취급해선 안 된다. 국회의원들이 국정감사장에 참고인으로 출석한 홍석천 씨의 참석을 거부했다. 국회의원들이 결국은 그가 동성애자라는 이유 때문에 문전박대를 했다면 인권에 대한 무지함을 극명하게 드러낸 것이라 아니할 수 없다. 국회위원들은 헌법이 보장하는 인권실현에 앞장서야 하는 공적 의무를 지는 지위에 있다. 국회의원 개인이 갖고 있는 성적 취향에 대한 태도를 일단 접고 공인으로서의 의식을 유지해야 한다. 잘못된 인권 침해적 행동에 앞장설 것이 아니라 인권의 본질을 이해하고 그 실현을 위해 솔선수범하는 모습을 보여줘야 한다. 여러 모습의 '다름'을 인정할 줄 아는 성숙한 사회가 그립다.

康錦實(변호사), 중앙일보, 2000. 11. 17.

　이 글은 '어떻게'에 대해 근원적인 답변을 하고 있다. '다름'을 자연스럽게 받아들임으로써 서로 다른 것들이 조화를 이룰 수 있고 낯선 것들을 허용하고 받아들여 모두가 평등하고 행복한 사회를 이룰 수 있다고 하였다. '다름'을 인정하고 허용하는 것, 그것이야말로 인간의 본질을 꿰뚫는 것이고 동시에 행복한 삶을 이루기 위한 중요한 열쇠가 아니겠는가.

5) 논리적·창의적 사고 개발을 위한 독서

논리적·창의적 사고를 개발하기 위한 독서는 '비판적 읽기'가 핵심이다. 비판적 읽기는 다양한 독서 형태 중 가장 적극적으로 '나'를 대입하며 읽는 방법이다. 비판적 읽기는 글의 내용이나 필자의 생각을 그대로 믿는 것이 아니라 '깊게 살피고 넓게 살핀다'는 측면에서 앞에서 살폈던 '사실인가', '왜', '어떻게'의 질문과도 밀접한 관련이 있다.

비판적 읽기는 비판적 사고(批判的思考, critical thinking)를 바탕으로 하는데, 비판적 사고란 '어떤 사태에 처했을 때 감정이나 편견에 사로잡히지 않고 합리적이고 논리적으로 분석·평가·분류하는 사고과정'을 말한다. 비판적 사고를 강조한 사람은 칸트다. 칸트는 『순수 이성 비판』, 『실천 이성 비판』 등을 통해 비판적 사고를 사물의 이치를 밝히는 중요한 능력이라고 보았다.

그러나 비판적 사고, 비판적 읽기를 너무 어렵게 생각하거나 복잡하게 접근할 필요는 없다. 어렵고 복잡한 것은 그 방면에 전문적인 글을 쓰는 사람에게 맡기면 된다. 우리는 그저 어떤 사실을 혼동하거나 자신만의 세계에 갇혀 독단에 빠지지 않기 위해 비판적 사고를 조금만 빌려오면 된다. 즉 글을 읽으면서 사실을 확인하고 필자의 생각을 맹신하여 사실을 혼동하거나 독단에 빠지지 않도록 일정한 질문을 마련하여 글을 읽을 때 적용하면 된다.

비판적 독서를 위해 글을 읽고 다음과 같은 질문을 할 수 있다. 다음의 질문들은 독서의 두 축인 '내용이해하기'와 '비판적 읽기'를 종합적으로 고려한 질문들이다.

① 필자가 문제 삼는 것은 무엇인가?
② 문제 상황의 긍정적인 측면은 무엇인가?

③ 문제 상황을 일으킨 관점은 한마디로 무엇인가?

④ 문제 상황은 왜 극복하여야 하는가?

⑤ 필자가 문제 상황의 해결을 위해 제시한 관점은 무엇인가?

⑥ 필자의 주장에는 허점이 없는가?

⑦ 허점은 다시 어떻게 극복될 수 있는가?

⑧ 주장을 뒷받침하는 논거는 무엇인가?

⑨ 그 논거들을 비판할 수 있는 논거들은 무엇인가?

⑩ 자신의 생각과 가장 근접한 주장이나 논거는 무엇인가?

⑪ 이제까지 자신이 생각 못한 의견과 내용은 무엇인가?

⑫ 자신의 의견과 주장을 새롭게 정리한다면?

이러한 질문들을 바탕으로 글에 따라 선택적으로 질문을 만들 수 있다.

실망근로자 효과

경기가 나빠져서 고용 사정이 빡빡해질 때 실직자들은 대개 세 가지 반응을 보인다. 첫째는 하던 분야에서 일자리를 계속 찾아보면서 실업자로 남는 경우다. 둘째는 다른 분야의 일자리를 알아보기 시작한다. 셋째는 아예 일자리 찾기를 단념한다.

처음 두 가지 경우는 고용통계에서 실업자로 잡힌다. 실업자는 구직(求職) 의사가 있는데도 일자리를 구하지 못한 사람을 말한다. 그러나 셋째 경우는 실업 통계에서 빠진다. 아예 구직을 포기하고 취업시장에 나오지 않기 때문이다. <u>실직자이긴 하지만 실업자는 아니다.</u>

일을 할 능력이 있는데도 취업하지 않는 이유는 두 가지다. 첫째는 일을 안 하기로 선택하는 경우다. 쥐꼬리만한 월급을 받고 일하느니 차라리 노는 게 낫다고 여기는 것이다. 이런 사람은 대개 물려받은 재산이 있거나, 다른 가족의 소득에 얹혀산다. 일할 의욕이 별로 없으면서 먹고사는데 지장이 없는 전형적인 백수(白手)다. 그다지 권할 만한 형태는 아니지만 사회적으로 문제될 건 없다.

정말 심각한 경우는 진정 일을 하고 싶지만 당분간 구직 가능성이 안 보이거나, 일자리 찾기에 지쳐 포기한 사람들이다. 1958년 프린스턴 대학의 클레런스 롱 교수는 불황이 심해졌는데 오히려 실업자가 줄어드는 현상에 주목했다. 연구 결과 불황이 장기화되면서 구직을 포기한 사람이 늘어났기 때문임이 드러났다. 구직 가능성을 낮게 보는 사회초년생들이 처음부터 취업 전선에 뛰어들지 않는 것도 실업률을 낮추는 효과가 있다. 롱은 이를 '실망근로자 효과(discouraged worker effect)'라고 명명했다. 취업에 실망한 구직 포기자들이 늘어나면서 불황에도 실업률은 낮아지는 통계적 착시를 불러오는 현상이다. 실망근로자가 많아지면 당사자와 가족의 경제적 고통과 좌절감도 크지만, 일할 능력이 있는 인력이 사장되고 있다는 점에서 국민경제적 손실도 적지 않다.

　　올 들어 11월까지 15세 이상 일할 수 있는 사람 가운데 취업 의사가 없는 비경제활동인구가 월평균 1,475만 명으로 사상 최고 수준을 기록했다고 한다. 이 가운데 주부나 학생 등을 빼고 그냥 쉬고 있다는 사람이 2003년 89만 명에서 올해 126만 명으로 37만 명이 늘었고, 취업준비생이 35만 명에서 53만 명으로 18만 명이 늘었다. 이들 중 대부분은 자발적 백수라기보다는 실망근로자들일 공산이 크다. 취업을 포기한 이들의 실망이 절망으로 떨어지지 않을까 걱정이다.

김종수(논설위원), 중앙일보

읽기① 이 글에 의하면, 경기가 나빠져 일자리 구하기가 어려우면 실직자들은 대게 세 가지 반응을 보인다고 한다. 세 가지 반응 중 필자가 문제 삼고 있는 유형은 어느 유형인가?

읽기② 밑줄 친 "실직자이긴 하지만 실업자는 아니다."라는 말의 뜻을 풀어쓰시오.

읽기③ 클레런스 롱 교수가 말한 '실망근로자 효과'를 설명하시오.

읽기④ '실망근로자 효과'의 문제점은 무엇인지 정리해 보시오.

읽기⑤ 결과적으로 필자가 말하고자 하는 의도는 무엇인지 정리해 보시오.

비판① '쥐꼬리만한 월급을 받느니 차라리 노는 게 낫다'는 주장을 비판할 수 있는 논거를 세 개 이상 생각해보고 어느 논거가 가장 적절한지 토론해 보시오.

비판② 필자는 구직 포기자의 문제를 국가와 정치에 그 책임을 묻고 있다. 과연 구직
포기자에 대한 책임은 누구에게 있다고 생각하는지 정리해 보시오.
- 국가와 정치권에 그 책임이 있다.
- 구직포기자에게 그 책임이 있다.

6) 간단한 서평 쓰기

'나' 대입하기의 또 다른 한 축은 '나'의 주관적인 느낌·감정·정서
등이다. 앞의 '(5) 글쓰기를 위한 요약 글쓰기'가 글의 지식·정보를 중
심으로 '나'의 생각과 경험을 개입한 글쓰기라면 '간단한 서평 쓰기'는
'나'의 주관적인 느낌·감정·정서 등을 자유롭게 쓰는 것이다.

'서평'이라고 했지만 정식 서평 쓰기가 아니다. 따라서 '서평은 감상
을 객관화하여 사회·문화적 맥락에서 공론화하는 글이다.'와 같은 서
평에 대한 정의나 일반적인 서평 쓰는 법, 서평구성법, 서평의 문장 같
은 것은 잠시 접어 두어도 좋다. 독후감상문이라고 해도 좋고 서평이라
고 해도 관계없다. 그저 책을 읽고 떠오르는 잡생각들을 주저리주저리
글로 적으면 된다. 어차피 서평이란 책을 평가하는 글이지만 같은 책을
다른 서평들이 모두 다 같지 않다. 그것은 책을 이해하는 방식이나 생
각, 기준들이 다 다르기 때문이다.

중요한 것은 책을 읽으며 '나'가 주체가 되어 무엇을 느끼고 무엇을 생
각하였느냐이다. 그저 주저리주저리 적어놓고 서평이라고 우기면 된다.

예문 가

제목 : 책 읽는 여자는 위험하다.
지은이 : 슈테판 볼만 지음, 조이한 옮김
출판사 : 웅진닷컴

너무 예쁜 표지와 책안을 가득 메우는 그림들로 매력이 가득한 책.
사랑스런 표정으로 책에 열중하는 젊은 여자도 침침한 눈으로 책장을
짚어가며 책을 읽는 노파의 그림도 있다. 진지한 표정, 혹은 흐트러진 자
세로 책을 읽는 여자들의 여러 모습이 너무 매혹적이다. 여자에게 책 읽은
특권이 주어진 것은 그리 오래된 역사가 아닌 듯하다.

때론 도발적으로, 때론 순수하게, 때론 즐겁게… 책 읽는 여자는 위험하다.
하지만 아름답다. 그리고 반짝인다. 화폭에 옮기지 않고는 못 배길 정도로…

이 책의 제목이 〈책 읽는 여자는 위험하다〉인데 위험해봤자 뭐 얼마나
위험할까? 왜 그런 제목일까 하고 생각해 보았는데 이 책의 제목은 마음
에 든다. 책에 들어 있는 내용이 생각을 바꾸고, 사람을 바꾸고, 사회를 바
꿀 힘이 있다면 그게 위험하다는 뜻일 것이다.

서평을 쓰는 일정한 형식이나 구성법도 필요 없다. '처음―중간―끝'
이라는 간단한 구성법도 신경 쓰지 않아도 된다. 책에 대한 느낌을 먼
저 이야기하든 책의 내용을 먼저 이야기하든 관계없고, 책 내용인지
'나'의 느낌이나 생각인지 구분하지 않아도 된다. 책을 펼쳐놓고 중요한
부분을 옮겨 적어도 좋고 책을 덮고 생각나는 것만 적어도 관계없다.
중요한 것은 '나'를 대입하면서 책을 읽고 '나'를 대입하여 서평을 쓴다
는 것이다. 그저 '나'의 느낌·감정·정서 등을 빼놓지 않고 충실하게
쓰면 된다.

그리고 한 가지만 더 덧붙인다면, 다른 사람에게 권하는 형식의 서평
을 쓰면 또 다른 효과를 볼 수 있다는 것이다. 다른 사람에게 권하는
형식의 글을 쓰면 우선, 핵심 내용을 더욱 선명하게 정리할 수 있다. 다
른 사람에게 책의 중요한 내용을 전달해야 하기 때문에 군더더기는 빼
고 중요한 내용을 극대화할 수 있다. 그리고 다른 사람을 설득해야 하
므로 글을 읽는 사람의 입장과 눈높이를 감안하는 글쓰기를 할 수 있어

저절로 다양한 문체나 표현법을 체득할 수 있다.

　다른 사람에게 권하는 서평 쓰기의 중요한 강점은 글을 쓰면서 단정하지 않게 된다는 것이다. 독서의 위험한 점은 책의 내용을 자신의 생각에 한정하여 받아들인다는 것이다. 그래서 균형 감각을 잃게 되고 자신만의 세계에 갇힐 위험이 있다. 하지만 다른 사람에게 권하는 서평 쓰기는 자연스럽게 열린 구조와 열린 표현법을 사용하게 된다. '_이다', '_한다' 등과 같은 단정적인 표현보다는 '_느낄 수 있었다', '_할 수 있지 않을까' 등과 같이 자신의 생각이나 느낌 등을 강요하지 않고 열린 방식의 글쓰기를 하게 된다.

예문 나

　출판사 : 열림원 / 류시화 저

　마음이 복잡하고 심난할 때, 어디론가 훨훨 떠나고 싶은데 그럴 수 없을 때, 무작정 현실도피를 꿈꿀 때. 사람들에게는 꼭 이런 순간들이 종종 아니면 가끔 찾아오기 마련이다. 이런 순간에는 난 책상 속에서 책 한권을 꺼내들고선 겨드랑이에 딱 낀 채 화장실로 향하는데 화장실에서 꼭 볼일이 없더라도 변기에 앉아 책을 탁 펴면 마음이 싸해지는 그 느낌.

　이 느낌을 혼자 느끼기엔 너무 아까워 여러분께 소개해 드리고자 한다. 류시화의 하늘 호수로 떠난 여행. 지극히 평범하지만 결코 평범하지 않은 이 인도 여행기를 담은 책은 화려한 유럽권이나 이상적인 아메리카 여행기처럼 문물을 소개하지도 탄성을 자아낼 정도로 아름답지도 않다. 지은이 류시화만의 독특한 문체로 독자의 마음을 움직일 것이다. 처음부터 끝까지 나는 이 책을 마음으로 읽었다고 해고 과언이 아니다. 인도를 다녀온 사람들 중에서 절반은 손을 저으며 갈 곳이 못된다고 하고 또 다른 절반은 그곳 특유의 매력에 반하여 또 가고 싶다고 노래를 부른다고 한다. 이

책을 접하기 전까지만 하더라도 인도는 조금 위험한 곳이란 인식과 비위생적인 곳이라고 생각했지만 이 한권의 여행기로 그 곳은 오아시스 일지도 모른다는 생각이 들었다. 인도에서 가장 흔히 쓰는 말은 "노 플라블럼"이라고 한다.

때 묻지 않은 순박함과 욕심 없는 인도인들을 나는 꼭 만나보고 싶다. 삶이 너무나 지치고 힘들 때 그냥 죽어 버리고 싶을 때 인도 여행을 다녀오라는 말을 들은 적이 있다. 인도는 대체 어떤 곳 이길래 그럴까. 하고 조금이라도 궁금한 마음이 든다면 그런 분들께 이 책을 꼭 전하고 싶다. 내가 고등학교 때 공부는 손에 잡히지 않고 생각대로 일이 풀리지 않을 때 공허한 마음에 책상에서 이 책을 읽었을 때 좀처럼 눈물이 없는 내가 고개를 떨구며 엉엉 울었던 기억이 아직도 생생하다. 에피소드로 구성된 이 작품의 어느 부분인지는 확실히 기억이 나지 않지만 지금 누군가 옆에 있어도 외롭다고 느끼거나, 지금까지 달려온 삶이 너무나 부질없다고 느껴질 때 마음을 만져주는 「하늘 호수로 떠난 여행」을 읽어보기를 권한다. 책을 다 읽었을 때 쯤 여러분도 어느새 도인이 되어 있을지도 모른다.

김태현

예문 다

만나는 사람마다 친구로 만들라
(카네기 인간관계론)

지은이 : 데일카네기 / 한성숙 옮김

1장 사람을 다루는 방법
2장 사람들에게 호감받는 6가지방법
3장 사람들을 내 생각대로 움직이는 방법
4장 리더가 되는 방법

공학과 같은 기술적인 분야에서 조차도 제정적인 성공의 약 15%는 본인의 기술적인 지식, 약 85%는 사람을 다루는 기술 즉 성격과 사람을 움직이는 능력에서 기인한다는 점이다.

이만큼 사람을 아는 것은 중요한 일이다. 이 책은 위의 목차처럼 사람을 다루고 호감 받고 움직이고 리더가 되는 방법을 제시하고 예를 들어 놓음으로써 편안하게 읽을 수 있고 많은 걸 얻을 수 있는 책이다. 자 그럼 이 책의 필요성을 알아보자. 만약 사랑하는 사람이 있다고 하자 그럼 그 사람에게 잘 보여야 할 것이다. 그럼 어떻게 잘 보일 것이냐 생각하게 된다. 돈으로 선물공세를 한다든지 난 잘생겼으니 혹은 예쁘니 외모로 밀어붙여야 하고 외모로 승부를 보던지 그런데 정말 중요한 것은 사람들은 무엇으로 생각할까요? 다들 마음이라 생각하겠죠. 사랑의 근본도 마음이고 기초도 마음이니 상대방의 마음을 사로 잡아야하는데 연애가 처음이신 분이나 내성적이신 분들 어디 가서 조언을 얻지도 못하고 끙끙 앓다가 그냥 짝사랑으로 끝나 버립니다. 하지만 이 책의 2장 호감 받는 6가지 방법을 읽고 나면 당신의 곁에는 이미 그녀 혹은 그가 다가와서 당신의 귀에 속사이고 있을 겁니다. 사랑해라고 말입니다. 그럼 이제 사랑하는 그녀 혹은 그와 결혼을 했습니다. 먹고 살아야겠죠 그럼 직장에서 직장상사에게 잘 보여야 할 것이고 직장 동료들과도 원만하게 그리고 중요한 계약도 해야 할 것입니다. 진급을 하고 연봉이 높아져야 지금과 같은 고유가 시대 그리고 자식 교육비 때문에 고통 받는 일이 없겠죠. 그럼 무엇을 선택해야 할까요? 그렇습니다. 이 책의 3장 사람들을 내 생각대로 움직이는 방법을 읽고 나면 당신은 주위 사람들로부터 총망 받는 이가 되어있을 것입니다. 자 그럼 이제 총망을 받아서 회사나 직장에서 중요한 직책을 맡게 되었습니다. 아랫사람들을 조절하고 조율해서 회사를 잘 이끌어 가야하는데 사람들로부터 원성을 듣고 능력에 의심을 받고 회사가 점점 재정적으로 힘들어 진다면 황혼의 나이를 편안하게 보내기 힘들 것입니다. 모든 회사원들이 존경하는 사람이 될 것이냐 아니면 원망받는 사람이 될 것이냐 라고 묻는다면 단연 다들 존경받는 사람이 된다고 말할 것입니다. 그 존경받는 사람이 되기 위해서 무엇을 해야 할까요? 당연히 이 책의 4장 리더가 되는 방법을 읽습니다. 이렇듯 이 책은 인간의 삶의 전반적인 부분에 걸쳐 설명되어 있습니다. 지루하지 않도록 경험담 위주로 설명되어 있기에 책을 싫어하던 사람도 편하게 읽을 수 있습니다. 이 책을 읽고 당신이 꿈꾸던 모든 것들을 인생에서 그리십시오. 하지만 '구슬이 서 말이어도 꿰어야 보배다'라는 말이 있듯이 자기 스스로가 책을 읽고 실천하는 행동은 필요할 것 입니다.

이근배

[예문 나]·[예문 다]는 [예문 가]와 달리 '모른다', '생각 할까요?', '_겠죠', '_ 것입니다.' 등과 같은 표현을 쓰면서 서평을 읽을 다른 사람을 끊임없이 의식하고 있다. 이렇게 다른 사람에게 권하는 글쓰기는 책 내용에 대한 부분이나 자신의 생각이나 느낌을 전달하는 부분에서도 단정 대신 가능성을 향해 열어놓는 태도를 지니게 한다.

7) 신문 스크랩하고 느낌 쓰기

신문에는 크게 기사·사설(논설)·칼럼·광고가 있다. 기사는 기자가 객관적인 태도로 육하원칙에 맞게 쓴 글이고, 사설이나 논설은 신문사에서 지정한 논설위원이 신문사를 대표해서 쓴 글이다. 칼럼은 주관적인 의견과 소회를 표현한 글이고 광고는 상품이나 기업을 홍보하기 위해 쓴 글이다.

이러한 글 중 어떤 글이든지 관계없다. 신문의 글을 읽다가 느낌이나 생각이 떠오르면 무조건 써보는 습관을 들여야 한다. 글쓰기 능력은 단숨에 이루어지는 것이 아니다. 매일 조금씩, 쓸거리가 있을 때 언제든지 메모 형식이라도 글을 쓰자.

"부대복귀 재촉한다" 모친 살해

부산 북부경찰서는 11일 휴가를 나왔다가 부대에 복귀하지 않는 것을 나무란다는 이유로 어머니를 고층아파트에서 밀어 떨어뜨려 숨지게 한 혐의(존속살해 등)로 육군 이병 최 모(21)씨를 긴급 체포해 헌병대에 인계했다.

경찰에 따르면 천식치료차 4일 휴가를 나온 최 씨는 복귀 일을 하루 넘긴 9일 오후 5시 30분께 자신의 집에서 부대 복귀를 재촉하는 모친 임모(45)씨의 목을 조르고 창문 밖으로 밀어 18층 아래로 떨어져 숨지게 한 혐의를 받고 있다.

최 씨는 다른 방에서 낮잠을 자다 싸우는 소리를 듣고 달려온 아버지에게 흉기를 휘둘러 경상을 입힌 혐의도 받고 있다.

(부산=연합뉴스)

〈신문 기사를 읽고 - 내 생각〉

처음 이 뉴스를 접했을 때 난 큰 충격을 받았다. 다른 분도 아니고 자신을 낳고 길러주신 부모님에게 흉기를 휘둘러서 살인을 저지른다는 것 자체가 나에겐 이해가 되지 않았을 뿐더러 다른 이유도 아니고 군대에 복귀하라는 당연한 이유를 가지고 흉기를 휘둘렀다는 자체가 이해가 되지 않았다.

현대 사회에서는 부모님을 너무 무시하는 경우가 많다. 나이 드신 부모님을 버리기도 하고 실버타운이란 곳에 맡겨 돈만 제공하는 자식들이 있는가 하면 자신의 부모님을 찾아뵙지도 않는 불효자식들 또한 많이 있다. 자신들을 위해 사시고 희생하신 부모님의 은혜를 원수로 갚는다 해도 과언이 아닐 것이다.

내가 그 부모님 입장이라면 과연 어떤 기분이 들까. 금이야 옥이야 키워 논 자식이 자신에게 흉기를 들고 있을 때 그 기분은 과연 어떨까⋯⋯. 아직 난 자식을 낳아보지 않아서 그 부모님의 마음을 다 이해할 수 없지만 대충은 그 기분을 이해할 것 같다. 사실 나도 부모님을 서운하게 한 적이 참 많다. 마음은 그렇지 않으면서 엄마 아빠를 보면 생각하는 것과 행동하는 것이 다를 때가 참 많다.

항상 나 때문에 고생하시고 힘들어 하시는 모습을 보면서 잘해드려야지 하면서도 내 기분이 먼저이고 내 생각을 먼저 할 때가 훨씬 많다. 그럴 때마다 우리 부모님은 나에게 얼마나 서운하셨을까. 이 기사를 보면서 죄송스런 마음으로 부모님을 다시 한 번 생각해 보았다.

요즘 들어서 부모님을 죽인 자식들의 기사들이 많이 나오고 있다. 처음 이런 기사를 접했을 때 정말 큰 충격을 받았다. 남도 아닌 혈연관계 그것도 가장 가까운 부모님과 자식 관계에서 이런 일이 발생하다니……. 정말 생각지도 못했던 일이었다. 가장 존경하는 사람으로 꼽아도 부족한 부모님께 살인을 저지르다니. 그 이후 부모님이 자식을 죽이는 경우 자식이 부모를 때리는 경우 일반 사람들의 상식으로 이해하기 어려운 기사들이 많이 나왔다.

그리고 한참 뒤 위의 기사를 접한 나에겐 정말 커다란 충격이었다. 군인이 군대에 입대해야하는 것은 당연한 일인데 이런 일로 자신의 부모를 옥상에서 죽였을까 과연 무슨 생각을 갖고 이런 일을 저지른 걸까. '나름 그도 군대에서 많은 힘든 일이 있었을 것이다.'라고 생각하기엔 아직 난 그 자식을 용서할 맘이 없다. 아무리 이해하려고 해도 내 상식으로선 도저히 이해할 수 없는 일이니까.

최근 들어 현대 사회에서 부모님을 무시하는 경우가 많이 보인다. 자신을 키워주시고 길러주신 부모의 은혜를 잊어버리고 자신만이 잘났단 듯 부모의 사랑을 잊어버리는 경우가 허다하다. 과거 우리나라는 동방예의지국이란 나라로 부모에 대한 효와 예를 중요시여기고 또 그것을 잘 실천해왔다. 이런 나라에서 어떻게 이런 살인이 벌어졌으며 이런 일이 생겼는지 난 도저히 이해가 되지 않는다.

과연 옛 조상들이 이런 기사를 접했다면 무슨 말을 할까 아마 정말 까무라치셨을지도 모를 일이다. 그분들 상식에선 과연 이런 일들이 가능하기나 한 일일까. 현대사회 이것만 고쳤으면 참 좋겠다. 난 이문제점을 꼽고 싶다. 정말 꼭 고쳐야할 가장 큰 문제이기도 하며 다신 일어나선 안 되는 일이기도 하기 때문이다. 정부 측에서도 문제가 있다고 생각한다. 다신 이런 살인이 일어나지 않게 하기 위해선 더 큰 처벌을 내려야 한다. 가벼운 형벌이 아닌 사형보다 더 무서운 벌. 곰곰이 생각해봐야 할 문제이다. 이런 문제만 좀 더 고쳐진다면 우리사회가 조금은 더 밝고 명랑한 사회가 되지 않을까 하는 바람이다.

　부모가 자식에게 칼을 휘두르고 자식이 부모를 때리는 그런 세상이 아닌 부모는 자식을 사랑하며 자식은 부모를 공경할 줄 아는 그런 멋진 세상으로 변해가길 바라는 마음이다.

　오늘 당장 시작하자. 신문을 펼치고 재미있는, 눈에 띄는 제목의 글을 읽고 읽으면서 머릿속에 떠도는 생각들을 글로 써보자. 꼭 신문이 아니어도 된다. 잡지도 좋고, 광고지도 좋다. 어떤 글이든 읽다가 생각이 떠오르면 그때마다 글로 써두자. 그런 습관이 필요하다.

5.2.2. 문단 잘 펼치기

　'3장 어휘와 표현'과 '4장 문장과 표현'에서 단어의 개념을 세우고 단어의 개념들을 부려 써서 문장으로 표현하는 연습을 하였다. 그러나 단어와 문장은 정보 전달 차원의 기능을 할 뿐 하나의 생각을 오롯이 표현하지 못한다. 우리가 글을 잘 쓰고 싶은 이유는 다른 사람에게 '나'를 잘 표현·전달하기 위해서다. 그리고 일상생활에서 다른 사람들과 원활하게 의사소통을 하기 위해서다. 이를 위해서는 내가 전달하고자하는 생각이나 느낌을 체계적으로 설명하거나 적절한 인과관계를 제시하여야 한다.

　'앞 뒤 말 다 빼고 말하면 어떻게 알아들어'라든지 '살 빼고 뼈다귀 빼고, 뭐가 뭔지 알아들을 수가 있나'라는 말을 들어본 적이 있다면 자신의 생각이나 느낌을 구체적으로 설명하지 않았거나 왜 그러한 일이 일어났고, 왜 그래야 하는지에 대한 인과 관계를 잘 밝히지 않았기 때문이다. '학교에 10시까지 가야해'라는 한 문장의 대화는 소통이 아니라 통보일 뿐이다. '자연을 보호해야 합니다'라는 한 문장은 구호일 뿐 소통은 아니다. 말하는 사람이야 다 말했다고 생각할지 모르지만, 자신은 진심을 담아 표현했다고 우길지 모르지만 듣는 사람의 마음에 남아 있지 않는 음성일 뿐이다.

말과 글이 생명을 얻으려면 뼈에 살도 붙이고 피를 돌게 해야 한다. '뼈'는 주장·주제를 말하고, '살'은 주장·주제를 잘 풀어주는 뒷받침 문장을 말한다. '피'는 글쓰는 사람의 진심이고 피를 잘 돌게 하는 '순환계'는 글의 구성이다.

'글쓰기는 무엇이고, 글쓰기의 과정은 어떠해야 하는가'. 또한 '문단 쓰기는 글쓰기에서 어느 만큼의 비중을 가지고 있는가'. 그리고 '문단은 어떻게 써야 하는가'. 이러한 질문에 대한 답은 여러 가지이고 의견마다 다 각기 특색이 있다. 그러나 다음 글은 곰곰이 씹을 가치가 있다.

무릇 글을 짓는 것은 반드시 먼저 뜻을 구상해야 하는데, 뜻에는 처음과 끝이 있고 짜임새가 있게 마련이다. 앞뒤가 대략 갖추어지고 짜임새가 어느 정도 타당하게 되면 바로 붓을 내달려 이를 쓴다. 다만 단락의 연결이 서로 통하여 분명하고 쉽게 이해할 수 있게 해야 하니, 어조사나 요긴하지 않은 글자를 쓸 겨를이 없고 속되고 저속한 말을 피할 겨를이 없다. 이것은 바른 뜻을 잃게 되어 말하고자 하는 바의 것이 글에 담기지 못할까 염려하기 때문이다. 뜻이 선 뒤에는 말을 다듬는다.

이건창의 <답우인론작문서(答友人論作文書)>에 나온 글이다.(정민. 2001. 225) 이 글에 따르면 글쓰기에서 가장 중요한 것은 뜻을 세우는 것이고, 글을 써내려가면서 가장 중요한 것은 뜻을 잃지 않는 것이다. 그리고 글을 쓰는 과정은 먼저 뜻을 세우고, 뜻의 길을 따라 뜻의 짜임새를 짠다. 그런 다음 비로소 글을 쓰는데 글쓰기는 문단 쓰기라 할 수 있을 정도로 문단 쓰기는 실질적인 글쓰기의 시작이요, 핵심이다. 문단 쓰기에서 가장 중요한 것은 뜻을 잃지 않도록 하는 것이니 어조사를 비롯해 필요 없는 단어나 표현은 쓰지 말아야 하며, 특히 속되고 저속한 말은 쓰지 말아야 한다는 것이다.

이처럼 문단쓰기는 글쓰기에서 매우 중요한 위치를 차지한다. 어휘력이나 문장력을 향상시키는 프로그램과 교육 방법도 글쓰기 교육에서 중요하지만, 문단 쓰기는 학습자의 생각을 명확하게 하고 체계적으로 그것을 조직하여야 한다는 점에서 글쓰기 교육의 핵심을 이룰 수 있다.

즉, 어휘나 문장에 관한 수업과 쓰기는 학습자의 단편적인 생각을 표현하는 데에서 그치지만, 문단쓰기는 학습자의 생각과 주장을 자세히 풀어내고 논리적인 체계성을 갖추어야 된다는 점에서 글쓰기 교육에서 담당해야 할 요소들을 대부분 담당하여야 한다.

이러한 이유로 문단쓰기 교육은 항상 글쓰기를 포함하거나 글쓰기 교육을 전제하여야 한다. 따라서 문단쓰기는 항상 글쓰기의 맥락 안에서 정의하고, 지도 방법을 구안하여야 한다. 그러나 문단쓰기는 별로 중요하지 않게 다루어지거나 효율적인 지도 방법에 대한 고민도 거의 이루어지지 않고 있는 실정이다. 특히, 중심 문장과 뒷받침 문장을 어떻게 써야 하는지, 어떻게 지도해야 하는지에 대한 이론 정립과 실제 지도 방법에 대한 논의는 전무한 실정이다.

이러한 이유는 우리의 글쓰기, 글쓰기 교육이 결과 중심 글쓰기에서 아직 벗어나지 못하고 있으며 천박한 과정 중심 글쓰기에 빠져있기 때문이다. 아직도 글을 쓰는 과정과 글을 쓰는 학습자에 대한 고려나 다양한 환경보다는 글쓰기의 결과물인 글을 더 중시하는 것은 아직도 결과 중심 글쓰기에서 벗어나지 못함을 보여주고 있는 것이다. 아울러 글쓰기 전략 등 방법에만 치중하고 있을 뿐, 글쓰기를 통해 궁극적으로 얻고자 하는 것이 무엇인지에 대한 고민을 외면하는 풍토는 과정 중심 글쓰기를 천박하게 만들 위험이 있다.

1) 문단의 개념

문단의 개념을 정의한 것으로는, "글의 일부를 이루는 구성 단위"(최명환, 2003), "문장들이 모여서 이루어지는 글의 중간 조직체"(서정수, 1998), "몇 개의 문장이 모여서 하나의 중심 생각을 나타내는 글을 구성하는 단위"(국어교육학사전, 1999) 등을 들 수 있다.

이러한 논의를 종합해 보면 문단이란 ① 몇 개의 문장이 모여서 하나의 중심 생각을 나타내는 ② 자체로도 완결된 구조를 이루지만 장(chapter), 또는 글(composition)을 이루는 하위 단위라고 할 수 있다. 이를 문법적인 용어로 도식화하면, '문단 = 하나의 소주제문＋하나 이상의 뒷받침문장'이라 할 수 있다. 이를 다시 풀어보면 문단은 오직 하나의 중심 생각(central idea)을 담은 소주제문(topic sentence) 하나와 소주제문과 유기적인 관계를 맺으면서 중심 생각을 구체화하는 하나 이상(적어도 둘 이상, 보편적으로는 3~4개)의 뒷받침문장(supporting sentence)들로 이루어졌다고 할 수 있다.

> 문단 = 단 하나의 소주제문(생각) + 소주제를 구체화하는 뒷받침문장(4±1)

이러한 개념 규정과 문단에 대한 논의는 주로 문단이 담고 있는 정보·지식 위주로 이루어지고 있다. 그러나 글이란 정보와 지식만을 담고 있는 것은 아니다. 짧은 예를 들어보자면 "그는 힘없이 터벅터벅 길을 내려가고 있다."는 문장을 정보·지식 위주로 받아들이면 "그는 길을 내려가고 있다.", 또는 "그는 간다." 정도가 될 것이다.

그러나 글쓴이가 나타내고자 하는 심리, 상황이나 느낌 등을 고려한다면 '힘없이', '터벅터벅' 등에도 관심을 가져야 한다. 그래서 "왜 그는 힘이 없을까?", "왜 글쓴이는 터벅터벅이라는 표현을 했을까?"와 같은 질문을 해야 하고 이러한 질문과 학습자의 응답(반응)을 통해 글쓴이와 창조적인 대화를 해야 한다. 그래야만 글 전체의 문맥과 글쓴이의 의도 정서·느낌 등을 구체적이고 정확하게 파악할 수 있다.

2) 문단의 구성 원리

문단은 하나의 소주제문과 하나 이상의 뒷받침문장으로 이루어졌다. 모든 문단은 하나의 작은 생각과 그 작은 생각을 자세히 풀어주는 문장들로 구성된다. 하나의 문단에 여러 가지 생각이 들어 있으면 무엇을 말하려고 하는지 정확히 파악할 수 없으며 그렇다고 문단을 너무 자주 나누면 글의 흐름이 단절되거나 산만해져서 역시 글의 내용을 정확하게 이해할 수 없다.

그러므로 문단의 구성 원리를 알고 정확한 곳에서 문단을 나누는 훈련이 필요하다.

첫째, 문단에서 다루는 내용은 글의 전체 주제에서 벗어나면 안 된다. 문단의 내용이 전체 글의 주제에서 벗어나지 않으려면 문단 단위의 개요를 작성할 때 문단의 소주제가 전체 주제와 관련 있는 내용이 되도록 짜야 한다. 곧 문단의 소주제는 글 전체 주제의 일부이어야 한다.

둘째, 문단은 반드시 하나의 중심 생각만을 가져야 한다. 한 문단에 여러 개의 생각을 함께 드러내려고 하면 결국 글이 혼란스럽고 산만해진다. 그러므로 하나의 문단에서는 하나의 소주제만을 다루어야 한다.

셋째, 뒷받침문장은 소주제와 관련된 것만을 써서 통일성을 기해야 한다. 아무리 훌륭한 내용이라 하더라도 소주제와 관련 없는 뒷받침문장은 글의 초점을 흐릴 뿐이다.

넷째, 뒷받침문장은 소주제를 점차 구체화하여야 한다. 뒷받침문장이 소주제를 그대로 풀이하는 데 그쳐서는 안 된다. 뒷받침문장이 소주제를 확대하거나 발전시켜야 읽는 사람이 글쓴이의 생각을 충분히 이해할 수 있다.

다섯째, 소주제를 충분하게 뒷받침하여야 한다. 소주제를 충분히 뒷받침한다는 것은 필요한 만큼의 설명, 논증, 서사, 묘사를 해야 한다는 것이다. 이해가 안 되는 글은 대개 글을 쓰는 사람이 소주제에 대해 충분한 자료를 갖고 있지 못하거나 소주제를 구체적으로 기술하지 못했기 때문이다. 따라서 글을 쓸 때에는 자신이 충분히 이해하고 있는 내용을 주제로 삼아야 하며, 글감을 되도록 많이 수집하고 내용별로 분류하여 정리하는 데 신경을 써야 한다.

3) 문단의 유형

문단은 하나의 소주제문과 그를 뒷받침하는 하나 이상의 문장으로 이루어져 있다고 했다. 문단의 구성은 소주제문을 문단의 어느 위치에 두느냐에 따라 결정된다. 문단에 소주제문을 배치하는 방법에는 두괄식, 미괄식, 양괄식, 중괄식, 그리고 소주제문이 기술되지 않은 문단 등 크게 다섯 가지가 있다. 이 다섯 가지 문단의 유형 중에서 많이 사용되는 것은 두괄식과 미괄식이다. 양괄식도 많이 사용하지만 대개의 경우 양괄식은 두괄식의 변형이라고 할 수 있다. 두괄식은 '연역적 구성'이라 하고 미괄식은 '귀납적 구성'이라고도 하지만 일반적으로 문단 차원의 논의에서는 이러한 용어들은 잘 사용하지 않는다. 그러니 문단 차원의 논의에서 연역적 구성이라고 하면 두괄식이라 이해하고 귀납적 구성이라고 하면 미괄식이라고 이해하면 될 것이다.

일반적으로 동양 사람은 두괄식을 많이 사용하고 서양 사람들은 미괄식을 자주 사용한다고 한다. 이는 이처럼 서양과 동양 사람들의 사유 방식의 차이 때문으로 여겨진다. 즉 서양 사람들은 구체적인 사례들을 먼저 제시하고 그것을 바탕으로 일반화하는 사유구조를 가졌다면 동양 사람들은 추상적이고 포괄적인 사유를 즐겨하기 때문에 주제문을 앞에 두는 것이다.

문단 구성의 차이가 어떤 점에서 다른지 살펴볼 필요가 있을 것이다. 자주 사용하는 두괄식과 미괄식을 중심으로 살펴보자.

〈두괄식〉	〈미괄식〉
오— 봄이다 꽃향기 날아 산들바람 불고 내 마음 부풀게 하니	산들바람 불고 내 마음 부풀게 한다. 꽃향기 날아 오— 봄이다

두괄식은 포괄적이고 정서적인 느낌을 주는 반면, 미괄식은 구체적이고 논리적인 느낌을 준다. 두괄식은 주관적인 느낌을 먼저 표현하고 대상에 대한 파악을 뒤에 붙이고 있지만, 미괄식은 대상에 대한 파악을 먼저 제시하고 그 다음 자신의 주관적인 느낌을 표현하고 있다. 일반화하기는 어렵지만 두괄식은 자신을 먼저 내세우는 글의 문단 유형으로, 미괄식은 인과관계를 내세우는 글의 문단 유형으로 사용하면 효과적일 것이다.

그러나 두괄식이든 미괄식이든 문단을 기술하는 일반적인 원리가 있는데 그것은 "글을 읽는 사람이 알고 있는 내용 → 글을 쓰는 사람이 새롭게 제시하는 내용이나 근거"의 순으로 기술한다는 것이다. 이 원리는 문단 쓰기에서뿐만 아니라 한 편의 글을 쓰는 원리이기도 하다.

보편적인 내용(객관) → 새롭게 드러내는 근거·내용(주관)

즉 문단이든 글이든, 기술의 가장 기본적인 원리는 글을 읽는 사람이 알 만한 것, 또는 보편적으로 모든 사람이 알고 있거나 그 사회의 보편적인 관념들을 써서 글을 읽는 사람을 글 안으로 끌어들인 다음에, 글 쓰는 사람의 새로운 주장이나 근거들을 기술한다는 것이다.

4) 문단 전개

문단 전개는 소주제문과 뒷받침문장들 사이의 내용·유기적 관계를 말한다. 즉, 소주제를 얼마나 잘 드러내느냐 하는 것과 소주제와 뒷받침문장들이 얼마나 긴밀하게 이어지느냐, 그리고 나타내고자 하는 소주제를 얼마나 완전하게 실현하느냐 하는 문제라고 할 수 있다.

문단 전개의 원리로는 크게 통일성·일관성·강조성·완결성이 있다. 이는 수사의 3대 원리인 통일성·일관성·강조성에 완결성을 더한 것이라 할 수 있다. 이 중 완결성은 문단 전개의 원리가 될 수 있는가 없는가에 대해 논란이 되고 있다. 그러나 문단이 장이나 글의 하위 단위이긴 하지만 그 자체가 하나의 의미로 탄탄해야 하기 때문에 문단의 전개 원리로 삼을 수 있을 것이다.

통일성(unity)이란 소주제문과 뒷받침문장들이 내용적으로 일치해야 함을 말하는 것이고, 일관성(coherence)이란 선택한 재료를 효과적으로 배열하여 소주제를 구체적으로 드러내는 방식을 의미한다. 강조성(emphasis) 역시 소주제를 효과적으로 두드러지게 하는 방식을 의미하는데 글읽는

이의 관심을 집중할 수 있는가 하는 것이 관건이라 할 수 있다. 완결성 (compleeteness)은 소주제문과 뒷받침문장들로 하나의 의미가 완전하게 실현되는 것을 뜻한다.

따라서 문단 쓰기를 할 때 중요한 점은 네 가지로 요약할 수 있다.

첫째, 어떻게 소주제를 마련하느냐 하는 것이다. 소주제는 글의 주제와 깊은 관련이 있어야 한다. 문단 쓰기의 차원에서 본다면, 가능하면 전체 글의 개요 작성을 한 다음 어느 한 문단을 선정하여 소주제문을 명제화하는 것이 필요하다.

둘째, 소주제문과 뒷받침문장 그리고 뒷받침문장들을 얼마나 유기적으로 전개하느냐 하는 것이다. 이때 대체로 서사 · 묘사 · 설명 · 논증의 4대 기술법을 사용할 수 있다. 이런 측면에서 초등학교 교과서에서 뒷받침문장을 '설명해주는 문장'으로 정의내린 것은 문제가 있다. 유기적 관계를 집중적으로 훈련하기 위해서 일정한 유형의 접속어를 사용하여 문장을 펼치는 훈련이 효과적이다.

셋째, 글을 읽는 사람에게 내가 전달하고자 하는 생각과 주장을 효과적으로 전달하고 있느냐 하는 것이다. 똑같은 말도 전달하는 방법에 따라 이해나 설득의 효과는 매우 다를 수 있다. 따라서 글을 읽는 사람의 입장을 고려하여 친절하게 쓴다.

넷째, 하나의 문단이 하나의 의미 · 내용을 완결할 수 있어야 한다. '글은 한글자 보탤 것도 없고 한 글자 뺄 것도 없어야 된다.'는 원칙이 문단 쓰기에서도 적용되어야 한다.

5) 문장 확장하기

문단 쓰기 훈련 전에 소주제 문단의 문장들이 갖추어야 할 기본 요소는 첫째, 자신의 사상과 감정을 똑똑하게 그려내야 한다는 것이요, 둘째, 읽는 사람에게 그 내용을 올바르게 이해시키고 감동을 줄 수 있어야 한다는 것이다. 그러므로 문단을 쓸 때는 자신의 사상이나 감정을 구체적으로, 전체적으로 표현해야 한다.

그러나 '구체적'이란 말과 '생략'이라는 말은 항상 대립 관계에 있다. '구체적'이란 말은 쓸데없는 것까지 무조건 구체적으로 쓰라는 말은 아니다. 생략하면 읽는 사람이 이해하기 곤란하거나 유추가 불가능해지는 한계까지는 생략해도 무방하다. 그렇지만 문단 쓰기 훈련을 위해 주어진 문장을 쓸 수 있는 데까지는 구체적으로 풀어 보는 훈련은 필요하다.

해가 떠오르자 바다는 일렁이기 시작했다.

위 문장만으로도 하나의 문장은 완성된 것이니, 뜻을 전달했다고 할수 있다. 하지만 위 문장은 단편적인 정보이지 소통을 이룬 글이라고하기에는 어렵다. 어떤 '해'인지 어떻게 '떠올랐'는지, '바다'는 어떤 상태였는지, '일렁이는' 모습은 어땠는지 좀 더 구체적이고 실감나게 표현할 필요가 있다.

블러셔를 입은 그녀의 두 뺨과 같은 주홍빛 해가, 어느새 끝없이 넓디넓은. 그래서 투명해보이기까지 한 하늘 중앙으로 높이 떠오르자. 열정이느껴지는 미러볼에 반응하며 그 순간을 즐기듯 잠잠했던 바다는 본 모습을 서서히. 자연스럽게, 그리고 천천히 드러내며 일렁이기 시작했다.

이 정도의 표현으로도 어느 정도 떠오른 해와 일렁이는 바다에 대한 표현이 이루어졌다. 그러나 좋은 글을 쓰기 위해서 조금 더 욕심을 낼 필요가 있다. '3장 어휘와 표현'에서 연습한 '단어의미 범주도'를 그리고 그것을 참고하여 문장을 확장해 보자.

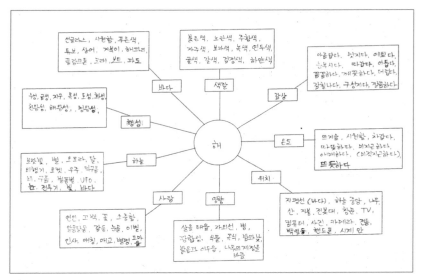

자료 5-1

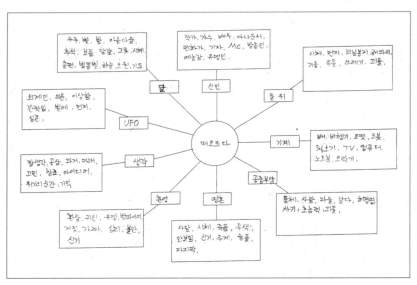

자료 5-2

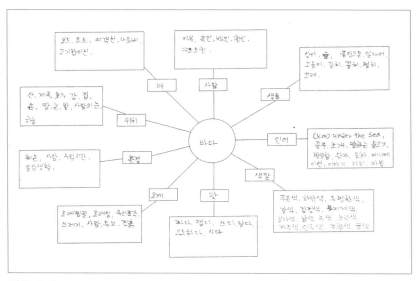

자료 5-3

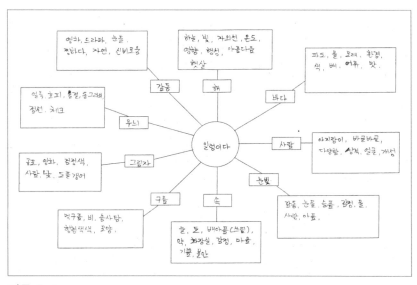

자료 5-4

블러셔를 입힌 그녀의 두 뺨과 같은 주홍빛 해를 보며, 사랑이란 단어를 생각하다 어느새 감상에 젖어들고 말았다. 그 고운 색깔을 보고 있으니 그녀가 이미 내 마음속에 들어와 폭풍우처럼 영향을 끼쳤다는 것을 깨달았고, 이마에 손을 올리자 열이 나는 듯 온도가 성큼 올라가고 있었다. 그대로 손을 눈가로 가져가 두 눈을 꼭 감고 싶었으나 그럴수록 그녀 생각이 이전보다 간절해지기만 했다. 이미지가 계속 머릿속에서 아른거리며 자꾸 생각났다. 함께 했던 시간이 주마등처럼 지나가면서 과거에 대한 그리움은 커져갔다. 그대로 스쳐지나가 버린 인연이라면 잊어버림 될 것을 지독하게도 붙들고 있었다. 그녀의 영상이 변함없이 방영되자 괴로움에 몸부림치며 눈을 부릅떴다. 깊은 한숨을 내쉬며 눈가에 올렸던 팔을 거세게 늘어뜨리자 어깨에 통증이 느껴졌다. 멍하니 수평선을 바라보는데, 홀로 빛나고 있던 동그란 물체는 온데간데 없었다. 시간이 얼마나 흘렀는지 인지하지 못하고 오직 그녀만을 생각하고 있었던 것이다.

어느새 태양이란 작자는 끝없이 넓디넓은 물 위를 지나 공중부양 한 채로 UFO처럼 하늘 중앙에 높이 떠올랐다. 너무 눈부셔 저절로 눈이 감겨졌다. 햇빛을 신경질적으로 노려보자 눈앞이 조금씩 어두워지면서 머리가 띵해졌다. 그 일을 그만두고 나는 영혼이 나간 듯 멀뚱히 서서 그녀의 환청을 듣고 환영을 보았다. 미모만큼이나 아름다운 목소리는 스르륵 스르륵 귓속을 파고 들어왔다. 친구와 얘기하며 웃는 그녀의 모습에서 자체적으로 빛이 흘러나왔고 솜털처럼 가벼우면서 닿을락 말락한 부드러운 음성은 내 머리칼을 간지럼 태웠다. 바라보고 있는 것만으로도 충분히 주위 사람들을 홀릴만한 매력을 가졌다. 얌전할 것 같으면서도 신나는 음악 앞에서 그녀는 실력을 뽐냈다. 열정이 느껴지는 미러볼에 반응하며 그 순간을 즐기면서, 바다는 그녀처럼 본 모습을 서서히, 그리고 자연스럽게 그리고 천천히 드러냈다. 사람인 마냥 그 움직임은 남달랐고 파도가 거세지자 그녀의 환영은 뒤태부터 지느러미가 생기면서 곧 인어로 바뀌어갔다. 물이 뱉어낸 인어는 침침한 나와는 다른 환경에 있어서인지 색이 고왔다. 나에게 아무 감정없는 얼굴을 보였고, 그녀의 빛깔을 다시금 떠올리게 했다. 멍한 표정으로 모래사장에 털썩 주저앉은 채 그것을 직시했다. 손을 뻗으면 닿을 것 같으면서도 닿지 않는 그 형체는 나를 더 애타게 만들었다. 수평선 위로 한 척의 거대한 배가 소리의 파장을 일으키며 지나고 있었으나 내 눈엔 들어오지 않았다. 하늘에 떠다니는 구름과 그를 묵묵히 바라보는 해는 무늬만 함께 할 뿐, 떠나가는 구름을 잡지 못하는 해의 간절함이 느껴졌다. 이 모든 것들을 바라보는 나의 눈빛은 어느새 눈물이 되어 바다와 함께 합쳐졌다. 해가 어느새 하늘 중앙에서 내려오면서 내 눈물에도 그림자가 생겼고 바다는 내 속을 아는지 모르는지 일렁이기 시작했다.

같은 하나의 문장을 가지고 확장하였지만 '의미범주도'를 그리고 그것을 참고하여 글을 쓰면 글의 내용도 풍부해지고 문장의 연결과 전개도 훨씬 쉬워진다는 것을 경험하게 될 것이다. 글은 생각으로 쓰고 생각이 많으면(쓸거리가 많으면) 문장 전개나 문단 구성, 글의 체계성과 논리성 등이 모두 눈에 띄게 좋아진다. 명심하라, '상상하고 생각하라!' 그러면 글은 저절로 잘 쓸 수 있다.

문장 확장을 연습할 때 필요한 단어만을 대상으로 할 수도 있다. 아래 문장에서 확장할 수 있는 단어는 '그녀·고개·들다·날다·비행기·쳐다보다'이지만 이 중에서 필요하다고 생각하는 몇 개의 단어만을 확장하고 글을 쓸 수도 있다.

다음 글은 '그녀·고개·비행기·날다'의 의미범주도를 그리고 그를 바탕으로 쓴 글이다.

그녀는 고개를 들어 날아가는 비행기를 쳐다보았다.

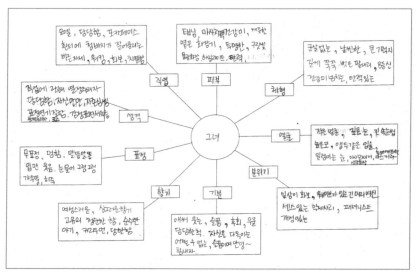

자료 5-5

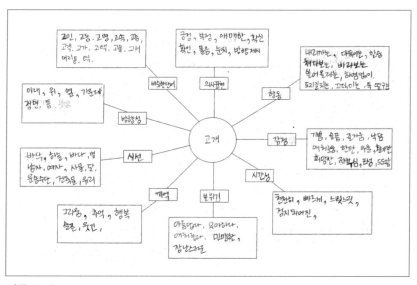

자료 5-6

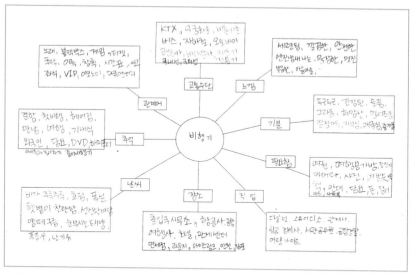

자료 5-7

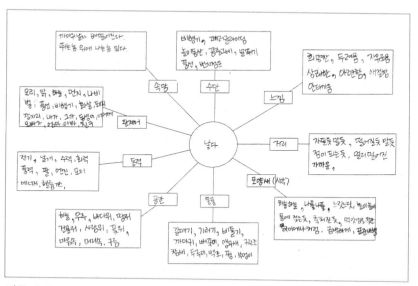

자료 5-8

적당히 태닝을 한 탄력 있는 피부에 건강미가 넘치고, 군살이 없이 날씬하고 큰 기럭지와 8등신의 길게 쭉쭉 뻗은 팔다리와 비율. 이기적이게 작은 얼굴에는 깨끗한 피부결과 탄력을 위한 물광 메이크업을 하고 하이라이트를 주어서 더 작아 보인다. 깊은 눈에는 아이라이너와 색조화장을 하였고 긴 속눈썹에는 마스카라를 하여 더욱 풍성하게 보인다. 적당히 높은 코와 앵두 같은 붉은 입술, 웨이브가 들어간 긴 머리 여신 포스를 내며 일상이 화보인 양, 패셔니스트 답게 개성 있고 센스 있는 악세사리를 하고 있고, 여성스러우면서 싱그럽고 순순한 향기가 감돌며, 흰 티에 청바지가 잘 어울리는 듯하고, 열정적이고 당당하고 자신만만하며 완벽주의자이기에 훌륭한 워킹과 화보로 다져져 꼿꼿하고 바른 자세를 하며 강한 포스가 묻어난다. 포커페이스와 표정 연기에 능하여서 그런지 슬프고 후회되고 우울하지만 애써 담담한척 하며 웃어 보인다. 하지만 자신의 감정에 있어 표현이 서툴러서 그런지 울지는 못하고 일렁이는 눈을 하며 입가에만 억지로 미소를 짓는 그녀는, 천천히 정지되어진 듯 느릿느릿하게 바닥으로 시선을 옮기며 한숨을 내쉬었다. 툭 떨군 고개를 가끔씩 도리질을 하거나 끄덕이며 옛 기억에 대한 그리움, 행복, 웃음, 슬픔을 추억하면, 또한 지난 날 자신을 다독이듯, 긍정, 부정, 확신, 혹은 애매함, 그리고 물음에 표현하며 긴 머리를 쓸어 올리고, 분위기는 슬프고 애처로우며 우울하지만, 아름답고 우아함이 감돈다. 살며시 고개를 들어 아련하고 안타까우며 애절한 눈빛으로, 눈부신 9월의 햇빛과 구름의 저편으로, 하늘의 점이되듯 멀리, 높이 날아가는 웅장하고 세련되며 깔끔해 보였고 약간은 엔진냄새가 났던 바티칸을 향해 떠나는 국외선 비행기를 인천 공항 유리창을 통해 보며 이코노미석에 앉아 있을 한 때 동료이자, 마음에 담았었던, 지금은 예비 신부님인 그를 떠올렸다. 긴장한 채 두근거리며 열정 가득 했던 그가 가기 전에 큰 여행용 가방에 여권, 카메라, 사진, 여벌옷, 약, 책, 안대, 담요, 환전한 달러, 카드, 그리고 사제복을 챙기던 모습이 떠올랐다. 엉뚱하게도 "기내식은 맛있겠지?" "해리포터 틀어주려나?" "옆자리에 외국인 있으면 말 걸어볼까?"라며 헤어지기 전 농담 삼아 했던 그의 목소리가 웅웅 거리며 맴돌았다. 파리한 듯 홀로 공항에 남겨진 그녀는 시간이 멈춘 듯 멀뚱히 서서 공항 안으로 시선을 돌려보았다. 스튜어디스가 분주하게 움직이고, 여기저기 공항경찰과 직원들이 출입국 사무소를 왔다갔다하며, 티켓을 끊는 사람들, 면세점에서 선물을 사려는 사람들이 있었고, 아이스링크에는 부모와 어린아이들이 즐겁게 타고 있었다. 곧 마지막까지 웃으면서 보내주기로 한 약속을 지키기 위해 괜히 눈이 시큰거리는 거라고 생각하며 유리창 너머 하늘의 양떼구름을 쳐다보았다.

의미범주도를 작성한 뒤 그것을 바라보고 있으면 자연스럽게 쓸 내용과 줄거리를 가진 이야기가 떠오르는 것을 경험하게 될 것이다. 내가 의도하지 않았는데도 단어와 단어들이 결합하여 문장들이 된다. 비록 완벽한 문장이 아닌 단편적인 문장이라 하더라도 거침없이 글로 옮겨야 한다. 맞춤법이나 표준어 규정은 잊고, 자꾸만 잘 쓰려고 노력하는 '나'도 무시하고 무조건 적어보자.

6) 뒷받침문장 만들기

하나의 문단을 만들기 위해서는 적어도 2개 이상의 문장을 부려 쓸 줄 알아야 한다. 소주제문 한 문장과 소주제문을 뒷받침하는 하나 이상의 문장을 부려 써야 한다. 문단의 문장을 전개하는 방식으로는 다음과 같이 세 가지가 있다.

(1) 구체화의 순서 : 일반명제(소주제문) → 구체적 사실
(2) 일반화의 순서 : 구체적 사실 → 일반화 명제(소주제문)
(3) 반전의 순서 : 긍정 서술 → 반대 서술 → 결론(소주제문)

'일반명제'·'결론'은 소주제문이고 '구체적 사실'·'긍정·반대 서

술'은 뒷받침문장들이다. 이 중에서 문제는 뒷받침문장들이다. 소주제문을 만드는 것은 곧잘 하면서도 뒷받침문장을 부려 쓰지 못해 한 문단에 여러 소주제문을 열거하기도 하고 같은 내용의 문장을 반복해서 쓰기 일쑤다. 그래서 글쓰기 중요 능력 세 가지 중 두 번째가 바로 '뒷받침문장 만들기'이다.

뒷받침문장은 '설명·논증·서사·묘사'의 네 가지 기술 방법에 의해 기술된다. 그러나 문예문이나 특별한 장르의 글쓰기를 제외하면 '설명'과 '논증'이 뒷받침문장을 부려 쓰는 일반적인 방법이다. 설명의 방법 중에서 제일 많이 사용하는 기술 방법은 '예시'이다. 그래서 뒷받침문장을 부려 쓰는 핵심 방법은 '설명'·'논증'·'설명 중 예시'라고 할 수 있다.

설명이나 논증은 기술 방법에 대한 용어이므로 뒷받침 문장을 만들거나 문장을 전개할 때는 '구체적인 전개', '합리적인 전개'라는 용어를 쓰기도 한다. 이곳에서는 뒷받침문장을 전개하는 훈련이 목적이므로 구체적으로 전개하는 방법과 합리적으로 전개하는 방법에 국한하여 연습하기로 한다.

우선 구체적으로 전개하는 방법이란 일반적이고 추상적인 소주제를 내걸고 그것을 구체적으로 전개하여 풀이하는 뒷받침문장들을 늘어 놓는 방법이다. 구체화 순서로 서술하는 요령은 '풀어 말하면', '다시 말하면', '구체적으로 말하면', '바꾸어 말하면', '덧붙여 말하면', '곧', '즉' 등과 같은 접속 어구를 사용하여 문장을 이어나가는 것이다. 이러한 접속 어구를 사용한다는 것은 내용의 동일성을 말한다. 따라서 이러한 접속 어구들은 뒷받침문장의 내용이 소주제의 내용과 어긋나지 않도록 하는 길잡이 구실을 한다. 다만, 모든 문장에 접속 어구를 글 표면에 드러낼 필요는 없고 속으로 되뇌거나 가끔 필요할 때에만 표면화 하면 된다.

이러한 문장 전개하는 방법을 다른 말로 '구체적으로 전개하는 방법' 이라고 할 수도 있다. 이 전개 방법을 효율적으로 학습하기 위해서는 속담이나 격언과 같이 뜻이 잘 알려지고 비유적인 표현의 문장을 선택하는 것이 좋다.

ㄱ 현대사회는 침묵이 미덕이란 말이 있다.

ㄴ 풀어 말하면 쓸데없는 말을 하는 것이 말을 하지 않는 것보다 나쁜 결과를 가져올 수도 있다는 말이다.

ㄷ 다시 말하면 잘 알지도 못하면서 섣불리 내뱉은 말이 부정적인 영향을 끼칠 수 있으므로 그에 대한 우려를 나타낸 말이다.

ㄹ 바꾸어 말하면 섣불리 내뱉은 말은 말 하지 않은 것보다 더 나쁜 영향을 미칠 수 있다는 말이다.

ㅁ 즉, 지나치면 모자란 만 못하다는 과유불급이라는 사자성어도 있듯이 아는 체 하는 것이 오히려 독이 될 수 있다고 현대인들을 꾸짖는 말이다.

ㄱ 우리의 삶은 고통의 연속이라는 말이 있다.

ㄴ 풀어 말하면 하나의 산을 넘으면 또 다른 큰 산이 기다리고 있다는 뜻이다.

ㄷ 다시 말하면 하나의 일을 해결 하고나면 끝이 아니라 또 다른 해결해야 할 많은 일들이 남아있다는 말이다.

ㄹ 바꾸어 말하면 인생에서 고통은 친한 친구처럼 항상 같이 따라다닌다는 말이다.

ㅁ 즉, 이 말은 인생은 첩첩 산중이란 말처럼 어려운 일들이 자꾸 기다리고 있다는 말이다.

이와는 달리 소주제문의 내용을 합리화하여 펼치는 방법이 있다. 이는 일종의 논증법으로 소주제문이 보여주는 명제가 과연 옳은 내용이며 타당한 주장인지를 밝힐 필요가 있을 때 사용한다. 소주제에 대한 자세한 풀이만으로 그치지 않고 그 타당성을 적극적으로 제시하는 논증적인 전개 방식이다.

주어진 문장을 합리화 방식으로 펼치는 한 가지 요령은 '왜냐하면', '그 까닭은', '그 이유는', '그 원인은', '그러므로', '그래서', '그 결과로' 등과 같은 접속 어구를 되뇌이면서 근거 제시 문장을 이끌어내는 방법이 있다.

㉠ 현대사회는 침묵이 미덕이다.
㉡ 왜냐하면 섣부른 말은 주변 사람들 간의 오해를 불러오기 때문이다.
㉢ 그 이유는 대상에 대해 잘 알지도 못하면서 왈가왈부 하는 것은 자칫 자신에 대해 안 좋은 인상을 끼칠 수 있기 때문이다.
㉣ 그 원인은 남에 말을 잘 하고 다니는 사람은 주변 사람들과의 관계가 나빠지기 쉽기 때문이다.
㉤ 따라서 잘 알고 있거나 혹은 잘 모르는 것이라 할지라도 그것에 대해서 말을 쉽게 하고 다니면 그것이 오히려 거만이나 흉으로 비추어져 자신의 이미지가 손상될 수 있음을 현대인에게 말해주고 있다.

㉠ 우리의 삶은 고통의 연속이다.
㉡ 왜냐하면 인생의 어려운 일을 하나 헤쳐나가면 더 큰 어려움이 기다리고 있기 때문이다.
㉢ 그 이유는 인생에서 고통은 빼먹을 수 없는 친구 같은 존재이기 때문이다.
㉣ 그 원인은 즐거운 일이 있으면 고통스러운 일들도 따르기 때문이다.
㉤ 따라서 삶엔 고통스러운 일이도 즐거운 일도 항상 따르는 법이다.

효율적인 문단 전개 연습을 위해 하나의 소주제문을 대상으로 이 두

가지 방법을 모두 사용하여 전개하는 훈련도 필요하다. 두 가지 연습을
할 때에는 두 가지 방법을 섞어서 자유롭게 문단을 전개하는 글도 쓰는
것이 좋다.

> 우리의 삶은 고통의 연속이다.

■ 구체적으로 전개하기

　우리의 삶은 고통의 연속이라는 말이 있다. 이 말의 의미는 우리가 살
아가는 데에는 고통이나 고난이 많이 있다는 뜻이다. 풀어 말하면 우리의
삶이 언제나 순탄하지는 않다는 말이다. 이 말은 고통과 우리의 삶은 불
가분의 관계라는 것을 보여준다. 다시 말하면 성공이나 행복으로 가는 길
에는 많은 고통을 감수해 내야 한다는 말이다. 바꾸어 말하면 우리의 삶
속에 연속되는 고통을 이겨내는 자에게 주어지는 행복은 그만큼 값지다
는 말이다. 즉, 고통이나 고난을 피하려고만 하지 말고 오히려 그것을 즐
기는 자가 누리게 되는 삶은 윤택하다는 말이다.

■ 합리적으로 전개하기

　우리의 삶은 고통의 연속이다. 왜냐하면 태어나는 순간부터 인간은 고
통이라는 것을 느끼기 때문이다. 그 이유는 고통이라는 것이 정신적인 고
통도 있겠지만 육체적인 고통 또한 이에 포함되기 때문이다. 그 원인은
인간은 고통과 매우 밀접한 관계를 가지고 있기 때문이다. 고통은 외로
움, 그리움, 분노, 슬픔과 같은 정신적인 것을 포함해서 배고픔, 피곤함,
신경통, 두통 등과 같은 육체적인 것까지 포함하기 때문이다. 따라서 우리
의 삶에 있어서 연속되는 고통을 이겨내는 자만이 행복을 가질 수 있다.

■ 자유롭게 전개하기

　우리의 삶은 고통의 연속이다. 고통이라는 단어의 사전적 의미는 몸이
나 마음의 괴로움과 아픔이라고 나와 있다. 우리의 삶이 고통의 연속이라

는 말은 우리가 살아가는데 있어서 고통이나 고난이 많이 있다는 뜻이다. 즉, 우리의 삶이 언제나 순탄하지는 않다는 말이다. 그 이유는 태어나는 순간부터 인간은 고통과 밀접한 관계를 가지기 때문이다. 이것은 고통과 우리의 삶은 불가분의 관계임을 보여준다. 왜냐하면 고통이라는 것은 외로움, 그리움, 분노, 슬픔과 같은 정신적인 것을 포함해서 배고픔, 피곤함, 신경통, 두통과 같은 육체적인 고통까지 포함되기 때문이다. 인간은 이러한 감정을 언제나 느끼는 동물이라고 할 수 있다. 이러한 감정이 고통이 아니라고 느끼는 사람은 다만 그걸 고통이라고 인지하지 못하기 때문이다. 이러한 많은 고통을 이겨내는 자에게 주어지는 행복은 그만큼 값지다. 삶 속에서 고통이나 고난을 피하려고만 하지 말고 오히려 그것을 즐기는 자가 누리게 되는 삶은 윤택하다고 할 수 있다.

이렇게 문단 전개 연습을 하다보면 자신도 모르게 문단 전개 능력이 매우 좋아질 것이다. 그리고 체계적인 사고와 논리적인 사고 능력도 함께 높아질 것이 분명하다.

다음 문장을 가지고 구체·합리·자유롭게 문단 전개하기를 해보자.

- 우리는 사랑 없이는 살 수 없다.
- 역사는 되풀이할 뿐이다.
- 개혁하지 않는 지성은 지성이 아니다.
- 악법도 법이다.
- 인생은 선택의 연속이다.
- 사람이면 다 사람이냐 사람다운 사람만이 사람이다.
- 우리는 우리 삶에 만족할 뿐이다.
- 약속은 지킬 때 약속이다.
- 가장 높이 나는 새가 가정 멀리 본다.
- 여자(남자)는 남자(여자)보다 우월하다.

이 외에 예시적으로 전개하는 방법이 있다. '예시'는 설명의 한 방식이어서 설명적으로 전개하는 방법의 한 방식이긴 하지만, 예시는 다른 전개 방식들과는 달리 1 : 1의 구조로 이루어지기 때문에, 또는 풀어나가는 전개 방식이 아니라 보여주는 방식이기 때문에 별도로 '예시적으로 전개하는 방법'을 설정하기도 한다.

예시적으로 전개하는 방법은 '예를 들어', '가령', '예컨대', '마치' 등과 같은 접속 어구를 사용하여 문장을 전개한다.

> ① 나의 어머니는 헌신적이다. ② 예를 들어 몸이 아프신데도 불구하고 몸을 아끼지 않고 자식들을 돌보는 것을 보면 알 수 있다.

물론 문장 ①에 대하여 문장 ② 이외의 다른 예를 더 들어가며 기술할 수 있다. 그러나 이는 다른 문장 전개 방법이 단계적으로 풀어나가는 성격을 갖는데 비해 문장 ①을 구체적으로 설명하기 위해 여러 가지 예를 반복적으로 보여주는 것이므로 그 성질이 다른 것과는 다르다. 이 때문에 설명의 범주에 두지 않고 별도로 '예시적으로 전개하는 방법'을 두는 것이다.

다음 소주제문을 예시의 방법으로 전개해 보자.

- 인간은 다른 동물에 비하여 신체적으로 많은 결함을 가지고 있다.
- 진실과 사실은 다르다.
- 과학은 더 이상 인류의 행복을 가져다 주지 않는다.
- 인류는 언제, 어디서나, 어떠한 방법으로든 매스 미디어를 접할 수 있게 되었다.
- 개인만을 생각하는 이기주의는 결국 개인의 행복까지 앗아간다.
- 정치는 사기와 협작이 아니라 토론과 타협이다.

- 어려운 이웃을 서로 돕던 우리의 전통의식을 되살려야 한다.
- 자연과 인간이 공존할 때 지구는 멸망을 피할 수 있다.
- "진리란 변한다."는 말을 제외하고 모든 진리는 변한다.
- 선진국이 되는 길은 선진 문화시민이 되는 길뿐이다.
- 인간은 그 자체만으로도 소중하다.
- 교육이 오히려 교육을 망치고 있다.

5.2.3. 글 구성하기

구성을 간단하게 말하면, 수집·정리한 글감을 어떻게 배열할까를 생각하고 결정하는 일이라 할 수 있다. 흔히 구성하기를 건축의 설계도에 비유한다. 설계도가 없이 건물을 지을 수 없으며, 부실한 설계도는 부실한 건물을 만드는 것처럼 구성하기 역시 글쓰기에서 반드시 거쳐야 할 중요한 단계이다.

구성하기까지의 단계는 크게 4단계로 나뉜다. 첫 번째 단계는 논제를 파악하고 제시문을 읽어 출제의도를 파악하는 단계이다. 논제는 일반적으로 문제의 문장 속에 제시되어 있다. 문제의 문장을 꼼꼼히 따져 읽어 논제를 파악한 다음 제시문을 읽으면서 현실 생활 속에서 무엇이 문제가 되는지를 구체적으로 떠올려야 한다. 그러면서 제시문의 의도를 따라 읽어 출제의도를 파악해내야 한다.

두 번째 단계는 내용을 생성하는 단계이다. 내용 생성 방법은 ① 연상작용 ② 구상 메모 ③ 브레인스토밍 ④ 마인드맵 등이 있다. 자유로운 생각의 발상을 위해서는 연상작용과 브레인스토밍을 활용하고 적극적으로 글쓰기에 활용하기 위해서는 구상 메모와 마인드맵을 활용하는 것이 좋다.

세 번째 단계는 내용을 조직하는 단계이다. 내용 조직 방법으로는 ① 화제식 개요 작성과 ② 다발짓기 ③ 가치서열평가방식이 있다. 화제식 개요는 가장 일반적인 개요 작성의 방식이다. 그러나 논제가 어렵거나 내용 생성 단계에서 원하는 만큼의 내용 생성을 하지 못했을 때에는 다발짓기나 가치서열 평가 방식을 활용하는 것이 효과적이다.

네 번째 단계는 문장식 개요를 작성하는 단계이다. 문장식 개요 역시 일반적으로는 내용 조직하는 단계에 속하지만 내용의 구체성이나 완성도에 따라 구성의 마지막 단계가 된다. 문장식 개요는 내용을 구성한 뒤, 각 내용 문단의 소주제문을 완성한 것이다. 따라서 문장식 개요를 보면 전반적인 글의 내용 및 표현 방식까지도 짐작할 수 있다.

1) 개요 작성하기

개요 작성하기는 전통적으로 많이 수행해왔던 전략으로, 선정된 글의 제재를 배치하여 줄거리를 짜는 일, 곧 글에 통일된 맥락을 부여하는 일이다. 개요 작성하기는 글의 전체를 일목요연하게 쓰는 데 도움을 준다. 글이 주제에서 벗어나는 것을 막아 주고, 중요한 내용을 빠뜨리지 않게 하고, 내용의 중복을 피하게 하여 표현 과정에서 일어나기 쉬운 혼란을 피하고 글을 체계적이고 균형 있게 서술할 수 있게 하는 지침이 되기도 한다.

개요에는 크게 구상 메모, 화제식 개요, 문장식 개요가 있다.

▩ 구상 메모

1. 신념과 이해관계 불일치
2. 제시문에 나타나는 두 인물의 문제점
3. 정치현실
4. 아전인수
5. 역지사지
6. 공동체 의식
7. 차도 살인
8. 올바른 가치관 확립

▩ 화제식 개요

1. 서론(문제제기) : 신념과 이해관계 사이에서 갈등하는 인간의 본성
2. 제시문에 나타난 두 사항의 문제점
   1) 상황에 따라 변하는 인간의 마음
   2) 역지사지 못하는 인간의 마음
   3) 타인을 고려하지 못하는 이기심
   4) 아전인수격 상황 대응
   5) 이념과 실제의 불일치
3. 거울처럼 비추어지는 정치 현실
   1) 서로 다른 호랑이 처리 방식을 원하는 여·야당
   2) 직면하는 상황에 따라 변하는 정책 대응
   3) 권력 확보 후 이전의 적들과 동일화 되는 정치인들
   4) 신념이 아닌 이해관계로 움직이는 정치
4. 신념과 이해관계에서 갈등하는 이중성을 지닌 인간의 모습
5. 결론(요약·정리·강조)

▩ 문장식 개요

1. 서론 : 신념과 이해관계의 불일치 속에서 인간은 언제나 갈등하고
   있다.

2. 제시문에서 나타난 신념과 이해의 충돌
   1) 사내와 스님의 행동을 통하여 상황에 따라 변하는 인간의 마음을 알 수 있다.
   2) 사내는 자신이 살기 위해 호랑이를 해치려하고, 자신을 구해 준 스님을 곤경에 빠뜨린다.
   3) 스님은 자신의 종교적 신념을 지키기 위해 사내와 역할을 바꾸지만, 나만 아니면 된다는 이기주의적 생각일 뿐이다.
   4) 결국, 스님과 사내 모두 자신의 이익을 위해 상황에 따라 아전인격으로 상황대응을 하고 있다.
3. 거울처럼 비춰지는 정치 현실
   1) 우리나라 정치 현실에서 여당과 야당은 서로 다른 호랑이 처리 방식을 원하고 있다.
   2) 각 정당은 정치색을 지키지 못하고 직면한 상황에 따라 일관성 없는 정책대응을 하고 있다.
   3) 권력을 확보한 이후 과거에 자신이 비난하던 적들과 동일화 되어 버리는 우를 범하고 있다.
   4) 결국, 우리나라 정치 현실은 신념이 아닌 이해관계로 좌지우지되고 있다.
4. 신념과 이해관계에서 갈등하는 인간의 모습은 상황에 따라 이중성을 보이고 있다.
5. 결론 : 위 사태를 통해 알아본 현대인이 가져야 할 성품
   - 21C 현대 사회에서는 올바른 가치관을 확립하고 그에 따라 소신 있게 행동해야 한다.

글의 개요를 작성할 때에는 글의 전체 구조는 물론 읽는이를 고려해야 하고, 글의 전체 분량, 조직 방식 등에 대해서도 충분히 고려해야 한다.

2) 다발짓기(clustering)

다발짓기는 주제에 따라 아이디어를 선택하고 조직하는 작업이다. 개

요 작성이 쓸 내용을 개요식으로 배열하는 것이라면 다발짓기는 쓰기 과제를 중심으로 하여 보조 개념을 생산하고, 중심 개념과 보조 개념에 따라서 구체적인 예를 제시하는 형태이다. 때문에 다발짓기는 글이 상위 개념과 하위 개념의 명백한 구조도의 형식을 갖추게 된다. 마인드맵을 거친 다음에는 그 과정에서 생성된 내용을 일목요연하게 정리하는 '내용 조직하기'의 전략으로 사용된다. 다발짓기를 조직하기 전략으로 사용할 때에는 브레인스토밍이나 마인드맵을 작성한 후 이를 관련 있는 것끼리 몇 부분으로 묶는 활동이 되기도 한다. 이 과정에서 불필요한 것이나 산만해서 쓰기에 직접적인 도움이 되지 않는 것들은 삭제하고 새로운 아이디어를 첨가할 수도 있다.

개요 작성은 자유롭고 창조적인 사고의 흐름을 방해하는 경우가 많지만 다발짓기는 정보를 빠른 속도로 조작할 수 있으며, 정보의 추가·삭제가 쉽다는 장점이 있다.

다발짓기는 아이디어를 생성하는 방법으로 사용되기도 하지만 브레인스토밍이나 마인드맵을 거친 다음에는 그 과정에서 생성된 내용을 일목요연하게 정리하는 '내용 조직하기'의 전략으로 사용된다. 다발짓기를 조직하기 전략으로 사용할 때에는 브레인스토밍이나 마인드맵을 작성한 후 이를 관련 있는 것끼리 몇 부분으로 묶는 활동이 되기도 한다. 이 과정에서 불필요한 것이나 산만해서 쓰기에 직접적인 도움이 되지 않는 것들은 삭제하고 새로운 아이디어를 첨가할 수도 있다.

개요 작성은 자유롭고 창조적인 사고의 흐름을 방해하는 경우가 많지만 다발짓기는 정보를 빠른 속도로 조작할 수 있으며, 정보의 추가·삭제가 쉽다는 장점이 있다.

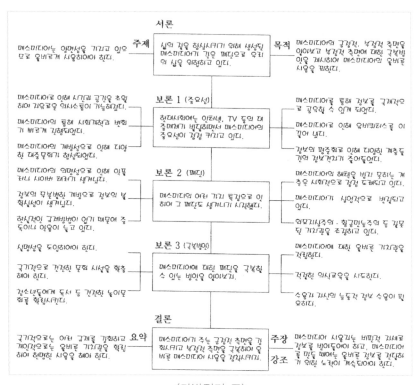

〈다발짓기 표〉

3) 가치서열평가방식

가치서열평가방식은 논제가 어렵거나 쓸 내용이 체계적으로 정리가
되지 않을 때 아주 유효한 방식이다.

① 주어진 논제에 대해 브레인스토밍을 한다 : 논제와 관련된 다양한
생각들을 머리 밖으로 꺼내 구체화시킨다.

② 브레인스토밍을 통해 얻은 생각들을 관련성에 따라 재구성한다 :
유사 개념이나 논리적인 함축 관계에 있는 개념들 혹은 대립되는
개념들로 분류한다.

③ 그것들을 논제와 관련시켜서 간단한 단문 형태의 문장으로 만든다.

④ 걸러낸 생각이나 개념들을 자신의 논지를 기준으로 삼아 가치서
열평가방식을 활용하여 선별한다.

⑤ 최종적으로 남은 것들을 다듬어서 개요를 짠다.

논제	현대인들은 자기 편한 대로만 사는 이기주의적 생활 태도를 가지고 있다. 다음 우화를 읽고 함께 사는 삶의 중요성에 대해 논하시오.

(가) 논제-자유연상

㉠ 이기주의

- 집단이기주의 〈 NIMBY / PIMBY
- 공무원
- 이지메
- 왕따
- 일본
- 자살
- 도시
- 도박

- 아파트
- 부동산
- 독거노인
- 고려장
- 나 하나쯤이야…
- 쓰레기투기
- 주차문제(내집앞)
- 끼어들기
- 북한

- 전두환
- 학벌주의
- 물질만능주의
- 미국
- 조승희
- 이익집단
- 발전의 원동력
- 독점
- 자원의 희소성

㉡ 함께하는 삶

- 품앗이
- 두레
- 봉사활동
- 양보
- 타협
- 한 줄 서기
- 공공의 이익
- 노블레스 오블리주
- 복지제도

- 공동체
- 햇볕정책
- 헌혈
- 세계화
- 성금
- 자선냄비
- 수재민 돕기
- 금 모으기
- 운동화

- 성선설
- 공동체의식
- 착한 마음
- 준법정신
- 대가족
- 양보운전
- 기부문화

(나) 단어 : 재구성(유사, 반대, 대칭, 인과, 선후)

유사	① 자원의 희소성, 나 하나쯤이야, 성악설 ② 집단(지역)이기주의, NIMBY, PIMBY, 왕따, 자살, 아파트, 부동산 ③ 공무원, 일본, 도시, 고려장, 독점 ④ 기술발전, 나라발전 ⑤ 성선설, 착한 마음, 공동체의식 ⑥ 봉사활동, 한 줄 서기, 양보, 타협, 복지, 수재민 돕기, 헌혈 ⑦ 품앗이, 두레, 농촌
반대	① 집단이기주의(NIMBY, PIMPY) ↔ 두레, 품앗이, 공동체 ② 성악설 ↔ 성선설 ③ 도시 ↔ 농촌 ④ 핵가족 ↔ 대가족 ⑤ 끼어들기 ↔ 양보운전
대칭	① 노블레스 오블리주 ┌ 지식인들의 이기주의, 물질만능주의 └ 사회환원, 자원의 재분배 ② 햇볕정책 ┌ 이기주의로 인한 정치폐단 └ 북한과 함께하자
인과	① 자원의 희소성 → 이기주의 ② 나 하나쯤이야 → 쓰레기 투기 ③ 공동체의식 → 품앗이, 두레, 봉사활동, 수재민 돕기, 헌혈 ④ 이기주의 → 독점 → 기술발전

(다) 재구성한 단어군으로 문장 만들기

① 자원의 희소성은 나 하나쯤이야 하는 생각에서 나온 것이다.

② 집단이기주의 **NIMBY, PIMPY** 현상이 이기주의의 전형적인 예이다.

③ 공무원들의 집단이기주의는 우리나라 이기주의의 폐단을 보여준다.

④ 부의 편중으로 빚어진 빈부격차가 갈수록 심해지고 있다(극빈곤, 상
류층).

⑤ 봉사활동이나 복지 등 함께하는 삶의 전형적인 모습이다.

⑥ 우리의 옛 전통인 두레, 품앗이는 함께하는 삶을 보여준다.

⑦ 노블레스 오블리주는 물질만능주의의 폐단이지만 자원의 재분배
이기도 하다.

⑧ 햇볕 정책은 정치 폐단의 일부이지만 국민이 함께하자는 의지도
담겨 있다.

⑨ 현대 사회에서는 혼자 살아갈 수 없다 열린 마음으로 세계화에 앞
장서야 한다.

(라) 3)에서 만든 문장 가치 서열 매기기(필요 없는 문장 삭제하고, 논제와 견
주어 가치에 따라 새로운 번호 매기기)

⑨→③→②→①→④→⑤→⑥→⑧→⑦

(마) 문장식 개요 작성

1. 서론 : 사회가 점점 발전하면서 빈부격차와 정보와 학력에 대한 양
극화현상까지 일어나게 되었다.

2. 본론

1) 이기주의 현상

① 공공복지에 제일 앞장서서 힘을 기울여야 하는 공무원들이
자기 주머니 채우기만 급급해한다. 근무태만, 근무시간 조작
으로 국민의 세금을 낭비하고 있다.

② 우리 가족 혹은 나 하나만 잘 살면 된다는 생각이 팽배한다.
누군가는 결국 양보해야 하는데 자신의 이익에 조금이라도
손해가 된다 싶으면 목숨 걸고 반대하고 투쟁한다.

③ 최근 FTA 협상 때문에 농민들이 들고 일어났다. FTA 협상으로 우리 농산물의 입지가 흔들릴지도 모른다는 우려 때문이다. 물론 농부들에게는 생존투쟁이지만 개방을 안 할 수는 없다. 우리가 조금만 노력하면 충분히 우리 농산물을 지킬 수 있다.

  2) 이기주의 현상으로 빚어진 문제점

    ① 자원이 점점 고갈되어가고 있다. 지금 현실만 중요하게 생각하는 현대인들 때문이다. 앞으로 이 지구에서 살아갈 후손들은 생각하지 않고 천연자원을 낭비하여 환경오염까지 심각해지고 있다.

3. 결론 : 이기주의에 의해 빈부차가 심해지고 일상의 삶이 피폐해지고 있다. 이기주의를 극복하지 않으면 인류는 '지구의 종말'을 겪을 수도 있다.

4) 생각의 순서에 따른 구성법

또한 일반적인 구성 방식을 따르지 않고 생각의 순서를 정리하여 구성하는 방법도 고려할 수 있다. 일반적으로 글의 구성은 '서론 → 본론 → 결론'의 순서를 따른다. 하지만 이와는 달리 '본론 → 결론 → 서론'의 순으로 구성할 수도 있다. 이러한 방법은 서론의 첫 문장 쓰기를 포함해 서론 쓰기가 결코 쉽지 않기 때문이다.

서론의 첫 번째 문장은 문제 상황 중 핵심적인 것을 제시하며 글의 범위를 설정하고 주제의 폭을 결정하는 기능을 한다. 따라서 글의 내용 범위나 주제가 서론의 첫 번째 문장에서 벗어나면 '일관성'을 잃게 되는 것이다. 뿐만 아니라 서론에서는 글을 쓰는 이유를 밝혀 내가 쓰는 글의 가치를 스스로 부여해야 하는데 그 또한 결코 쉬운 일이 아니다.

'서론을 읽으면 글의 90%를 읽은 것이다.'라는 말은 서론에서 글의 내용과 주제, 글을 쓴 사람의 세상에 대한 인식 태도와 가치관을 읽을 수 있기 때문에 생긴 말이다.

아래에 인용한 방법은 주장글을 쓰기 위해 생각의 순서에 따라 '본론 → 결론 → 서론'의 순으로 개요 작성한 것이다.[3]

(가) 생각의 순서
① 먼저 핵심 주장(주제문, 토론에서는 논제에 대한 입장)을 정한다.
② 핵심 주장을 지지할 몇 개의 세부 주장(소주제문, 토론의 논점)을 정한다.
③ 각 세부 주장을 지지할 논거와 근거 자료를 마련한다.
④ 앞의 내용을 간략하게 요약 정리한다.
⑤ 대안이나 해결책(토론에서의 기대효과)을 제시한다. 논의의 의의를 첨부해도 좋다.
⑥ 이런 주장을 생각하게 된 동기나 상황(논제를 가지고 토론하게 된 사회적 배경)을 찾아본다.
⑦ 이런 동기나 상황으로부터 자신이 생각한 핵심 주장과 연결되는 문제점(토론의 필요성)을 도출해본다.
⑧ 전체적인 내용을 안내할 수 있는 첫 문장을 생각한다.

(나) 생각의 순서에 따른 개요 작성표

본론	첫째 단락	세부 주장 1	체벌은 폭력성을 내재하고 있다.
		논거와 근거 자료	200대 체벌 대구 고교 교사의 인터뷰 사례, 교육의 궁극적인 목적에 대한 의문 제기
	둘째 단락	세부 주장 2	체벌은 지속적 효과가 없다.
		논거와 근거 자료	미국의 심리학자 스키너(Skinner)의 조작적 조건화 이론, '중·고등학교에서의 학생 체벌에 대한 부모와 자녀의 인식 비교 조사' 통계 자료

---

3) 이정옥, 『토론의 전략』, 문학과 지성사, 2008, 231~233쪽 내용을 정리한 것임.

본론	셋째 단락	세부 주장 3	체벌은 교사와 학생 간의 인간적 관계를 훼손시킨다.
		논거와 근거 자료	이헌균 교수의 '체벌을 가한 후 교사의 심정'에 대해 연구한 자료, 학생의 인권보호
	넷째 단락	세부 주장 4	대안 체벌을 통해 체벌이 충족시킬 수 없는 보상의 측면을 달성할 수 있다.
		논거와 근거 자료	대안 체벌의 종류 : 봉사활동, 신리학가 손다이크(Thorndike)의 이론, 여러 가지 대안 처벌의 예
결론	요약과 평가		체벌은 '사랑의 매'라는 이름으로 합리화되고 있는 것에 불과하다. 폭력은 또 다른 폭력을 낳아, 결국 사회적 악순환으로 이어진다. 체벌은 결코 교육의 수단이 될 수 없다.
	대안, 제언		대안 처벌 : 예) 봉사활동 벌의 개념 대신 상의 개념을 이용해 학생 스스로 잘못을 뉘우치고 바른 방향으로 변화해나가도록 유도한다.
서론	도입		'교육'이라는 명분 아래 학교에서의 인권 문제는 은폐되어 왔다. 체벌은 애초의 교육적 의도를 벗어나 폭행의 형태로 나타나는 경우가 많다 : 대구 어느 고교의 예
	문제 도출		체벌은 폭력의 한 부분이다. 폭력이 훈육을 위한 수단이라는 명분으로 합리화된 것이 체벌이다. 최근 인간중심주의와 인권에 대한 인식이 부각되면서 이러한 관행에 문제 제기가 시작되었고, 이에 따라 체벌에 대한 인식도 바뀌어가고 있다.
	문제 제기		체벌은 교육의 수단이 될 수 없다. 체벌은 교육 수단으로 이용하기에 폭력성 내재, 일시적, 상의 개념 주재 등의 문제점이 많다. 체벌 없이 대안 처벌로도 충분히 문제를 해결할 수 있다.
	첫 문장		한국의 교육 현실에서 학교의 권력이 지나치게 지배적이다.

위와 같은 방법은 세부 주장과 논거 및 근거 자료를 구체적으로 작성하고 기술할 수 있다는 장점과 함께 본론과 결론을 작성하고 서론을 작성함으로써 서론 쓰기 부담에서 벗어나서 좋은 서론을 쓸 수 있다는 장점도 가지고 있다. 특히 글 전체의 내용과 주제를 포함할 수 있는 서론 첫 문장을 알차게 쓸 수 있다는 점이 가장 큰 장점이라 할 수 있다.

참고문헌

A.P. 마티니치 · 강성위 · 장혜영, 『철학적으로 글쓰기 입문』, 서광사, 2007.
Bernd Kast · 안미란 · 최정순, 『쓰기 교수법』, 한국문화사, 2007.
마란 번즈 『논리는 내 친구』, 경원각, 1993
바바라 민토 · 이은형 · 이진원, 『논리적 글쓰기』, 더난출판, 2005.
빌렘 플루서 · 윤종석, 『디지털시대의 글쓰기』, 문예출판사, 1998.
와다 하데키 · 하연수, 『요약의 기술』, 김영사, 2004.
헨리에트 앤 클라우저 · 안기순, 『종이 위의 기적 쓰면 이루어진다』, 한언, 2004.
가톨릭대학교 교양교육원, 『분석과 창의적 문제 해결』, 가톨릭대학교출판부, 2005.
강미은, 『논리적이면서도 매력적인 글쓰기의 기술』, 원앤원북스, 2006.
강준만 외, 『논쟁과 논술』, 인물과 사상사, 2006.
강준만, 『글쓰기의 즐거움』, 인물과사상사, 2006.
_____, 『대학생 글쓰기 특강』, 인물과사상사, 2005.
강헌구, 『꿈을 현실로 만드는 미래자서전, My Life』, 한언, 2004.
김광수, 『논리와 비판적 사고』, 철학과 현실사, 1995.
김미영 · 윤지영 · 윤한국, 『문학 교과서 속에 숨어 있는 논술』, 살림, 2006.
김보일 · 구번일, 『책꽂이 속에 숨어 있는 논술』, 살림, 2006.
김재준 · 김종면 · 신광현 · 주경철, 『언어사중주』, 박영사, 2004.
김종일, 『삶으로써의 읽기와 쓰기』, 한국문화사, 2002.
김창호. 『홀로서기 논술 길잡이』, 문학수첩, 1996.
남기심 외, 『당신은 우리말을 새롭고 바르게 쓰고 있습니까?』, 샘터, 1995.
류수열 · 송영주 · 장미영, 『신토피컬 논술의 원리와 실제1』, 글누림, 2006.
류수열 · 송영주 · 장미영, 『신토피컬 논술의 원리와 실제2』, 글누림, 2006.
박기현, 『책 읽기 소프트』, 새길, 1996.
박승억, 『3일이면 터득하는 글쓰기 기술』, 소피아, 2004.
박영목 · 한철우 · 윤희원, 『국어과 교수 학습 방법 탐구』, 교학사, 1995.
박영목, 「의미의 구성에 관한 설명 방식」, 선청어문 제22집, 서울대학교 국어교육연구
    회, 1994.
박종석, 『고등학생을 위한 정상으로 통하는 논술』, 글누림, 2007.

배상복,『문장기술』, 랜덤하우스중앙, 2004.
서정수,『글쓰기의 기본 이론과 서사문/기술문 쓰기』, 정음문화사, 1995.
_____,『논리적인 글쓰기 설명문과 논술문』, 정음사, 1995.
_____,『생각하는 힘을 기르는 문장력 향상의 길잡이』, 한강문학사, 1991
손영애 외,「국어 표현력 신장방안 연구-작문력을 중심으로」, 한국교육개발원, 1992
신진상,『논술이 별거냐?』, 조선일보생활미디어(주), 2005.
원진숙,『논술교육론』, 박이정, 1995.
이광모·이황직·서정혁,『논증과 글쓰기』, 형설출판사, 2006.
이성구,『띄어쓰기 실무 사전』, 애플기획, 1997.
이재승.『국어교육의 원리와 방법』, 박이정, 1997.
이정옥,『토론의 전략』, 문학과 지성사, 2008.
정기철,『문장의 기초』, 역락, 2001.
_____,『논술지도방법』, 역락, 2009.
정기철 외,『고등학생을 위한 논술 MRI』기초, 글누리, 2007.
_____,『고등학생을 위한 논술 MRI』심화, 글누리, 2007.
정기철,『중학생을 위한 교과서로 통하는 논술』1-1, 2006.
_____,『중학생을 위한 교과서로 통하는 논술』1-2, 2006.
_____,『중학생을 위한 교과서로 통하는 논술』2-1, 2006.
_____,『중학생을 위한 교과서로 통하는 논술』2-2, 2006.
_____,『중학생을 위한 교과서로 통하는 논술』3-1, 2006.
_____,『중학생을 위한 교과서로 통하는 논술』3-2, 2006.
_____,『논술교육과 토론』, 역락, 2003.
정희모·이재성,『글쓰기의 전략』, 들녘, 2005.
조동기, 논술 연구소,『일목요연 논술용어사전』, 삼성출판사, 2006.
최웅환,『국어 문장의 형성 원리 연구』, 역락, 2000.
탁석산,『논술은 논술이 아니다』, 김영사, 2005.
한효석,『이렇게 해야 바로 쓴다』, 한겨레신문사, 1995.
황경식,『재미있는 논리와 논술이야기』, 열림원, 1993.